二月河 大河歷史小說
帝王三部曲

절대군주 건륭황제

【일러두기】
· 번역 원본은 1999년 4월 중국 하남문예출판사가 펴낸 제2판 1쇄본을 사용하였습니다.
· 본문에 나오는 인명과 지명 중 만주어를 제외한 모든 한자는 한글발음대로 표기하였으며, 독특한 관직명은 이해하기 쉽도록 의역한 부분도 있습니다. 그리고 소설 진행상 불필요한 부분은 축역하였습니다.

(절대군주)건륭황제. 6 / 이월하 저 ; 한미화 옮김. -- 서울 : 산수야, 2005
382p. ;22.4cm.

판권기관칭: 二月河 大河歷史小說
원서명: 乾隆皇帝
ISBN 89-8097-130-3 04820 ₩ 8,000
ISBN 89-8097-124-9(세트)

823.7-KDC4
895.1352-DDC21   CIP2005001234

小說[乾隆皇帝]根據與作家二月河的契約屬於山水野. 嚴禁無斷轉載複製.

[건륭황제]의 한국어판 저작권은 작가 이월하와의 독점계약으로 산수야에 있습니다.
신저작권법에 의해 국내에서 보호받는 저작물이므로 출판사의 사전 허락 없는 무단전재와 복제를 금합니다.

二月河 大河歷史小說
帝王三部曲

絕代君主
건륭황제 乾隆皇帝

6

산수야

二月河 大河歷史小說
절대군주 건륭황제

| 초판 1쇄 발행 | 2005년 11월 20일 |
| 초판 2쇄 발행 | 2010년 12월 10일 |

지은이 이월하
옮긴이 한미화
발행인 권윤삼
발행처 도서출판 산수야

등록번호 제1-1515호
등록일자 1993년 4월 30일
주소 서울시 마포구 망원동 472-19호
우편번호 121-826
전화 02-332-9655
팩스 02-335-0674

값 8,000원

ISBN 89-8097-130-3 04820
ISBN 89-8097-124-9(세트)

이 책의 모든 법적 권리는 도서출판 산수야에 있습니다.
저작권법에 의해 보호받는 저작물이므로
본사의 허락 없이 무단 전재, 복제, 전자출판 등을 금합니다.

산수야의 책은 독자가 만듭니다.
독자 여러분들의 소중한 의견을 기다립니다.

⑥ 乾隆皇帝

제2부 석조공산(夕照空山) | 3권

사면(赦免) · 7
황학루(黃鶴樓) · 34
관가 등룡 12술(官街登龍十二術) · 60
교령(敎令) · 87
만학송풍(萬壑松風) · 114
기무정돈(旗務整頓) · 141
몽고 꼬마 · 169
야수(野獸)의 쟁투(爭鬪) · 198
종학(宗學) · 225
사고전서(四庫全書) · 255
작전실패 · 283
천연두 · 309

29. 사면(赦免)

　　이튿날 당아(棠兒)는 금시계를 들고 자금성(紫禁城)으로 입궐했다. 황후에게 상납하기 위해서였다. 푸헝이 천자(天子)가 제일 총애하는 신신(信臣)이라는 확고한 인식이 심어지면서 그녀는 입궐하여 황후와 태후에게 문후를 올리는 경우가 더욱 빈번해졌다. 물이 불어나면 배가 높아지듯이 부귀처영(夫貴妻榮)의 신분상승은 당아의 바짓가랑이에 바람이 일게 했다.
　　오늘도 콧대가 높기로 유명하고, 은근히 사람의 기를 죽이는 좌액문(左掖門)의 시위, 태감들이 함박 웃음을 지으며 허리를 한껏 낮추고 길을 비켜주는 것을 보고 당아는 더욱 어깨에 잔뜩 힘이 들어가 있었다. 길에서 마주치는 사람마다 길을 비켜주며 인사를 하는 것은 물론이었다. 그렇게 융종문(隆宗門) 밖에 다다르니 알현을 기다리는 관원들이 점차 많아지기 시작했다. 개중에는 눈에 익은 몇몇 친왕들도 머리를 맞대고 뭔가를 상의하고 있었다. 아녀자가 별 일 없이 입궐이 잦은 모습을 친왕들에게 보여 자신의 남정네에게 득이 될 게 없었던지라 당아는 고개를 빳빳이 쳐들었던 방금 전과는 달리 누가 볼세라 머리를 숙이고 종종걸음으로 사람들 틈을 빠져 나왔다. 죄지은 것도 없이 가슴이 콩닥콩닥 뛰었다. 도망치듯 양심전(養心殿) 안쪽 골목으로 들어와서야 당아는 비로소 안도의 숨을 내쉬었다. 콧등에 땀이 송송 맺혀 있었다.

"당아, 자네 왔는가!"

당아가 예를 갖추길 기다리며 자명종을 힐끗 쳐다보던 황후가 다소 의아한 표정으로 물었다.

"이 시간에 어쩐 일인가? 긴히 아뢸 말이라도 있는 건가?"

황후가 이같이 말하며 당아에게 자리를 내어주라고 명했다. 내니(睞妮)는 황후의 시중을 들며 궁녀 선발을 기다리는 궁인답게 의복이며 몸놀림부터가 많이 세련되어 있었다. 은인을 반가이 맞으며 비단방석이 깔린 낮은 걸상을 들고 나온 그녀는 소매로 먼지 터는 시늉까지 하며 당아가 자리에 앉을 때까지 다소곳하게 기다렸다. 당아가 자리에 앉자 이번에는 길게 엎드려 절까지 했다. 더 없이 흐뭇한 표정을 지으며 당아가 말했다.

"다음부턴 절대 이와 같은 대례를 올리지 말거라. 넌 더 이상 그 옛날의 내니가 아니야. 너와 마찬가지로 나도 황후마마의 아랫것이거늘……. 입궐하여 황후마마를 섬기게 된 것도 너의 복이고 조화이니 황후마마를 잘 모시다 보면 더 좋은 일이 있을 것이다! 자질구레한 것들도 뭐든 필요하면 주저하지 말고 나를 찾아오너라. 신약(身弱)하시고 다망하신 마마를 귀찮게 해드리지 말고."

수줍음에 볼이 붉어져 조용하게 웃는 내니를 지그시 바라보던 황후가 말했다.

"이름을 내낭(眯娘)이라고 개명해줬네. 치장을 해놓으니 애가 제법 쓸만한걸! 요즘은 말투도 달라졌다네!"

황후와 당아의 자신을 향한 애정을 느낀 듯 콧마루가 찡해진 내낭이 코맹맹이 소리로 답했다.

"명심하겠나이다, 마님. 이 미천한 년은 살아생전에 관세음보살이 따로 없으신 마마를 모시게 될 줄은 꿈에도 몰랐나이다. 평생토록 갚고 갚아도 못 다 갚을 이 은혜를 어떻게 갚아야 할지 모르겠사옵니다! 입궐하고 나서도 위씨네로부터 험한 소리를 들었사옵니다. 하오나 마마께서 계시는 한 이년은 더 이상 두려울 게 없사옵니다. 이년의 피와 살을 다 바쳐 마마를 섬기고 백년 후에 마마께서 성불(成佛)하시면 묘향(妙香, 옹정제의 어머니인 덕비(德妃)의 시녀) 언니처럼 끝까지 연가(蓮駕)를 시봉(侍奉)하여 따라가겠사옵니다!"

결연함까지 엿보이는 눈물 젖은 간절한 눈빛을 응시하는 황후의 눈에도 이슬이 맺혔다. 내낭의 가녀린 어깨를 감싸주며 당아가 웃으며 말했다.

"위가(魏家) 놈들은 더 이상 신경 쓰지 말거라. 개 눈에는 원래 똥만 보이는 법이야."

고개를 힘껏 끄덕이며 박씨 같은 이를 드러내고 생긋 웃는 내낭의 머리를 쓰다듬으며 당아는 이번엔 황후를 향해 말했다.

"마마의 기색은 하루가 다르게 좋아 보이옵니다. 얼마 전까지만 해도 이마 언저리가 검푸른 색을 띠었었는데, 지금은 전혀 보이지 않고 체양(體樣)도 좀 풍만해 보이옵니다. 큰 병을 앓고 나시더니 오히려 더 건강해 보이옵니다."

"그러게!"

귀밑머리를 살짝 쓸어 넘기는 황후 부찰씨(富察氏)의 표정에는 자신감이 넘쳤다.

"옹정 12년, 내가 아직 옹화궁(雍和宮)에서 복진(福晉)으로 있을 때 가사방(賈士芳)이 사주(四柱)를 봐준 적이 있네. 그때 그가 이렇게 말했네. 9년 후에 내게 생사를 판가름할 정도로 큰 재앙이 닥치는데, 다행히 귀인이 도와 기사회생한다고 말이네. 나중에 윤계선(尹繼善)이 나의 생진팔자(生辰八字)를 가지고 영은사(靈隱寺)의 백세(百歲) 방장(方丈)인 요공(了空)을 찾아가니, 가사방과 비슷한 얘기를 하면서 나더러 오로지 선행을 베풀고 선연(善緣)을 맺어서 해마다 방생(放生)을 하고 달마다 재계(齋戒)하며 날마다 불경(佛經)을 손에서 놓지 말라고 하셨다고 하네. 한 치의 오차도 없이 그 말에 따라왔더니 과연 막판에 기윤(紀昀)이라는 은인이 나타나서 나를 죽음의 외나무다리에서 구해준 것 같네! 폐하께서도 만천하에 대사면을 명하시어 덕을 베푸시니, 내가 꾀병이라도 앓았던 것처럼 이렇게 멀쩡하게 털고 일어났지 않겠나? 요즘은 입맛도 되살아나고 기분이 저절로 좋아지네!"

황후의 얼굴에는 희색이 만면하고 언동에도 기운이 넘쳐 보였다. 그 틈을 놓칠세라 당아가 주머니에서 보자기에 싼 금시계를 꺼내놓으며 부찰씨에게 사건의 경위를 소상히 털어놓았다. 그리고는 보자기를 내낭에게 건네주었다.

내낭이 조심스레 펼쳐보니 금빛이 찬란하여 눈이 부신 금시계가 여러 개 들어있었다. 내낭은 호들갑을 떨며 황후에게 다가가 애교를 떨며 아뢰었다.

"금시계, 금시계, 말로만 듣다가 직접 보니 너무 정교하고 멋지옵니다. 시계가 어쩌면 이리도 작고 앙증맞을까요!"

"이런 걸 왜 나한테 가져오나!"

덤덤한 표정으로 금시계를 바라보던 황후가 한 쪽으로 밀어버리며 말을 이었다.

"자네 남정네더러 내무부(內務府) 사치고(四値庫)에 갖다주라고 하면 될 걸 가지고."

행동은 무심해 보였지만 기분은 그리 나빠 보이지 않는 황후였다. 이를 눈치챈 당아가 바싹 다가앉으며 말했다.

"그 사람이 내무부에 이런 걸 갖다바칠 정도로 아둔한 사람은 아니지 않사옵니까? 내무부 그 인간들은 허벅지를 보면 엉덩이를 봤다고 하는 자들인데, 무슨 기상천외한 소문을 퍼뜨릴지 어찌 압니까! 열세 개나 되는 시계를 소인이 하나쯤 남겨두려고 해도 눈을 부라리는 사람이옵니다! 아무리 생각해봐도 누님께 바치는 것이 적당할 것 같았사옵니다."

부찰씨가 찻잔을 집으려고 손을 내밀자 눈치 빠른 내낭이 얼른 다가가서 찻잔에 남은 차를 버리고 은병(銀甁)에서 새로이 한 잔을 따라 바치며 입을 열었다.

"방금 끓인 차를 드시옵소서. 위장에 좋다는 구기자와 대추즙을 조금 넣어 끓여봤사옵니다……."

자신이 먼저 한 모금 마셔본 뒤에야 마음놓고 부찰씨에게 차를 받쳐 올리는 자세가 벌써 몸에 밴 것처럼 익숙했다.

차 한 모금을 입안에 넣고 조금 후에야 꿀꺽 소리나게 넘기고 난 황후가 말했다.

"내낭, 넌 참으로 영특하고 참한 애로구나. 앞으로 오래오래 내 곁에서 시중들게끔 해줄 테니 걱정 말거라. 채운(彩雲)이나 묵취(墨翠)와 똑같은 대우를 받게 될 거야."

사면(赦免)

그러자 당아가 호들갑을 떨며 축하의 말을 건넸다.

"내낭아, 넌 참 복도 많은 애로구나. 또 한 등급 신분상승을 했으니 다른 애들 눈 밖에 날라 조심해야겠다!"

그러자 황후가 말했다.

"당아, 자네도 이 물건이 욕심나는 것 같은데, 하나 챙기게. 내가 상으로 내릴 테니. 채운이와 묵취한테는 시계가 있으니 내낭이 너도 하나 차거라."

이게 웬 횡재냐며 당아와 내낭이 급히 엎드려 머리를 조아리며 사은을 표했다. 황후가 덧붙였다.

"나도, 폐하도 이런 물건에 호들갑을 떠는 성정은 아니라네. 금을 살짝 발라 눈속임이나 하는 거야. 긁어버리면 쇳덩이나 다름없는걸! 폐하께서 그러셨네. 땅이 넓고 물산(物産)이 풍부한 우리 중국이 코쟁이들한테 아쉬울 건 하나도 없다고. 툭하면 이 같은 쇠뭉치나 들고 와서 얼쩡거리는 꼴이 가엾고도 우습다고 말이네."

황후가 이같이 말을 아끼지 않을 때도 드물었는지라 당아와 내낭은 덩달아 기분이 좋아졌다. 한창 담소가 화기애애하게 이어지고 있을 때 귀비 나라씨가 사뿐사뿐 안으로 들어섰다. 황후를 향해 몸을 낮춰 예를 행하고 일어선 귀비가 생글거리며 말했다.

"분위기가 참으로 좋아 보이옵니다! 혈색이 갈수록 미려함을 되찾아 가시는 것 같아 다행스럽사옵니다!"

"귀비마마께 문후 올리옵니다!"

나라씨가 들어서자 자리에서 일어서 있던 당아가 예를 행하며 덧붙였다.

"귀비께선 갈수록 젊어 보이십니다. 세월은 귀비마마를 비켜가나 보옵니다. 오늘은 생화(生花)까지 머리에 꽂으시니 구십주(仇

十洲)의 미녀도(美女圖)가 무색하네요!"

당아의 호들갑이 끝나기도 전에 어느새 건륭이 죽선(竹扇)을 가벼이 부치며 성큼 들어섰다. 놀란 당아가 뚝 입을 다물어버리고 말았다. 안팎의 태감, 궁녀들과 나라씨도 재빨리 무릎을 꿇었다. 당아도 급히 무릎을 구부렸다. 그에 이어 황후가 천천히 자리에서 일어나 황제를 맞았다.

여느 때와 다름없이 사람들을 쓸어보던 건륭은 당아와 시선이 닿는 순간 뿌리치듯 외면해버렸다. 대수롭지 않은 표정으로 일관하며 자리에 앉은 건륭이 말했다.

"간간이 웃음소리도 들리고 하더니, 짐이 들어서자마자 뚝 끊기는군! 이건 누가 보내온 건가?"

건륭이 금시계를 가리키며 물었다. 그러자 황후가 입을 열어 당아가 물건을 가져오게 된 경위를 아뢰었다. 그리고 나서 덧붙였다.

"당아와 내낭에게 하나씩 상을 내렸으니, 나라씨도 빠질 순 없지."

하지만 그 말을 들은 나라씨는 기분이 언짢았다. 당아나 내낭과 똑같이 취급당하는 사실이 내심 불쾌했던 것이다. 하지만 내색은 하지 않고 짐짓 환하게 웃으며 답했다.

"잊으셨사옵니까, 마마! 소인은 지난번 자녕궁에서 부처님으로부터 크고 작은 금시계를 두 개씩이나 상으로 받았는 걸요!"

그러자 지켜보던 건륭이 나섰다.

"부처님은 부처님이고, 황후는 황후지. 황후께서 상을 내리신다는데, 무슨 군소리가 그리 많나!"

순간 나라씨의 얼굴이 눈에 띌 정도로 붉어졌다. 공손히 두 손을 내밀며 나라씨가 아뢰었다.
"소인의 불경을 용서해 주시옵소서."
"다들 일어나지."
건륭이 부채 끝으로 일어나라는 시늉을 하며 말을 이었다.
"보아하니 황후의 병은 거의 완쾌된 것 같은데, 그래서 짐은 며칠 뒤 승덕(承德)으로 가는 길에 동행할 수 있는지 특별히 물어 보러 왔소. 동행하고 싶다면 금명간 길일을 택하여 출발하도록 하지."
이같이 말하며 건륭은 찻잔을 들었다. 그러자 황후가 말했다.
"올해는 어찌된 영문인지 폐하를 따라 바깥바람을 쐬고 싶은 마음이 간절하옵니다. 하오나 은전(恩典)을 내리시는 김에 며칠만 말미를 주시면 아니 되겠사옵니까? 오는 6월 19일은 관음성탄일(觀音聖誕日)이옵니다. 소인이 한 목숨을 구해주고 3천 생령(生靈)을 방생하기로 발원해두지 않았사옵니까? 한 사람 목숨을 구해주는 일은 아직 누굴 어떻게 구해주어야 할지 폐하께 주청(奏請) 올리지도 않은 상태이오니, 폐하께오서 도움을 주셨으면 하옵니다. 이 일만 순조롭게 끝나면 승덕으로 가는 소인의 마음도 한결 가벼울 것 같사옵니다. 이번 승덕행에 소인은 평소에 아껴 모았던 돈으로 승덕 피서산장(避暑山莊)에 라마묘(喇嘛廟)를 만들고 싶사옵니다. 개광파토(開光破土)하는 일에 성심을 모아 경건한 마음으로 참석하고 싶은 소인의 마음을 부디 통촉하여 주시옵소서."
'누굴 어떻게 구해주어야 할지'라는 대목에서 건륭은 벌써 웃음을 참기 힘들어하더니 어느새 웃음을 터트리고 말았다. 웃음에 체하여 얼굴이 붉어진 건륭이 말했다.
"황후가 모른다고 잡아떼니 어찌 우습지 않을 수가 있겠소. 보아하니 태후부처님과 여차여차 어찌어찌 입을 맞춘 것 같은데, 짐짓 딴청을 부리다니! 내일이 바로 노작(盧焯)이 이승과 작별하는 날인데, 그 사람을 구해주면 되겠네?"

노작의 사건은 익히 들어 다들 알고 있는 상태였다. 건륭의 예리한 눈빛에 미리 노작을 만나본 적이 있는 황후와 당아는 가슴이 바늘에 찔린 듯 뜨끔했다. 한참 침묵을 지키던 황후가 입을 열었다.

"소인은 노작을 구해주어야겠다는 생각은 해본 적이 없사옵니다. 나라의 막중대사에 아녀자가 간섭할 일이 아니라 사려되옵니다. 소인은 그저 올해 추결(秋決)키로 했던 죄수들 중에서 정말 사정이 딱하고 억울한 사람이 있다면 사형을 면해주실 것을 간절히 주청 올리려던 참이었사옵니다."

황후의 마음씀씀이에 적이 감동을 받은 듯 건륭은 부드러운 표정으로 말했다.

"인간적으로 접근하면 하나같이 소중한 목숨들이지. 하지만 어쩌겠소, 국법이 엄연한걸! 짐도 그네들의 이름석자에 붉은 가위표를 죽죽 그을 때면 손이 떨리긴 마찬가지라오. 황후의 인자한 마음을 짐이 어찌 모르겠소? 짐더러 누굴 구해야 할지 도와달라고 했지요? 황후의 소망이 그러할진대 기왕이면 노작을 구해주시오."

건륭은 이렇게 부찰씨에게 노작을 구해줄 수 있는 권한과 함께 후덕한 황후의 인상을 심어주기로 했다.

"노작이 비록 죽을죄를 지은 건 사실이지만 용서해주고자 하면 그만한 건더기도 충분한 사람이오. 내일 정오를 기해 그가 사형장으로 끌려갈 것이니 황후가 직접 건청궁(乾淸宮)으로 와서 많은 사람들 앞에서 선언하시오!"

"건청궁으로 오라고 하셨사옵니까?"

황후가 놀란 표정과 함께 다소 흥분한 기색을 보였다. 그러나 황후는 반짝이던 눈빛이 순식간에 어두워지더니 머리를 저었다.

"……그건 연극에서나 있을 법한…… 아주 황당한 경우로…… 사려되옵니다. 성군(聖君)께오서 목을 치라고 명하신 죄수를 아녀자가 어찌……."

황후가 말끝을 흐리자 건륭이 웃으며 말했다.

"겁낼 것 없소, 황후! 그건 황후답지 않은 발상이오. 대신들은 모두 황후가 궁전에 들어서면 무릎을 꿇어 맞는 아랫것들이오. 그런데 뭘 그리 주저하오? 장미도 푸른 이파리가 받쳐주지 않으면 볼품이 없긴 마찬가지일 것이오. 성군 또한 현명한 황후가 없으면 빛을 발하기 힘들 것이오! 걱정하지 말고 내일 가서…… 노작이 죽을죄를 지은 건 사실이나 치수(治水)엔 그를 능가할만한 인재가 없다. 황하(黃河)가 몇 년에 한 번씩 크게 발작하여 조정과 백성에 엄청난 상처를 안겨주는 것은 주지하는 바이거늘 노작을 구하는 일은 노작을 위함이 아니라 이 나라 백성들을 수마(水魔)의 위협에서 구출하기 위함이다, 라는 식으로 강하게 밀고 나가오. 누가 감히 반격을 할 수 있나 보오."

건륭의 진심이 담긴 성원에 황후의 가슴은 감동으로 물결쳤다. 촉촉해진 눈빛으로 건륭을 바라보며 황후가 나지막이, 그러나 단호하게 말했다.

"신첩, 지의를 받들어 모시겠사옵니다. 하오나 만에 하나라도 누군가 폐하가 황후의 베갯머리 송사에 놀아나 죄수를 사면시켰다는 당치 않은 소문을 퍼뜨리게 할 순 없사오니 태후마마께 말씀 올려 태후마마께서 의지(懿旨)를 내리신 연후에 신첩이 건청궁으로 가서 사면을 호소하는 게 어떨까 하옵니다."

이에 건륭은 얼굴 가득 웃음을 머금었다.

"좋소, 황후의 뜻에 따르겠소! 황후의 소원이 그러하다면 6월 20일 이후에 승덕으로 떠나도록 하지. 이번에는 우리 두 사람이 태후부처님을 모시고 즐거운 한때를 보내야겠소. 7, 8, 9월이 지난 후에 돌아오도록 하겠소."

이같이 말하며 건륭은 이번에는 당아를 향해 입을 열었다.

"자네도 따라가고 싶겠지만 나친을 대신하여 푸헝이 북경을 지켜야 하니 어쩔 수 없군."

마음이 착잡한 당아는 건륭이 그 말은 안 하는 것이 좋을 뻔했다고 생각하며 은근히 번지는 질투심을 어쩔 수 없었다.

"소첩이 남정네한테서 들은 바로는 앞으론 해마다 승덕으로 추렵(秋獵, 가을사냥)을 다녀오실 거라고 하였사옵니다. 소첩의 짧은 소견으론 창춘원 서쪽 어원(御苑)에도 사자, 호랑이, 늑대, 표범, 노루 등등 별의별 동물이 다 있는데, 꼭 추렵 때문이라면 굳이 승덕까지 다녀오실 필요가 있을까 사려되옵니다. 7, 8월의 피서도 오며가며 길에서 고생하는 것보다는 서늘한 어원이 낫지 않겠사옵니까."

그 말에 건륭은 이내 미소를 거둬들였다. 천천히 일어나 이리저리 거닐던 건륭은 한참 후에야 입을 열었다.

"틀린 말은 아니네. 안 그래도 짐은 오늘 도찰원(都察院) 감찰어사(監察御史)로 있는 총동(叢洞)이 올린 상주문을 받아보았는데, 자네랑 입을 맞추기라도 한 듯 똑같이 반론을 제기했더군. 그래서 짐은 하나는 알고 둘은 모르는 아녀자의 짧은 소견이라며 면박을 주었지."

하지만 건륭의 얼굴에 불쾌한 기색은 그리 없어 보였다.

"짐이 언관(言官)의 언로(言路)를 막는다는 오해를 살 수 있는 소지가 큼에도 불구하고 그 사람에게 면박을 준 건 비슷한 생각을 하고 있는 천하의 신하들에게 추렵의 의미를 알려주기 위함이었네."

건륭은 시계를 꺼내보면서 말을 이었다.

"태평무사한 나날이 이어지니 팔기병(八旗兵)들이 백년 전의 그 용맹함은 찾아볼 수 없을 만큼 무기력해지고 있네. 장군이 병사들을 이끌고 전쟁터에 나가는 걸 두려워하고, 병사들은 총포소리에 뒷걸음을 치는 형국이 되고 말았다 이 말이네! 금천(金川)의 전사(戰事)가 저 꼴이 된 것도 사졸(士卒)들의 졸부 근성이 한몫했다는 걸 잊지 말게. 우리 만주인(滿洲人)들은 13만 명으로 이자성(李自成)의 백만 철기병(鐵騎兵)을 쓸어 눕힌 위대한 민족이네. 삼번(三藩)의 난이 11개 성에 전염병처럼 번져 그 흑수역파(黑水逆派)가 전국을 노릴 때도 성조(聖祖, 강희제)께선 용감무쌍한 팔기병을 이끌고 불과 몇 년 사이에 삼번의 난을 평정하는 개가를 올렸다네. 그런데, 그 위대한 전통이 선제(先帝)에서 짐에 이르러서는 손바닥만한 대금천, 소금천에서 번번이 얻어맞고 올 정도로 망가졌다는 사실이 실로 개탄스럽기 그지없네! 그런 뜻에서 추렵은 사냥이라는 형식을 빌려 무예의 중요성을 강조하고 수행한 장병들의 사기를 진작시키려는데 크나큰 의미를 부여하고 있다 하겠네! 야수들의 먹고 먹히는 약육강식의 현장을 보여주는 짐의 큰 뜻을 책을 안 읽는 자네들이 알 리가 없지. 황후는 언제 한 번이라도 이런 말을 입 밖에 내어 본 적이 없네. 또한 산해관(山海關) 밖으로 나가 추렵을 하다보면 몽고의 여러 왕들이 자연스레 찾아오게 되니, 중앙과 지방 번사(藩司)들간의 정도 돈독해지고 교류도 활발해질 게 아닌가. 눈에서 멀어지면 마음에서 멀어진다느니 어쩌니 하는 것은 자네들 같은 아녀자들이 입에 달고 다니는 말이지 않은가! 방금 당아가 말한 것처럼 짐이 즐기는 게 목적이라면 궁궐 내 어디서든 질펀하게 즐길 수 없어 고생을 사서하며 번번이 먼길을 떠나겠는가."

건륭의 말 중에서 '질펀하다'는 단어는 자신과 만리장성을 쌓던 순간을 떠올리게 하기 위해서라고 나름대로 생각한 당아는 삽시간에 얼굴이 홍당무가 되어버렸다.

이튿날은 사형 집행일이었다. 이승에서의 마지막 진수성찬을 배불리 먹고 난 노작은 형부의 마차를 타고 채시구(菜市口)에 있는 사형장으로 압송되었다. 더운 날엔 사형을 집행하는 경우가 드물어 오랜만의 볼거리인 데다 노작이 유명한 봉강대리(封疆大吏)이다 보니 사형장은 진시(辰時)가 되기도 전에 사방에서 몰려든 인파로 북새통을 이루었다.

아직 노작을 사면한다는 내부기밀이 전혀 누설되지 않은 상태였는지라 감참관(監斬官) 류통훈(劉統勛)은 혹시라도 차질을 빚을세라 잔뜩 신경을 곤두세우고 있었다. 노작의 사면을 끈질기게 탄원해왔던 복건인(福建人)들이 집단으로 난동을 부리지는 않을까 저어한 류통훈은 황천패(黃天覇) 등에게 긴장을 늦추지 말라고 신신당부를 했다. 워낙 인심을 얻었던 노작이었는지라 그의 마지막 길을 보러오는 사람들이 많을 것이라 예상하여 천막을 여러 군데 설치해 즉석에서 제사를 지낼 수 있게끔 술이며 음식을 마련해두는 배려도 잊지 않았다.

그렇게 반나절을 바삐 움직이고 나니 "사형수 노작이 압송됐다!"는 고함소리와 함께 인파가 걷잡을 수 없이 술렁대기 시작했다. 천막 안에서 몇몇 관원들과 인사를 나누고 있던 류통훈이 인사말도 채 맺지 못한 채 부랴부랴 뛰쳐나왔다. 몇 십 명의 아역(衙役)들이 손에 손을 잡고 길게 늘어서서 인파를 차단하여 형차(刑車)에 길을 내어주고 있었다. 그러나 그 등뒤에는 사람들이 사정없이 밀어닥쳐 아역들은 그 무게를 이기지 못해 곧 고꾸라질 것만 같았다.

"채찍은 뒀다 삶아먹을 거야?"

류통훈이 아역들에게 고함을 질렀다. 그제야 아역들이 저마다 채찍을 뽑아들고 인정사정 없이 후려치니 사람들은 다시 뒤로 넘어져 깔려죽는다는 비명소리로 강산이 떠나갈 것 같았다. 겨우 노작을 끌어다 형장 가운데 세우니 그제야 장내는 조용해지기 시작했다. 가끔씩 기침소리가 들려올 뿐 수천 명이 모인 장소치고는 그렇게 쥐 죽은 듯 고요할 수 없는 순간이었다. 수많은 이목이 집중된 가운데 류통훈이 천천히 걸음을 떼어 두 눈을 질끈 감고 있는 노작에게로 다가가 읍을 하고 나서 천천히 말했다.

"노공(盧公), 마지막 길을 바래다주러 왔소."

"고맙소, 연청(延淸)."

"동아줄이 너무 조여 아프진 않았소?"

"그렇진 않았소."

"지의(旨意)라 어쩔 수 없었소."

"내 어찌 모르겠소? 이해하고도 남지."

"달리 남길 말씀이 있으면 시간을 드리겠소."

"그럴 거 없소."

짤막하게 대화를 나누고 난 류통훈이 다시 읍하며 말했다.
"아직 시간은 남아 있소. 천막 안에 벗들이 많이 와 있으니 가서 만나보오. 나와는 나중에 한잔하도록 합시다."
그런 다음 류통훈은 아역들에게 명령했다.
"포승을 풀어드리거라! 혼자 걸을 수 있겠소?"
노작이 머리를 끄덕였다. 손짓으로 아역들에게 명하여 노작을 천막으로 데려가게 하고 난 류통훈은 성큼성큼 감참대(監斬臺)에 올라 다시금 죽 끓듯 떠들어대기 시작하는 인파를 쓸어보았다. 그리고는 경당목을 들어 힘껏 내리치며 고함을 쳤다.
"지금부터 노작의 죄상에 대한 성지(聖旨)를 낭독하겠으니 조용히 하라. 형장에서 규칙을 어기는 자는 즉각 순천부(順天府)로 넘길 것이니 그리 알거라!"
삼라만상이 잠든 것 같은 정적 속에서 지의를 선독하는 류통훈의 힘찬 목소리가 메아리처럼 울려 퍼졌다.

봉천승운황제조왈(奉天承運皇帝詔曰) :
짐은 천하를 다스림에 있어서 공정함으로 일관해 왔고, 신하들에게도 지성(至誠)을 다해 왔다고 생각했다. 짐이 믿어마지 않는 대신들 중에서 노작과 같이 짐의 성의를 무시하고 수만 냥에 달하는 뇌물을 받아 자기 주머니를 채우는 심지 비열한 자가 있어 짐의 성총을 훔쳐냈다는 사실에 짐은 분노를 금할 길 없다! 또한 짐의 지성이 여러분들을 감화시키지 못했다는 것에 울분과 수치를 함께 느낀다. 싸하량과 칼친의 처참한 말로는 주지하는 바이다. 노작이 이를 교훈으로 삼지 아니하고 공공연히 법규에 저촉되는 일을 저질러 자나깨나 민생을 염려하는 짐을 욕되게 하였으니, 짐도 삼척왕강(三尺王綱)을 휘두르지 않을 수가 있겠느냐? 즉각 노작을 형장으로 끌고 가서 정법(正法)에 처하거라. 류통훈은 형장감시를 철저히 하라.

노작의 죄상을 알리는 대목에서 장내는 웅성웅성 소란스럽기 이를 데 없었다. 겨우 지의를 다 읽고 난 류통훈이 감참대에서 내려서니 돈민(敦敏), 돈성(敦誠) 형제가 인파에 치여 머리가 흐트러진 채로 다가왔다. 그들을 본 류통훈이 반갑게 맞았다.

"북경에는 언제 돌아왔소? 날도 더운데, 피비린내가 역겹지도 않소? 그리 한가하면 어디 그늘을 찾아 시나 읊으며 놀 일이지, 이런 데는 왜 왔소?"

"노작과 모르는 사이도 아니고 다시 못 올 길을 떠난다는데, 와 보는 건 인지상정이 아니겠소? 사람 잡는 것을 밥먹듯 하는 사람이니 다르긴 다르군. 이 마당에도 웃을 수 있는 걸 보니! 언젠가 내가 저 모양이 되어 끌려와도 싱글벙글하겠지?"

허물없는 사이인지라 이같이 농담을 하며 돈성이 덧붙였다.

"그렇지 않아도 설근이네 집에 가서 시 한 수 읊고 오려던 참이오. 산해관에서는 어제 돌아왔고."

류통훈이 걸어가며 말했다.

"시간이 다 됐소. 노작에게 술이라도 한잔 권하고……."

류통훈의 말이 끝나기도 전에 대포소리가 울렸다. 친병(親兵)이 달려와 아뢰었다.

"예정된 시간입니다. 명령을 내려 주십시오!"

류통훈이 발걸음을 재촉하여 천막 안으로 들어섰을 때였다. 감참대를 지키고 서 있던 황천패가 헐레벌떡 달려왔다. 흥분하여 숨이 턱에 찬 그는 목소리까지 떨며 다급히 말했다.

"연청 어른! 내정(內廷)에서 채(蔡) 태감이 왔습니다……."

황천패가 가리키는 곳을 보니 과연 땀으로 범벅이 된 태감 하나가 멀리서부터 고함을 치며 다가왔다.

"태후마마의 의지(懿旨)가 계십니다. 황후마마께서도 의지를 내리시어 사형집행을 보류하라고 명하셨습니다!"

형장 앞에는 구경꾼들이 어느새 족히 1만 명은 넘게 모여들었다. 개국 이래 수많은 사람이 이곳에서 죽어갔어도 사형 집행을 코앞에 두고 태후와 황후의 의지로 인해 사형집행이 보류되는 것은 처음 있는 일이었다. 사람들이 영문을 몰라 의아해하는 건 당연지사였고, 천막 안에서 벗들이 건네는 술을 마시던 당사자인 노작도 깜짝 놀라 손에 들고 있던 잔을 떨어뜨리고 말았다.

수군수군, 웅성웅성 하던 사람들은 갑자기 저마다 광기어린 흥분에 도취되어 고함을 지르기 시작했다.

"사형 보류! 사형 보류!"

개중에 어떤 이들은 "황제 만세, 만만세!"를 외쳤고, "태후, 황후 천세, 천천세"라고 외치는 함성도 간간이 들려왔다. 두 손을 모아 나무아미타불을 연발하며 땅에 엎드려 절하는 노인이 있는가 하면 목청이 찢어져라 송성가(頌聖歌)를 부르는 이들도 있었다.

류통훈은 어리둥절하고 경황이 없어 술은 입에 대지도 않았음에도 다리가 후들거리고 눈앞이 흐릿했다. 의지를 전하러 온 태감에게 태후와 황후의 문후를 여쭙고 난 류통훈이 그제야 정신을 추스르며 말했다.

"채 태감, 돌아가서 태후마마와 황후마마께 전하시오. 류통훈이 의지를 받들어 모시겠노라고 말이오! 류통훈은 이 자리에서 사형을 보류하고 조정의 명령을 기다리겠노라고 고하오!"

넋을 잃은 노작은 천막 안에서, 영문을 몰라 갑갑한 류통훈은 천막 밖 회자나무 아래에서 초조하게 조정의 명령을 기다렸다. 천막 안에는 시간이 흐를수록 관원들이 더 많이 모여들었고, 질서를 유지하느라 안간힘을 쏟던 아역들은 어림군(御林軍)이 당도하고 나서야 겨우 한숨을 돌릴 수 있게 되었다.

이러지도 저러지도 못하는 초조한 시간이 얼마나 흘렀을까, 갑자기 인파가 다시 술렁거리기 시작했다. 그와 동시에 동쪽에서 먼지를 뽀얗게 일으키며 쾌마(快馬)가 질주해왔고, 그 가운데 양심전 태감들에 둘러싸인 푸헝의 모습이 보였던 것이다. 감참대 앞까지 말을 달려온 푸헝은 침착하게 말에서 내리더니 남쪽을 향해 돌아섰다. 그리고 천천히 입을 열었다.

"지의가 계신다! 류통훈은 무릎 꿇어 지의를 받거라!"

"신 류통훈, 대령하였사옵니다!"

약간 안으로 휜 다리로 허겁지겁 달려가는 류통훈의 모습은 우스꽝스럽게 보였다. 그는 즉시 무릎을 꿇었다.

"……폐하의 성유(聖諭)를 받들어 모시겠사옵니다!"

얼굴에 미소를 띠우며 류통훈을 힐끗 바라보던 푸헝이 지의를 읽기 시작했다.

"황후가 오늘 진시(辰時)에 태후의 의지를 받들어 건청궁으로 와 면성(面聖)하여 주청을 올린 바에 의하면 노작은 비록 그 죄가 엄연하여 국법의 용서를 받을 수 없으나 재임기간에 수리와 치수에 쏟은 열정과 그로 인해 조정과 백성이 입은 혜택은 이루 헤아릴 수 없으니 황후가 친히 노작의 죄를 사면해달라고 청을 올렸고, 그 대죄입공(戴罪入功)을 지켜보겠노라고 강한 자신감을 피력하였으니 짐은 황후의 마음이 곧 여원중생(黎元衆生)들의 마음의 소리이고 태후의 큰 뜻이라 생각하여 이를 받아들이기로 하였다. 사형을 앞둔 노작을 특별 사면하여 대리사(大理寺)로 압송하여 구금시킨 다음에 다음 명(命)을 기다리거라. 물론 국법은 엄연하니 이를 타파하는 것은 이 한 번으로 족함을 분명히 일러둔다. 노작은 태후마마와 황후의 인덕에 힘입어 다시 살게 됨을 감사하게 생각하고 거듭 태어나는 자세로 과거의 잘못을 통렬히 뉘우치고 세심혁면(洗心革面)하길 바란다!"

류통훈이 즉각 머리를 조아리며 소리쳤다.

"만세, 만만세! 신 류통훈, 지의를 받들어 모시겠사옵니다!"

노작의 곁에 서서 가슴을 졸이던 사람들은 엎드려서 "만세!"를 연발했고, 폭죽소리가 천리만리 구중천에 울려 퍼졌다. 제사를 지내려고 준비해 왔던 종이와 천을 태우는 냄새가 그리 싫지 않은 적도 드물었다.

1년 동안 세상을 시끌벅적하게 만들며 끌어왔던 노작의 사건은 뒤집고 뒤집히는 파란을 거듭하여 결국엔 이와 같은 결말을 맺게 되었다. 돈민, 돈성 형제는 의외라고 생각하면서도 한편으로는 그리 불가사의한 일은 아니었다고 입을 모았다. 꾸역꾸역 밀려들었던 인파가 산지사방으로 흩어지기를 기다렸다가 두 형제는 말에 올랐다. 서직문(西直門) 입구에 다다랐을 때 고삐를 움켜쥐고 천천히 나아가던 돈성이 뭔가를 발견한 듯 채찍 끝으로 어딘가를 가리켰다.

"형, 저기 저 부인 좀 보세요. 뒷모습이 전에 장 백정네 딸 옥이랑 꼭 닮지 않았어요? 러민이 눈이 빠지게 찾고 있는데!"

돈민이 미간을 좁히며 눈여겨보니 과연 어딘가 눈에 익은 뒷모습이었다. 두 사람은 확신에 찬 눈짓을 주고받으며 힘껏 채찍을 휘둘렀다. 두어 걸음에 여인을 뒤쫓아가 보니 등뒤엔 곤히 잠든 아이를 업고 있었다. 돈성이 다짜고짜 큰소리로 불렀다.
"옥이 처녀!"
"어머, 어르신!"
깜짝 놀란 옥이가 어정쩡하여 어쩔 바를 몰라했다. 다행히 곧 돈민 형제를 알아보았으나 옥이는 이내 고개를 떨구며 기어 들어가는 목소리로 말했다.
"구경 나오셨어요?"
미간을 좁히며 숨을 길게 들이마시던 돈민이 따지듯 물었다.
"등에 업고 있는 아이는 그대의 아들이오? 아이의 성이 뭐요?"
"자…… 장씨예요."
"애 아비는 어디 가고?"
"작년에 먼저 갔어요……."
"생전엔 뭘 하던 사람이었소?"
남정네가 죽었다는 말에 일순 마음이 누그러든 돈성이 궁금함을 이기지 못하고 캐물었다.
"그래, 먹고 살아가는데 어려움은 없고?"
"평범한 농사꾼이었어요……."
콧마루가 시큰하여 눈동자가 붉어진 옥이는 발끝으로 땅만 후벼팔 뿐 여전히 두 사람에겐 시선을 주지 않았다.
"없는 게 흠이지 괜찮은 사람이었어요. 시어머님은 성격이 유별났어요…… 다 팔자소관인 것 같아요……."
세 사람은 잠시 할말을 잃었다. 잠시 무거운 침묵이 흘렀다. 만감이 교차하는 표정을 짓고 있던 돈민이 다시 입을 열어 물었다.

"그동안 감쪽같이 이사가서 어디에서 살았소? 지난번 조설근(曹雪芹)도 장씨네 돼지간 타령을 하던데! 러민도 아직 궁금해하는 것 같고. 사람이 어찌 그리 매정할 수가 있소. 그래도 한때는 정을 주고 내일을 기약했던 사람인데……."

얼굴이 하얗게 질린 옥이는 끝내 고개를 떨구고 말았다. 그리고는 변명처럼 말했다.

"그렇게 됐어요……. 웬만해선 시내 한 번 나오기도 힘든 첩첩산중으로 갔거든요……. 애가 아파서 약을 지으려고 큰맘 먹고 나왔지, 아니면 나올 엄두를 못 내요……."

못마땅한 기색을 감추지 못하며 돈성이 말했다.

"배 지나간 뒤에 손 흔들면 뭘 하랴만, 옥이 아버지도 너무 하셨어! 당사자들은 죽자살자 하는데 그리 빠개버리고 나니 속이 시원하시겠네! 들어봐야 아무 소용이 없겠지만 알고나 있으시오. 러민이 지금 안 좋은 상황에 처해 있소!"

순간 옥이가 번쩍 고개를 쳐들었다. 이마며 눈가의 잔주름이 고기의 비늘 같아서 옛날의 그 고운 자태를 찾아보긴 힘들었다. 그러나 영특한 눈빛만은 여전했다. 주저하며 입을 연 옥이가 물었다.

"그이…… 위험한가요? 지금 어디 있어요?"

겁에 질려 어찌할 바를 모르는 그 모습을 보며 돈민이 돈성을 나무랐다.

"전해주려면 제대로 전해줘야지, 거두절미하고 그렇게 말해버리면 사람이 놀라지 않겠어? 위험한 건 아니오. 지금 운남(雲南)에 있는데, 며칠 내에 북경으로 올 거요. 별 탈 없이 마무리될 것이니 걱정하지 마오!"

"행색을 보니 그리 넉넉하지는 못한 것 같은데……."

돈성이 더덕더덕 기운 옥이의 바지를 바라보며 한숨을 짓더니 주머니를 뒤지기 시작했다.

"얼마 안 되지만 아이 먹거리나 사는 데 보태시오! 정 막막하면 우리집으로 찾아오도록 하오. 과거에 즐거운 한때를 같이했던 사이잖소. 어찌됐건 우리는 옥이를 영원한 큰, 큰…… 누이로 생각하고 있소!"

주머니에 있던 은자 몇 냥을 털어 한사코 뿌리치는 옥이의 손에 쥐어주고는 둘은 곧 작별인사를 고하고 다시 길을 떠났다.

조설근이 새로 이사간 집은 백가탄(白家疃)에 있었다. 돈씨 형제가 말에서 내려 뜰 안에 들어서니 벌써 안에서는 류소림(劉嘯林)의 이야기 한마당이 한창이었다. 연기가 자욱한 부엌에서 부지런히 솥을 비워가며 음식을 만드느라 여념이 없는 방경(芳卿)이 어느새 훌쩍 커서 밖에서 혼자 노는 아이를 향해 고함을 질렀다.

"동리(東籬)야! 형이 책 읽는데, 그 앞에서 놀지 말고 저쪽 나무 밑에 가서 놀렴! 흙장난은 그만하고!"

밖으로 눈길을 돌려 아이를 찾던 방경이 그제야 두 사람을 발견하고는 앞치마에 젖은 손을 쓱쓱 닦으며 달려나와 윗방을 향해 소리쳤다.

"이봐요! 돈 어른 형제분이 오셨어요! 어서 오세요, 곧 주안상을 내어올 테니 잠깐만 앉아 계세요."

돈민이 사람 좋게 웃으며 답했다.

"형수님의 요리솜씨는 하루가 다른 것 같습니다. 우리 두 사람이 멀리서부터 군침을 질질 흘리며 왔다는 거 아닙니까!"

그사이 조설근이 달려나와 반가이 맞아주었다. 돈씨 형제의 주선으로 다시 종학(宗學)에 들어가 교습(敎習)을 맡게 된 조설근은 훨씬 생기가 있어 보였다. 알게 모르게 그를 괴롭히던 장리교습(長吏敎習)들이 외임으로 발령이 나서 종학을 떠나니 마음도 한결 편해지고 월정수입이 생겨 가계에 보탬이 되었다. 게다가 푸형과 이친왕(怡親王), 장친왕(莊親王) 등도 자주 도움을 주는 덕에 살림도 많이 펴졌다. 머리까지 말끔하게 깎고 달빛처럼 고운 두루마기를 깔끔하게 차려입은 조설근은 한결 신수가 훤해 보였다.

"말은 안장이요, 사람은 의상이라더니, 역시 옛말 그른 데 하나 없구만!"

돈민 형제가 어색해하며 뒷머리를 긁는 조설근의 가슴팍을 치며 반가워했다.

안에서는 술자리가 한창이었다. 두 사람이 들어가자 무리들이 왁자지껄하게 떠들고 일어나 형제를 에워싸고 돌며 벌주를 마셔라 야단법석이었다. 돈민이 두어 잔 받아 마시는 사이 돈성이 연신 술을 피하며 말했다.

"소림 어른께서 판을 벌이시는 것 같던데, 먼저 이야기나 듣죠. 난 빈 속에 술 먹을 자신이 없어 형수님이 맛있는 안주 만들어 주실 때까지 기다려야겠소. 아! 글쎄, 벌주(罰酒)는 마신다니까!"

돈성이 벌주! 벌주! 하며 아우성치는 무리들을 향해 웃으며 손사래를 쳤다.

"내가 지금 임사낭(林四娘) 얘기를 하던 참이오. 늦게 왔으니 앞부분을 잠깐 짚고 넘어가지."

류소림이 창가에 기대 다리를 꼬고 앉아 한 손에 잔을 들고 다른 한 손은 창틀에 얹은 채 자신만만하게 입을 열었다.

"강희 2년에 복건 사람인 진록애(陳綠崖)가 청주(靑州) 도대

(道臺)로 있을 때의 일이오. 그 당시 전란이 막 끝난 뒤라 아문이고 어디고 잡초가 무성하고 인가가 드물었다지. 어느 날 밤늦게까지 홀로 아문에서 술잔을 기울이고 있노라니 홀연 염려한 궁장(宮裝) 차림의 아리따운 여자가 바람처럼 나타났다지 뭐요. 붉은색 옷에 머리를 틀어 올리고 허리에 쌍검을 꽂은 여인은 곧 날아갈 듯이 날렵하더라고 하오. 진록애는 여자가 협객인 줄 알고 공손히 예를 갖춰 자리를 권했다오. 술을 권하며 이것저것 물으니 여인은 자기가 임사낭이고, 불행하게 요절한 청주 항왕(恒王)의 궁빈(宮嬪)이라며 자기소개를 하더라는 거요. 지금 도대 아문이 자리한 곳이 바로 왕궁의 옛터라 찾아왔다는 거지. 진록애가 요모조모 뜯어보니 미색이 황홀하고 조용조용히 말하는 투가 악의는 없어 보이는지라 둘은 권커니 작커니 술을 마시고 소매를 밀고 당기며 가까이 앉으니 정분이 나는 건 순식간이었다오. 꿈인가 생시인가 모를 나날이 이어지던 중 홀연 어느 날 임사낭이 얼굴 가득 어두운 기색을 담은 채 작별을 고했다고 하오. '소첩은 속세의 인연이 다하여 이젠 종남산(終南山)으로 돌아가야 합니다. 이 시(詩)는 곁에 두고 있다가 소첩이 그립거든 읽어보십시오.' 이 말 한마디 남기고 여인은 감쪽같이 사라져버리고 말았다오."

그쯤에서 얘기를 멈춘 류소림은 연거푸 술잔을 비웠다. 사람들은 서두에 불과하다고 보고 이제나저제나 하며 기다렸다. 하지만 류소림은 음식을 입안에 집어넣고 질근질근 씹을 뿐 아무 말도 하지 않는 것이었다. 아무래도 뒤를 이을 표정이 아니었다. 참다못한 돈성이 물었다.

"그게 끝이요?"

이에 류소림이 히죽 웃으며 말했다.

"임사낭이 가뭇없이 사라졌다는데, 뭘 더 하라는 거요?"

사람들은 그럴 줄 알았다는 듯이 저마다 실소를 터트렸다. 그사이 방경이 쟁반에 음식을 가득 차려서 들어왔다. 조설근이 벌떡 일어나 그것을 받더니 탁자에 하나씩 올려놓자 주위에서는 공처가라며 무안을 주었다. 술이 두어 잔씩 더 돌아가자 돈성은 오늘 사형장에서 있었던 자초지종을 들려주기에 바빴다. 노작이 사면받던 순간의 정경을 그린 듯이 생생하게 옮겨놓고 난 돈성이 덧붙였다.

"사면 소식을 접하고 사람들이 완전히 미쳐서 돌아가더라니까! 와, 노작의 힘이 그 정도로 대단할 줄은 몰랐소. 인생을 다시 살아야 하지 않나 하는 생각이 불현듯 뇌리를 치는데, 난 여태 뭘 했나 싶더라고. 우린 정말 훌륭한 폐하를 모시고 사는 복된 사람들이란 생각은 늘 해왔어도 태후마마와 황후마마께서도 천리마를 알아보는 혜안이 그리 돋보일 줄은 미처 몰랐소. 황후마마는 정무(政務)와는 거리가 먼 심궁(深宮)에서 밖으로 나오는 모습을 거의 못 봤는데, 어찌 갑자기 노작을 구해낼 생각을 했는지 그게 좀 궁금하긴 하오만!"

"그거야 우리 범인(凡人)들이 알 리가 없지. 알 바도 아니고."

류소림이 수염을 쓰다듬으며 말을 이었다.

"요즘 세상이 급격하게 변하고 있다는 것은 거짓이 아닌 것 같았소. 남경(南京)에서 북경(北京)으로 오는 길에 윤계선이 새로 지었다는 금릉서원(金陵書院)을 구경시켜주는데, 그 웅장함과 기세가 전에 숭양(嵩陽), 악려(岳麗) 같은 서원은 발뒤축에도 못 따르겠더라고! 공덕이 무량한 큰일을 했다고 칭찬했더니, 듣는 둥 마는 둥 하고 이번에는 폐하의 남순행에 편히 쉬어갈 행궁을 지었다는 곳으로 안내하더군. 몇 천 평은 족히 될 부지에 돈을 어마어마하게 쏟아 부은 것 같더군. 두 시간을 구경하고도 다 못하고 나왔으니까. 윤계선이 그러는데 요즘은 관부에도, 민간에도 돈이 넘쳐난다는 거요. 서원을 짓고 행궁을 짓는 데 자루째 쏟아 넣어도 백성들에게서 긁어내지 않고 내 주머니에 쑤셔 넣지 않는 이상 두려울 게 없다는 거지! 그 배짱이 부럽고 인간이 된 사람이라는 생각이 들었소. 북방은 째지게 궁색해도 강남의 몇몇 큰 사원(寺院)은 조금 늦게 가면 불전함(佛錢函)이 꽉 차 보시(布施)도 못하고 돌아올 정도라고 하오!"

그러자 조설근이 술을 따라주며 말했다.

"북경 한 구석에 처박혀 있는 나도 고기냄새, 기름냄새 끊이지 않는 걸 보면 일엽지추(一葉知秋)라고, 세상이 참 좋아졌다는 걸 알 수 있을 것 같소. 하지만 우리는 잘 먹고 잘 사는데, 다음 세대는 어찌 될지 누가 장담할 수 있겠소. 극성(極盛)하면 쇠잔(衰殘)하기 마련인데, 무작정 술판을 낭자하게 벌일 일만도 아닌 것 같소. 문경지치(文景之治) 뒤엔 왕망(王莽)의 난(亂)이 있었고, 정관개원(貞觀開元)의 번화함 뒤에는 천보(天寶)의 난이 이어졌소. 그런 측면에서 보면 난 오늘의 극성(極盛)이 그리 반갑지 않소! 녹음(綠蔭)이 우거진 이 여름도 언젠가는 다 가고 낙엽 쓸쓸한 가을이 오지 않겠소? 노작은 구사일생으로 살아났다고 하지만 아계와 러민은 아직 명운을 점칠 수 없는 상황에 처해 있지 않소? 때리고 맞고, 치고 박는 싸움이 끝나면 누군가는 패하여 쓰러지는 쪽이 있게 마련이라고. 인생이란 내가 춤추고 내려온 자리에 네가 올라가 술에 취해 광기를 부리고, 네가 웃고 내려온 자리에 내가 울며 오열하는 연극무대가 아닌가 싶은 게 새삼 허망하고 쓸쓸해지오!"
 사람들은 조설근의 철학이 담긴 이 한마디에 금세 숙연해지고 말았다. 선의의 비아냥거림도 없고 잘났노라고 더 난해한 철학을 쏟아놓는 이도 없었다.
 문득 옥이를 만났던 일이 생각난 돈성이 두어 마디로 옥이의 근황을 알려주고는 한숨을 지었다.
 "세상사란 정말 종잡을 수 없는 것 같소. 러민이 어디가 모자라 옥이를 놓쳐야만 했는지, 그 고집불통 장 백정은 둘을 생이별 시켜 놓고 저 모양이 된 딸을 보며 저승에서도 편치 않을 걸! 땅을 치며 후회하고 있는지도 모르지!"
 돈성의 말에 사람들은 모두 고개를 힘껏 끄덕이며 공감을 표했다.

30. 황학루(黃鶴樓)

나친은 명을 받고 6월 19일 북경을 떠나 대소금천(大小金川)으로 향했다. 출발 하루만에 보정(保定)에 당도한 그는 장광사(張廣泗)와 경복(慶復)이 현지에서 직무와 작위를 박탈당하고 곧 북경으로 연행되어 부의(部議)에 넘겨져 응분의 죄값을 치르게 될 거라는 정유(廷諭)를 받았다. 그로부터 2, 3일 후 다시 날아온 정유에 따르면 병부(兵部)에서 조사해 본 결과 경복은 예전의 상, 하첨대 전투에서 반곤(斑滾)에 패하고 반곤이 금천으로 잠입하는 걸 방치했다는 사실이 드러났고, 경복도 이를 인정했다는 것이었다. 또한 이번 금천 전투에서도 패망의 위기를 앞두고 그가 먼저 강화협정을 제안했다는 장광사의 상주문이 결정적인 요인이 되어 경복은 죽음을 면치 못할 거라고 했다. 다만 본인이 황실친귀(皇室親貴)의 자제임을 감안하여 참수형 대신 자살을 명했다고 했다.

소식을 접하는 대로 염두에 두고 길을 재촉하며 나친은 한편으론 고개를 갸웃했다. 경복에게 죽음을 준다면 그럼 장광사는……
장광사는 무사하단 말인가? 과연 그에게는 아무런 책임도 묻지
않는단 말인가? 의혹이 꼬리를 물었으나 누구에게 내색할 수도
없어서 그는 속으로만 중얼거릴 뿐이었다. 주위에 호종(扈從)하
는 일행이 구름 같았으나 어느 누구도 그 속내를 알 수가 없었다.

소금천에서부터 공략을 개시한다는 나친의 계획대로라면 낙완
(洛宛)에서 사천(四川)으로 들어가는 것이 빠르고 편리할 터였
다. 그러나 출발을 앞두고 건륭을 배알하고 나온 나친은 곧 생각을
달리하여 호광(湖廣)을 경유하기로 했다. 건륭의 뜻은 충분히 설
득력이 있었던 것이다.

"싸움은 무엇이냐! 곧 사기(士氣)와 모략(謀略)과 군향(軍餉)
의 겨룸이다. 어떻게든 충분한 군향을 보장받으려면 윤계선을 만
나야 하고, 윤계선의 전폭적인 지원을 이끌어내야 한다."

한마디로, 그것이 건륭의 견해였다.

"조정에서는 더 이상 호부의 전량(錢糧)을 소모할 수 없으니
이번 전쟁에선 윤계선의 도움이 필요하다. 짐은 이미 지의를 내려
윤계선더러 무창(武昌)까지 자네를 영접하러 나오라고 명했으니
황학루(黃鶴樓)에서 잠깐 만남을 가진 연후에 사천으로 들어가도
늦지 않다."

건륭의 이러한 훈수는 나친의 마음을 움직이기에 충분했다. 물
론 호광으로 돌아가자면 5일 동안 밤낮 없이 걸어야 했다. 하남성
신양부(信陽府)에서 나친은 수행하던 3백 명의 인마(人馬)더러
짐을 최소한으로 줄이고 오는 길에 지치고 병든 말들도 전부 바꿔
속력에 박차를 가할 것을 명했다. 과연 쾌마는 빨리도 달려 신양에
서 호광의 무창까지 당도하는데는 반나절밖에 걸리지 않았다. 그

렇게 장강(長江)에 이르러 배에 올라탔을 때는 겨우 정오가 조금 지난 시각이었다.

오는 길 내내 말 위에서 내려올 줄 모르고 쾌마가편(快馬加鞭) 하느라 숨돌릴 틈도 없었던 나친은 뱃사공의 느리고 긴 노랫소리와 함께 배가 부두를 떠나기 시작해서야 비로소 마음의 안정을 찾아갔다. 구름 한 점 없는 맑은 하늘이 장강의 호호탕탕한 물과 일색이 되어 만경창파 넘실대며 동으로 흐르는 바다를 더욱 경이롭게 만들었다. 한 무리 갈매기들이 한가로이 날아예는 저 멀리로 시선을 두니 귀사(龜蛇) 두 산맥이 뽀얀 물안개 너머로 서서히 모습을 드러내고 있었다. 강가에 세워져 높다라이 하늘을 찌르고 있는 웅장한 황학루도 넘실대는 물결을 따라 흔들흔들 춤을 추고 있는 것 같았다. 끝없이 펼쳐지는 바다의 넓은 품에 안겨 나친은 그동안 알게 모르게 쌓여왔던 고뇌가 한꺼번에 씻겨나가는 홀가분한 기분에 사로잡혔다. 옆자리에 서 있던 막료 가모조(柯模祖)가 갑자기 맞은 편의 부두를 가리키며 말했다.

"동옹(東翁, 나친의 호), 저기 보세요! 윤계선 총독께서 마중을 나오셨네요!"

"그렇군."

나친의 얼굴에 알 듯 말 듯한 엷은 미소가 스쳤다.

"난 벌써 알아 봤는 걸! 중간에 서 있는 사람이 윤계선 공(公)이고, 그 옆에 호광순무 하판룽…… 그 밖에 이시요(李侍堯)와 전도(錢度)도 있는 것 같지, 아마……."

나친이 한 사람씩 짚어내는 사이 배는 어느덧 부두에 이르러 정박하기 시작했다. 윤계선이 무어라 명령한 듯 삽시간에 고악소리가 대작했다. 풍각쟁이들이 일제히 연주해내는 〈득승령(得勝

슈〉〉은 천년 바위에 금이 가고 구름이 산산조각 나는 듯한 울림이 었고, 타닥타닥 끝없이 터지는 폭죽소리는 숨이 가쁠 정도였다. 뱃사공이 다시 째지는 듯한 목소리를 끌어올리며 배가 정박하고 있음을 알리는 순간 닻이 내려지고 디딤판이 다리처럼 가로놓였다.

의관(衣冠)을 정제하고 나친이 천천히 배에서 내려서니 다시 귀청을 째는 듯 요란한 대포소리가 세 번 울렸다. 그 여진에 제방이 드르르 떠는 것 같았다. 윤계선을 비롯한 몇 십 명의 관원들이 일제히 무릎을 꿇었다. 요란하여 경황이 없게 만들던 고악과 폭죽소리는 그제야 그쳤다. 윤계선과 하판룽이 큰소리로 이름을 말하며 영접했다.

"신 윤계선, 하판룽이 호광의 뭇 관원들을 대동하여 폐하께 성안(聖安)을 여쭙사옵니다!"

"성궁안(聖躬安)!"

남쪽을 향해 돌아서서 고개를 들고 이같이 답한 나친이 곧 웃는 얼굴을 보이며 몸을 낮춰 두 사람의 손을 잡아 일으켜주며 말했다.

"계선 공, 판룽 아우! 그간 별래무양(別來無恙)하였소? 계선 공은 몸이 두 개라도 부족할 사람이 남경(南京)에서 여기까지 나오느라 수고가 많았소!"

금천을 지원하라는 명을 받은 건 아니지만 호광순무(湖廣巡撫)로서 주인의 인사치레를 하지 않을 수 없어 동행한 하판룽이 관원들의 인사가 끝나길 기다린 다음에 입을 열었다.

"나상, 오시느라 풍진(風塵)에 수고가 많으셨습니다. 호북(湖北)에서 흠차(欽差)를 여러 번 영접했어도 이처럼 날개돋친 듯 걸음이 빠른 천사(天使)는 처음입니다. 이쪽으로 옮기시죠……

나상 일행을 위한 조출한 주안상을 마련하였사오니 괘념치 않으셨으면 합니다."

나친이 하늘로 높이 치솟은 황학루를 힐끗 쳐다보았다. 그리고는 입을 열었다.

"이리 멀쩡하게 보여도 속은 까맣게 타 들어가는 사람이라오. 어디 엉덩이를 붙이고 느긋하게 앉아있을 경황이 없소. 특별히 호광에 들른 건 두 사람과 군량미 조달 건에 대해 긴히 상의할 일이 있어서였소. 서로가 초면도 아니고 허례허식은 빼는 게 좋겠소. 난 원래부터 연석(宴席)을 안 먹고 살아왔으나 이번만은 폐하의 지의가 계시니 예외라 하겠소. 기왕 술잔을 기울일 거라면 황학루에 올라 시원한 강바람을 안주로 삼아 두어 잔 마시는 게 좋지 않겠소?"

나친이 적어도 3일은 머물다 갈 줄 알았던 하판룽은 배에서 내리자마자 서둘러 군무를 논하고 다시 떠날 채비부터 하는 나친의 말에 다소 놀라는 눈치였다. 황학루에 오르지 않고서는 호광에 와 봤다고 할 수는 없는 일이었다. 하지만 여행객들이 개미처럼 몰려든 황학루를 사전에 아무런 준비도 없이 어찌 경계를 강화한단 말인가? 여행객들을 설득하여 보내고 다시 청소하고 연회석을 마련하려면 언제가 될지 장담할 수 없는 노릇이었다······. 미리 일정을 전해주든가 아니면 별스레 굴지나 말든가 하는 생각에 화가 치밀었다. 은근히 나친을 원망하는 마음이 앞섰지만 그렇다고 부임한 지 얼마 되지도 않는 신참 순무가 감히 뭐라 토를 달 수도 없는 입장이었다. 윤계선은 입을 다물고 조용히 웃기만 할 뿐 가타부타 말이 없었다. 이에 하판룽이 급히 명했다.

"즉각 주안상을 황학루로 옮기도록 하라, 어서!"

명을 받은 아역들은 가랑이에 바람을 일으키며 정신없이 움직여서야 겨우 세 사람이 자리하여 술잔을 기울일 공간이 마련되었다. 자리에 앉은 나친이 먼저 말했다.

"계선 공이 현무호(玄武湖) 변에 우리 대청(大淸)에서 최고로 손꼽힐만한 서원을 만들었다 하여 폐하께오서 대단히 흡족해하시던데, 첨부해 보낸 그림을 보니 실로 장관이 따로 없더구만. 원래부터 인재의 요람으로 명망 높은 남경이 더욱 유명세를 타게 생겼소."

"과찬이십니다, 나상!"

언제 보아도 비굴하지도 오만하지도 않아 침착하고 늠름해 보이는 윤계선이 몸을 의자에 살짝 기대며 말을 이었다.

"원래 서원이 있었지만 너무 낡아서 볼썽사나웠습니다. 명륜당(明倫堂)은 한 귀퉁이가 무너지기까지 했거든요. 언제가 됐든 폐하께서 남순(南巡)길에 틀림없이 걸음을 멈추시고 둘러보실 곳인데, 너무 누추한 것도 불경스러울 것 같아 큰맘 먹고 새로이 단장을 해보았습니다."

그러자 나친이 답했다.

"듣자하니 막수호(莫愁湖) 쪽에 화려하기 이를 데 없는 행궁(行宮)도 지어놓았다며? 돈 많이 썼겠는데?"

나친이 집요하게 자신의 부를 강조하고 나서는 의중을 모를 리 없는 윤계선이었다. 그건 '부자'인 윤계선의 비위를 적당히 맞춰 군향을 많이 타내려는 심산일 터였다. 윤계선은 파안대소를 터트렸다.

"그 행궁도 성조께서 남순 때 머물고 가셨던 행궁을 적당히 손봤을 뿐입니다. 만승지군(萬乘之君)이 침수드실 곳인 만큼 예부에서 내려와 직접 기획하고 감리를 했었습니다. 돈은 아무리 많이 들었다고 해도 국고에서 지출했으니 잘은 모르겠습니다. 저쪽에 저의 속사정을 모조리 꿰뚫고 있는 전도도 와 있으니 궁금하면 물어보시지요."

나친이 머리를 끄덕이며 다시 입을 열려는 순간 아역 하나가 달려왔다. 하판룡의 부하였다.

급히 예를 갖추며 아역이 아뢰었다.

"나상께 전하라는 정유가 저희 아문으로 날아왔습니다."

나친이 받아보니 묵직했다. 조심스레 겉봉을 뜯어 속지를 꺼내 펴보니 장광사의 상주문이었다. 뒷면을 보니 건륭의 주비가 첨부되어 있었다. 벌떡 일어나 먼저 장광사의 주장(奏章)을 눈 씻고 읽어보니 사뤄번과 강화조약을 맺게 된 전후사연이 상세하게 적혀 있는 가운데 경복의 난명(亂命)을 물리치지 못하고 조정과 폐하께 치욕을 주었으니 자신은 죽어 마땅하다며 어느 막료의 수필(手筆)인지 구구절절 피눈물 맺힌 회한이 그대로 묻어나 읽는 이로 하여금 감명을 받지 않을 수 없게 만들었다. 건륭의 의중이 궁금하여 서둘러 뒷면의 주필(朱筆)을 읽어보니 내용은 이러했다.

 경의 주장(奏章)을 읽고 나니 감개 만천(萬千)하고 서글픔이 무량(無量)하네. 경은 진심으로 과오를 뉘우치고 회개하지만 짐의 성총을 한 몸에 받는 대장군으로서 경복의 허튼 수작을 진작에 간파하고 짐에게 주했어야 했네! 이제 와서 땅을 치며 통곡한들 무슨 소용이 있겠나! 짐은 경의 목숨을 나친에게 넘기겠네. 나친의 군중으로 가서 어찌해야 살아남을 수 있을지 곰곰이 생각해보기 바라네. 짐의 의중을 잘 헤아리는 나친이니 만큼 죽이고 살리는 건 짐의 뜻이자 나친의 뜻이고, 나친의 결정이 곧 짐의 결정이네. 금천을 평정하는 것은 짐의 오랜 숙원이니 만큼 나친을 잘 보필하여 이번에는 반드시 승전고를 울리도록 하라. 그렇지 못할 경우엔 경복과 마찬가지로 엄정한 군법의 심판을 면치 못할 것임을 일러둔다.

"결국 장광사는 이대로 살아남는다는 얘긴가."
나친이 속으로 중얼거리며 깊은 한숨을 삼켰다. 말없이 주장을 그대로 접어 봉투에 넣고 자리로 돌아와 앉으니 처음부터 따라다니던 하판룽의 시선은 굳어진 나친의 얼굴에서 떨어질 줄을 몰랐다. 윤계선은 손톱 사이에 들어간 흙을 파내는 데 골몰해 있는 듯 무덤덤했다. 무거운 침묵이 참기 힘들었던 하판룽이 황학루 쪽을 바라보더니 말했다.
"연회석 준비가 완료된 것 같습니다. 저쪽으로 자리를 옮기시죠."
윤계선이 그제야 자리를 차고 일어나 시계를 꺼내보더니 웃으며 말했다.
"미시(未時)가 넘었는데, 저네들 뱃가죽이 등에 가 붙었을 거요. 점심 포식하려고 아침부터 쫄쫄 굶어왔을 텐데 오죽하겠소!"
그 말에 나친과 하판룽도 웃었다. 나친이 마지막에 자리에서 일어서며 말했다.
"전도도 와 있다고 하니 자리를 같이하게 부르지. 계선 공, 난 길게 입씨름이나 하려고 온 게 아니오. 군량미만 넉넉하게 내준다면 이번에 보란 듯이 싸워 이기는 거고 여기서부터 차질을 빚는다면 입에 올리기도 싫지만 어쩔 수 없이 난 군법을 동원해야겠소.

주지 않으면 빼앗기라도 하겠다는 뜻으로 들렸다고 해도 어쩔 수 없지!"

농담 반, 협박 반 나친의 말에 윤계선이 말했다.

"무슨 말씀인지 잘 알아들었습니다. 어서 황학루로 오르시죠!"

먼지 하나 없이 깨끗하게 정돈된 돌계단을 하나씩 올라 황학루에 올라보니 명을 받은 전도는 벌써 저 멀리에서 따라 올라오고 있었다. 관가의 예법상 대신(大臣)은 연회석의 수석자리에 앉게 되어 있었다. 나친과 윤계선의 자리는 황학루의 맨 위층에 마련되어 있었으므로 윤계선과 하판룽은 나친을 앞세우고 꼭대기로 통하는 나무로 된 계단을 밟고 올라섰다. 걸음을 뗄 때마다 오래된 나무판자가 곧 찌그러질 듯 위태로운 소리를 냈다. 윤계선이 웃으며 하판룽을 향해 말했다.

"돈은 움켜쥐고 있다고 해서 능사는 아니지! 보아하니 백년도 넘은 나무계단인 것 같은데, 손 좀 보지? 저쪽에 당비(唐碑)라고 세워둔 것도 비낭(碑廊)까지 만들어 비 안 맞게, 햇볕 들지 않게 해줘야 하지 않겠소? 이 고장의 얼굴인 이백(李白)의 시비(詩碑)가 수십 년간 방치된 여느 무명비 같은 꼴이 되어서야 되겠소?"

무관 출신이어서인지 거친 숨 한번 쉬지 않고 뒤따라온 하판룽이 말했다.

"안 그래도 학정(學政)을 불러 계단도 손보고 황학루가 다신 벼락맞지 않게 해달라고 위에 불탑(佛塔)을 세워 그 안의 감실(龕室)에 관음보살을 모시고 조자룡(趙子龍)의 묘(廟)도 만들라고 자금을 넉넉히 지원해 주었지만 아직 착공하지 않고 있소. 돌아가면 단단히 주의를 주어야겠소. 왕년에 조자룡이 이곳에서 어가를 호위하지 않았더라면 후세들이 이곳에 황학루를 세울 생각이나

했겠소?"

숨이 턱까지 차 올라 헐떡이면서도 간간이 한마디씩 주고받으니 어느덧 황학루 정상에 다다랐다. 나친은 여기까지 올라와 보는 것은 처음이었다. 넓은 공간에 확 트인 느낌을 주는 홍송(紅松)으로 깐 마루가 한눈에 안겨왔다. 떡갈나무로 만든 병풍과 조각기둥에는 어(魚), 충(蟲), 화(花), 조(鳥)와 구름이며 나무, 선인(仙人)이 절묘한 조화를 이루고 있었다. 조각이 섬세하고 영롱하여 그린 것 같았다. 다만 장구한 세월의 흔적을 말해주듯 기둥의 붉은 칠은 군데군데 검은 살을 드러냈고, 조각된 꽃의 색상도 그 화려함이 퇴색해가고 있었다. 유람객들이 만지고 지나간 자리에 손때가 묻어 반질반질한 조각품들을 손으로 쓸어보며 난간에 기댄 채 멀리 바라보던 나친이 감개가 무량하여 입을 열었다.

"여기가 바로 말로만 듣던 황학루로구나. 동으로 줄기차게 흘러가는 지칠 줄 모르는 저 장강이 한 눈에 안겨오니 천고의 옛 이야기가 머리 속에 떠오르는구나! 황학루의 명성이 과연 헛된 것이 아니로군. 이 아래가 황학기(黃鶴磯)라는 데지? 어찌하여 이곳에 황학루를 세웠는지 자네 호광순무가 그 연유를 알고 있는지 모르겠네? 밑에서도 연회를 시작하라 하고 우리도 한잔 비우고 보지!"

"흠차 어른께서 개연(開宴)을 명하신다!"

계단 입구에 줄줄이 지키고 서 있던 아역들이 즉각 흠차의 명령을 전하기 시작했다. 나친의 양옆으로 윤계선과 하판룽이 앉고, 전도가 주전자를 들고 일일이 술잔을 채워나갔다. 하판룽이 먼저 술잔을 들어 나친에게 권했다.

"말 그대로 이 고루(高樓) 밑의 황학기는 원래 황학(黃鶴)들의 서식지였다고 합니다. 선인(仙人)들은 하나같이 학을 타고 승천하는 것이 곧 득도(得道)의 최고 경지라 하여 이를 숭상하였으니, 황학의 서식지인 이곳에 고루의 터를 잡았을 가능성이 크다고 생각됩니다."

"그리 말하니 그것도 일리가 있어 보이오. 하기야 몇 백 년 전의 일을 누군들 제대로 알겠소. 이것도 맞고 저것도 맞는 경우가 비일비재하지."

윤계선이 웃으며 술을 권했다. 그리고는 덧붙였다.

"지난번 남위(南闈) 시험 때 어떤 수재(秀才)가 자신의 외모를 설명하는 부분에서 수염이 몇 가닥 났다고 하여 '미수(微鬚)'라 적었나 봅니다. 그런데 나중에 신체검사를 하면서 순사청(巡查廳)의 흰 수염 석자 드리운 학구(學究)가 '미(微)라고 하는 건 곧 없다는 뜻이다. 수염이 있으면서 없다고 하였으니 답안지와 실물이 부합되지 않는다'는 억지논리를 고집하여 수재의 자격을 박탈해버렸다지 뭡니까? 이에 불복한 수재가 학구를 공당(公堂)으로 끌고가 반론을 제기하길 '사서(四書)에 보면 공자가 미복(微服)하여 송(宋)나라를 시찰했다고 하는데, 학구의 논리대로라면 공자는 그 당시 홀랑 벗은 알몸 그대로 대낮에 활개치고 다녔단 말이오?'라고 했다지 뭐요!"

출처 모를 윤계선의 이야기에 사람들은 한바탕 웃음을 터트렸다.

술이 세 잔씩 돌아가자 나친은 술잔을 앞으로 밀어냈다. 그리고 무겁게 입을 열었다.

"마침 전도도 자리를 같이 할 수 있어서 다행이오. 할말을 뱃속에 넣어놓으니까 술이 넘어가질 않는군. 단도직입적으로 군향에 대해 의논해볼까 하오. 폐하께오선 출발을 앞둔 이 사람에게 재삼 당부하시고 강조하셨소. 더 이상은 조무래기들에게 얻어맞고 돌아오는 일이 없도록 하라고 말이오. 운남(雲南)의 개토귀류(改土歸流) 때부터 상, 하첨대 전투 그리고 대, 소금천 전투에 이르기까지 십 몇 년 동안 판을 벌였어도 속시원하게 승전고를 울려본 적이 한 번도 없었소. 전에는 이위(李衛)와 범시첩(范時捷)이, 지금은 계선 공과 범시첩 그리고 전도 세 사람이 강남에서 생업을 진두지휘하랴, 끝이 보이지 않는 막대한 군향을 지원하랴 고생이 이만저만이 아닐 거라고 폐하께서 말씀하셨소! 또한 강남 전지역은 올해에 이어 내년에도 전량을 면제해주기로 했으니 지방세 수입이 하나도 없는 여러분들의 입장이 더 곤란할 것으로 짐작하고 계셨소. 그래서 얘긴데, 폐하께오선 이번 금천 전투가 우리 군의 완승으로 끝난다면 그간 전폭적인 지원을 아끼지 않은 강남의 노고를 잊지 않고 배로 시은(施恩)을 하실 의사도 분명히 밝히셨소."

나친은 이같이 먼저 윤계선에게 정심환(定心丸) 한 알을 먹이고 나서 말을 이어나갔다.

"폐하께선 나더러 조정의 제일가는 선력대신(宣力大臣)이라고 하시는데, 솔직히 그건 아닌 것 같고 아무튼 보정재상(輔政宰相)의 신분으로 총대를 멘다는 것은 개국 이래 처음이라는 거요. 사뤄번에게 그 같은 수모를 당하고 조정으로선 더 이상 물러설 자리가 없게 됐소. 무슨 수를 쓰든지 갈아엎어야 한다 이 말이오. 뒤돌아보면 천애절벽이요, 엎어지면 칼산이지만 이 차사(差使)도 노리는 사람이 많았소. 푸헝이 그 중의 한 사람이었는데, 이 사람이 폐하께 독대를 청하여 푸헝은 재력(才力)은 상당하나 경륜이나 위망(威望)이 7개 성(省)의 군마(軍馬)를 통솔하기엔 역부족일 것 같다고 주청을 올려 이 사람이 목숨 걸고 군령장(軍令狀)을 세우겠노라고 말씀드려 폐하의 성원을 이끌어 내었소. 내 처지가 이러하니, 염치없지만 여러분의 전폭적인 지지가 뒷받침되어 주었으면 하는 간절한 소망을 피력하는 바이오."

윤계선이 방패막이가 되어 있는 한 달리 신경 쓸 일도 없는지라 내내 미소를 잃지 않고 유심히 듣고 있던 하판룽이 답했다.

"입은 비뚤어져도 말은 바른대로 하라고 했듯이, 아무튼 사뤄번은 난놈입니다. 한줌밖에 안 되는 토사(土司) 인력으로 대학사(大學士)인 경복을 무릎꿇게 만들었으니 말입니다. 하관의 소견으론 경복이 군권을 틀어쥔 장광사 앞에서 시종일관 꼭두각시 노릇을 해온 것 같습니다. 실권 하나 없이 이용만 당하다가 결국엔 무모한 희생양이 되지 않았나 생각됩니다. 나상, 장광사를 멀리 내쫓아야 합니다. 그 대장에 그 부하라고, 장광사의 입김이 작용하는 한 그 부하들을 인솔하는 데 애로사항이 많을 것으로 생각됩니다."

이에 나친이 아랫입술에 이빨자국을 크게 내며 말했다.

"쫓아내나마나 그 목숨이 내 손아귀에 달려있는데 무슨 걱정인가? 뒈지지 않으려면 당연히 내가 정실이고 자기가 고분고분한 첩실이 되어야지!"

무심코 내던진 돌에 개구리는 맞아죽는다고 했던가. 나친이 장광사에 대한 미움에서 내뱉은 '첩실'이라는 말은 윤계선의 자존심에 커다란 흠집을 내고 말았다. 소실의 아들로 태어나 모자(母子)가 함께 갖은 수모를 겪으며 살아온 윤계선이었는지라 결코 지울 수 없는 그때 그 시절의 악몽이 시도 때도 없이 기억 속에 부유하여 그를 아프게 해온 터였다. 이유없이 매맞고 까닭없이 홀대받는 자신은 물론 어머니까지 몸종들과 마찬가지로 아버지와 큰어머니 앞에서 엉거주춤 고개 숙인 채 서 있고 차를 따르고 수건을 건네며 한껏 기죽어 살던 모습을 윤계선은 정녕 잊을 수가 없었다. 그리고 그 원한은 뼈에 사무쳐 있었다. 비록 이를 눈치챈 옹정이 직접 나서서 윤계선의 모친을 고명부인(誥命夫人)으로 봉해주어 남경으로 데려다 모시게끔 배려해 주었으나 장기간의 우울증이 고질이 되어 꿈에도 그리던 아들과의 상봉이 있은 지 3일만에 영문도 모른 채 허망하게 죽고 말았다. 그로 인해 불쌍한 모친을 그대로 가슴에 묻은 윤계선의 가슴은 모친과 관련된 것이라면 아주 사소한 사건에도 쉽게 상처를 입을 정도로 예민했던 것이다.

인두로 가슴을 지진들 이보다 더 아프고 쓰라리랴! 연신 술을 넘치게 따라 들이부었으나 타는 목구멍도 비분을 가라앉힐 수는 없었다. 시뻘건 눈에 눈물이 잔뜩 고여 곧 쏟아져 내릴 것만 같았다. 도망치듯 자리를 떠 소매로 눈물을 닦으며 멀리 굽이치는 강물을 바라보고 있노라니 시원한 강바람이 그만 눈물 거두고 꿋꿋해지라는 어머니의 손길 같아서 마음이 한결 진정되었다. 한참 후 자리로 돌아온 윤계선이 소리 없이 한숨을 내쉬었다.

"이 사람은 약관(弱冠)의 어린 나이에 용문(龍門)에 들어 선제와 폐하의 과분한 성총에 힘입어 이립(而立)도 되기 전에 봉강대리(封疆大吏)에 발탁되었소. 탐관들의 목을 치는 손이 떨려본 적 없고, 폭동을 잠재우는 다리가 흔들려본 적 없어 여태 차사(差使)를 그르친 적은 한 번도 없었소!"

단호하고 결연한 의지가 엿보이던 윤계선의 말투와 표정이 돌연 부드러워지기 시작했다.

"나상, 지의를 받은 오늘부터 이 사람은 그대의 부하입니다. 차사를 그르치면 군법이 알아서 처벌할 일이지만 일단 군량미는 언제, 어떻게 지원해야 할 것인지부터 분부를 내려주십시오."

자리한 사람들 중에 전도 한 사람만이 윤계선의 깊은 뜻을 미뤄 짐작할 수 있었다. 몰래 그 속 깊은 함양(涵養)에 감복하며 전도는 말없이 곰방대만 뻑뻑 빨아댔다.

"경복이 무능하여 군기(軍機)를 놓쳤을 뿐 다행히 우리 군은 크게 원기를 다치진 않았소."

나친이 말을 잇기 시작했다.

"부상병들을 제외하고 현재 2만 9천 명이 대, 소금천에서 포위 태세를 취하고 명령을 대기하고 있는 상태요. 그 외에도 2만 명의 역부(役夫)와 군량미 운반책들을 합치면 6만 명은 된다고 보고를 받았소. 6만 명이 하루에 필요한 6백 석 식량을 1석에 은자 세 냥씩 친다고 해도 1천 8백 냥이오. 1년이면 55만 냥이고. 이밖에도 군량미를 운반하는 인건비까지 합치면 내가 1년 내에 승부를 내지 못해 반 년 정도를 더 끈다고 예상했을 때 계선 공은 적어도 내게 2백만 냥을 해결해줘야겠소."

"좋습니다! ……그런데, 중당(中堂)께선 남로군을 말씀하십니까, 아니면 전군의 군향을 말씀하십니까?"

"남로군과 중로군의 군향만 책임지면 되겠소. 북로군은 사천성에서 맡기로 했으니까."

"아, 그렇습니까!"

윤계선이 담담한 표정을 지었다.

"섬서, 운남에서 벗들이 보내온 서찰을 읽어보니 개펄을 지나는 북로군의 행색이 말이 아니었다고 합니다. 군량미와 의복이 제대로 조달되지 않고 있나본데, 사천성의 재력으론 아마 뒷바라지하기가 힘에 부칠 겁니다. 제가 내놓는 김에 사천성에 1백만 냥을 더 지원하도록하겠습니다."

나친은 국공부(國公府)에서 자라고 공부를 해온 귀공자였다. 줄곧 북경에서 차사를 맡아왔고, 상서방(上書房)과 군기처(軍機處) 등 요직을 두루 겸해온 나친은 하나에 하나를 더하면 셋이 될 수도 있고 넷이 될 수도 있다는 외부 관리들의 학문을 알 리가 없었다. 자진하여 1백만 냥을 더 내놓겠다는 윤계선의 말에 크게 기뻐하는 기색을 감추지 못하며 나친이 말했다.

"계선 공의 충심보국정신에 실로 감탄하지 않을 수 없소. 당장 폐하께 그대의 마음씀씀이를 높이 치하하는 글을 올려야겠소!"

"응분의 일을 했을 뿐인데요 뭘!"

윤계선이 당치도 않다는 듯 웃으며 덧붙였다.

"그래도 모자라면 최고 5백만 냥까지 내놓겠습니다. 강남(江南)의 은자(銀子)가 어디 하관(下官)의 소유입니까? 조정에서 필요로 한다니 무한한 영광으로 여기고 중당께서 원하시는 대로 취해 쓰십시오!"

윤계선이 잠시 말을 멈췄다 다시 이어나갔다.

"물론 은자나 군량 모두 땅을 파서 쉽게 얻어온 건 아닙니다. 장광사는 금천에서 제가 보낸 식량 두 개 창고 분량을 몽땅 썩혀버리고 말았지요. 강남에도 쌀 한 되가 없어 자식을 내다파는 부모가 있거늘 만에 하나라도 쌀과 은자가 처치 곤란하여 선행을 베푼다고는 생각지 말아주셨으면 하는 바람입니다. 하관이 지원에 인색하여 전사(戰事)에 지장을 초래하면 중당께오서 하관을 군법에 따라 엄정히 처벌할거라고 말씀하셨는데, 거꾸로 중당께서도 하관이 백성들을 굶겨가며 보낸 식량을 낭비하신다면 저도 가만히 있지는 않을 겁니다. 참핵도 불사하겠다는 얘기죠."

그러자 나친이 눈빛을 반짝이며 자신에 찬 음성으로 말했다.

"그런 걱정은 붙들어매게!"

"하관이 이번에 무창으로 오면서 식량 1만 석을 가져왔습니다. 물을 거슬러와야 하는지라 배가 늦어 아마 3일 후에야 당도할 것입니다."

윤계선이 웃으며 말했다. 너무 반가운 김에 나친은 벌떡 일어나 직접 주전자를 들어 윤계선에게 술을 따라주고는 자리에서 나와 머리가 땅에 닿을 정도로 길게 읍을 하기까지 했다! 그리고는 자리로 돌아가 천천히 입을 열었다.

"정말 고맙소! 자네의 일월성신(日月星辰)을 능가하는 애국충심의 밝은 마음을 필히 폐하께 아뢰어 특공을 기입해주도록 하겠소! 이시요와 러민은 경복과 장광사의 사건 때문에 대질심문을 하려고 북경으로 불렀으나 사건이 마무리된 마당에 달리 죄가 없는 두 사람을 끝까지 직무해제를 시킬 것까지는 없는 것으로 폐하께서는 의사를 밝히셨소. 내 생각엔 그 두 사람에게 군량미 조달업무를 맡기는 게 좋을 성 싶소. 폐하께서 복직시키라고 하셨으니 하판룽, 자네가 가서 이를 알리고 두 사람더러 나를 따라 사천으로 갈 준비나 하라고 하게."

그제야 나친은 비로소 장광사의 신상에 관련된 건륭의 주비(朱批)를 세 사람에게 읽어보라며 내어주었다. 윤계선과 하판룽은 "관엄(寬嚴)이 적당하다"며 입을 모았으나 전도는 장광사를 군중에 남겨두는 것이 부당하다고 생각했다.

이튿날, 전도는 윤계선을 따라 양강총독(兩江總督)의 전용 대좌함(大座艦)을 타고 남경으로 돌아왔다. '불가마'라 일컫는 무창의 찜통더위를 뒤로 하고 시원한 강바람을 쐬며 순풍에 돛단 듯 달리는 기분이 날아갈 것 같았다. 두 사람 모두 문인 출신인지라 때로는 강물을 바라보며 시 한 수 읊어보기도 하고 때로는 달밤에 갑판에 나와 술잔을 기울이기도 하며 시간가는 줄 몰랐다.

그럼에도 내내 석연치 않은 구석이 있어 전도는 군량미 공급에 대해 윤계선과 좀더 터놓고 얘기를 하고 싶었다. 그러나 엄청난 일을 저질러 놓고도 전혀 내색하지 않고 풍화설월(風花雪月)을 읊어대는 윤계선을 보며 입가에 맴돌던 말을 삼키는 수밖에 없었다. 하늘이 무너진다고 해도 술잔을 끝까지 비우고야 말 것 같이 넉넉하고 여유있는 윤계선이 전도는 좋았다.

그러나 이날, 가까이에 모습을 드러낸 석두성(石頭城)을 보며 오는 길 내내 맑고 풍성했던 윤계선의 표정이 점차 흐려지기 시작했다. 종인(從人)들이 내릴 준비를 하느라 부산한 가운데 갑판에 선 채로 부두에 시선을 박은 윤계선은 말이 없었다. 등 뒤에 서 있던 전도가 한참 후에야 입을 열어 물었다.

"총독 어른, 집에 도착했는데 기쁘지 않으세요? 뭔가 심사가 깊어 보이십니다?"

"무한(武漢)보다 더 더운 남경(南京)이 뭐가 좋아! 배에서 내리는 순간부터 골머리가 아프기 시작할 텐데!"

"하판룽 중승(中丞)에게서 듣자니 폐하께오선 제대(制臺) 어른을 양광총독(兩廣總督) 적임자로 점지하고 계신다는데, 그게 사실입니까?"

윤계선이 전도를 향해 고개를 돌렸다. 여전히 생각에 잠긴 채 머리를 끄덕이며 그가 대답했다.

"성심(聖心)은 아직 결론을 내리지 못하고 계신 걸로 알고 있소. 양광(兩廣, 광동성과 광서성)은 현재 코쟁이들과의 해상무역이 발달하는 시점인지라 양광의 미래는 잘 개척하면 오늘의 남경에 비할 바가 아니오니 그리로 보내달라고 내가 먼저 청을 드렸지……"

사실 윤계선은 양광으로 가고 싶어한다기보다는 강남을 뜨고 싶은 마음에서 그리 주청을 올렸던 것이다. 부유하다 못해 기름이 뚝뚝 떨어진다는 강남에서 양강총독 자리를 자그마치 8년씩이나 굳건히 지켜오면서 군정(軍政), 민정(民政), 재정(財政), 해정(海政), 양무(洋務)까지 한 손에 움켜쥐고 있었으니 남의 눈에 날 법도 했다. 권력이 막중하면 소인배들의 질시를 받게 되고, 그리되면 눈 먼 화살에 맞아 치명타를 입게 될 확률이 높았다. 벌써 누군가 건륭에게 남쪽에선 윤계선의 말 한마디가 성지(聖旨)를 능가한다는 글을 올려 자신을 비방하고 있다는 걸 윤계선은 알고 있었던 것이다.

잠시 생각하던 윤계선이 말을 이었다.

"양광으로 가면 다 좋은데, 한 가지 아쉬운 점이 있을 것 같아. 죽으라는 건지 살라는 건지 도통 알아듣지도 못할 광동말도 문제지만 학문을 중시하고 시사(詩詞)에 능한 사람들이 적다는 게 유감이네!"

"당분간은 서글프겠지만 시간이 지나면 적응이 될 겁니다. 인재도 키우기에 달렸거늘 차츰 지기(知己)를 만들어 가는 것도 재미있을 것 같네요."

전도가 웃으며 덧붙였다.

"한 곳에 오랫동안 머물러 있다 보면 고향으로 착각할 정도로 정이 들게 마련입니다. 전 또 제대께서 군향 때문에 고민하고 계신 줄 알았습니다!"

전도는 이렇게 핵심을 짚어놓고도 짐짓 딴청을 부리는 재주가 있었다. 그 속내를 모를 리 없는 윤계선이 미소를 지었다.
 "또 뭐가 그리 궁금한 거야! 군향을 많이 주겠다고 대책없이 큰소리친 것이 후회가 되어 이러는 줄 아나본데, 결론부터 말하자면 그건 아니네! 내가 황학루에서 무슨 생각을 했는지는 아무도 모를걸? 단 한 가지 맛보기로 알려줄 수 있는 건 내가 하마터면 나쁜 마음을 먹고 나친이 치명타를 입는 걸 보고도 못 본 척할 뻔했다는 거야. 흥! 3백만 냥 좋아하네, 3백만 냥으로 7개월을 버텨도 대견할 텐데, 뭐 일년에 3백만 냥이면 된다고?"
 "그게 대체 무슨 말씀입니까?"
 전도가 짐짓 놀란 표정을 지으며 윤계선을 바라보았다.
 "전 무슨 뜻인지 잘 모르겠습니다."
 "자네같이 영특한 사람이 모를 리가 있을까?"
 윤계선이 빙그레 웃으며 말을 이어나갔다.
 "나 중당이 군사 경험이 전혀 없는 재상이라는 점을 간과해선 얘기가 안 되지. 그가 3백만 냥이고 2백만 냥이고 말하는 것은 병부에서 대충 보고 올린 그대로인데, 이번에는 병부에서 민부(民伕)들의 인건비를 계산해 넣지 않은 거야. 경복과 장광사가 금천에 2년 동안 죽치고 있으면서 쏟아 부은 은자가 얼마나 되는 줄 알아? 자그마치 1천 3백만 냥이야! 원명원(圓明園)을 대대적으로 개보수하여 태후마마께 크게 효도하려는 폐하께서 그 경비를 줄여가면서까지 전폭적으로 지원했는데, 그렇게 엄청난 돈을 갖다 쓰고도 패했으니 폐하께서 경복의 목을 치지 않으시겠어? 물론 실추된 조정의 위상을 다시 세우고자 하는 측면도 있겠지만 은자를 낭비한 괘씸죄가 컸다는 게 내 생각이자 일각의 보편적인 시각일 거요. 나친이 2백만, 3백만을 얘기할 때 분명히 그리 예산을 짜면 큰 낭패를 볼 것을 알면서도 승패가 나와 무슨 상관이 있느냐는 식으로 내가 그 조건을 그대로 수용했더라면 나친이 경복의 전철을 밟게 될 것은 불을 보듯 뻔한 일이지. 그러나, 난 생각을 다르게 했소. 그동안 받아온 높고 큰 조정의 은혜와 폐하의 성은이 나로 하여금 순간적인 나친에 대한 미움을 폐하의 성총에 대한 보답으로 마음을 바꾸게 했던 거요!"

눈꺼풀을 내리고 윤계선이 중얼거리듯 덧붙였다.

"경복에, 나친에…… 하나같이 지상담병(紙上談兵)의 위인들이지. 뒤를 이을 사람이 씨가 마른 것도 아닌데, 저런 종이 호랑이를 내보내는 폐하의 성심이 궁금하오. 하다 못해 푸헝도 저보단 훨씬 낫겠다! 악종기도 괜찮고……. 고개 빳빳한 장광사의 콧대만 겨우 꺾어 그대로 앉혀 놓고 인마들도 예전에 장광사가 부리던 그대로인데, 총 한 번 못 잡아본 나친더러 뭘 어쩌라고 저러시는지 통 이해가 안 가네."

윤계선은 절레절레 머리를 가로 저었다.

전도가 잠시 침묵하더니 천천히 입을 열었다.

"제 생각엔 대, 소금천 전투에 장군만을 교체해서는 별볼일 없을 것 같습니다. 러민이 그러는데, 장광사의 부하들은 '사뤄번' 이름 석자만 들어도 벌벌 떤다고 합니다. 그 장군에 그 병사인 셈인데, 나 중당 혼자 힘으로 무슨 수로 사기를 진작시킨단 말인지 모르겠습니다!"

"모름지기 싸움의 반은 천명(天命)에 달렸으니 기적이 일어날 수도 있겠지."

윤계선이 갑판의 손잡이를 잡았던 손을 풀어 크게 기지개를 켜며 말했다.

"우리가 여기서 입방아를 찧는다고 될 일도 아니고, 제 코가 석자인데 이제부터 남의 일에 신경 끄자고. 사실 이번에 내가 서둘러 돌아온 것은 밀유(密諭)를 받았기 때문이오. 류통훈이 그 동안의 철통경계에 갇혀 어디에도 발을 붙이지 못했던 '일지화(一枝花)'가 우리 금릉(金陵) 지역으로 잠입했다는 결정적인 단서를 확보했나 보오. 주지하다시피 남경은 와호장룡(臥虎藏龍)의 명소이기도 하지만 도적들이 둥지를 트는 곳으로도 악명이 높지 않소? 내가 조만간 이곳을 떠날지도 모르는데, 여태까지 잘해오다 이임을 앞두고 몇몇 나부랭이들 때문에 책잡힐 건 없지 않겠나."

그러자 전도가 웃으며 말했다.

"남경이 시끄러우면 만천하가 들썩거릴 거 아니겠습니까! 뭐가 뭔지는 모르겠지만 정신을 바짝 차려야겠습니다!"

배는 황혼이 짙어 어둠이 깔리기 시작해서야 부두에 정박했다. 순무 범시첩과 포정사 돌지, 안찰사 장추명(張秋明)이 마중을 나와 있었다. 부두에는 몇 십 개의 등롱이 별처럼 반짝이고 열 몇 명의 뱃사공들이 닻을 내리고 디딤판을 놓고 밧줄을 푸느라 땀에 젖은 채 부산하게 움직였다. 뱃사공 중에서 우두머리인 듯한 사내가 말했다.

"조심해서 내리십시오. 비가 올 것 같아 정신없이 노를 저었는데, 아무튼 비가 내리기 전에 당도하여 다행입니다!"

"장강의 일몰을 구경하려고 했었는데, 그게 좀 아쉽군!"

윤계선이 웃으며 덧붙였다.

"쪄죽을 것 같은 날에는 비 좀 맞는 것도 나쁘진 않은데…… 아무튼 수고가 많았네. 1인당 은자 10냥씩 상을 내리도록 하게."

전도의 부축을 받으며 윤계선이 배에서 내려서니 앞장선 범시첩이 정참례(庭參禮)를 행하려 했다. 윤계선이 한 발 성큼 다가서서 범시첩의 손을 덥석 잡으며 말했다.

"그만, 그만! 우리 사이에 무슨 그런 허례허식이 필요하겠소. 그런데, 늙다리가 요즘 뭘 먹고살기에 개가죽이 저리 번들거려?"

악의 없는 윤계선의 농담을 받은 범시첩은 크게 웃음을 터트렸다.

"개가죽이 욕심나면 벗어줄게! 그런데, 전도 저 놈은 어쩐 일로 불알 달랑거리며 쫓아왔지? 설마 내 돈주머니를 노리고 온 건 아니겠지?"

입은 거칠어도 마음은 따뜻한 범시첩의 됨됨이를 아는 전도가 웃으며 답했다.

"요즘은 노새 울음소리를 내지 않고 다니나 보죠? 하도 철노새라고 사람들이 수군대기에 쇠집게를 들고 털 뽑으러 왔어요. 안 되요?"

범시첩 등이 주안상을 마련하려는 낌새를 느낀 윤계선이 웃으며 말했다.

"주안상은 따로 마련할 거 없어. 내가 신선하고 그 맛이 일품이라는 무창어(武昌魚)를 가져왔으니, 우리 아문에 가서 따끈한 국물에 잡곡밥이나 말아먹으며 술 한 잔씩 하는 게 좋을 것 같아. 자기 돈도 아니고 관부의 돈으로 흥청망청 퍼마셔 봤자 득될 거 하나도 없어."

이같이 말하며 어느새 수레에 올라탄 윤계선을 보며 관원들은 그 뒤를 따라가는 수밖에 없었다.

총독아문은 벌써 등화가 휘황했다. 후둑후둑 콩알만한 빗방울이 떨어지기 시작했다. 후덥지근한 수레에서 나온 사람들은 시원한 빗방울에 몸을 내맡긴 채 즐거워했다. 전도가 보니 아문의 담벼락 저편에는 먹거리가게들이 올망졸망 길게 늘어서 있었고 멀리 주루(酒樓)의 황홀한 등불이 무지개처럼 이어지고 있었다. 윤계선의 뒤를 따라 아문으로 들어가며 전도가 말했다.

"그 새 엄청 변했네요. 총독아문 앞까지 장사꾼들이 진을 친 걸 보니. 이위 어른 때 같았으면 꿈도 꾸지 못했을 텐데."

윤계선이 문안인사를 올리는 막료와 서무관 그리고 아역들에게 머리를 끄덕이며 말했다.

"이위 어른이 있었다고 해도 이렇게 허락할 수밖에 없었을 걸. 외지인구는 해마다 증폭하여 작년 한 해만 해도 11만 명이 유입됐거든. 게다가 이 자리는 남경에서도 노른자에 속하니 장사꾼들이 눈독을 들이지 않겠어? 하루에 거둬들이는 세금만 해도 은자 몇만 냥은 되니 누이 좋고 매부 좋은 격이지 뭐!"

윤계선이 이같이 말하며 사람들을 서화청으로 안내했다.

상다리 부러지는 진수성찬과는 거리가 먼 산채박주(山菜薄酒)임에도 사람들은 저마다 배를 쓸어 내리며 만족스러워했다. 모처럼 먹어보는 무창어 국물이 일품이었고, 고기를 조금씩 넣고 볶은 야채요리도 맛있었다며 입을 모았다. 포정사인 돌지는 몽고족인지라 한끼도 푸짐한 고기 없인 못 산다고 공언했으면서도 이번 끼니만은 정말 맛있게 먹었노라고 했다.

"나무껍질을 벗겨 먹는 한이 있더라도 분수에 맞게 먹어야 속이 편한 법이오."

상을 물리고 난 윤계선은 진지한 표정으로 이번 무창행에서 보고 느낀 점과 류통훈에게서 받은 정기(廷寄)의 내용을 들려주었다. 그리고는 덧붙였다.

"범 순무는 민정 담당이니 포정사 돌지도 그렇고 전도와 긴밀히 연락하여 장부에 차질이 없도록 하오. 셋이 모여도 결정이 안 나는 사안은 반드시 내게 조언을 구하도록."

세 사람이 의자에 앉은 채로 상체를 숙여 알겠노라고 이구동성으로 대답했다.

윤계선이 이번에는 장추명에게로 시선을 돌리며 물었다.

"내가 떠나기 전에 맡겼던 일은 어떻게 됐나? 염탐꾼을 여기저기 박아 거동이 수상한 자들을 적발하고 경내의 숙박시설을 돌며 호구조사를 하라고 지시했었지? 그리고 오할자(吳瞎子)에게 쓴 편지는 보냈나? 류통훈에게선 아직 답신이 없고?"

갑자기 연발총처럼 쏘아대는 윤계선의 날카로운 질문에 일순 당황한 기색을 보이던 장추명이 그러나 곧 마음을 다잡으며 말했다.

"오할자에게 보내는 편지는 아직 발송하지 않고 있습니다. 연청 어른의 답장은 도착했습니다. 오할자가 올 수 없다는 것 같았습니다. 염상(鹽商) 무리들과 조운(漕運) 무리들의 불화로 야기된 청방(青幇)과 홍방(紅幇)의 무리싸움으로 식량운송에 차질을 빚어 오할자가 안휘성 현지로 내려갔다 합니다. 그래서 대신 황천패 등을 파견했다고 합니다. 우리 이곳에도 요즘 들어 외부에서 장사꾼들과 이재민들이 몰리면서 치안이 예전 같지가 않습니다……."

"내가 지금 뭘 궁금해하고 있는지 몰라서 그리 주절대는가?"

윤계선의 얼굴이 굳어졌다.

"순포청(巡捕廳)을 시켜 경내 치안을 강화하고 호구조사에 박차를 가하고 있습니다."

장추명이 마른침을 꿀꺽 삼키며 말했다.

"그렇지 않아도 진강(鎭江)으로 내려갔다가 이제 막 올라왔습니다……."

"진강엔 왜?"

윤계선이 여전히 퉁명스레 물었다.

장추명이 몰래 한숨을 내쉬며 말했다.

"푸상께서 진강으로 사람을 파견하여 황후마마께 올릴 만수(萬壽) 선물을 구입했는데, 그 자리에서 그만 털리고 말았다고 합니다……."

"자넨 대체 뭘 하고 있었어! 자넨 치안담당이라는 걸 잊었나!"

안색이 험악하게 굳어진 윤계선이 탁자를 힘껏 내리치며 고래고래 고함을 질렀다.

"자넨 나의 대사를 다 망쳐놓았어! 일어나지 못해?!"

화기애애하던 방안의 분위기는 삽시간에 빙점으로 떨어지고 말았다. 서화청은 쥐 죽은 듯 고요했다. 연꽃잎에 떨어지는 빗소리가 방안 가득 울려 퍼졌다.

31. 관가 등룡 12술(官街登龍十二術)

　　장대비가 퍼붓는 가운데 차가운 바람이 불어닥쳤다. 문풍지가 펄럭거리며 진저리를 쳤고, 창호지가 바람결을 따라 볼록해졌다 홀쭉해졌다 하며 마치 긴긴 한숨을 토해내는 것 같았다. 멀리서 수레바퀴 구르는 듯한 천둥소리가 은근히 들려왔다. 희뿌연 하늘 만큼이나 낯빛이 흐려진 윤계선이 자그마한 탁자를 그대로 들어 메칠 것처럼 꾹 붙잡은 채 칼날같이 모로 세운 두 눈으로 장추명을 무섭게 노려보고 있었다.

　　"거기서 푸헝은 왜 거론하는 거야? 내가 그랬지, 난 주비밀유(朱批密諭)를 받들어 소리소문 없이 해야 할 일이 있는 사람이라고! 그런데, 내 일을 다 망가뜨려 놓고 푸헝이 어쩌고저쩌고 하는 건 또 뭐야? 내가 범시첩과 돌지도 비켜가며 직접 자네를 찾았던 건 '기밀'에 붙여야 했기 때문이 아닌가! 그런데 뭐라고? 순포청(巡捕廳)에 맡기고 진강으로 내려갔었다? 오, 이쪽은 죽이 되든 밥이 되든 상관이 없고 오로지 푸헝에게만 잘 보이면 만사대길이다 이거야? '일지화'가 일곱 개 성을 쏘다니며 사교(邪敎)를 퍼뜨려 조정에서 얼마나 많은 인력과 재력을 허비해가며 수색망을 좁혀가고 있는데, 류통훈이 이 때문에 하룻밤 자고 나면 머리가 한줌씩 세고 산서 순무는 그년을 놓쳐 관품이 두 등급이나 강등되어 죽네 사네 하는데 자넨 어찌 그리 태평일 수가 있단 말인가!"

두 손을 앞에 모으고 서 있던 장추명이 윤계선의 호통이 떨어질 때마다 두 다리를 바꿔가며 무게중심을 실어 간신히 몸을 지탱하는 듯하더니 결국에는 안색이 창백해진 채 엉거주춤 허리를 굽실거리며 잘못을 뉘우쳤다.

"하관(下官)이 본의 아니게 착오를 범하고 말았습니다…… 하관은 우리 성 전체의 치안을 정돈한다는 일념 하에 진강으로 내려갔던 것입니다…… 형부에서 몇 번씩 부문(部文)을 내려 우리 강남의 흉악범죄 발생률이 천하에서 최고라며 불명예를 안겨주기에……."

"착오를 범해놓고 잘못했다고 빌면 그게 없었던 일로 되나? 늦었어! 순포청 놈들이 무슨 기밀이라는 게 있는 줄 알아? 제 마누라 어딜 건드리면 자지러진다는 것조차 떠벌리고 다니는 족속들이! 자넨 '일지화'에게 보름동안의 도주 휴가를 내준 것이나 다름이 없네. 남경에 옛 둥지가 있고 은자(銀子)에, 인맥(人脈)에 아쉬울 것 없는 자들이 도망가도 열두 번이고, 금릉의 호적을 위조해도 벌써 위조했겠어. 장추명, 너…… 다된 밥에 코 빠뜨렸어. 이제 어떻게 할거야?"

윤계선은 갈수록 치미는 화를 주체할 수 없는 듯 벌떡 일어섰다.

"썩 꺼져! 당장 내 눈앞에서 사라져! 내일부터 아문에 나올 것 없이 문닫아 걸고 반성하고 있어!"

삿대질을 하는 윤계선의 손이 드르르 떨렸다.

순간 장추명은 흠칫 놀라며 경악한 눈빛으로 재빨리 윤계선을 일별하며 범시첩과 돌지를 쓸어보았다. 돌지는 벽화에 시선을 박고 있고, 범시첩은 꼬아 올린 다리를 흔들거리며 손톱에 낀 때를 후벼파느라 여념이 없었다. 간절히 구원을 청하는 시선을 아무도 받아줄 사람이 없었다. 그렇다고 이대로 순순히 쫓겨날 수는 없었다. 잠깐의 망설임 끝에 급기야 용기를 낸 장추명이 고개를 번쩍 쳐들고 결연한 표정으로 말했다.

"제대 어른, 나를 파면시킬 권한이 있다고 생각합니까?"

"난 파면시킨다고 말한 적은 없어. 집에 돌아가 반성하고 있으라고 했지!"

"난 내리 3년 동안 이부(吏部) 고공사(考功司)로부터 탁이(卓異) 칭호를 수여 받은 관원입니다!"

"그래봤자 허깨비에 불과해!"

윤계선이 버럭 고함을 질렀다.

"좋게 말할 때 썩 물러가지 않고 개처럼 끌려나가겠단 말이야?"

목에 핏줄이 시퍼렇게 선 윤계선이 문 어귀를 향해 버럭 고함을 질렀다.

"여봐라!"

그와 동시에 바깥 낭하에서 아역들의 발소리가 들려오자 장추명은 이대로 뻗대보았자 더 큰 모욕만 당할 거라는 생각이 들었다. 마침내 그는 윤계선을 매섭게 노려보며 험악하게 일그러진 이빨 사이로 이같이 뇌까렸다.

"힘든데 쉬게 해줘서 눈물나게 고맙습니다, 제대 어른!"

아역들이 미처 손을 대기 전에 장추명은 거칠게 문을 열어 젖히고 횡하니 밖으로 나가버렸다. 돌지가 그제야 입을 열었다.
"제대 어른, 좀 경박한 느낌을 주어서 그렇지, 재주도 있고 괜찮은 사람입니다. 평소에 제대 어른 앞에서 실수하지 않으려고 제법 조심하는 것 같던데, 처벌이…… 좀 과한 건 아닙니까?"
"얼마나 고약한 놈인데, 자넨 감싸줄걸 감싸줘야지!"
범시첩이 건들건들 다리를 흔들며 덧붙였다.
"저놈의 속내는 불 보듯 뻔하네 뭘! 계선 공이 양광으로 발령날지 모르는 마당에 늙어빠진 나랑 외지에서 전근 온 지 얼마 안 되는 돌지보다 해마다 '탁이'의 호평을 받은 자신이 순무자리 내지는 총독서리까지 넘볼 수 있다는 엉큼한 계산을 했던 거지."
그 말에 돌지가 대추처럼 붉은 코를 문지르며 웃음을 터트렸다.
"꿈이 너무 거창한데? 한꺼번에 세 등급이나 뛰는 게 그리 쉬운 줄 아나봐?"
그러자 이번엔 윤계선이 말했다.
"난 저자가 내 차사에 차질을 빚게 했다는 사실이 분하고 괘씸하오. 장추명 저놈은 이 궁둥이 저 궁둥이 핥아가며 아부 떠는 갈대 근성은 역겨워도 그리 셈에 서투른 아둔한 자는 아니오! 난 양광으로 가더라도 전임(轉任)일 뿐 강등(降等)은 아니라는 걸 잘 아는 자가 상황이 돌변하여 내가 다시 복귀할 가능성을 염두에 두지 않았을 리가 없소."
그러자, 이번에는 범시첩이 가벼운 콧소리를 내며 말했다.
"원장(元長, 윤계선의 호), 그건 그대가 뭘 잘 몰라서 하는 소리요. 어린 사람이 고위직에 머물러있다 보니 관가 조무래기들의 추악한 행각을 속속들이 모를 수 있다 이 말이오. 벌써 항간에서는 원장에 관해 별의별 요언이 다 나돌고 있지 않소. 새삼스러울 것도 없지만 강남제국(江南帝國)의 황제라느니, 이부(吏部)는 윤씨네 이부여서 윤계선이 떡 주무르듯 한다느니 하는 악성종양 같은 요언이 난무하는 건 어제오늘의 일은 아니잖소. 장추명 저자는 폐하께오서 '아니 땐 굴뚝에 연기 날까' 하고 의혹을 품으시어 원장의 날개를 꺾어버리실 거라고 미뤄 짐작하고 있었던 거요. 강등이 아닌 전임이라고 할지라도 소위 물 좋고 경치 좋은 강남에서 아직은 이와 비견할 바가 못 되는 양광으로 발령이 났다는 것은 저자들의 잣대로 재단하면 딱 들어맞는 거죠. 원장이 지시한 바에 따르지 않았다는 것은 크게 악의가 있어서가 아니고 자신은 동류합오(同流合汚)하지 않는 청백리(淸白吏)라는 걸 과시하려는 처절한 몸부림에 불과하다고 해야겠소."

범시첩의 말을 듣고 그제야 크게 깨달은 돌지가 웃으며 말했다.

"한인(漢人)들은 간에 붙었다 쓸개에 붙었다 하고 간사하고 교활하기 이를 데 없다며 조모께서 귀에 못이 박이도록 가르침을 주시더니 과연 그러한 것 같소. 총 들고 싸울 때는 잘 몰랐는데, 문관이 되어 조용히 지켜보니 인간들 노는 꼴이 불여우는 저리 가라 할 정도구먼! 남의 시체를 사다리 삼아 올라갈 대가리만 굴리지 말고 그 절반의 힘을 조정과 사직을 위한 차사에 쏟는다면 세상이 훨씬 살기 좋아질 텐데! 시뻘건 호랑이 아가리가 무섭다고 해도 바특한 한인들에 비할까, 에잇 끔찍해!"

어깨를 드르르 떨며 이같이 말하던 돌지가 범시첩을 힐끗 쳐다보고는 웃으며 덧붙였다.

"한인이라고 다 몹쓸 인간 일색일 수는 없지 않소? 쭉정이 속에도 속이 꽉 찬 낟알은 있는 법이니. 범형(范兄)은 한인이라 생각지도 못 할 정도로 훌륭한 사람이니 내가 맘 놓고 얘기했소."

"어쩐지 하판룽이 주변정리를 좀 해두는 게 좋겠다며 아리송한 말을 하더라고."

윤계선이 미간을 좁혔다.

"이쪽에서 누군가 자신에게 편지를 보내 은근히 나를 내리깎는 언사를 비추면서 나친을 자기 할아비라도 되는 양 받들더라는데, 이제 보니 바로 저놈이었군! 거둬준 개가 발뒤축을 문다더니, 그 짝 났어! 여러분들도 알만한 사람은 알고 있다시피 10년 전 사면초가(四面楚歌)의 위기에 내몰려 허우적대던 그자를 내가 오늘날의 방면대원(方面大員) 자리에까지 올려놓았더니 이젠 보따리마저 내놓으라는 식이잖아! 내가 여태 그놈한테 뭘 그리 잘못했는데?"

이에 범시첩이 심드렁한 표정으로 말했다.

"잘못해서가 아니라 저런 인간은 타고난 성정이 저러하니 신경 쓸 것 없을 것 같소. 오사도(鄔思道) 선생이 전에 남경에서 일명 '관가 등룡 12술(官街登龍 十二術)'이라는 것에 대해 내게 설명을 해주시더니, 이런 경우는 그 열두 가지 술수(術數)중에 '격산배불(隔山拜佛)'이라는 수작에 속하는 것 같소!"

그렇지 않아도 벌레 씹은 이 기분에서 벗어나고 싶어 말머리를 돌리려던 윤계선이 '관가 등룡 12술'이라는 난생 처음 듣는 말에 대뜸 호기심을 보이는 눈치였다. 몸을 앞으로 숙여 껄껄 웃으며 입을 열었다.

"그놈의 개 배때기 속에는 요상한 물건도 많아! 나로선 금시초문인데, 어디 한번 들어보기나 하지!"

범시첩이 피식 웃더니 천천히 말했다.

"12술은 크게 두 부류로 나눌 수 있겠소. 한쪽은 '치질을 핥는' 부류이고, 다른 한쪽은 '불귀수약(不龜手藥)'을 파는 쪽이오."

그러자 돌지가 의아해하며 물었다.

"'치질을 핥는다'는 말은 엉덩이를 졸졸 따라다니며 아부를 떤다는 뜻이겠지만 두 번째 무슨 약을 판다는 건 잘 이해가 안 가는데?"

"옛날에 어떤 사람이 군사를 이끌고 엄동설한의 북방 전쟁터로 싸우러 가는 초왕(楚王)에게 병사들이 손에 동상을 입으면 큰일이니 미리 예방하라며 이 약을 보내주었다 하오."

그제야 뭔가 떠오른 듯 윤계선이 손사래를 치며 웃음을 터뜨렸다.

"나도 예전에 들은 바가 있소. 그래서 초왕이 그 약을 만들어 보낸 사람에게 수레 다섯 대를 상으로 내렸다지 아마. 초왕이 치질에 걸렸을 때 누군가 그 치질을 혓바닥으로 핥아 치료해 주었다는데, 이는 진심으로 나를 사랑하지 않고서는 도저히 불가능한 일이라고 생각한 초왕이 그 사람에겐 수레 백 대를 하사했다고 〈장자(莊子)〉라는 책에 나와 있소. 음, 똥개인지라 배속에 똥만 가득 들어차 있는 줄 알았더니 먹물도 좀 있었네. 아무튼 좋았어! 그럼 이제부터 '관가 등룡 12술'이라는 것에 대해 하나씩 말해보라고, 꽤 재미있을 것 같은데!"

범시첩이 굵은 빗줄기가 쏟아지는 칠흑 같은 어둠을 내다보며 손가락을 까딱거려가며 입을 열었다.

"등룡 12술은 '관가방중비(官街房中秘)'라고도 하지. 그 중에는 조겁승세(造劫乘勢), 수만금산(水漫金山), 낭용퇴안(浪湧堆岸), 일소경성(一笑傾城), 위애만궁(危崖彎弓), 패왕별희(霸王別姬),

음조역취(飮糟亦醉), 격산배불(隔山拜佛), 누쇄임청(淚洒臨淸), 타어살가(打漁殺家), 석중제유(石中擠油), 조궁천랑(雕弓天狼) 등이 있지. 그 중 '격산배불'이 가장 무난하게 써먹는 방법이야. 그게 어떤 경우를 말하느냐 하면, 예를 들어 당신은 현재 동지(同知)로 승진하고자 하는 현령(縣令)이란 말이오. 그러면 절대 동지에 선을 대지 않고 동지의 바로 윗대가리에게 바리바리 싸들고 가 동지 자리에 앉혀달라고 간계를 부린다는 건데, 이게 거의 백발백중이라고 하지 않소! 동지에서 지부(知府)로 승진할 때도 지부가 아닌 지부의 상사인 도대(道臺)의 등을 잘 긁어주어야 한다오! 이렇게 한 층 한 층 기어올라가는 데는 자신의 바로 윗사람의 어깨를 딛고 더 높은 층과 물밑접촉을 한다는 게 공공연한 비밀이라고 하지 않소. 이 논리에 비춰보면 전에 장추명이 원장에게 잘 보이려고 아부를 떤 건 한낱 별볼일 없는 항주 도대(杭州道臺)에서 한 개 성의 법사아문 자리를 노렸기 때문이 아니겠소? 지금은 뼈가 굵고 날개가 다 자랐다 이거지! 순무, 총독 자리가 탐이 나는데 윤계선이라는 '산(山)'을 넘어 푸헝과 나친이라는 '부처'를 섬기려 드는 건 어찌 보면 당연지사인 것 같소. 곰곰이 생각해보오, 내 말에 하자가 있나······."

윤계선은 벌써 깊이 수긍하는 눈치였다. 장추명이 여태 보여주었던 작태를 돌아보니 충분히 답안이 나왔다. 다소 허망한 웃음을 지어 한숨을 내쉬며 윤계선이 말했다.

"오사도 어른은 과연 한 시대를 풍미한 인걸(人傑)임에 틀림없소! 천층 만층 구만층이라는 사람의 마음을 어찌 그리 잘 헤아리고 세태만상을 족집게처럼 집어내는지! 그렇다면 '석중제유(石中擠油)'는 보나마나 열심히 일해 고공사(考功司)로부터 탁이(卓

異) 고적(考績)을 받아 승진하는 사람을 뜻하겠지?"

"아니! 그건 아니오!"

범시첩이 말을 이었다.

"그건 상사보다 항상 한 수 위로 논다는 건데, 유능하고 예리한 상사 앞에선 좀 '덜떨어진' 인간처럼 굴어 그 경계심의 싹을 잘라버려야 한다는 거요. 왜냐! 잘난 사람은 더 잘난 사람이 자기 밑에서 노는 꼴을 못 봐주거든. 적당히 바보처럼 굴면 언제나 그 자리에서 꼬리 흔들어주는 집 앞 누렁이 같은 질박한 인상을 주어 주인의 믿음을 사게 되고 언젠가는 승진을 하게 되는 거지!"

범시첩의 말에 공감하는 듯 연신 머리를 끄덕여 보이던 윤계선이 시계를 꺼내보고는 말했다.

"인간들 정말 복잡하게 사는군. 참고나 하면 했지 심각하게 받아들일 건 하나도 없어. 그나저나 운남(雲南)의 동(銅)을 빨리 실어와야겠는데……. 전도, 자넨 먼저 두 사람과 함께 우리의 주전사(鑄錢司)를 둘러보도록 하게. 범자(範子, 돈을 찍는 모형)가 모자라면 더 만들면 되겠고, 한꺼번에 주조해내기 어려우면 동(銅)을 그대로 창고에 보관해두면 되니까 혹시라도 내가 실어온 동으로 동기(銅器)를 만들어 내다 팔진 않을까 하는 걱정은 안 해도 좋겠소."

윤계선이 자리에서 일어나 떠날 채비를 하자 전도가 웃으며 말했다.

"당연히 믿죠! 그게 단순한 동입니까, 어디. 광산 근로자들의 피와 땀과 생명인걸요!"

"그러게 걱정 붙들어 매시라고."

사람들을 낭하까지 배웅하고 돌아온 윤계선이 아역을 불러 명령했다.
"남경(南京) 성문령(城門領)과 강녕(康寧) 지부(知府), 그리고…… 강남대영(江南大營) 소속 현무호(玄武湖) 수사관대(水師管帶)를 한 시간 내에 소집하게."

전도는 내심 봉채루(鳳彩樓)에 있는 채운(彩雲)이가 보고 싶었지만 중요한 차사를 그르칠세라 이튿날 곧 범시첩을 찾아갔다. 운남에서 먼저 보내준 동으로 주조된 동전의 품질이며 색상을 유심히 살펴 상자에 넣고 직접 밀봉하는 모습을 지켜본 돌지가 웃으며 말했다.
"우리가 동전을 주조한 역사가 수백 년인데, 전통을 어기고 동의 비율을 줄이기라도 했을까봐 그러시오?"
그 말에 전도가 빙그레 웃으며 말했다.
"그러게 보는 데서 확인하지 않소? 가까운 사이일수록 일 관계는 분명히 해야 한다고. 그런데 말로만 듣던 강남번고(江南藩庫)의 실체를 이제야 얼추 알 것 같은데, 뒤편 창고의 상수리나무 상자에 든 것이 전부 원보(元寶) 아니오? 액수가 어마어마하겠던데? 무슨 돈이 그리 많소?"
"이쪽으로 와보면 알게 될 거요."
돌지가 전도를 끌고 계단을 통해 창고 옥상의 초소로 올라갔다. 그리고 손가락으로 멀리 현무호 언저리를 가리키며 말했다.
"저기 보이지? 현무호 호숫가에만 해도 3백 개가 넘는 방직공장이 있소. 북쪽으로 3천 경(頃, 1경은 약 3천평)에 달하는 뽕나무밭이 있는데, 이곳에서 짜내는 일명 영주(寧綢)라 불리는 비단은 대내(大內)에 조금 공납하는 것 빼곤 전부 해외로 팔려나가 금과 은으로 바꾸어 오오. 구라파주(歐羅巴洲, 유럽)라는 데 싣고 가면 비단 1냥에 황금 1냥과 맞바꾸니, 돌아올 때는 배가 휘청거릴 정도라니까! 저기 저 북쪽 끝을 보면 물안개가 자욱하여 잘 안 보이지? 저기가 바로 그 유명한 금릉 큰부두라오. 쿠리[苦力]라 불리는 수만 명의 단공(短工)들이 찻잎이며 강서성(江西省) 경덕진(景德鎭)의 도자기를 포장하고 운반하는 일을 해서 먹고 살지. 도자기를 한 배 가득 싣고 가면 하얀 은자가 배에 반은 넘게 차. 들어온 은자는 보관상 편의를 위해 전부 녹여 덩어리째로 입고시킨다네. 자네가 봤다는 사람 키가 넘는 상수리나무 상자에 전부 금덩이, 은덩이가 들어 있지! 원장(元長, 윤계선)이 그러는데, 같은 중국사람의 돈을 버는 건 이불 속에서 방귀 뀌는 격이니 재주라 할 수 없고 외국 코쟁이들의 금원(金元), 은원(銀元)을 쓸어와야 제격이라고 했소! 요 몇 년 사이에 해관(海關) 수입은 강희 연간 가장 잘 나갈 때의 10배도 넘는다니, 대체 얼마나 되는지 짐작도 할 수 없지! 원장에겐 돈을 끌어당기는 마력이 있나 봐. 돈 만드는 재주가 이만저만이 아닌데. 그래서 우린 더욱 더 원장이 떠나는 걸 아쉬워하고 있다오!"

전도가 저도 모르게 한숨을 내쉬며 말을 했다.

"강남은 정말 선택받은 곳인 것 같소. 전에는 이위(李衛)가 있어 나름대로 경기 부양책을 잘 써 강남을 윤택하게 이끌어가더니, 오늘날에는 원장이 그 맥을 이어받아 돈을 좇아오게 만드니 땅이 영험하여 인걸(人傑)이 나는지, 인걸이 있어 땅이 영험한지 모르겠소. 난 그래도 강남은 여전히 진회하(秦淮河) 기방(妓房)의 야도세(夜度稅)로 먹고사는 줄 알았지 뭐요!"

"이위 어른이나 계선 공이나 타고난 천성(天性)이 뛰어남은 닮은 꼴이지만 계선 공은 진취심이 유난히 강하다는 점에서 두 사람이 좀 다른 것 같소."

돌지가 덧붙였다.

"그러나 저러나 이위는 참 안 됐소. 엊그제 관보(官報)를 보니 병세가 차도가 없어 유언 상주문을 올렸다던데, 아무래도 가망이 없나 보오. 마흔 여섯이면 아직은 한창 힘쓸 때인데!"

"그 얘긴 그만하오."

은혜를 입은 은인임에도 병이 고황에 들었다는데 멀리 떨어져 가볼 수 없는 자신의 처지가 새삼 쓸쓸해진 전도가 말머리를 돌렸다.

"곧 이시요(李侍堯)가 곧 도착할 거요. 먼저 육로로 수레 1천대 분량은 운송하고, 나머지를 수로로 이어가려면 마차나 배를 구하는 것도 예삿일이 아닐 것 같소. 마부도 서둘러 구해놔야 하오. 성격이 세심하고 급한 사람이라 주먹 쥐고 달려왔는데, 이쪽에서 준비가 미처 되어 있지 않으면 즉각 푸상(푸헝)한테 보고가 올라갈 텐데, 그렇게 되면 다같이 재미없어질 게 아니오? 돌지 어른도 지내보니 잔꾀 부리지 않고 성실한 사람인 것 같아 노파심에서 주의를 주는 것이오. 내일부턴 이곳의 주전용광로(鑄錢鎔鑛爐)를 쭉 둘러보게 해주오. 폐하께 주장(奏章)을 올려야 하니까."

전도를 데리고 계단을 내려서던 돌지가 웃으며 말했다.

"소털같이 많은 날에 뭘 그리 서두르오. 번갯불에 콩 볶아 먹겠네 원! 이것도 '등룡 12술'에 속하는 거요?"

그러자 전도가 실소를 터트렸다.

"굳이 '등룡 12술'을 운운할라치면 '불귀수약(不龜手藥)' 쪽이 아닐까 싶소. 있는 치성 없는 치성 다 드리고도 좋은 소리 못 듣는 그런 경우 말이오. 그러니 어쩌겠소, 타고난 팔자가 그런 걸. 날 때부터 복주머니를 차고 난 초로(肖路, 돌쇠)라는 사람은 내가 보기엔 일하는 모양이 아녀자들처럼 시시콜콜하게 따져 큰일을 치를 위인은 못 되겠던데, 계선 공은 어디에 홀려 그자를 벌써 동지(同知) 자리에 올려놓았는지 모르겠소!"

이에 돌지가 피식 웃으며 답했다.

"그건 자네가 몰라서 하는 소리요. 초로는 그래 봬도 장 중당(장정옥)이 천거한 사람이라오. 썩어도 준치라고, 비록 일선에서 물러났다고는 하지만 40년 재상의 위력이 어디 가겠소? 당연히 그 제자인 원장이 고분고분하게 응할 수밖에! 이번에 군량을 운송하는 책임도 맡았을 거요. 내가 보기에 초로는 눈에 띄는 난놈은 아니지만 큰 걸 넘보지 않고 분수껏 개울물에서 잘 노는 그런 부류인 것 같소. 사람이 분수를 지킨다는 게 얼마나 어려운 일인 줄 아오? 별볼일 없는 것 같지만 아무나 할 수 있는 것도 아니라 생각되오. 가만히 지켜보오, 황소처럼 묵묵히 일한 군공(軍功)을 인정받지 않나!"

전도가 알다가도 모르겠다는 듯 고개를 설레설레 저으며 서글픈 웃음을 흘렸다. 고개를 숙이고 한참 걸어가던 전도가 다시 입을 열었다.

"엊그제 막수호(莫愁湖)를 지나면서 보니 행궁(行宮)을 정말 웅장하고 멋스레 지어놨데. 며칠 후에 좀 한가해지면 날 데리고 한바퀴 구경시켜줄 수는 없겠소? 관보를 보니 벌써 준공되어 내무부에서 인수인계절차에 들어갔다던데, 폐하께서 승덕에서 돌아오시는 대로 어림군에 관방을 맡기시는 날엔 들어가 보고 싶어도 못 들어갈 테니까 말이오."

"그거야 뭐 안 될 것도 없지."

돌지가 천천히 거닐며 한숨을 쉬며 말을 이어나갔다.

"승덕 애기가 나오니까 난 광대무변한 커얼친 대초원이 눈앞에 펼쳐지는 것 같소. 높고 푸른 하늘에 흰 구름이 두둥실 떠다니고 기름진 풀밭이 주단 같은 끝간 데 없는 초원에 한가로이 어울려 지내는 양떼와 말떼들…… 1년에 한 번씩 있는 나다무대회에서의 경마, 씨름, 활쏘기 시합…… 친소(親疎)를 떠나 너나없이 이웃이고 건강한 대춧빛 얼굴에 질박한 함박웃음…… 너무너무 그립고 가고 싶소……. 한인을 앞에 두고 한인의 흉을 봐서 미안하긴 하지만 참기름 속에서 빠져 나온 듯 반질반질한 무리들 속에서 사느니 말 못하는 짐승들과 눈길이라도 주고받는 게 더 나을 것 같을 때도 많다오!"

다소 귀가 따갑게 들리는 말이었지만 전도는 하하하 크게 웃음을 터트렸다.

"욕 한번 잘했소! 나도 내 자신의 피를 갈아버리고 싶을 때가 한두 번이 아닌 사람이오. 내가 보기에 자넨 무관 시절의 미련을 버리지 못하고 있는 것 같은데, 송충이는 솔잎을 먹어야 산다오. 정 총을 메고 나가고 싶으면 푸상의 줄을 서오. 지금은 아니지만 군사를 이끌어 승전고를 울려보는 게 그 사람의 오매불망 소원이니 언젠가는 그리 될 거요. 미리 도장을 찍어두어야 때가 되면 콕 찍어줄 거 아니오."

이같이 주고받는 사이에 어느덧 창고 앞에 다다른 두 사람은 곧 서로 읍하며 작별인사를 나누었다.

때는 정오가 조금 지난 시각이었다. 남경에 달리 찾아볼 만한 지인(知人)이 없는 전도는 매일 그 나물에 그 밥인 아문의 음식에 신물이 났는지라 아문으로 돌아가지 않고 현무호 쪽으로 발걸음을 돌렸다. 생각해보니 오후엔 달리 볼일도 없이 일정이 비어 있었다. 아예 수박이며 포도 등 과일이랑 몇 가지 요리를 시켜 뱃사공에게 은자 몇 푼 던져주고 배 위에 올라앉았다. 신이 난 뱃사공의 노 젓는 뒷모습을 바라보고 있노라니 호숫가의 버드나무는 어느새 검푸른 옷으로 갈아입고 있었다. 이름 모를 수많은 물짐승들이 물질을 하여 먹거리를 찾느라 푸드득대는 모양이 인상적이었다.

 천수(天水) 일색의 호수 한가운데에 앉아 한없이 여유로운 한낮의 평화를 향유하고 있노라니 지나간 추억들이 머리 속에 하나 둘씩 부유하기 시작했다. 전문경(田文鏡)의 휘하에서 막료로 있던 시절은 또 그대로 좋았고 덕주(德州)에서 우연히 간담이 서늘한 살인사건을 목격하고 정신없이 현장을 뜨던 순간은 생각만 해도 여전히 등골이 서늘했다. 운 좋게 이위의 문하에 들었고, 다시 류통훈의 휘하로 자리를 옮기게 됐다. 하룻강아지처럼 천방지축 날뛰던 시절에 무엄하게도 미복 차림의 건륭황제와 화로를 사이에 두고 땅콩을 안주 삼아 황주(黃酒)를 나눠 마신 적도 있었다. 죽을죄를 지었다고 전전긍긍하고 있으니 그날 그 자리에서 나눈 애기가 약이 되어 과분할 정도로 성총을 받게 될 줄이야. 말도 많고 탈도 많은 운남 동광(銅鑛)으로 가게 된 것도 성총의 연장선으로 본다고 해도 무리는 아닐 것 같았다. 때로는 잔잔한 애수가, 때로는 피끓는 희열이 전도로 하여금 가지고 갔던 옥호춘(玉壺春) 세 병 중 두 병을 순식간에 비워버리게 했다.

 주량에 자신이 없는 전도인지라 벌써 취기가 벌겋게 올라있었다. 뱃사공의 부축을 받아 언덕으로 올라선 전도는 비틀거리며 엎어질 듯 저만치 걸어갔다. 찬바람이 불어와 뒷덜미를 적시고 나가니 머리가 더욱 어지럽고 구역질이 치밀어 올랐다. 언덕에 엎드려 신물이 날 때까지 토악질을 하고 나니 속은 한결 편했으나 다리는 여전히 천근, 만근이었다. 호숫물에 머리를 적셔 정신을 차리고 보니 사위는 벌써 어둠이 짙게 내려 있었다. 비틀비틀 걸어서 겨우 길가로 나가 수레를 대절하려 했으나 이곳은 가난한 사람들이 칩거하는 빈민촌이라 수레는 구경하기조차 힘들다고 했다. 어쩔 수 없었다. 노새라도 빌려 타고 거처로 돌아가야 할 판국이었다.

"어머! 전 어른이 여긴 어쩐 일이세요?"

갑자기 등뒤에서 여인의 호들갑스런 목소리가 들려왔다. 난데없이 아는 체하는 소리에 반신반의하며 고개를 돌려 취기몽롱한 눈으로 한참 뜯어보던 전도가 그제야 상대를 알아보고는 웃으며 말했다.

"어이, 조 어멈이네! 그러는 조 어멈은 여긴 어쩐 일이오. 봉채루는 문을 닫았나 보지?"

끝자락에 요란하게 수를 놓은 미색 긴치마를 끌며 끊길 듯 가느다란 개미허리를 비틀어대며 다가온 기생어멈이 간드러진 웃음을 또르르 굴렸다. 그리고는 앙증맞은 턱을 바투 들이대며 말했다.

"이런 데서 이리 청승을 떠느라 그새 우리 봉채루를 한 번도 안 찾았구나? 애들이 눈이 빠지게 기다리는데, 너무 했네요! 철 지난 농담이고요, 실은 어르신 말대로 봉채루의 문을 닫았어요. 땅값이 워낙 비싸 가게를 더 늘릴 수도 없고, 코딱지만한 데서 해봤자 별볼일 없을 것 같아서요. 나도 나이가 나이니 만큼 백년기방으로 이름낼 것도 아닌 바에야 지금이라도 제대로 된 가게 하나 갖고 떳떳이 나서고 싶지 뭐예요. 그래서 저쪽에 손털고 나앉는 사람의 직방(織坊)을 인수하여 비단을 짜기로 했어요. 보아하니 술이 제대로 된 것 같은데, 쯧쯧! 지푸라기에 먼지에 어디 넘어지셨어요? 안 되겠어요, 우리 가게에 들어가 하룻밤 쉬어 가시는 게 백 번 낫겠어요!"

한 발짝도 움직이기 싫었던 전도는 기다렸다는 듯이 대답했다.

"그래, 그럼 아무 데서나 자빠졌다 가지. 내일 낮엔 볼일이 있어 안 되고 채운이더러 내일 밤에 내가 보러간다고 전해주오."

그러나 채운이란 이름을 입에 올리기 바쁘게 기생어멈은 비단 손수건을 꺼내더니 훌쩍이기 시작했다.

"그 많은 애들을 데리고 있어봐도 그처럼 박복한 애는 처음 봤어요. 열두 살에 내게로 팔려온 이래 언제 한 번 활짝 웃는 걸 못 봤으니깐요. 꽃도 제대로 못 피워보고 그렇게 가버릴 줄은 정말 몰랐어요……!"

"뭐요? 가다니, 채운이가 죽기라도 했단 말이오?"

전도가 마치 벼락에라도 맞은 듯 얼굴이 잿빛이 되어 경악을 금치 못했다. 기생어멈을 쏘아보는 눈빛이 칼날 같았다.

"누가 해코지를 한 거지? 내가 속신(贖身)하라고 준 돈이 있는 걸 알고 어떤 놈이 흑심을 품은 거지? 그렇지? 어서 말해봐!"

금세 집어삼킬 듯 포악을 떠는 전도의 광기에 잔뜩 겁에 질린 기생어멈이 사시나무 떨 듯하며 말했다.

"어르신, 혹시 이년을 의심하시는 거예요? 아니에요, 그건 절대 아니에요! 이년이 정녕 채운이를 죽였다면 어르신을 보고 36계 줄행랑을 놓아도 열두 번일 텐데, 어찌 반색하며 불렀겠어요? 굳이 누구 때문에 죽었느냐고 물으신다면 상처에 소금 뿌리는 격이 될지도 모르지만 이년이 보기엔 어르신이 장본인인 것 같네요!"

전도가 흠칫하며 다그쳤다.
"내가 장본인이라니, 그게 대체 무슨 말이오?"
"채운이는 난산(難産)으로 죽었어요."
"난산이라니!"
전도의 핏발 선 두 눈이 금세 튀어나올 것만 같았다. 온몸에 경련을 일으키며 기생어멈을 잡아 흔들며 전도가 물었다.
"누구 애였소?"
"그걸 왜 이년에게 묻죠?"
"고추가 달렸었소?"
"네! 뱃속에서 죽어나온 애를 보니 사내였어요……."
"아! 내 아들, 내 아들 어디 갔어!"
전도가 미친 듯 울부짖기 시작했다. 길가의 나무를 부둥켜안고 이마를 찧어대는가 하면 땅바닥에 뒹굴며 주먹이 깨지도록 땅을 치며 오열을 터뜨렸다. 기생어멈이 따라다니며 말렸지만 그는 막무가내였다. 고통으로 일그러진 얼굴에 두 줄기 차가운 눈물을 달고 땅에 주저앉은 채로 전도가 실성한 사람처럼 중얼거렸다.
"내 아들을 품었었구나…… 내 아들을…… 우리 가문은 자손이 귀해 4대에 걸쳐 외아들이지…… 아슬아슬하기가 실처럼 대가 이어지는데…… 우리 마누라는 내리 딸만 셋 낳고 역시 아들을 낳다 난산으로 죽었어……. 하늘도 무심하시지, 우리 전씨 가문이 무슨 그리 큰 죄를 지었기에 이토록 시련을 주시는 겁니까, 예……."
목이 터지는 마른 외침에 눈물은 하염없이 흘러내렸다.
말없이 전도의 하소연을 들어주던 기생어멈이 위로를 해주었다.
"기왕지사 이리 된 걸 땅을 친들 무슨 소용이 있고, 가슴을 찢은

들 죽은 사람이 살아 돌아올 수는 없지 않아요? 그만 고정하세요. 이곳에 보허(步虛)라는 도사가 있는데, 자하관(紫霞觀)의 주지(住持)죠. 사람이 죽고 사는 생사(生死) 조화를 족집게처럼 집어내고 연법(演法)으로 귀신을 내모는데, 그렇게 용할 수가 없다고 하네요. 요즘 들어 이 부근의 직방들에선 밤마다 귀신들이 출몰하여 잠을 이루는 건 둘째치고 무서워서 살 수가 없어요. 처녀귀신들이 한밤중만 되면 어김없이 나타나 시합이라도 하듯 섬뜩한 고양이 울음소리를 내는데, 아주 미치겠어요. 우리 애들은 밤마다 한데 들러붙어 바들바들 떨며 뜬눈으로 밤을 지새운다니깐요. 그래서 우리도 그 도사를 청하려던 참이었어요. 이렇게 만난 것도 연분인데, 기왕에 왔으니 도사에게 팔자라도 한번 보여보세요."

기생어멈에게 손목을 잡혀 어둑어둑한 작은 골목으로 들어서니 등롱을 든 사람이 마중을 나와 있었다. 가까이 가서 보니 원래 봉채루에서 시중들던 마름 왕성(王成)이었다. 등롱 불빛을 빌어 대뜸 전도를 알아본 왕성이 반색을 하며 꾸벅 인사하고는 실눈을 뜨고 말했다.

"와! 보허 저게 인간이야, 귀신이야. 어째 나가신 지 한참 되신 마님께서 돌아오시지 않는다며 소인이 마중을 나오는데, 보허가 뭐라고 하는지 아세요? 마님은 길에서 귀인을 만났으니 곧 같이 들어올 거라고 하지 뭐예요. 아닌 밤중에 무슨 홍두깨냐며 믿지도 않았는데, 과연! 아, 안 믿을래야 안 믿을 수가 없네요……."

왕성이 이같이 주절대며 등롱을 들고 앞서 길을 안내했다. 전도는 미로같이 꼬불꼬불한 골목길을 왕성과 기생어멈을 따라 바늘에 딸린 실처럼 걸어갔다. 이곳은 방직공장이 수도 없이 많은 것 같았다. 몇 발짝마다 저마다 희미한 등롱을 내건 대문이 보였고, 홍건하게 고인 흙탕물에 비친 불빛을 빌어보니 왕가네 직방, 채가네 직방, 하가네 직방…… 줄줄이 다닥다닥 붙어 있었다. 집집마다 실을 짜는 소리로 귓전이 어지러웠다.

전도가 놀라워하며 물었다.

"양의 창자처럼 이렇게 좁은 길로 무슨 수로 누에고치를 실어오고 직물(織物)을 밖으로 운반하오?"

"뒷문으로 널찍한 길이 나 있어요. 현무호가 가까우니 배로 실어가고 실어오고, 그건 편리해요!"

기생어멈이 웃으며 말을 이었다.

"이쪽은 일꾼들이 주로 출입하죠."

"어떤 집의 문 앞에는 여자들이 무릎을 꿇고 있는 것 같던데, 무슨 일이오?"

"대부분 이제 막 들어와 아무 것도 모르는 난민(難民)들이 시키는 대로 따라가지 못해 저렇게 체벌을 받기도 해요. 콧구멍 만한 가게라도 속을 들여다보면 얼마나 복잡한지 몰라요, 말도 못해요! 하루라도 먼저 들어왔다고 텃세를 부려 사람 괴롭히는 건 다반사예요!"

채운이 죽은 비감에서 차츰 헤어나기 시작한 전도가 한숨을 지으며 말했다.

"밤낮없이 저 고생을 해도 저들은 평생 비단 한 쪽 걸쳐보지도 못하고 죽어가니 세상이 얼마나 불공평하오! 그럼 그 집도 일꾼들에게 그리 가혹하오?"

"세상의 까마귀가 검은 건 다 마찬가지죠. 주인 입장에선 가혹하게 하지 않을 수가 없어요. 품질이 떨어지고 속도 떨어지면 손해보는 건 주인밖에 없잖아요?"

기생어멈이 대수롭지 않게 웃으며 말을 이었다.

"어르신같이 고귀한 분이야 입에 고기가 들어오면 씹어 넘기면 되고, 비단옷 입혀주면 팔을 벌리면 될 텐데 무얼 그리 따지세요!"

이같이 이야기를 주고받는 사이 앞서 걷던 기생어멈이 다 왔다는 시늉을 해 보였다. 전도가 보니 대문이 여태 보아온 여느 집들보다 훨씬 널찍한 집 앞에 대여섯 명의 여자가 무릎을 꿇고 있었다. 마흔 살 가량 되어 보이는 여자도 있고, 고작 열 두어 살밖에 안 됐을 애도 있었다. 성큼 대문 안으로 들어서며 기생어미가 퉁명스레 한마디 내던졌다.

"됐어, 그만 일어나 일하러 가. 반장이 물으면 내가 보내줬다고 해!"

몇몇 여공들이 연신 머리를 조아리며 고마워했다. 뜰이 넓어 운동장 같은 사합원(四合院)이었다. 고풍스런 청당와사(靑堂瓦舍)에 네 면에 빙 둘러쳐진 유랑(遊廊)엔 여덟 개의 큰 궁등(宮燈)이 대낮처럼 훤히 불을 밝히고 있었다. 어멈을 따라 방안으로 들어가며 전도가 말했다.

"저네들도 다 감정이 있는 사람인데, 너무 잡아도 안 되오. 한 손에는 채찍을 들고 다른 한 손으론 당근을 내주는 걸 잊지 말아야 하오. 저네들이 주인에 대한 앙갚음으로 집단적으로 도주하거나 드러누워 파업을 하는 날엔 낭패를 보는 건 주인밖에 없소. 개도 급하면 담을 넘듯이 나약한 여자도 너무 괴롭히면 돌아버려 살인을 저지르는 수가 있네. 좀더 부드럽게, 좀더 인간적으로 대해주면 당장 능률이 쑥쑥 오를 거요. 내 말이 믿어지지 않으면 어디 한번 시험해 보오. 소주(蘇州)의 몇몇 자수가게는 여공들이 주인의 학대에 한을 품은 나머지 득남한 주인이 잔칫상도 차리기 전에 갓난

애의 고추를 비틀어버렸다고 하지 뭐요. 그 아이는 태어나자마자 태감 후보가 된 거지. 오죽하면 여자가 한을 품으면 오뉴월에도 서리가 내린다고 했겠소."

 기생어멈이 심각해진 표정으로 연신 머리를 끄덕여 수긍하는 눈치를 보이는 사이 대당(大堂)에 들어선 전도는 방석 위에 그린 듯 앉아있는 도사를 발견했다. 전도가 유심히 뜯어보니 긴 머리는 높다랗게 쪽을 짓고, 뇌양건(雷陽巾)을 쓴 도사는 검정색 도포를 입은 스무 살 가량의 젊은이였다. 얼굴이 희고 맑아 관옥(冠玉)같 았고, 척 보기에 기품이 있어 보였다. 머루 같은 작은 눈에서 발하는 빛이 사람을 뼛속까지 꿰뚫어볼 것 같은 예리함이 번뜩였다.
 "고명(高名)하신 선장(仙長)을 뵙게 되어 영광입니다!"
 전도가 정중히 예를 갖춰 인사를 한 다음 덧붙였다.
 "도사께서는 생사조화를 간파하는 재주가 비상하다고 익히 들었사온데, 이 사람의 사주를 한번 봐주실 수 있겠는지요?"
 전도의 말이 끝나기도 전에 보허는 벌써 자리에서 일어났다. 침착하게 전도를 향해 읍한 다음 도포를 들고 점잖게 자리에 다시 앉은 보허가 입을 떼었다.
 "어르신은 누가 보기에도 귀상(貴相)이신데, 어찌 빈도더러 뻔한 얘기로 혀를 놀리라는 겁니까? 오늘저녁은 빈도가 특별히 이곳 직방의 악귀를 몰아내어 여공들의 안녕을 찾아주고자 하니 주위가 산만함은 금물입니다. 거사께서 찾아오신 용의가 그러하시다면 내일이 어떻겠습니까?"
 그러자 기생어멈이 나섰다.
 "전 어른은 공무 때문에 몸이 열 개라도 부족한 분이십니다. 모처럼 여기까지 걸음을 하셨는데, 헛걸음하게 할 수는 없지 않겠습니까? 악귀들은 도사께서 이렇게 산처럼 버티고 계시는 것만으로도 감히 범접하지 못할 것이니, 오늘은 전 어른의 편의를 봐주시죠, 도사님."

전도가 너털웃음을 지으며 말했다.

"자고로 군자는 길흉을 점치는데 있어서 불길한 예언에 비중을 둔다고 했습니다. 아무 염려하지 마시고 점이 쳐지시는 대로 말씀해 주십시오."

"거사의 뜻이 정 그렇다면 실례하겠습니다."

자리에서 일어난 보허는 촉대를 전도에게로 옮겨 유심히 뜯어보기 시작했다. 그런 다음에는 손가락을 하나씩 꺾으며 눈을 감고 염불을 하기 시작했다. 그리고는 한참 후에야 눈을 떴다.

"거사께서는 심지가 곧고 바르시어 토성(土星)이 밝습니다. 근자에 관운이 형통하는 행운이 따를 것입니다. 흰 귀에 검은 얼굴이므로 이름을 천하에 날리겠으나 문운(文運)은 그리 밝지 않아 거사께서 이름을 날리심은 문장 덕은 아닐 것입니다. 유시(酉時)와 술시(戌時)를 전후하여 관귀(官鬼)가 재물을 만나니 거사께선 재운이 좋아 관운으로 이어질 것입니다. 하지만 아쉽게도 슬하는 끝까지 허전할 것입니다. 공명운(功名運)은 천명(天命)에 대운(大運)이 찾아들 것이요, 앞으로 10년은 벼슬에 호운(好運)이 따를 것입니다. 다만 극품(極品) 벼슬과는 인연이 없겠고, 계단이 있긴 하지만 뛰어오르기 힘이 들겠으며, 재물이 많아도 동산(銅山)을 바라보며 한숨짓는 형국이 점쳐집니다. 들고나는 것을 분명히 알고 지켜야겠으며 안 되는 일을 억지로 하려고 들지 마십시오. 그리하면 일생동안의 강녕은 보장받으실 겁니다."

말을 마친 보허는 곧 찻잔을 들어 차를 마셨다.

전도는 잠자코 말이 없었다. 역시 기생어멈이 먼저 떠들어댔다.
"그게 전부입니까? 생각보다는 간단하네요. '계단이 있긴 하지만 뛰어오르기 힘이 든다'는 말씀은 대체 무슨 뜻인지요? 동산(銅山)을 바라보며 한숨짓는다니, 그것도 이년의 짧은 식견으론 통 이해가 안 가네요?"
"날 못 믿겠다는 거요?"
기생어멈을 쓸어보는 보허의 눈빛이 번개처럼 튀었다.
"그렇다면 내가 거사의 과거사를 말해보지. 거사께선 팔자에 일월각(日月角)이 모두 어두워 여섯 살에 어머니를 여의고, 열 살에 아버지를 여의시는 아픔을 겪어야 했습니다. 거사의 부모님은 같은 해는 아니나 동월동일(同月同日)에 돌아가셨습니다. 거사께선 조실부모하시고 숙부의 슬하에서 자랐고, 열 아홉 살에 진학(進學)하여서야 비로소 그들이 친부모가 아님을 알게 됩니다. 그래서 한동안 방황도 많이 했었습니다. 나중에 관가에 들어서 겪은 우여곡절은 일일이 집어내지 않겠지만 수액(水厄)을 당하여 적어도 물에 빠져 위태로웠던 적은 세 번 이상입니다. 숙부의 슬하에서 9년 동안 살아오며 나름대로 은덕을 많이 입었으나 쌍둥이 친자식을 보게 되면서 돌변한 숙모의 굴욕적인 언행을 참지 못하고 집에서 쫓겨나다시피 한 거사는 십 수년의 외로운 타향살이에서도 고향집에 대한 미련이 전혀 없습니다. 그러나 은공을 입었으면 갚는 게 인간으로서의 도리입니다. 앞으로 10년의 호운이 끝나면 격류용퇴(激流勇退)하여 9년의 양육 은혜를 갚도록 하세요. 그래야 나머지 반생이 편할 것입니다."
모든 것이 정확하게 한 치의 오차도 없고, 구구절절 틀림이 없어 전도의 가슴을 울렸다. 대단한 관통력이 아닐 수 없었다. 그 동안 어느 누구에게도 드러내지 않았던 치부조차 낱낱이 드러난 마당에 얼굴이 붉어진 전도가 찻잔을 들어 마시는 척하며 말했다.

"참으로 고명하십니다, 도사님! 달리 할말이 없습니다. 딱 한 가지만 가르침을 더 주셨으면 합니다. 아직 슬하에 아들이 없습니다. 어찌하면 아들을 얻을 수가 있겠습니까?"

"세상만사는 모두 천리(天理)라는 것이 작용하게 되어 있습니다. 아들을 둘 수 있는 덕을 쌓았다면 여태껏 아들이 없을 리가 없고, 아들을 둘 수 없는 일을 저지른 사람이 슬하에 아들이 있는 경우는 없습니다."

보허가 차분히 계속 이어나갔다.

"원래는 팔자에 아들 하나쯤은 있었습니다. 하지만 거사님은 사람을 너무 많이 죽였어요, 원귀(冤鬼)들이 옥문(玉門)을 막고 있어 태아가 자리를 잡을 수가 없습니다. 빈도가 부적을 하나 만들어줄 테니 집으로 부치든가, 아니면 처자를 불러내어 보는 데서 태워 그 재를 황주(黃酒)에 타서 마시게 하세요."

말을 마친 보허는 곧 자리에서 일어나 책상으로 다가가더니 주필(朱筆)을 들어 용이 승천하듯, 뱀이 풀섶을 스치고 지나가듯 기괴한 부적 하나를 만들어 전도에게 건넸다. 두 손으로 공손히 받아 조심스레 접어 소매 속에 집어넣은 전도는 다섯 냥 짜리 은자를 꺼내놓으며 말했다.

"크나큰 가르침을 주신 데 비해 너무 약소하여 송구스럽습니다. 외람되지만 도사님과 속세의 허물없는 벗이 되었으면 합니다. 금명간 반드시 다시 찾아 뵙고 많은 가르침을 구하도록 하겠습니다."

보허도 물리치지 않고 흔쾌히 은자를 받아 챙겼다. 그리고는 기생어멈을 향해 말했다.
"방금 들어올 때 거사께서 좋은 말씀을 해 주시는 것 같던데, 빈도가 들어보니 구구절절 명언(名言)이었습니다. 그렇게 하세요. 인애와 자비를 베풀어 잘못된 사람은 못 봤습니다. 오늘저녁엔 법사(法事)가 없을 터이니 두 사람을 파견하여 날 암자로 데려다 주세요. 마음을 깨끗이 하여 이곳의 악귀를 내몰고 전 어른의 앞길에 나쁜 기운이 되는 묵은 때를 씻어드리도록 하겠습니다."
말을 마친 보허는 곧 자리를 떴다.
골목 끝까지 보허를 바래다주고 기생어멈을 따라 방으로 돌아온 전도가 시계를 보니 해시(亥時)가 한참 지난 시각이었다. 기생어멈이 과일이며 차를 내어오게 하여 전도와 마주앉았다. 보허에 대해 못다 한 얘기를 나누던 중 전도가 채운과 이별한 후의 상황에 대해 상세히 물었다. 기생어멈은 채운이 자나깨나 전도를 그리워했고, 이제나저제나 눈이 멀도록 학수고대했었다고 말했다. 그러자 전도는 다시금 굵은 눈물을 떨구었다. 기생어멈 18년 세월에 남자 시중들고 비위 맞추는 데는 감히 견줄 이가 없는 기생어멈이 더운 물수건으로 전도의 얼굴을 닦아준다, 과일 껍질을 벗겨 입안에 넣어준다 하며 아양을 떨어댔다. 나이가 들었어도 출산경험이 없어서인지 여전히 탱탱하고 풍만한 가슴이 얼굴을 들이대자 전도의 무릎 위에 놓인 손등을 스쳤다. 짜릿한 느낌이 전류처럼 홀아비의 마음을 관통했다. 늙은 기생의 정성이 무엇을 뜻하는지 모를 리 없는 전도가 웃으며 말했다.
"한번 기생은 영원한 기생인가 보네, 벌써 자세가 나오는 걸 보니. 그런데, 어쩌지? 난 오늘 운우지정을 나눌 기분이 아닌데!"
"그 맛이 죽이는 줄 아는 고남과녀(孤男寡女)가 따로따로 잔다는 건 너무 아쉽잖아요!"
 기생어멈이 싫은 기색은 아닌 전도의 주저하는 얼굴을 빤히 쳐다보며 바싹 궁둥이를 들이밀었다. 전도는 동글동글하고 탱탱하게 올라붙은 기생어멈의 엉덩이를 밀어낼 자신이 없었다. 잠자리 날개 같은 얇은 치마 사이로 가느다라란 허리선이 완만한 곡선으로 이어져 사내의 정욕을 부채질했다. 술을 약간 마신 듯한 늙은 기생의 발그레한 얼굴이 괜찮아 보이기 시작했고, 욕정으로 불타는 눈동자 속으로 그대로 빨려 들어갈 것 같았다. 에라 이 늙은 기생년아! 너, 오늘 임자 만났다! 전도가 이같이 중얼거리며 맹렬한 기세로 기생어멈을 덮치기 시작했다……

32. 교령(教令)

　상청관(上淸觀)은 진내(鎭內)에서 몇백 미터 안팎의 가까운 거리에 있었고, 현무호와도 2리밖에 떨어져 있지 않았다. 강희 연간에 이곳은 수사대영(水師大營)에 속해 있던 절이었다. 나중에 정해후(靖海侯) 시랑(施琅)이 대만(臺灣)을 수복하는 전쟁에 이곳 수사(水師)를 전부 이끌고 나가면서 대영은 수년간 방치된 끝에 피폐해져 사라졌고 절만 초라한 모습 그대로 남아있게 되었다.
　그곳에서 남쪽으로 보니 시커멓고 조용한 읍내가 솥뚜껑같이 엎드려있었다. 바람에 현무호의 물소리가 바로 코앞에서 들리는 듯 생생하게 실려왔다. 여기서 남쪽으로 조금만 더 가면 바로 육조(六朝)의 금분지(金粉地)였던 석두성(石頭城)이 있고, 북쪽으로 가면 바로 양자강(揚子江), 즉 장강(長江)이었다.
　보허도사(步虛道士)는 바로 왕년에 산서성 낙타봉(駱駝峰)에서 표고도인(飄高道人)에게 쫓겨나 홍양교(紅陽敎, 백련교의 지류)를 떠나야만 했던 요진(姚秦)이었다. 전국 방방곡곡 17개 성을 뜬구름처럼 떠다니며 백산흑수(白山黑水)에 두루 발자국을 남겼다. 자신의 뜻을 펼만한 풍수 좋은 땅을 찾아 천애지각(天涯地角)을 찾아 헤맨 끝에 요진은 바로 이곳에 터를 잡게 되었던 것이다. 어찌하여 여기를 자신의 천리교(天理敎) 총당(總堂)으로 정했는지는 본인도 딱히 알 수가 없었다. 다만 북경을 기준으로 북방은 너무 가깝고, 양광과 복건은 너무 멀다는 것과 이곳은 용호상쟁의 싸움터이기도 하지만 그만큼 인문(人文)이 회췌(薈萃)한 명당이기도 하여 풍운아들의 요람이라는 것이 크게 작용했었다. 엄청난 갑부들도 많지만 삼시 세 끼가 전쟁인 가난한 사람들이 더 많았다. 기근만 들었다 하면 사방 몇 개 성의 이재민들이 봇물처럼 밀려들어온 때문이었는데 오히려 그것이 포교엔 그만이었다.

요진은 타고난 천부적 근성으로 몇 년 사이에 〈만신규지(萬神圭旨)〉, 〈기문둔갑(奇門遁甲)〉, 〈도장(道藏)〉, 〈황정(黃庭)〉 등의 책들을 독파하고 전문분야를 두루 섭렵하여 도술(道術)은 이미 왕년에 용호산(龍虎山)을 주름잡았던 가사방(賈士芳)을 능가한다는 평을 받았다.

그러나 그는 겉으로 요란을 떨기보다는 안으로 여물길 원했고 '평상심(平常心), 평상인(平常人)'을 자신의 좌우명으로 삼았다. 가난한 사람들을 도와주고 자포자기한 무리들을 바른길로 제도하여 천리교의 씨를 뿌려 메마른 중생들의 마음에 연두색 싹이 트는 데 훈풍이 되어 주었다. 가끔씩 연법(演法)은 해도 서너 명의 제자들이 어깨너머로 훔쳐보는 게 고작이었다. 그러나 그나마도 요진은 몇 수 배웠다고 하여 절대 민중들 속에서 깝죽대며 위화감을 안겨줘서는 안 된다고 엄명을 내렸다.

이처럼 워낙 집안단속이 엄해서인지 총독 윤계선에서부터 일반 백성들에 이르기까지 이들의 정체를 아는 이는 없었다. 그저 사주팔자를 보는 것은 족집게이고, 풍수에 능하고 의술이 뛰어날 뿐더러 가난한 사람들을 품어주는 훌륭한 도사인 보허라고만 알고 있었다. 어느 누구도 그가 한때는 백련교의 일원이었고, 조용히 때를 기다려 무섭게 분출할 '용암'이라는 걸 눈치챈 이가 없었다.

역영(易瑛)도 오래 전에 표고도인과 왕래가 있었는지라 요진이 따로 나와 자립하여 문호(門戶)를 세웠다는 것쯤은 알고 있었다. 그러나, 그 당시의 요진은 젖냄새도 채 가시지 않은 표고의 잔심부름꾼에 불과했었는지라 몇 번 안면을 마주친 적은 있었으나 그리 눈여겨보지 않았다. 때문에 역영은 길에서 맞닥뜨려도 요진의 얼굴을 알아볼 자신이 없었다.

어쩌다 독 안에 든 쥐 신세가 되어 이리저리 쫓기던 역영은 기생어멈의 주선으로 '왕년의 도우(道友)'를 만나보고자 했다. 기생어멈은 보허와의 연락을 시도하고 그를 집으로 불러들이는 와중에 우연히 전도와 해후했던 것이다.

보허가 절로 돌아와 보니 제자들은 늦게까지 공부를 하고 있었다. 긴 여운을 남기는 종소리와 북소리가 둥둥 울려퍼지는 가운데 길다란 방안에서 제자와 그 자손 수백 명이 앉아 불경을 낭독하고 있었다. 몇십 명은 족히 될 것 같은 신도들이 아직 삼청좌상(三淸座像) 앞에 무릎을 꿇고 있었다. 약을 구하러 와서 자신을 기다리고 있는 것을 아는 보허가 삼청상(三淸像)을 향해 길게 읍하고는 그 옆 선반 위에서 작게 접은 종이봉지를 한 움큼 취하여 일일이 나눠주었다.

"마침 어제 신(神)을 모셔 그분께 구해달라고 청을 드렸더니 이같이 여러분들에게 주라고 약을 내리셨소. 이걸 복용하고 나면 곧 좋아질 거요. 얘, 왕칠아! 내일저녁엔 너의 아비를 업고 오너라. 내가 직접 봐드릴 테니까."

약을 받은 사람들은 말없이 머리를 조아리고는 물러갔다. 보허가 제자인 도사들에게 지시했다.

"각자 방으로 돌아가 정좌(靜坐)하고 기다리게. 오늘밤엔 삼청신께서 경액(瓊液, 맛있는 술)을 하사하신다고 약조하셨으니 각자 쟁반을 받쳐들고 천로(天露)를 받을 준비를 하게!"

도인들이 물러가고 나자 커다란 삼청전에는 정적만이 감돌았다. 홀로 부들방석에 앉아 타좌(打坐)를 한 채 보허는 원신주천(元神周天)을 만났다. 마음으로 뜻을 전하여 심령의 감응을 주고받으며 가난하고 병든 사람들이 많으니 약을 많이 내려달라고 발원했다. 역영 일행 다섯 명이 벌써 보전(寶殿) 안으로 들어왔다는 걸 느끼면서도 보허는 짐짓 모른 척하고 있었다.

"보허 도형(道兄)!"

한참 그대로 서 있던 역영이 비로소 입을 뗐다.

"빈도 역영이 계수(稽首, 머리를 땅에 대고 절을 함)인사를 올립니다!"

동행한 호인중(胡印中)도 도인의 복장을 하고 있었다. 역영의 인기척에도 아무런 응답이 없는 보허를 노려보며 호인중이 말했다.

"보허도사님, 이분이 저희 자운관(紫雲觀) 주지 역영도사님이십니다. 조씨 여인의 소개로 요진대사님을 만나뵈러 왔습니다."

보허가 그제야 천천히 실눈을 뜨며 역영의 등뒤에 있는 뇌검 등 네 자매를 쓸어보더니 한숨을 내쉬듯 말했다.

"나를 방해하지 마시오. 나도 그대들을 성가시게 굴 생각은 없으니. 그리고 요진도사라는 사람을 난 모르오. 역영이라고 했소? 음…… 그 대명(大名)은 익히 들어왔소. 하지만 도술이 신과 교감할 수 있을 정도로 뛰어나다는데, 어찌 아직 홍진(紅塵)에서만 뒹굴 뿐 제자리를 찾아가지 못했는지 모르겠소."

한편 역영은 원신(元神)을 통해 보허와 교감을 이루고자 여러 번 발공(發功)을 시도했다. 그러나 보허가 구태여 거부반응을 보이지 않는데도 번번이 그 무슨 교란으로 인해 교감은 이뤄지지 않았다. 보허는 감응이 이루어지지 않는 전진도파(全眞道派)라고 단정지은 역영이 웃으며 말했다.

"전진도(全眞道)는 양생수련을 근본으로 삼아 자신의 장생불로(長生不老)만을 추구하거늘 구경세인(究竟世人)들에게 베푸는 게 뭐가 있습니까?"

그러자 보허는 머리를 절레절레 저으며 대답했다.

"난 전진도파가 아니오. 어떤 도파든 술법(術法)에만 의존한다면 결국 자신만의 색깔을 만들어갈 수가 없는 법이오. 난 이 도(道), 저 파(派)의 형식에 구애받지 않는 자연문(自然門)이오. 물 흐르듯 구름 가듯 현실에 안주하고 만족할 줄 알며 분수를 떠난 욕심은 없는 사람이오. 물이 흐르다보면 도랑이 생기고 한 방울의 물에도 바위가 뚫리듯 하늘의 뜻에 순응하여 선연(善緣)을 맺고 세상을 제도하는 게 내 삶의 근간이오."

"자연도(自然道)라고 하셨는데, 금시초문입니다."

"자연이란 곧 천도(天道)를 뜻하는 것이오."

"그럼 천도란 뭐죠?"

"천도란 곧 수덕(水德)이지. 대세를 따라 높은 데서 낮은 데로 흐르고, 넘지 말라는 선을 넘지 않는 덕을 지닌 물 말이오."
 보허가 말을 이었다.
 "그리고 어떤 측면에서 천도는 또 화덕(火德)이라고 정의할 수도 있소. 물이 도랑을 따라 흐르듯 불은 화로 속에서 범람하지 말아야 덕이 있다 하겠으니, 수화(水火)가 서로 어울려 지낼 수 있을 때라야 진정한 도가 이뤄지지 않겠소?"
 말을 마친 보허도사는 입술을 모으며 들릴 듯 말 듯이 뭔가를 읊기 시작했다.

  진정한 경륜과 깨우침은 화려한 말이나 글 속에 있지 않거늘,
  우주조화의 오묘함을 깨우치려거든 여러 신선(神仙)들과 마주 앉거라……
  옥로(玉爐)에 등운(騰雲)이 애애(靄靄)하니 금정(金鼎)엔 상서로운 기운이 넘치고,
  신수(神水)로 부지런히 관개(灌漑)하면 논두렁에도 용이 비무(飛舞)하리!

 다 읊고 난 보허가 덧붙였다.
 "도형(道兄) 여러분들은 비록 약간의 법술은 통하나 시운(時運)을 거슬러 움직이니 간난신고(艱難辛苦)를 겪은들 만화방창(萬化方暢)한 봄날은 찾아오지 않을 것이오. 이 상태에선 요진이 아니라 삼청불(三淸佛)께서 인간세상에 내려오신다고 해도 아무런 도움을 받을 수 없을 것이오. 무망(無望)한 기대는 버리고 우리 자연문에 귀의하여 세심혁면(洗心革面)의 마음가짐으로 널리 자비를 베풀어 지난날의 죄를 깨끗이 씻어내는 것이 어떻는지?"

귀는 열어놓은 채 듣는 둥 마는 둥 한참 말이 없던 역영이 피식 실소하며 말했다.

"말발이 센 건 주먹이 센 것보다 못하고, 주먹이 드센 건 배짱이 센 것보다 못하다고 했소. 말로 기를 꺾으려 들지 마시오! 법술을 우습게 보는 것 같은데, 법술도 모르는 주제에 어찌 진정한 도사라 할 수 있겠소! 나도 약을 나눠주고 목숨이 경각에 이른 사람을 구해주오. 그러나 이제까지 종이에 싸서 손으로 나눠줘 본 적은 없소. 환자를 향한 나의 간절한 발원이 구현(九玄)에 다다르니 환자는 저도 모르게 신명이 내린 약을 받아먹고 병이 낫게 되지……. 흥, 그깟 잿가루에 주사(朱砂)나 섞어 주고는 뭐 약이라고? 저기 저 향대가 쇠로 된 것임은 당연하거늘 내가 손가락으로 가리키는 것만으로도 저것은 부러지게 돼 있소. 신도들이 보면 뭔가 육안으로 확실히 보여주는 날 따르겠소, 아니면 허튼 소리만 한바가지 쏟아놓는 그쪽을 따르겠소. 저 나방들도 내 염력만 닿으면 촛불을 몸으로 짓뭉개 꺼버릴 수도 있을 거요."

묵묵히 듣고 있던 보허가 무겁게 입을 열었다.

"어디엔들 도심(道心)의 자비로움이 닿지 않는 곳이 있겠소만 평상심이 곧 도심이 아니겠소? 자고로 한(漢)나라 때의 장각(張角)이나 당(唐)나라의 황소(黃巢)나 명(明)나라의 서홍유(徐鴻儒)나 술수에 목숨을 걸었던 도사들치고 한때 반짝하는 반딧불이 신세를 면한 이가 어디 있소. 술수만으론 위업을 이룩하고 대세를 탈 수 없다는 증거이지. 도사가 아무리 삼청상(三淸象) 앞에서 저주를 뿜어 향대(香臺)를 부러뜨리고 술수를 부려 내 제자를 죽인다고 위협해도 우린 아무도 그대를 믿는 사람이 없을 거요."

역영이 생각해보니 진검 승부가 나지 않고선 이 콧대높은 도사로 하여금 무릎을 꿇게 할 수가 없을 것 같았다. 코웃음을 치며 역영이 말했다.

"도형(道兄)은 과대망상증에 걸린 게 아닌가 싶소. 저 향대가 어떻게 맥없이 무너지는지 보여주지!"

"나무아미타불!"

역영이 다시금 흥! 코웃음을 치며 다섯 손가락을 송곳처럼 모아 먼발치에서 향대를 향해 공력을 날렸다. 순간 향대에서 미세한 파열음이 들려왔다. 그러나 드르르 떨며 진저리를 칠뿐 향대는 아무런 손상도 입지 않았다. 교송(喬松)이 다가가 향대를 살펴보고는 역영을 향해 머리를 저어 보였다. 오뢰정법(五雷正法)을 혹독히 연마하여 향대가 아니라 한아름 되는 석주(石柱)도 손끝으로 순식간에 내려 앉게 하는 힘을 지닌 역영은 예상치 못했던 실패에 일순 당황한 기색이 역력했다.

휙 고개를 들어 보허를 보니 그는 여전히 부들방석에 앉아 눈을 감고 있었다. 평온하기만 한 얼굴에도 발공을 하는 흔적은 전혀 없었고 입술을 실룩거리는 모양이 자세히 들어보면 〈도덕경(道德經)〉을 읽는 것 같았다.

"도가도(道可道), 비상도(非常道), 명가명(名可名), 비상명(非常名)……"

수십 번을 시험해 보았어도 실패한 적이 없었던 역영은 대뜸 보전 안에 누군가 고인(高人)이 있어 자신의 발공(發功)을 방해하고 있다고 단정지었다. 아무리 둘러봐도 저 능청스런 도사밖엔 없을 것 같았다.

"이얍! 그러고도 '자연문(自然門)'이라고?"

잔뜩 약이 오른 역영이 째질 듯 고함을 지르며 단숨에 날아가 두 손으로 보허를 힘껏 떠밀었다. 삽시간에 보전 안의 병풍이 광풍이 불어닥친 듯 이러 저리 넘어가고 신을 모신 휘장이 종잇장처럼 날아다녔다. 방안의 모든 등불이 꺼지고 을씨년스런 바람이 보전을 쓸어낼 듯 회오리쳤다. 그러나 여전히 그린 듯 앉아있는 보허의 단조롭고 흐트러지지 않은 독경소리는 그칠 줄 몰랐다.

"……보고도 보지 않으면 태평이요, 듣고도 듣지 않으면 무사하거늘, 싸워 이기고도 소유하지 않음은 하찮기 때문이니라…… 모양 없는 모양, 실체 없는 실체를 우리는 황홀이라 이름 지었으니……"

이상하게도 높낮이의 변화가 전혀 없는 잠꼬대 같은 송경(誦經) 소리에 당장 보전을 날려버릴 것만 같던 회오리바람은 점차 미약해지는가 싶더니 어느새 간 데 없이 사라지고 말았다. 한꺼번에 꺼져버렸던 촛불들도 잠깐 졸았던 사람이 눈 비비며 일어나 앉듯 저절로 하나둘씩 불을 밝히기 시작했다.

그제야 경을 읽는 것을 멈춘 보허가 말했다.

"거사의 법력이 대단한 건 빈도가 탄복하는 바이오. 하지만 제아무리 고명한 법력도 천리(天理)를 거슬러 행할 때는 궁극적으론 누워서 침을 뱉는 형국에 불과할 뿐이오. 거사는 이미 삼청(三淸)을 노엽게 하기에 충분했으니 권컨대 속히 이곳을 떠나시오!"

그러자 호인중이 섬뜩한 쇳소리를 내며 요도(腰刀)를 뽑아들고 고함을 질렀다.

"이자는 분명 사이비 도인입니다. 목을 쳐버려야 합니다. 좌주(座主)!"

말을 마친 호인중이 험악하게 달려들었다.

"까불지마!"

그 순간, 뒤늦게나마 상대가 만만찮음을 깨달은 역영이 크게 소리쳐 호인중을 제지했다. 그리고는 보허에게로 다가가 처음에 그랬듯이 계수하고 말했다.

"요진을 보여주시기가 그리 힘이 드시다면 빈도는 요진과 인연이 없는 걸로 알고 물러가겠습니다. ……가자!"

"잠깐만!"

손짓으로 역영을 불러 세운 보허가 잠시 침묵한 끝에 입을 열기 시작했다.

"금릉(金陵)은 적어도 거사에겐 험지(險地)요. 고향에도 돌아갈 수 없다면 동쪽으로 내려가시오! 물론 난 지금도 그대들이 우리 자연문에 귀의하여 유종의 미를 거뒀으면 하는 바람이오. 그래도 떠나겠다면 만류하진 않겠소……."

역영은 보허의 충고를 뒤로하고 결연히 절을 나섰다.

별빛이 총총한 절 밖의 하늘을 바라보며 뇌검 등은 역영의 결정을 기다렸다. 검푸른 하늘에 오래도록 시선을 박고 있던 역영이 마침내 깊은 한숨을 토해냈다.

"오늘에야 비로소 하늘 밖에 하늘이 있다는 말을 실감했어! 보허의 말대로 남경은 분명 우리를 받아주지 않을 거야. 무창(武昌), 강서(江西), 상해(上海), 청강(淸江), 소주(蘇州), 항주(杭州)에 우리의 향당(香堂)이 그대로 있는데, 이제 어디로 가는 게 좋겠어?"

그러자 당하(唐荷)가 말했다.

"자기는 그렇게 큰 법술을 품고 있으면서 남더러 평상인이 되라고 권유하는 걸 보면 저자도 겉 다르고 속 다른 놈이 분명해요! 저자가 우리더러 동쪽으로 가라했으니, 우린 서쪽으로 가는 게 바람직할 것 같아요. 무창은 양광(兩廣), 섬서(陝西), 사천(四川) 그리고 남경(南京)과 접해 있어 편리할 것 같아요……."

하지만 역영이 히죽 웃으며 머리를 저었다.

"교통이 너무 편리하여 유사시 사방으로 튈 수 있다는 장점이 곧 단점으로 작용한다는 걸 잊어선 안 돼. 우리보다 한 수 앞질러 가는 사람들이 있어, 사천 한 곳에만도 우리의 퇴로를 노리는 몇만 녹영병(綠營兵)이 죽치고 있어. 내가 보기에 보허는 비록 우리와 뜻을 같이 할 수 없지만 적어도 우리의 적은 아닌 것 같았어. 지금 우릴 노리는 움직임이 이리도 급박한데, 이대로 도망가버린다면 우린 영영 날개 꺾여 매장되어버리고 말 것 같아. 이렇게 포기하기엔 너무 아쉬워."

"어제 응천부(應天府)의 셋째가 그러는데, 류득양(劉得洋)도 이리로 왔다고 합니다. 지난밤에 연입운(燕入雲), 황천패(黃天霸) 등은 술집에서 날이 새도록 술을 마셨다고 합니다."

한매(韓梅)가 덧붙였다.

"연입운이 만취하여 교주(敎主)의 이름을 부르며 울고불고 난리법석을 떨었나 봐요. 자기는 목에 칼이 들어와도 교주를 해칠 수는 없다고 하더래요……. 역시 셋째가 전해온 소식인데, 오할자(吳瞎子)가 양주(揚洲)로 내려갔다고 해요. 그쪽의 흑도(黑道)와 청방(靑幫), 염방(鹽幫), 조방(漕幫, 조운의 순조로운 왕래를 보호하는 무리)들에게 조정에 협조하여 우리를 색출하라는 명을 전하러 갔다나 봐요. 보아하니 동쪽에서 발붙이기도 힘들 것 같아요. 제 생각엔 류통훈이 강남에 그물을 치고 있는 틈을 타 우린 중원(中原)으로 튀는 게 어떨까요?"

표정이 굳어진 역영이 한참 후에야 비로소 입을 열었다.

"어딘들 감시의 눈이 번뜩이지 않겠어? 이젠 기염을 토하며 세력확장에 나선다기보다는 이 한 목숨 건지는 게 급선무가 되어버렸어. 일단 눈앞의 재난을 피해가는 게 상책일 것 같아!"

어둠 속에서 어린(魚鱗) 같은 눈을 번뜩이며 서 있던 역영이 홀연 강경한 어투로 말했다.

"보허도 낚싯대를 드리우고 잠자코 월척을 기다리고 있어. 그자가 할 수 있는 일을 우리라고 왜 못하겠어? 날이 밝는 대로 우린 배를 타고 동하(東下)하는 거야. 그렇다고 이곳 남경에서 순순히 철수할 수는 없고 뇌검과 교송은 여기 남아 있어. 내가 터를 잡는 대로 연락원을 파견할 테니까."

어둠 속에서 희미하게 윤곽이 보이는 호인중을 훔쳐보며 뇌검이 주저하며 말했다.

"교주, 여기 있는 우리의 몇몇 향당은 원래 연입운이 장악하고 있었는지라 이미 변절한 그놈이 언제라도 들이칠 수 있지 않습니까······. 우리 둘이서는 막아낼 자신이 없습니다. 오라버니도 남았으면 합니다."

"그래?"

역영이 잠시 망설인 끝에 결정을 내렸다.

"그럼, 호형도 남아 뇌검을 도와주도록 하세요."

산동에서 호인중의 목숨을 구해준 뒤로 뇌검과의 사이에 뭔가 미묘한 감정이 싹트는 걸 어렴풋이 느끼고 있던 역영이었다. 한때 남자에 대해 눈을 뜨게 해주었던 연입운이 총대를 거꾸로 메고 등을 돌리면서부터 남녀 사이의 정분에 대해선 더 이상 미련이 없는 역영은 속으로 깊은 한숨을 토했다. 그리고는 비장한 각오로 당부했다.

"아무래도 지금은 여기 있는 게 나을 거야. 그러나 정말 힘들어지면 절대 억지로 버티느라 하지 말고 날 찾아와. 내가 가는 곳마다 암기(暗記)를 남겨둘 테니 찾을 수 있을 거야. 생소한 사람과의 왕래는 자제하고 현 상태에서 되도록 새로운 사람을 받아들이지 않도록 해. 전에 막역한 사이였던 사람일지라도 요모조모 뒤를 캐보아야 할 것이고, ……절대 방심은 금물이야. 그렇다고 집안 형제자매들끼리 무단히 의심하여 칼을 휘둘러도 안 돼. 이 시기만 무사히 넘기면 재기의 발판이 마련될 거야. 류통훈이 아니라 그 할아비가 살아온다고 해도 무서울 게 없어. 그 어떤 악질도 약발이 다 할 때가 있기 마련이거든."

……이튿날 동이 틀 무렵, 역영 일행 서른 명은 각자 연자(燕子) 부두에서 배를 빌려 타고 동하(東下) 길에 올랐다. 남장을 한 뇌검은 호인중과 나란히 부둣가에 서서 점점 멀어져 가는 일엽편주(一葉片舟)가 마침내 뽀얀 물안개 속으로 사라질 때까지 지켜보았다.

"바람끝이 차네."

부두를 떠나 걸음을 옮기며 호인중이 덧붙였다.

"모자를 좀 더 눌러써야겠어. 머리 안 자르고 남장을 했다가 들통나기 십상이야."

뇌검이 조심스레 모자를 눌러쓰고 잔머리를 모자 안으로 쓸어 넣었다.

가느다란 손가락으로 바람에 춤추는 길 옆의 버드나무가지를 쓰다듬으며 호인중을 따라 걷던 뇌검이 갑자기 물었다.

"오라버니, 오라버니가 느끼기엔 교주와 보허 두 사람 가운데 어느 쪽이 더 설득력이 있는 것 같아요?"

"그건 어느 쪽이라고 꼭 집어 말할 수는 없어. 나와 뜻이 다르다고 비난할 순 없을 것 같아. 그리고 난 골치 아프게 그런 생각은 잘 안 해."
"그래요?"
"그럼."
"그런데 내가 추구하는 바가 대세에 어긋나 살신지화(殺身之禍)를 입을 수도 있는데, 그래도 괜찮아요?"
"난 그런 건 따지지 않아. 누가 옳고 그른 걸 떠나 난 의리만을 소중히 여길 뿐이야."
"그럼 오라버니는 교주께서 오라버니에 대해 의리 외에 다른 그 무슨 감정이 있다곤 생각하지 않아요?"
고개를 들어 잠시 생각하던 호인중이 대답했다.
"글쎄, 생각해 본 적이 없어. 교주가 날 대접해주는 만큼 난 교주를 친누이 이상으로 존경하는 것 뿐이야. 우리 엄마가 여자들 일에는 호기심을 갖지 말고 여자를 멀리하라고 귀따갑게 가르침을 주셨거든. 지금 생각해 보면 그 말이 진리인 것 같아. 나랑 같이 이 산 저 산 찾아다녔던 애들도 하나같이 야생화 꺾는 데 지나치게 열중한 나머지 결국엔 여자의 사타구니에서 인생 종치고 말았잖아."
뇌검의 얼굴에 순간적으로 실망하는 기색이 바람처럼 스쳤다. 발끝에 걸린 돌멩이를 힘껏 걷어차 강물에 떨구며 뇌검은 길게 한숨을 내쉬었다.
"일리는 있는데, 그렇다고 오라버니의 모친께서 아들더러 평생 홀아비로 늙어 죽으라고 한 말은 아니었을 거 아니에요. 아, 알겠다! 죽도록 좋아하는 여자가 있었는데, 오라버니를 배신하고 가버렸구나. 그래서 오라버니는 여자 보길 돌보듯 하게 됐고…… 맞죠?"
 "우리 집은 부잣집은 아니었어도 밥은 먹고살았어. 나중에 전염병이 돌아 뿔뿔이 흩어지고 말았지만. 내게 여자라면 고종사촌 여동생이 하나 있었지. 심성이 너무 곱고 착한 애였었는데, 가세가 기울면서 살던 동네를 떠났지. 어디서 어떻게 살고 있는지 모르겠어."
 "그 뒤로 한 번도 못 봤어요?"
 "본 적은 있어."
 호인중의 표정이 착잡했다.
 "언젠가 고향을 찾았다가 우연히 길에서 마주쳤는데, 벌써 세 아이의 엄마가 되어 있더라고. 남정네는 죽었다고 했어. 고생을 밥먹듯 했는지 몸은 비쩍 마르고 얼굴은 누렇게 떠 있어 내 마음이 너무 아팠던 기억이 나……."
 뇌검은 수심에 잠긴 호인중을 위로하려는 듯 말머리를 돌려버렸다.
 "우리 셋은 당장 어디서부터 착수해야 하죠? 어떤 행색으로 어디에서, 어떻게 터를 잡을 건지……. 옷차림부터 바꿔야겠어요. 너무 눈에 띈단 말이에요. 대장인 오라버니가 지시하세요."
 "내가 무슨 대장이야. 밑에 애들 중에는 날 아는 사람도 하나 없는데! 나보다는 네가 더 낫지."
 호인중이 덧붙였다.
 "이 도사 복장은 내가 봐도 이상해. 마땅히 기거할 도관(道觀)도 없는 사람들이 도사 복장만 하고 다니면 사람들이 이상하게 생각할 거 아니야."
 "우리가 돈은 얼마든지 있으니, 생약가게를 여는 게 어때요?

그 늙은 기생을 구워삶아 어떻게든 보허를 끌어들여 유사시 방패막이로 삼아야겠어요. 제가 보기엔 연입운도 배신한 마당에 이곳 향당과 신묘(神廟)의 옛 무리들도 믿을 수가 없어요! 낌새가 이상한 자들은 내쫓거나 아예 없애버려 물갈이를 해야겠어요!"

"일리가 있긴 하지만 그렇게 하면 교주의 지령(指令)에 어긋나잖아."

"지금은 오라버니가 이곳의 교주예요! 장군도 전쟁터에서는 군주의 명을 더러 어기는 수가 있다고 했어요."

마냥 어린애라고만 생각했던 뇌검의 '시신사자(侍神使者)'다운 단호하고 결단력 있는 모습에 호인중은 놀란 나머지 낯선 사람 쳐다보듯 하며 물었다.

"나중에 교주가 이를 오해하여 문제삼으면 어떡하지?"

"교주요?"

뇌검이 씁쓸한 웃음을 지으며 말했다.

"제 코가 석자나 빠진 사람이에요! 우리가 어떻게든 자리만 잡으면 입이 닳도록 칭찬할 거예요."

돌쇠같은 질박함과 의리는 인정받지만 머리가 명석하다는 평과는 거리가 먼 호인중이 재삼 궁리를 해보았지만 더 좋은 의견을 내놓지는 못했다.

"그래, 그렇게 하자. 내가 생약가게의 주인을 할게. 넌 안주인 노릇을 하면 되겠네!"

"후훗!"

그 말에 뇌검이 웃음을 터트리더니 배를 끌어안고 깔깔거렸. 영문을 몰라 의아해하며 호인중이 물었다.

"왜 그렇게 웃어? 내가 뭘 잘못했어?"

"오라버니가 오늘처럼 어리숙하게 보인 적은 없어서요……"
뇌검이 손가락으로 호인중의 이마를 콕 찍으며 말을 이었다.
"뭘 몰라도 너무 모르는 것 같아요! 생약가게는 아무나 하는 줄 알았어요? 사람들이 약성(藥性)에 대해서 물어오면 술술 대답해줄 수 있어야 하고, 약 들여올 때 진품인지 여부를 식별해낼 수도 있어야 하지 않겠어요? 그뿐이에요? 장사 수완도 적당히 있어야 하고 장부 기입도 제대로 해야 하는데, 오라버니는 칼춤밖에 자신있는 게 없다면서요?"
"그럼 난…… 꿔다놓은 보릿자루야?"
"당연히 아니죠. 오라버니는 저의 신랑이잖아요."
어이가 없다는 듯이 호인중은 너털웃음을 터트렸다. 다시 천천히 걸음을 떼어놓으며 호인중이 말했다.
"내가 보기에 뇌검이 넌 교주가 있을 때와 없을 때가 아주 다른 것 같아. 교주에게서 떠나 있으니 대단히 활력이 있고 즐거워하는 것 같아."
호인중의 말에 뇌검이 긴 속눈썹을 내리깔았다. 그녀는 역영의 수제자였고, 역영은 제자들에게 인색하지 않았다. 법문(法門)의 요지를 전수해주는 데 있어서도 가르침에 인색한 여느 사부들처럼 결정적인 몇 가지를 묻어두는 법 없이 있는대로 전부 가르쳐주었다. 다만 네 자매들에 대한 요구만은 엄모(嚴母)가 딸을 교육하듯 가혹할 정도로 높았으므로 서로간에 다정하고 애틋한 정이 부족했다.
나이 차이가 그리 많은 것도 아닌 역영이 자매들 위에 군림하며 매사에 독단적이고 자신의 잘못을 인정하지 않고 남에게 떠넘기는 전횡이 못마땅하고 불만스러운 뇌검이었다. 그런 말이 입가에 맴돌긴 했지만 비밀이 없는 호인중에게는 차마 털어 놓을 수가 없었다. 깊이 생각하고 난 뇌검이 신중하게 말했다.
"교주를 모시고 있으면 경외감이 앞서 자유롭지 못하잖아요. 오라버니랑 있으면 편하니까 웃고 까불죠."

남경에서 길어봤자 사나흘 머물다 갈 예정이었던 전도(錢度)는 그러나 기생어멈과 운우지정을 나누고 보니 발길이 쉬이 떨어지지 않았다. 남경에 머무를 빌미를 만들기 위해 달리 볼일도 없으면서 주전국(鑄錢局)을 다시 한 번 둘러보고 주전 모형을 만지작거리며 시간을 보냈다. 나중에는 이시요가 동(銅)을 운반해오는 선박이 도착하면 이시요를 만나보고 가겠노라고 시간을 끌었다. 총독아문에 있으면 윤계선에게 '방해가 된다'며 아예 짐을 싸들고 역관으로 나왔다.
늦게 배운 도둑질에 날새는 줄 모른다고, 늙은 기생의 갖은 풍월 유희에 혼을 쏙 빼앗긴 전도는 제정신이 아니었다. 공무는 뒷전인 채 살살 약을 올리는 늙은 기생의 기를 죽일 일념에 별의별 기상천외한 방중술(房中術)이나 정력제 따위나 쫓아다녔다. 그날도 둘은 해가 중천에 뜰 때까지 실오라기 하나 걸치지 않고 꽈배기처럼 얽혀 있었다. 질펀한 정사 뒤끝의 나른한 여유를 즐기고 있던 두 사람은 하녀가 아침 차를 마시라고 창문 너머로 소리쳐 불러서야 겨우 옷을 입고 일어났다. 차를 마시면서까지 툭툭 음담패설을 수박씨 내뱉듯 하던 늙은 기생이 한숨을 내쉬었다.
"아휴! 애를 배면 뭘 해, 아비 없는 자식이라고 설움 받을 텐데!"
그러자 전도가 팔을 뻗어 기생의 뒷목덜미에 밀어넣어 껴안으며 위로를 했다.

"걱정하지 마, 내가 밖에다 집 사주고 두 집 살림을 할지언정 모자를 외롭게 만들진 않을 테니까."

전도가 애써 여인을 달래고 있을 때 하녀가 2층 방으로 올라와 아뢰었다.

"전 어른, 총독아문에서 막료 한 분이 긴히 전해드릴 서찰이 있다고 하시며 찾아오셨사옵니다. 지금 밑에서 기다리고 계시옵니다."

전도가 대답과 함께 팔자걸음을 하며 계단을 내려갔다. 탁자를 치우라고 지시하고 난 기생어멈이 마름 왕성을 불러 헝클어진 머리를 손가락으로 쓸어 내리며 물었다.

"아교(阿膠)는 사다놨어? 애들에게 시켜 잘 달여놓으라고 해, 좀 먹어야겠어."

"알겠습니다, 어머니!"

공손히 대답하던 왕성이 이내 낄낄거리며 한 걸음 다가서며 물었다.

"전에 몇 번은 지우시더니 이번엔 아이를 갖고 싶으신가 봐요?"

"그래, 이번에는 낳을 거야."

안색이 다소 우울해 보이는 어멈이 덧붙였다.

"나도 이젠 나이도 먹을 만큼 먹었고, 사람답게 살아봐야 할 거 아니야. 여느 여염집 아낙처럼 애도 낳고 남정네 뒷바라지나 하면서 평범하게 살고 싶단다. 그리고 이건 내 뜻대로 할 수도 없는 우리네 교령(教令)이잖아……."

그 말에 왕성이 한숨을 내쉬더니 말했다.

"우린 정말 너무 힘들게 사는 것 같아요. '일지화'니 청방, 홍방,

상청관 등등 하나같이 우릴 개뼈다귀 우려먹듯 하니 어느 '교령(教令)'에 맞춰 춤을 춰야 할지 모르겠어요."

그러자 어멈이 냉소를 터트렸다.

"가난한 건 비웃어도 몸파는 건 비웃지 않는다는 말도 못 들었어? 이 바닥에서 별의별 험한 꼴을 다 보며 뒹굴어온 년이야. 나도 그리 호락호락하지만은 않다고! 정 성질 건드리면 아예 직방이고 뭐고 다 집어치우고 어디 산 속으로 숨어버리고 말 거야. 명심해, 역영이네도 좋고 다른 파벌들도 찾아와 하마석(下馬石)이 되어달라고 그러면 무조건 주머니를 털어놓도록 만들어. 돈 없이는 되는 일이 없다고 잡아떼란 말이야. 은자 몇만 냥만 더 해먹고 도망쳐버리자!"

이때 다시 올라오는 전도의 발소리가 들리자 기생어멈이 왕성하게 물러가라며 손사래를 치고는 자리에서 일어났다. 방금 전의 그늘은 가뭇없이 사라지고 화사하게 웃으며 여인이 물었다.

"그래, 긴히 전할 서찰이라는 게 뭐였어요?"

"폐하께오서 나더러 즉각 어가(御駕)가 머물러 있는 열하(熱河)로 술직(述職)을 오라고 하시는 푸헝이 대필한 편지였소."

힘없이 털썩 자리에 주저앉는 전도의 눈빛이 우울하고 불안해 보였다. 무거운 어투로 전도가 천천히 입을 열었다.

"더 이상 죽치고 있을 수 없게 되었소. 지의(旨意)를 어겼다간 당장 어찌되는지 알지?"

고개를 숙이고 있던 여인이 급기야 흑흑 어깨를 들썩이며 손수건으로 눈물을 찍어냈다. 전도가 위로의 말을 건넸다.

"그러지 마오. 몇 개월만 있으면 또 만날 텐데 뭘 그러오. 아니면 모든 걸 다 때려치우고 날 따라 운남으로 가든가. 그도 아니면 이번에 내가 북경으로 들어가 장상과 푸상께 금릉으로 내려와 남경 도대(南京道臺)로 있게 해달라고 청을 드릴게. 나도 떠나기 싫어!"

"이년은 팔자가 기구하여 전에도 정 주고 마음 주고 몸 바쳤던 사내로부터 버림을 받은 적이 있어요. 그 역시 벼슬아치였죠……. 그때의 상처가 너무 깊어 다신 정을 주지 않으리라 혀 깨물어 맹세했건만…… 절대 이년을 저버리지 말아주세요……. 마흔을 바라보는 나이에 이제라도 인간답게 살고 싶어 당신 씨까지 받은 년이에요……흑흑!"

기생의 눈물 젖은 하소에 마음이 동한 전도가 입 끝을 오므려 잠시 생각하더니 뭔가 결심을 한 듯 입을 열었다.

"여기 일 그만 접고 날 따라갈 준비나 하오. 동산(銅山)의 일각(一角)이라도 내 소유는 아니오. 하지만 막료 시절에 모아둔 은자가 2만 냥 가량 있소. 좀 있다 돌지한테 가서 먼저 1만 냥을 융통해 보아야겠소. 내가 북경에 갔다올 동안 1만 냥이면 일을 안 해도 충분히 잘 먹고 잘 지낼 수 있을 거요. 북경에 다녀와서 고향에 데려가 사당(祠堂)에 들러 조상을 배견(拜見)하고 나면 자네는 곧 명실상부한 우리 전씨 가문의 여자가 되는 거지. 내 주머니에 2천 냥짜리 은표(銀票)가 있는데, 이걸로 평소에 갖고 싶었던 장신구나 의복을 구입하도록 하오. 일년 봉록이라고 해봤자 5천 냥밖에 안 되는 가난뱅이이니 앞으로는 너무 흥청망청해선 안 되겠소."

늙은 기생이 못 이기는 척 은표를 받아서 넣는 걸 보며 전도는 서둘러 봉채루를 나섰다.

먼저 총독아문으로 가 윤계선의 전량막료(錢糧幕僚)를 만나고 나온 전도는 곧 번사아문(藩司衙門)을 찾았다. 큰 액수도 아니고 자신이 입만 열면 두 말 없이 꺼내줄 줄 알았던 돌지가 그러나 뜻밖에 난색을 표했다. 심각한 표정을 지은 채 한숨을 내쉬는 것이었다.

"우리 사이에 1만 냥이 아니라 더 내어놓으라면 못 내어놓겠소. 그러나, 그쪽이나 나나 여유가 있어 따로 숨겨 놓고 사는 처지는 못 되잖소? 공금도 요즘 들어선 단속이 더욱 심해 이곳을 거쳐가는 관원들이 은자 한 푼이라도 빌리려면 범시첩(范時捷)의 손을 거쳐야 하오. 계선 공이 그리하라고 수령(手令)을 내렸는데, 본인부터 무섭게 이를 준수하고 있으니 밑에서 꼼짝하겠소?"

그러자 전도는 히죽 웃었다.

"범시첩이라고 했소? 거긴 내가 가겠네."

"세상없는 구두쇠 범시첩을 몰라서 그러오?"

돌지가 덧붙였다.

"계선 공이 믿고 맡길 수 있는 유일한 자물쇠라면 말 다했지. 아무튼 들어간 돈은 나올 줄을 모른다오. 나잇살 먹고도 속 빈 강정같이 희희낙락하고 다니지만 일에 있어선 빈틈이 없는 사람이라오. 순천부(順天府) 부윤(府尹) 시절엔 선제까지 설득시켰던 왕배짱이잖소! 그래서 큰 이친왕(윤상)이 툭하면 노새, 노새 하고 곯려주면서도 얼마나 좋아했다고. 괜히 찾아가 마음 다치지 않았으면 좋겠소. 지난번에도 고항(高恒) 국구(國舅)가 북경에서 보낸 돈이 곧 도착할 거라며 먼저 3천 냥만 빌려달라고 하니 범시첩이 뭐라 면박을 주었는지 아오? '곧 도착하면 며칠 참았다 그걸 찾아서 쓰는 게 낫지, 백성들의 뼈 속에서 짜낸 기름으로 고 국구의 풍류(風流) 빚이나 갚아주라는 겁니까?' 공손히 격식을 갖춰가며 무안을 주는 바람에 고항이 얼굴이 화롯불이 되어 본전도 못 건졌다지 않소! 그런데, 도대체 1만 냥씩이나 어디에 쓰려고? 범시첩이 듣자마자 거품부터 물게 생겼구먼."

전도가 얼굴을 붉히며 잠시 머뭇거리더니 둘러댔다.

"응, 그건 친척이 연관(捐官, 관직을 사는 행위)을 하려나 본데 돈이 좀 필요하다고 해서. 전에 도움을 많이 받았는지라 거절할 수도 없고 말이야."

이같이 거짓말을 하던 전도가 문득 묘안이 떠오른 듯 무릎을 치며 눈빛을 반짝였다.

"아, 이렇게 하면 되겠다! 이 눈치 저 눈치 봐가며 공금을 꾸느니 내가 덕승전장(德承錢莊, 일종의 사채)에 말해볼 테니, 자네가 보증을 서주는 게 어떻겠소?"

그러자 돌지가 말했다.

"그거야 뭐 안 될 것도 없지. 다만, 나도 언제 이임할지 모르는 사람이라서 기일을 좀 당겨야 할거요. 내정(內廷)에서 들리는 소문에 의하면 푸상께서 나를 악종기(岳鍾麒) 장군 밑의 부장(副將)으로 내보낼 생각을 갖고 계신가 보오."

"그래, 그래! 내가 빠른 시일 내에 갚도록 하지."

전도가 웃으며 일어섰다. 탁자 위의 찻잔을 들어 단숨에 비우고 입을 쓰윽 닦으며 전도가 말했다.

"돌지, 자네 오늘 보니 어디 가서 손해보고 살 사람은 아닌 것 같소. 몽고인(蒙古人)들이 마음보가 단순하여 심술(心術)을 숨길 줄 모른다는 말도 옛말인 것 같소!"

돌지가 빙그레 웃으며 일어나서 전도를 배웅했다. 번사아문의 의문(儀門)을 나선 전도는 윤계선을 만나고 가야 하나 말아야 하나 잠시 망설였다. 그런데, 바로 그 사이 4인 관교(官轎) 하나가 어느 골목에서 빠져 나왔는지 불쑥 나타나 돌사자 옆에 멈춰서는 것이었다.

그 속에서 상체를 숙이며 나온 관원은 남색 유리정자에 공작보복을 입고 있었다. 하얀 얼굴이며 코밑에 달라붙은 팔자수염이 유난히 눈에 띄는, 어딘가 눈에 익은 인상이었다. 가까이 다가오는 걸음걸이가 바람에 날려갈 것같이 가볍고 빨랐다.

순간 상대를 알아본 전도의 두 눈이 번쩍 빛났다. 반가운 나머지 외마디 소리를 질렀다.

"어이, 이시요!"

그제야 소리나는 쪽을 바라보던 이시요가 역시 반색을 하며 성큼 다가섰다.

"아니, 전형(錢兄)! 여태 남경에 있었소? 관보를 봤소. 북경으로 술직간다며? 더 좋은 데 발령을 내려나보지?"

그러자 전도가 머리를 저었다.

"더 좋은 데라니! 좋아봤자 거기서 거기지 뭐. 그런 얘긴 없었소. 폐하를 알현하고 난 다시 운남으로 돌아갈 거요."

그 말을 들은 이시요는 빙긋 웃음을 지었다.

"더 좋은 곳으로 발령이 난다면 나는 줄 알고 있으시오. 내가 믿음직한 소식통이라는 걸 잊었소? 자네는 곧 형부(刑部) 시랑(侍郞)으로 발령날 거요. 류통훈과 한솥밥을 먹게 됐다고."

"형부라니?"

전도가 눈이 휘둥그레졌다.

"전에 누가 그러는데, 호부라는 것 같던데?"

"형부야 법사아문인데, 신분을 따지자면 겉만 번지르르한 '재신

(財神)' 부서보단 낫지 않겠소?"

이시요의 말에 전도가 나직이 한숨을 내쉴 뿐이었다. 이시요의 말이 일리는 있었다. 실력과 권위의 상징인 형부가 실속 없는 호부보다는 나을 터였다. 그러나 줄곧 동광(銅鑛)을 지켜오면서 돈을 만들고 운반하는 일만 해오다가 형부니 호부니 하는 다른 부서로 이동한다는 것이 전도로서는 그리 탐탁하지 않았다. 표정이 그리 밝지 않은 전도가 한숨을 내뱉으며 말했다.

"왜 갑자기 날 형부로 불러들인다는 거지? 이해가 안 가는데?"
"이런 게 바로 천심불측(天心不測)이라는 거 아니겠소!"
이시요가 말을 이었다.

"이번에 폐하를 알현하는 자리에서 폐하께서 그러셨소. 성조(聖祖, 강희제) 때부터 정무를 익히기 시작하여 세종(世宗, 옹정제)을 거들어 정무를 봐오면서 수많은 신하들을 겪어본 결과 빛 좋은 개살구에 빈 수레만 요란한 무리들을 심심찮게 봐오셨다고 하오. 또한 마땅한 후계자가 없어 향리로 돌아가지 못하고 얽매어 있는 늙은 황소 같은 신하도 있었고, 군주가 천방백계로 크게 키우고자 고심했던 신하들이 착오를 범해 매몰된다든지 병들어 죽는다든지 하여 군주를 아프게 하는 경우도 있었다고 하오. 밑에서 보기엔 군주라면 인사(人事)를 포함해 모든 걸 떡 주무르듯 할 수 있을 것 같지만 어쩔 수 없는 억지선택을 할 때도 많다 하오. 그런 맥락에서 보면 자네를 형부로 발령낸 것도 최선이 아닌 차선이 아닌가 싶소."

지금은 누가 무슨 말을 해도 마음은 콩밭에 가 있어 머리 속에 들어오지 않는 전도였다. 기생어멈한테 했던 약속을 지키는 것이 시급했다. 이시요라면 돌지와는 달라서 흔쾌히 청을 들어줄 것만 같았다. 돌지에게 했던 말을 다시 되풀이하며 전도가 덧붙였다.
"……내가 떠나면 그 자리는 자네가 메울 게 분명하니 하는 말인데, 이번에 가져온 돈에서 1만 5천 관(貫)만 먼저 융통할 수 없을까? 내가 고맙게 쓰고 조만간 메워 넣을 테니. 자네만 도와주면 난 이쪽의 신세를 지지 않고 앞으로 눈치볼 일도 없을 텐데……."

전도가 간절한 눈빛으로 이시요를 바라보았다. 역시 이시요였다. 그는 두 번 생각할 여지도 없다는 듯이 호쾌하게 대답했다.

"난 또 얼마를 얘기한다고? 기방(妓房)을 통째로 사들이겠다면 몰라도 그깟 1만 5천 관 갖고 뭘 그리 골머리를 앓소? 차용증이나 하나 적어주고 가오. 아직 돈은 선적한 그대로 있소. 내가 몇 글자 적어줄 테니 갖고 가면 틀림없을 거요!"

예상은 했지만 너무나 통쾌한 답변이었는지라 다소 어리둥절해 하는 전도의 손을 덥석 잡아끌고 총독아문의 경비실로 들어간 이시요는 곧 지필을 얻어 글을 적어주었다.

점심밥도 거른 채 전도는 급히 부두로 돈을 취하러 달려갔다. 두 말 없이 내어준 돈을 전장(錢莊)으로 싣고 가서 은자(銀子)로 바꾸니, 관가(官價)로는 2천 문(文)당 은자 1냥이었지만 시중엔 은(銀)이 싸고 전(錢)이 비싼 가격에 거래되어 1천 2백 문에 은자 1냥을 내어주고 있었다. 1만 5천 관 전부를 환전하니 기생어멈에게 약속한 은자 1만 냥 외에도 전도의 수중엔 3천 관이 쥐어졌다.

갑자기 부자가 된 느낌에 들뜬 전도는 좋아라 덩실덩실 춤을 추면서도 한편으론 짚이는 데가 있어 아쉬웠다. 동정사(銅政司)에서 일하는 사람들이 하나같이 먼길을 마다하지 않고 외운(外運)을 맡으려고 신경전을 벌이는 이유를 그제야 알게 되었던 것이다. 한 번 왔다 가면 이리 어마어마한 차액이 생기니 침을 안 흘릴 수가 없었던 것이다. 진작에 머리를 굴리지 못한 자신이 원망스럽고 안타까웠다.

아쉬운 마음에 한숨을 땅이 꺼지도록 내쉬며 전도는 그제야 윤계선을 찾아가 작별인사를 고했다. 윤계선이 푸짐한 주안상까지 차려 예우하는 바람에 취기몽롱한 전도가 봉채루를 찾았을 때는 한밤중이었다.

33. 만학송풍(萬壑松風)

강남은 아직 천리길에 푸르른 기운이 울창하였지만 만리장성 이북에는 어느새 낙엽이 분분하고 바람 끝이 차가운 가을이었다. 6월 19일 관음탄신일이 지난 후에 건륭은 곧 북경을 떠나 봉천(奉天)으로 향했다. 승덕(承德)에 도착했을 때는 이미 8월 금추(金秋)였다. 전도는 북경에서 3일 동안 머물며 장정옥(張廷玉)을 만나고 호부(戶部)로 가서 사이직(史貽直)에게 동정사(銅政司)의 업무보고를 올리고는 즉각 수행원을 거느리고 건륭의 어가(御駕)가 머물러 있는 피서산장(避暑山莊)으로 출발했다.

마침 전도가 피서산장에 도착한 그날, 건륭의 법가(法駕)도 당도해 있었다. 봉천장군(奉天將軍)은 미리 와서 고북구(古北口) 대영(大營)의 장군, 열하제독(熱河提督), 카라친 좌기(左旗) 녹영도통(綠營都統), 그리고 동몽고의 여러 왕공들, 경사(京師) 각 아문에서 수행한 관리들을 접견하고 있었다. 모든 영가(迎駕) 행사는 예부(禮部)의 우명당(尤明堂)이 주최했다. 어가는 이곳에서 진시(辰時) 정각에 성(城) 안으로 들어가기로 예정돼 있었다.

청나라 황제의 의장(儀裝)은 크게 네 가지로 나뉘어 있었다. 대가(大駕), 법가(法駕), 난가(鸞駕)와 기가(騎駕)가 그것이다. 그중 조상의 능(陵)을 참배할 때와 조회 때는 법가, 명절날 출입 시에는 난가, 평소엔 기가가 움직이는 것이 규칙이었다. 대가는 존천경조(尊天敬祖)라 하여서 가장 신성하게 여길 뿐더러 준비도 치밀하고 광경 또한 성대하기 이를 데 없었다. 이 때문에 봉천에 올 때는 대가로 왔던 건륭은 승덕에 당도하여 몽고의 왕들을 접견할 때는 이것도 일종의 '조회'에 속하는지라 법가로 바꿨던 것이다. 우명당에게서 말로만 들어왔을 뿐 아직 직접 대가나 법가가 움직이는 장면을 보지 못했던 전도는 벌써 가슴이 설레고 적이 기대가 되었다. 덕화문(德華門) 안의 어가(御街)와 가까운 곳에서 북경에서 온 다른 관원들과 함께 잠시라도 딴 눈을 팔세라 지켜보았다.

진시(辰時) 2각(二刻)이 되자 덕화문 밖에서는 석파천경(石破天驚)의 대포소리가 쿵쿵쿵 대지를 뒤흔들며 아홉 번 울렸다. 이에 화답하듯 순식간에 고악소리가 대작했다. 64부(部)의 고악(鼓樂)이 창음각(暢音閣)의 공봉(供奉)들에 의해 웅장하고 긴 여운을 남기며 울려 퍼지기 시작했다.

대청조(大淸朝)에 경운(景運)이 융성하니,
까치가 실과(實果)를 물어오고 신령이 모습을 드러내네.
용(龍)이 비등(飛騰)하는 곳에 융의(戎衣)를 입은 구름이 따르니,
우레 같은 성송찬가(聖頌讚歌)에 송산(松山)이 흔들리고 행산(杏

山)이 뿌리째 뽑히네.
　하늘이 열려 장백운(長白雲)이 보이고 땅이 개열(開裂)하여 얼음이 풀리네.
　산하(山河)가 일통(一統)하는 큰 울림에 만국(萬國)에서 공품(貢品)이 줄을 잇네……
　인수연풍(人壽年豊)하니 하늘의 총애를 받은 연꽃이 무성하고.
　배가 불러 고개 숙인 누런 벼들이 한들거리는 바람에 금빛으로 물결치네……

　대지가 진동하는 노랫소리에 종경(鐘磬, 종과 경쇠)이 화답하여 청아한 화음이 켜켜이 쌓인 가슴의 때를 씻어주는 상쾌한 울림이 사람들을 흥분의 도가니에 빠뜨렸다. 고악소리와 함께 덕화문 내의 여덟 쌍의 코끼리가 등에 향정(香鼎)과 보병(寶甁)을 업은 채 차례로 무릎을 꿇어 엎드렸다. 이어 선두에 선 64명의 태감(太監)들이 수석태감 왕례(王禮)의 인솔하에 두 손에 불진(拂塵, 말총이나 섬유로 된 먼지떨이)을 받쳐들고 천천히 입장했다. 덕화문 내의 문무백관들과 큰길에 콩나물 시루같이 몰려있던 인파는 즉시 물 뿌린 듯 조용해졌다.
　문무백관들을 따라 무릎을 꿇은 전도는 슬며시 고개를 들어 훔쳐보듯 황제의 의장행렬에서 잠시라도 눈길을 뗄 줄 몰랐다. 화려하게 장식한 자지(紫芝)를 앞세운 54개의 수레덮개가 들어섰다. 구룡(九龍) 무늬의 곡병(曲柄) 덮개에, 직병(直柄) 덮개, 청홍조백황(靑紅皁白黃)의 알록달록한 오색 화훼(花卉) 덮개가 사이사이에 끼여 현란하고 눈이 부셨다. 그 뒤를 이어 72개의 보선(寶扇), 네 쌍의 수자선(壽字扇), 여덟 쌍의 쌍룡선(雙龍扇), 그리고 단룡선(單龍扇), 공작의 꽁지무늬며 봉황무늬의 부채들이 표표히 바람에 나부끼며 등장했다. 부채 행렬이 지나니 이번에는 장수(長壽), 자운(紫雲), 예하(霓霞), 우보(羽葆) 등 네 가지로 분류된 금빛 구슬을 단 팔면(八面) 깃발이 사람들의 시선을 사로잡았다. 하얀 햇살이 은가루 같은 마당에 형형색색의 칠색 깃발이 너무 화려하여 사람들이 넋을 잃고 바라보고 있을 때 홀연 태감 복례(卜禮)가 자주색 안내깃발을 머리 위로 치켜들고 성문(城門)을 들어서는 가운데 등뒤에 용두(龍頭)가 새겨진 나무판을 받쳐든 선도(先導)와 표범의 꼬리 같은 창(槍)을 꼬나든 친병들이 보무도 당당하게 모습을 드러냈다. 물 흐르듯 이어지는 의장행렬이었다. 샛노란 팻말마다 교효표절(敎孝表節)이니 명형필교(明刑弼敎), 행경시혜(行慶施惠), 포공회원(褒功懷遠), 진무(振武), 납언(納言), 진선(進善)…… 등등의 신하된 도리를 가르치는 단어들이 적혀 있었다.

  바로 그때, 조용하던 장내가 갑자기 술렁거리기 시작했다. 나지막이 감탄하는 소리를 따라 전도가 눈길을 돌려보니 여덟 개의 깃발을 꽂은 거대한 수레가 등장하고 있었다. 굵기가 사발 둘레만한 깃대가 기둥 같았고, 여덟 명의 우람한 병사들이 받침대처럼 깃발을 껴안고 있었다. 그 뒤로 바람소리처럼 엽렵(獵獵)한 80여 개의 봉황(鳳凰), 상란(翔鸞), 공작(孔雀), 선학(仙鶴), 황괄(黃鴰), 적오(赤烏), 백계(白鷄), 화충(華蟲), 천마(天馬), 적웅(赤熊), 황웅(黃熊), 채사(彩獅), 천록(天鹿), 기린(麒麟), 각서(角瑞) 등등 상서로움과 위맹을 과시하는 짐승들을 정교하게 수놓은 깃발들이 형언할 수 없이 화려한 존영(尊榮)을 과시하고 있었다.

  의장행렬에 맞춰 때로는 잔잔히 시냇물 흐르듯, 때로는 천지가 진동하듯 격렬하게 울려 퍼지는 고악 소리는 사람들을 열광케 만들기에 충분했다. 전도는 귀가 얼얼하고 눈앞이 몽롱해졌다. 그 뒤로도 수많은 깃발행렬이 쏟아져 나온 뒤에야 비로소 건륭의 법가승여(法駕乘輿)가 36명의 희색을 감춘 태감들에 의해 하늘높이 들려 모습을 드러내기 시작했다. 승여 앞뒤로 5품 무관 복장으로 통일한 180명의 시위들이 금룡승여(金龍乘輿)와 황후의 봉차(鳳車)를 물샐틈없이 에워싸고 호위했다. 그 뒤에 올망졸망한 작은 가마들이 어미 치맛자락 붙잡은 어린애처럼 딸려오고 있었다. 문은 굳게 닫혀 있었고, 사창(紗窓)엔 휘장이 무겁게 드리워져 있었다. 두말 할 것 없이 이는 빈비(嬪妃)들을 태운 가마행렬이었다.

오랜 시간동안 꿇어 있었던 무릎이 감각을 잃었지만 흥분에 떨며 엎드린 전도의 두 눈은 구룡승여(九龍乘輿)에서 잠시도 떨어질 줄 몰랐다. 사방이 난간으로 둘러싸인 월대(月臺)를 방불케 하는 구룡승여는 네 개의 비룡(飛龍)무늬 기둥에 노란 색깔의 차양이 천막처럼 둘러쳐져 있었고, 네 귀퉁이에 네 명의 태감이 노란 깃발을 들고 호위하며 따르고 있었다.

저 안에 있는 건륭은 어떤 모습일까. 못내 궁금해하던 전도의 두 눈이 어느 순간 햇빛을 받은 유리처럼 빛났다. 노란 마고자를 입고 노란 절월(節鉞, 손도끼)을 손에 든 채 노란 표마(驃馬)를 타고 혜성처럼 나타난 풍채도 늠름한 푸헝을 발견했던 것이다. 그제야 사람들은 이 법가(法駕) 대오의 총지휘자가 다름 아닌 푸헝이라는 걸 알게 되었다. 푸헝이 말 위에서 소리를 낮춰 무어라 몇 마디 명령하자 구룡승여를 호위하고 있던 태감들이 조심스레 승여를 덮고 있던 노란 휘장을 벗기기 시작했다.

순간 용이 살아 꿈틀대는 것 같은 수미좌(須彌座)에 그린 듯 앉아있는 한 사람이 모습을 드러냈다. 두 눈이 먹물 방울을 떨어뜨린 것 같고, 관옥(冠玉)같은 얼굴에 입가의 미소가 자상한 그 사람은 바로 천하를 통치하는 군주였다. 머리에 노란색 고니 털로 만든 동주관(東珠冠)을 쓰고 어깨에 금룡(金龍)이 수놓인 외투를 두르고 두 손을 자연스레 무릎에 얹은 위상이 하늘을 찌르는 건륭황제였다.

삽시간에 장내에는 산호해효(山呼海哮)의 함성이 진동했다. 순식간에 군신(群臣)들과 만민(萬民)의 떠나갈 듯한 환호로 천지가 들끓었다. 모두들 한마음으로 함성을 질렀다.

"건륭황제 만세, 만만세!"

폭죽소리가 천뢰(天籟)같고, 매캐한 연기에 취한 듯 열광하는 사람들은 울며 웃으며 황제의 용안을 우러러보았다. 자신을 향해 목청을 찢으며 팔을 흔들며 열광하는 인파를 향해 건륭은 시종여일한 미소로 화답하며 가끔씩 손을 저어 보였다. 대국의 황제다운 위용이 다분한 그 모습을 바라보며 전도는 홀연 처음 군기처(軍機處)에 들어갔을 때 건륭과 화롯불을 마주하여 권커니 작커니 땅콩 안주에 황주(黃酒)를 비우면서도 상대가 황제라는 사실을 전혀 몰랐던, 생각만 해도 끔찍한 그 장면을 다시금 떠올렸다…… 오싹 돋는 소름에 떨며 전도는 다시금 열화와 같은 함성 속에서 환하게 미소짓는 건륭을 우러러보았다.

수많은 인파 속에서 의연하고 늠름하게만 보이는 건륭이지만 속으론 거센 감격의 소용돌이가 휘몰아쳤다. 두 차례나 천하의 전량(錢糧)을 면제해주었고, 각 지역의 이재민들을 구제함에 있어서 추호의 방심도 없이 전력투구하는 모습을 유감없이 보여주었다. 이 시각 자신을 향한 저 천지개벽의 함성이 결코 부담스럽지만은 않은 건륭이었다. 백성들의 마음속에 자리잡은 자신의 위치가 선제(先帝)를 능가한다고 건륭은 확신했다. 몇 년 동안 이어진 풍작과 세금감면정책으로 생활이 윤택해진 백성들은 은혜로운 어버이 군주를 울며 웃으며 환대했다. 천지를 휘감아 뒤엎어버릴 것 같은 함성은 그칠 줄 몰랐고, 건륭의 감격도 턱까지 차 올랐다. 백성들은 정직하고 선량하다. 자신들을 중히 여기는 군주를 백성들은 저렇게 추앙하고 우러러 받든다. 감개무량하여 건륭은 새삼 드높은 사명과 책임감을 함께 느꼈다…….

"대청국만만년(大淸國萬萬年)"을 외치는 함성이 파도같이 밀려왔다. 건륭의 감격도 극에 달했다. 안색이 홍조로 붉어진 건륭은 오체투지하여 머리를 조아리는 인파를 향해 자리에서 일어나 두 팔을 곧게 뻗어 흔들며 답례를 보냈다. 그렇게 의장행렬이 피서산장 정문 밖에 당도해서야 멀리 발목 묶인 함성은 썰물처럼 멀어져가기 시작했다. 흥분에 젖어있던 건륭의 가슴도 차츰 안정을 찾아가는 것 같았다.

미리 도착한 동몽고의 왕공들이 돌사자 옆에서 무릎꿇고 있는 모습을 보며 건륭이 곧 명령했다.

"승여를 내리거라. 짐은 내려서 좀 걸어야겠다."

산장 입구에 서 있던, 건륭의 조서를 작성하는 문비(文秘) 업무를 담당한 기윤(紀昀)이 승여가 내려앉는 모습을 보고는 부랴부랴 달려가 대례를 올렸다.

"왕공들이 먼길을 오느라 수고가 많았네."

건륭이 기윤을 향해 손짓을 해 보이고는 희색이 만면하여 왕공들을 향해 말했다.

"그만 일어들 나게. 내일 연파치상재(煙波致爽齋)에서 짐이 연회를 베풀어 여러분들의 노고를 치하하고자 하니 그때 보지! 오늘은 달리 보아야 할 정무가 있으니 물러들 가게!"

그런데, 공손히 머리를 조아리는 왕공들을 쓸어보던 건륭이 의아해하며 물었다.

"어째 사람이 많아 보이네? 예부에서 올려온 명단을 보니 승덕에 도착한 왕공들은 열한 명이라고 했는데!"

줄곧 어가를 호종(扈從)해 온 푸헝이 건륭의 하문(下問)에 즉시 기윤을 바라보았다. 기윤이 급히 앞으로 나서더니 무릎을 꿇고 아뢰었다.

"폐하, 준거얼에서 네 명의 왕이 따로 왔사옵니다. 처링타이지, 처링우바스, 처링멍커와 아무얼싸나입니다."

이름을 아뢰고 난 기윤이 목소리를 낮춰 귀엣말처럼 덧붙였다.

"준거얼 부(部)에 내홍(內訌)이 일어 이 네 개 부는 무자비한 살육을 피해 도망왔다 하옵니다……."

기윤의 말이 끝나기도 전에 건륭은 그만 하라는 손짓을 해 보이며 큰소리로 물었다.

"준거얼에서 왔다는 사람들은 이쪽으로 나와보라고 하게!"

우명당이 큰소리로 지의를 전했다. 통역관이 뭐라고 알아듣지도 못할 몽고어로 말하자 그제야 왕공들 틈에서 행색이 상대적으로 초라해 보이는 네 사람이 무릎걸음으로 나와서 건륭의 발밑에 무릎을 꿇었다. 그리고는 저마다 자신의 이름을 말하며 문후를 올렸다.

"신 처링타이지, 처링우바스, 처링멍커, 아무얼싸나가 천조(天朝)의 버거다칸(博格達汗, 몽고어로 황제라는 뜻) 건륭황제께 문후를 여쭙사옵니다!"

통역관이 몽고어를 번역하여 들려주려 하자 건륭이 필요 없다는 손짓을 해 보였다. 측은한 눈빛으로 네 사람을 유심히 지켜보는 건륭의 눈에서 친절하고 자상한 빛이 흘러나왔다. 처링타이지는 50살 가량 되어 보였으나 나머지 두 처링은 스무 살을 갓 넘긴 젊은이였다. 아무얼싸나는 마흔 살 가량 되어 보였다. 네 사람 모두 몽고인 특유의 짧고 단단한 체구에 맹수를 닮은 부리부리한 두 눈이 인상적이었다.

이들을 오랫동안 훑어보던 건륭의 미간(眉間)이 좌우로 춤을 추었다. 반신반의하던 두 눈에 경이로운 희열이 번뜩였다. 대단히 유창하고 순수한 몽고어로 건륭이 입을 열었다.

"천조의 버거다칸을 만나러 만리 길을 오느라 대단히 수고했네! 그쪽 집안이 어수선하다니, 온 김에 승덕에서 얼마간 머물고 싶을 때까지 머물게. 짐이 이곳에 각자의 왕궁을 하나씩 지어줄 테니 마음 편히 있으면서 앞으로의 진로를 신중히 고민해보기 바라네."

"폐하!"

맨 앞자리의 처링타이지가 건륭을 향해 머리를 조아리며 아뢰었다.

"저희는 어쩔 수 없이 정든 가원(家園)과 목장(牧場)을 포기하고 도주하였사옵니다. 죽어도 이 못난 놈을 따르겠다는 가족과도 같은 신민(臣民)들을 차마 저버릴 수 없어 전부 데리고 왔사옵니다!"

"뭐라?"

건륭이 흠칫 놀라는 눈치였다. 고개를 홱 틀어 푸헝을 바라보는 눈빛에 노기가 서려 있었다. 당황한 푸헝이 급히 아뢰었다.

"이 일은 소인도 금시초문이옵니다. 신이 미리 알았더라면 줄곧 폐하를 호종해 오며 감히 이 같은 대사를 주해 올리지 않았을 리가 없사옵니다!"

그 말에 일리가 있다고 느낀 건륭이 다시 물었다.

"다 데리고 나왔다고 했나? 자네들이야말로 현왕(賢王)이네! 인원이 모두 얼마나 되며, 지금 어디에 있나?"

"총 3천 1백 77호에 인원은 1만 6천 7백 21명이옵니다……."

처링타이지가 젖은 목소리로 울먹이며 말을 이었다.

"고비사막에서부터 1년 4개월 동안 걸어왔사옵니다. 길에서 갈증과 허기를 못 이겨 죽어간 사람이 2천 명도 넘사옵니다. 천신만고(千辛萬苦) 끝에 작년 11월 25일 우리야수타이에 정착했다가 겨우 심신을 추슬러 북경으로 들어가려던 참이었사옵니다. 도중에 폐하께오서 봉천 열하로 순방중이라는 소문을 듣고 다시 방향을 틀어 이리로 오게 되었사옵니다…… 그 동안의 간난신고(艱難辛苦)는 이루 말할 수가 없사옵니다……."

땅에 길게 엎드린 처링타이지의 온몸이 심하게 경련을 일으켰다. 옆자리에 꿇어있던 처링멍커가 마침내 북받치는 감정을 주체하지 못하고 쉰 목소리로 애처롭게 목놓아 울어버렸다. 그 바람에 네 사람 모두 소리내어 흐느끼는 장내는 다소 소란스러웠다.

건륭의 얼굴에 먹구름이 짙게 끼기 시작했다. 이렇게 큰 사고가 나는 동안 우리야수타이에 주둔하고 있는 변방의 장수들은 감히 주장(奏章)을 올리지도 않고 뭘 했단 말인가? 그러나 건륭은 곧 생각을 달리했다. 평군왕(平郡王) 복팽(福彭)은 매사에 조신한 사람이었다. 비록 관절염으로 인해 장가구(張家口)로 나와 있다고는 하지만 서역(西域) 각 대영에 주둔하고 있는 장군, 제독들이 감히 그에게 보고를 올리지 않았을 리가 없었고, 복팽 또한 보고를 접하고도 늑장을 부렸을 리가 없었다. 혹시 군기처에서 가볍게 판단하여 장정옥과 어얼타이 선에서 처리해버리고 미처 보고를 올리지 못한 건 아닐까? 아니지! 장정옥과 어얼타이가 이런 일을 자기 선에서 뭉개버릴 정도로 아둔한 위인들은 아닌데…….

잠시 머릿속이 혼잡스러웠던 건륭이 천천히 마음을 추스르며 푸헝에게 물었다.

"우리야수타이 장군은 누구인가?"

"악종기(岳鍾麒)의 큰아들 악골(岳泪)이었사오나 얼마 전 병으로 죽고 지금은 비어 있사옵니다."

조석으로 건륭을 가까이에서 섬겨오며 눈빛과 억양의 변화만으로도 그 의중을 어느 정도 예측할 수 있는 푸헝은 지금 건륭이 내색은 하지 않지만 심기가 대단히 불편해 있다는 걸 짐작할 수 있었다. 언제 터질지 모르는 폭탄을 건드리지 않으려고 무척이나 애를 쓰며 푸헝이 더욱 조심하여 이마를 낮추고 눈을 내리깔며 덧붙여 아뢰었다.

"지금 우리야수타이에서 군무를 책임지고 있는 사람은 정변좌부장군(定邊左副將軍) 청군짜부이옵니다."

"청군짜부가 우리야수타이에 도착한 자네들을 돌봐주었는가?"

건륭이 몽고어로 물었다.

"잘 보살펴주던가? 구체적으로 뭘 어떻게 해주던가?"

"청군짜부 군문(軍門)께서는 대단히 측은해하시며 여러모로 도움을 주셨사옵니다. 소 5백 마리와 양 2만 마리 그리고 식량도 4천 3백 석이나 내어주셨사옵니다."

윗니로 아랫입술을 지그시 누른 채 생각해보던 건륭이 흡족한 표정으로 머리를 끄덕였다. 그리고는 웃으며 말했다.

"그 정도면 당장에는 별 어려움이 없겠지만 길게는 못 가겠지. 몽고인들에게 초원과 목장을 잃었다는 건 곧 구름이 하늘을 잃은 격이지. 그래선 아니 되지⋯⋯. 기윤, 자네는 지금 즉시 물러가 조서 초안을 작성하게. 처링의 세 부락을 하나로 묶어 '두얼버터 싸인지야하투멍'이라는 기맹(旗盟)을 출범시키게! 처링타이지를 맹장(盟長)으로, 처링우바스와 처링멍커를 부맹장으로 하여 우리 야수타이의 반경 8백 리 이내의 초원을 이네들의 목장으로 떼어주도록! 초안을 작성하여 짐의 어람을 거친 연후에 장정옥과 어얼타이에게 발송하여 처리하게끔 하게."

잠시 말을 멈추었던 건륭이 다시 입을 열었다.

"자네들은 승덕에 왕궁이 없으니, 잠시 사이관(四夷館)의 접대를 받게 될 거네. 행궁(行宮)의 방을 내어줄 테니 거기 머물도록 하게. 모든 접대는 동몽고의 여러 왕공들에 비해 결코 뒤지지 않게끔 할 것이야. 동몽고 왕공들의 모자에 동주(東珠)가 박혀있으니, 여러분들에게도 동주를 하사하겠네. 푸형, 내무부에 지의를 전하여 이 네 사람에게 1인당 동주 열 개씩을 상으로 내리도록 하게!"

사실 이들 네 명의 서몽고 왕들은 원래 처링아라부탄을 따라 카얼카몽고의 부락을 침략했던 죄스런 과거사가 있었다. 때문에 건륭에게 귀순하면서도 두렵고 불안한 마음을 갖고 있었다. 건륭이 과거사를 용서해주는 것만으로도 감지덕지할 판에 이같이 융숭한 대접으로 환대해주니 네 사람은 황감한 나머지 어찌할 바를 몰라했다. 저마다 감격의 눈물을 흘리며 죽어라 머리를 조아려 사은을 표했다.

건륭이 내몽고 왕공들을 인솔하여 엉거주춤 고개를 숙이고 서 있는 카얼친 친왕인 쟈쳥을 손짓으로 불렀다. 그리고 지시했다.

"저네들이 빈손으로 쫓겨나 우리야수타이에 정착하기로 했다는데, 알다시피 그쪽은 수초(水草)의 질이 자네들의 땅보다 떨어지지 않는가? 기후도 춥고 건조한데다 황사(黃沙)까지 심하니 어렵사리 정착을 했다 해도 당분간 낙업(樂業)을 하긴 힘들 거네. 피는 물보다 진한 법이네. 사료는 조정에서 지원할 테니 나머지는 잘 사는 자네들이 못 사는 아우들을 좀 도와주도록! 짐이 노파심에서 하는 말이지만 실은 자네같이 정이 많은 사람이 미리 도와줄 방도를 생각하고 있었을 줄로 믿네. 그래, 어떻게 힘을 써주는 게 바람직할 것 같은가?"

"아뢰옵니다, 폐하! 실은 어젯밤에 벌써 만나봤사옵니다."

쟈쳥이 공손히 아뢰기 시작했다.

"동몽고, 서몽고, 막남막북(漠南漠北)의 몽고 모두 따지고 보면 한 집안 식구이옵니다. 최선을 다해 도와주는 건 응분의 도리이옵니다. 신은 일단 저네들에게 종마(種馬) 2백 필, 어미양 5백 마리와 1천5백 장의 우피 천막을 내어주겠사옵니다. 그밖에 모자라는 부분은 차차 적재적소에 보충하도록 하겠사옵니다. 신은 어제 이미 각 소속 기(旗)에 주노평민(主奴平民)을 막론하고 그 누구든지 우리야수타이 형제들의 목장을 빼앗는다든지 약하다고 괴롭히는 행위를 하는 경우 결코 용서치 않겠노라고 공문을 보냈사옵니다. 폐하의 의중을 잘 헤아려 앞으로 열심히 돕고 보살피겠사옵니다."

건륭은 흡족한 듯 머리를 끄덕이며 여러 가지 분부를 더 내리고 서야 행궁으로 향했다.

한편 조서의 초안을 작성하기 위해 역관으로 돌아온 기윤은 서

몽고의 강역(疆域)과 개중의 정치분쟁에 익숙치 않아 조서에 착오를 빚을까 우려하여 특별히 사이관(四夷館)의 당관(堂官)과 예부의 우명당에게 도움을 청했다. 그렇게 해서 조서초안을 작성하고 다시 군기대신들을 위해 행궁 밖에 설치해 놓은 임시 공문결재처로 푸헝을 찾아가 검열을 받고서야 비로소 패찰을 건네 뵙기를 청했다.

잠시 기다리고 있으니 기윤더러 연훈산관(延熏山館)으로 들라는 지의가 내려졌다. 백리에 달하는 거대한 산맥처럼 이어진 행궁에 처음 발을 들여놓는 기윤이었다. 태감을 따라 의문(儀門)을 돌아가니 정원 가득 검푸른 소나무 숲이 울창했다. 어떤 소나무는 키가 하늘을 찌르고 굵기가 어른의 한아름은 될 정도여서 장구한 세월의 무게가 느껴졌다. 통로의 한가운데에 굵직한 기둥이 세 개 박힌 정전(正殿)이 있었고, 정문 위에 이금(泥金)으로 쓴 검은 편액이 한눈에 안겨왔다. 안체(顔體)의 주먹만한 네 글자가 발걸음을 주춤하게 만들었다.

萬壑松風
첩첩이 겹쳐진 깊고 깊은 골짜기에 부는 소나무 바람.

한눈에 강희제의 필체임을 알아볼 수 있었으나 양측의 영련(楹聯)은 비어 있었다. 눈치 빠른 기윤은 건륭이 즉석에서 자신을 시험하여 영련을 짓게 할지도 모른다는 생각이 들어서 걸으면서 적당한 구절을 떠올려 보았다.

걸어가면서 보니 문마다에 붙여져 있었을 법한 오래된 영련은 모두 뜯어낸 흔적이 역력했다. 한 쪽으로 커다란 인공호수가 있었고, 그 옆의 팔각정에는 난간에 기대어 낚시를 할 수 있게끔 설계되어 있었다. 멀리 동쪽을 바라보니 구름 속으로 솟은 산이 아련하고 추색(秋色)을 입은 산등성이가 오색 영롱했다. 서쪽으로는 보기에 그리 커 보이지 않는 몇 채의 기와집이 보였다. 기윤이 물어보니 황자들의 서재로 지은 건물이라고 했다. 서재에서 좀더 서쪽으로 시선을 던지니 가슴이 확 트이는 드넓은 인공호수가 또 있었다. 족히 4, 50무(畝)는 될 것 같았다.

태감의 구부정한 등을 따라 조금 더가니 커다란 청석(靑石)으로 조각하여 만든 아치형 돌문이 나타났다. 새로 세운 것 같았고, 그 앞에 열 몇 명의 젊은 시위들이 지키고 서 있었다. 직감적으로 기윤은 건륭의 가까이에 다가가고 있음을 느꼈다. 정문의 거대한 차양 앞에 어탑(御榻) 하나가 놓여 있었다. 건륭이 신하들을 접견하는 자리일 터였다. 어탑에 앉아 보면 가까이에 호광산색(湖光山色)이 손에 닿을 듯 친근하고 멀리 하늘에 가까운 천암만학(千岩萬壑)이 떡 버티고 선 모습이 보는 것만으로도 든든했다. 여름에 여기에 앉아 시원한 호수바람을 벗하며 낚싯대를 드리워 놓고 사람을 접견하면 피서는 물론 풀리지 않을 일이 없을 것 같았다.

폐하는 복을 누릴 줄 아는 분이시구나……. 그렇게 생각하며 태감을 따라 서쪽으로 꺾어드니 바로 연훈산관이 눈앞에 나타났다. 역시 새로이 붉은 칠로 단장을 한 것처럼 산뜻한 건물이었다. 전후좌우로 유심히 살펴보니 흡사 불당(佛堂)같았다. 산관 앞 몇 십 보 밖에는 연극무대가 있어 정전과 마주하고 있었고, 그 사이엔 이루 이름을 헤아릴 수 없는 기화이초(奇花異草)들이 무성했다. 세외도원(世外桃園)이 따로 없이 호적하고 아름다운 이곳의 풍광에 매료된 기윤이 잠깐 넋을 잃고 있는 사이 안에서 건륭의 목소리가 들려왔다.

"뭘 그리 두리번거리냐, 기윤! 어리벙벙하게 잔뜩 겁먹은 모습이 어디 대국의 대신 같은가?"

"너무 멋진 풍광에 잠시 넋을 잃었사옵니다, 폐하!"

기윤이 대답과 함께 급히 종종걸음으로 들어갔다. 동난각에 가보니 푸헝이 한 쪽에 서 있었다. 서둘러 건륭에게 문후를 올리고 난 기윤이 아뢰었다.

"아무리 봐도 질릴 것 같지 않은 수색(秀色)이옵니다. 폐하의 지의 없이는 발도 들여놓을 수 없는 금원(禁苑)에 처음 들어와 보니 여기저기 볼거리에 침 삼킬 새도 없었사옵니다."

건륭이 일어나라는 손짓을 하자 그제야 무릎을 털고 일어난 기윤이 이번에는 푸헝을 향해 머리를 끄덕이는 것으로 인사를 대신했다.

건륭의 용안(龍案)에는 길다란 권축(卷軸)이 놓여 있었다. 위에는 점선들이 그어져 있을 뿐 착색(着色)은 없어 그림 같지는 않았다. 한 손으로 권축을 잡고 미소를 지은 채 기윤을 바라보며 건륭이 입을 열었다.

"들어오면서 느꼈겠지만 행궁을 새롭게 단장을 했다네. 짐도 아직 둘러보지 않았으니 같이 나가서 빙 둘러보는 게 어떻겠나?"

푸헝과 기윤은 이게 웬 횡재냐며 좋아라 했다. 푸헝이 얼굴 가득 웃음을 지으며 아뢰었다.

"이제까지 여러 번 드나들었어도 번번이 새로운 느낌이 드는 행궁이옵니다."

건륭이 용안 위의 그림을 손가락으로 퉁기며 미소를 지었다.

"사실 행궁을 손보고 원명원(圓明園) 설계에 들어간 것은 예전 같았으면 엄두도 못 냈을 테지. 요즘은 조정에 여유가 있으니 성조와 세종께서 못 이루고 가신 숙원을 풀어주려고 하네."

건륭의 표정에는 감개가 무량했다.

아무리 재정이 넉넉하다고는 하지만 경사(京師:북경)와 열하(熱河)에 대형토목공사를 하여 원림(園林)을 세우는 걸 찬성하지 않는 푸헝이었다. 이 문제에 한해선 '수졸(守拙)'하기로 마음을 굳혔던 푸헝은 가타부타 의사 표시를 하지 않은 채 건륭을 따라나섰다.

그런 푸헝의 속내를 아는지 모르는지 기윤은 마냥 즐겁기만 했다. 건륭의 뒤를 부지런히 쫓아가며 기윤이 말했다.

"구중궁궐에서 천하를 굽어보시며 극성시대를 이끌어오신 폐하께오선 구이만방(九夷萬方)의 조배(朝拜)를 받으시는 영명한 천자이시온데, 대국황제로서의 체존(體尊)을 지키셔야 하옵니다. 새로 일어서는 거대한 원명원은 곧 천조(天朝)로서의 우리 대청의 풍범(風範)을 만천하에 과시하게 될 것이옵니다!"

의문 옆에 서서 부채 끝으로 동쪽을 가리키며 건륭이 말했다.

"들어오면서 정문에 걸려 있는 '만학송풍(萬壑松風)'을 보았을 거네. 양측의 영련이 비어 있는데, 머리가 기름칠을 한 듯 잘 돌아가는 기윤 자네가 어디 한번 어울리는 영련을 말해보게."

이때를 대비하여 미리 준비해두었던 기윤이 이내 두 구절을 읊었다.

雲捲千峰色
泉和萬籟吟

구름은 뭇 산봉우리를 휘감은 색이요,
냇물은 만 개의 피리소리에 화답한다.

건륭이 미소를 머금고 머리를 끄덕였다. 그리고는 석봉(石峰)을 가리키며 물었다.

"저 가산(假山)은 아직 이름이 없는데, 뭐라고 부르면 운치 있고 좋을까?"

기윤이 세세히 눈여겨보고는 답했다.

"이 산은 화개(華蓋)같기도 하고, 영지(靈芝)같기도 하옵니다. 신의 졸안(拙眼)으론 '채화(彩華)'나 '취지(翠芝)'가 어떨까 하온데, 어느 쪽이 성의(聖意)에 가까울는지는 잘 모르겠사옵니다."

"짐은 '취지' 쪽이 무난할 것 같네."

건륭이 이번에는 멀리 불당을 가리키며 말했다.

"황후가 무척 좋아하는 불당인데, 저기도 아직 영련이 없다네. 다시 한번 참기름 바른 머리를 돌려보게나."

"예, 폐하!"

기윤이 무성한 아름드리 나무들에 둘러싸여 있는 불당을 바라보며 노래하듯 읊었다.

自有山川開北極
天然風景賽西湖

자고로 산천은 북극을 향하고,
천연풍광은 서호에 견줄 만하다!

기윤이 입을 다물기도 전에 건륭이 다시 불당 건너편의 다른 건물을 가리키며 물었다.

"저쪽은 무어라 칭찬해주는 게 좋겠나?"

이번에도 기윤은 기다렸다는 듯이 답했다.

疑乘畵棹來天上
慾挂輕帆入鏡中

그림 같은 돛배를 타고 하늘로 오르는 듯,
닻을 업고 거울같은 물속으로 들어가려는 듯!

"내친 김에 편액까지!"

건륭이 흡족하여 기윤에게 명했다. 이에 기윤은 역시나 자신있게 대답했다.

雲帆月舫
구름같은 닻을 올린 달같은 배.

"훌륭했네!"

건륭이 박수까지 쳐가며 엄지를 내두르고 크게 칭찬을 하려고 할 때 동쪽에서 우명당이 빠른 걸음으로 다가왔다. 미처 예를 갖추기도 전에 건륭이 웃으며 입을 열었다.

"늙다리가 엉금엉금 기어와 대례를 올리기를 기다렸다간 차가 열두 번도 더 식겠어. 예를 면하는 대신 모처럼 느껴보는 짐의 청흥(淸興)이나 깨지 말게."

우명당은 뭔가 할말이 있는 듯했으나 도로 꿀꺽 삼키며 대답과 함께 한 쪽으로 물러났다.
때는 미시(未時)가 끝나가는 무렵이었다. 서쪽으로 기우는 저녁 해가 가을 산과 시린 호수를 붉게 물들이고 있었다. 눈을 두는 곳마다 단풍이 익는 황홀함이요, 귀가 가는 곳마다 가을이 지나가는 소리가 물이 되어 바람 되어 귓전을 스쳐 마음까지 파고들었다……. 구색을 절묘하게 갖춘 무릉도원 앞에서 기윤은 감탄을 연발할 뿐이었다.
"신은 명색이 책을 몇 수레 읽었다고는 하지만 이 아름다운 경관 앞에서는 표현할 단어가 메말라버린 느낌이옵니다!"
건륭이 말없이 웃기만 했다. 천천히 계단을 내려 의문 밖에까지 온 건륭이 그제야 물었다.
"우명당, 무슨 긴히 아뢸 말이라도 있는가?"
"예, 아니옵니다."
미경(美景)을 앞에 두고도 전혀 감흥이 없어 보이는 우명당이 무겁게 입을 열었다.
"폐하께오서 청흥을 깨지 말라고 하시니 감히 입을 뗄 수가 없사옵니다."
건륭이 부채 끝으로 무표정한 우명당을 가리키며 푸헝과 기윤을 향해 웃으며 말했다.
"이 사람 좀 보게, 왕년엔 세종(世宗, 옹정제)과 십삼마마(이친왕 윤상)를 숨넘어가게 만들더니 이번엔 짐에게 딴죽을 거는 것을! 자네, 그리고 손가감, 사이직이 올린 주장을 짐이 다 읽어보았네. 이 행궁을 대대적으로 수선(修繕)하고 증축하는 건 성조 때부터의 숙원이었네. 여유가 있을 때 과감히 판을 벌이지 않으면 미루고 또 미루고. 그리하여 다음 세대로 넘어갈까 봐 착수했거늘 뭐가 그리 눈꼴이 신가?"

이에 우명당이 조심스레 아뢰었다.

"왕년에 성조께서 이곳 피서산장을 수선하시려고 하자 세종께서 간권하시길, '피서산장은 청량세계(淸凉世界)이나 백성들은 열하(熱河) 속에서 허우적대고 있습니다'라고 하셨사옵니다. 그것이 당시 민간에서 전해지는 노래말이자 적나라한 현실이었사옵니다. 세종의 그 한마디에 크게 뉘우치신 성조께선 생각을 바꾸시게 되었던 것이지. 결코 물질적인 여유가 뒷받침되어주지 않아서 포기한 건 아니옵니다. 신의 소견으론 지금도 때가 아닌 건 여전하다고 사려되옵니다. 적어도 행궁을 수선하고 원명원 같은 거대한 건축을 파토동공(破土動工)하지 않으면 절대 아니 되는 이유를 꼽아보면 그것은 그리 급선무는 아니라는 것이옵니다. 여유가 있으면 대소금천(大小金川)의 전사(戰事)를 지원해야 하옵고, 삼시 세 끼가 버거운 이재민들을 뒤돌아보아야 하옵니다. 수심화열(水深火熱) 속에서 발버둥치는 백성들을 양지바른 곳으로 끌어올려놓은 연후에야 비로소 군부(君父)의 유락(遊樂)을 논할 수 있사옵니다. 오로지 이를 따르는 군주야말로 진정한 요순지군(堯舜之君)이라 하겠사옵니다."

여전히 무표정한 얼굴에 눈 하나 깜짝하지 않고 우명당이 쏟아낸 말이었다. 건륭의 얼굴에 웃음기가 가신 듯 사라져버리고 말았다.

"자네 말에 따르면 짐은 천하중생들의 사활 따윈 염두에 두지도 않고 오로지 자신의 쾌락만 추구하는, 그래서 요순지군과는 거리가 십만팔천 리인 부덕한 군주란 말인가?"

우명당이 상체를 깊이 숙였다. 그러나 말투는 여전히 추호의 꺾어짐이 없었다.

"폐하께오선 명군(明君)이시옵니다. 자고로 사책(史册)에 길이 빛나는 당종(唐宗, 당나라 현종), 송조(宋祖, 송나라 태조)를 비롯하여 우리 대청의 성조(聖祖, 강희제) 역시 백년에 한 번 있을까 말까 한 영재(英才)이시고 명군(明君)이심은 만천하가 주지하는 바이옵니다. 하오나 이분들도 언제 한 번 자신을 요순지군이라 자부하신 적이 없사온데, 하물며 폐하께오서 요순지군을 운운하시는 것은 어딘가 모르게 귀에 거슬리옵니다!"

군주와 신하 사이의 대화는 그쯤에서 더 이상 이어나갈 수가 없을 정도로 딱딱하게 굳어지고 말았다. 짙은 눈썹을 모로 세워 어느새 무릎을 꿇은 우명당의 뒷덜미를 매섭게 쏘아보는 건륭의 서슬이 섬뜩하게 푸르렀다.

푸헝은 '고무 방망이'라는 우명당의 별명을 진작에 들은 바가 있었다. 고무처럼 끊어지지 않고 질기다는 뜻일 터였다. 군신 사이의 팽팽한 긴장을 완화시켜보려고 몇 마디 끼어들려던 푸헝은 그러나 곧 입가에 맴돌던 말을 꿀꺽 삼켜버리고 말았다. 건륭의 거친 숨소리가 점차 가라앉고 노기탱천하던 얼굴이 조금씩 풀리는 것 같았던 것이다. 아니나다를까, 건륭이 의외로 평온한 말투로 입을 열었다.

"군주 앞에서 무례를 범했다고 해도 필경은 60 환갑을 넘긴 삼조(三朝)의 원로라는 점을 인정하지 않을 수가 없네. 다만 피서산장 어쩌고저쩌고, 백성이 어쩌고저쩌고 하는 건 성조 때의 일에 국한되거늘 오늘날의 성세에 그 말을 꺼냈다는 것 자체가 군주의 체면을 훼손한 혐의를 지울 수 없네. 승덕성(承德城)에 현재 5만

만학송풍(萬壑松風) 135

백성이 살고 있네. 말해보게, 어느 집이 '열하(熱河)'에 빠져 허덕이는지! 짐이 두 눈으로 똑똑히 보아야겠네."

"신의 표현이 지나쳤을 수도 있사옵니다. 하오나 신은 거짓말을 하진 않았사옵니다."

"뭐라?"

"어가(御駕)가 당도한다는 지의가 내려지자 승덕은 곧 대청소에 돌입했사옵니다. 굵은 대나무 빗자루로 떠돌이 유민(流民)들과 무호적(無戶籍)인 걸인, 화연도인(化緣道人)들과 이재민들을 인정사정없이 쓸어냈사옵니다."

우명당이 말을 계속 이어나갔다.

"하오니 승덕에서 도탄에 빠진 백성들이 눈에 뜨일 리가 있겠사옵니까? 성 안에는 허리둘레가 장독대 같은 갑부들만 살고 있으니, 그네들 입장에서야 거지들이 멀리멀리 쫓겨난 한산한 승덕성이 '청량세계'일 수밖에 없겠죠!"

한 마디, 한 마디가 건륭으로 하여금 말문이 꾹꾹 막히게 했다. 건륭의 말에 대놓고 대꾸하는 것과 다름이 없었다. 서서히 인내의 한계를 느낀 듯 그렇지 않아도 긴 건륭의 얼굴이 더욱 길어지고 말았다. 크게 노한 듯 관자놀이가 푸들거렸다. 드디어, 그 입에서 천둥같은 일갈이 터져 나왔다.

"오냐오냐하면 머리 위로 기어오른다더니, 지금 이게 군부의 면전에서 해도 되는 소리인가? 적당히 봐줄 때 꼬리를 내리는 게 잘난 신하의 도리 아닌가? 자네 팔뚝이 아무리 굵어도 장정옥에야 비견되겠나? 자네가 읽은 책 속에는 이같이 군전에서 결례를 하라고 가르치던가? 오늘의 천하대치(天下大治)를 인정하는 사람이 짐을 요순지군이 못 된다고 공언하는 심사가 대체 뭔가?"

건륭이 토해낸 줄기찬 화염에 우명당은 마치 불타버려 잿더미가 된 고목처럼 톡 건드리면 그대로 풀썩 쓰러지고 말 것 같았다. 노기충천한 건륭의 얼굴을 애써 외면한 채 우명당이 다시 입을 열었다.

"요순(堯舜)은 천하위공(天下爲公)을 지향하고 있사옵니다. 폐하께오선 춘추가 정성(鼎盛)하시어 불철주야 근정하신 선제의 위업을 계승하실 때이옵니다. 토목공사를 크게 일으키시는 것은 선제께서 갈구하시던 바가 아니옵니다! 원명원은 벌써 은자 1천만 냥을 쏟아 부었으나 여전히 구색을 제대로 갖추지 못하고 있는 실정이옵니다. 피서산장도 새롭게 단장하는 데 7백만 냥이 들었사옵니다. 그럼에도 아직 미흡한 점이 많아 국고에 내민 손을 거두지 않고 있다 하오니 인간의 욕심이 어디 끝이 있겠사옵니까! 조정의 살림은 아무리 퍼다 써도 표시가 나지 않는 강물이 아니옵니다."

그쯤에서 자리가 불편해진 사람은 또 있었으니, 바로 적극적으로 원명원을 지원해왔던 기윤이었다. 모든 재정지원은 그의 손을 거쳤는지라 더 이상 침묵만 지키고 있을 수 없었던 기윤이 입을 열었다.

"말을 좀 가려서 해야겠소. 폐하께오서 오로지 즐기려고 그 어마어마한 재력을 투입하신 건 아니잖소! 피서산장은 추렵(秋獵)에 꼭 필요한 행궁이며, 폐하께오서 내몽고와 외몽고의 왕공들을 접견하시는 장소이기도 하오. 천하제일대국 황제의 행궁이 변두리의 여느 몽고왕들의 행궁에 비해 손색이 있다면 그게 어디 될법한 소리요? 북경에 만들고자 하는 원명원도 마찬가지요. 만국이 우러러 모시는 천조(天祖)의 천자(天子)가 유원무이(柔遠撫夷)의 대정(大政)을 펴는 곳이오. 곧 우리 대청(大淸)의 안면이오.

일취월장하는 청조(淸朝)의 면모를 우러러보려고 멀리 바다 건너에서 바리바리 싸들고 달려오는 자들이 갈수록 구름같은데, 궁상을 떨 데가 따로 있지 다 해진 옷을 입고 손님을 맞으란 말이오? 그리고, 앞으로 원명원이 구색을 완전히 갖추고 나면 태후마마께오선 그리로 옮겨가실 거요. 충과 효를 중히 여기는 우리네 전통을 늘 솔선수범하시어 이끌어 가시는 폐하이시고 보면 이는 당연지사 아니겠소?"

조목조목 짚어가며 수위가 높아지는 기윤의 반격에 우명당이 다시 발끈하고 나섰다.

"말을 가려서 해야 할 정도로 망발을 하진 않았소! 이 자리에서 정중히 요청하오. 우리 둘이서 전국의 각 성(省)을 돌아보아도 좋소. 기민(饑民)의 수가 5만 명을 넘기지 않는 성이 있다면 내가 알아서 기군죄를 청할 것이오! 층층첩첩의 군기처에 들어앉아 밑에서 올린 주장이나 읽고 있으니 어디나 남경여직(男耕女織)의 이상사회인 줄 아나본데, 냉수 마시고 정신 차리시오! 폐하! 기윤, 저 사람은 군주에 아부하여 폐하의 판단을 흐리게 하는 바특한 아첨꾼이옵니다!"

"바특하다니? 대세를 역행하여 모난 돌을 자처하는 자네야말로 바특하다네!"

결국엔 건륭이 궁전이 쩌렁쩌렁 진저리치도록 일갈을 퍼부었다.

"더 이상 자네랑 입씨름하고 싶지 않으니 그만 물러가게! 물러가서 처벌이나 기다리게!"

우명당은 인사를 올리고 일어나 뒷걸음쳐 물러갔다. 창문 너머로 후줄근히 멀어져 가는 우명당의 앙상한 뒷모습을 바라보며 푸형은 그가 한순간에 10년은 더 늙어 보이는 것 같은 느낌을 받았다. 건륭을 훔쳐보니 역시 창문 너머로 눈길을 두고 있는 얼굴이 한결 부드러워 보였다.

깊은 한숨을 토해내며 건륭이 입을 열었다.

"손가감도 그렇고, 사이직도 그렇고 어찌 다들 나이가 들수록 저리 겁이 없고 목청만 높아지는지 원! 끝내는 짐의 청흥을 진흙탕 오리발질을 해버리고 가는 걸 보게! 그만 돌아가지, 좋던 기분이 싹 달아나 버리고 말았네!"

그러자 기윤이 입을 열었다.

"소인더러 바특한 아첨꾼이라고 비난한 건 잘못되었다고 생각하옵니다. 하오나 신은 그 담력과 용기가 가상하다 사려되어 감복해마지 않사옵니다. 자고로 묘당(廟堂)에 저리 목청껏 떠드는 신하가 없으면 그 강산은 장수할 수가 없사옵니다."

건륭이 우명당을 어찌 처벌할지 은근히 손에 땀을 쥐었던 푸헝은 그러나 미운 정이 만만찮게 들어있는 듯한 건륭의 말투에서 큰 소동은 없을 거라는 생각에 적이 안도했다. 심란한 발길을 옮겨 궁전으로 돌아오는 건륭의 옆에서 시중들고 따라가며 푸헝이 아뢰었다.

"기윤의 말에서 대신의 기품이 느껴지옵니다. 신의 소견으론 손가감과 사이직은 말이 고프면 때와 장소를 가리지 않고 직통으로 쏘아 붙이는 부류에 속하고, 우명당과 범시첩은 대세를 보아가며 반드시 꼬집어야 할 때에야 저리 북새통을 떠는 유형에 속한다고 사려되옵니다. 폐하께오선 당장은 심기가 불편하시겠으나 저같이 머리를 떼어 둘러메고 다니는 신하들이 있다는 것이 장기적으론 약이 될지도 모르옵니다. 처벌을 면해주시는 것이 어떻겠사옵니까?"

"자네는 어찌 처벌을 그리 두려워하는가!"

건륭은 히죽 웃으며 덧붙였다.

"그 말이 고깝고 당치 않더라도 그 사람을 저버릴 수는 없네. 호부에서 당관으로만 20년을 몸담고 있는 사람이 집안이 째지게 가난하여 부리는 사람이 고작 셋밖에 안 되는 보기 드문 청관(淸官)이라네. 요즘 들어선 가뭄에 콩 나듯 하는 청관의 모범이거늘 짐이 어찌 '처벌'할 수가 있겠는가? 기윤, 자네가 악의없는 맞대응을 하는 것 같던데, 결자해지(結者解之)이듯 자네가 풀어주는 차원에 가서 짐의 지의를 전하게. 우명당의 관품을 한 등급 올려주고 쌍봉(雙俸)을 상으로 내린다고 말이네!"

34. 기무정돈(旗務整頓)

도도해 있던 청흥(淸興)이 우명당에 의해 산산이 날아가 버린 건륭은 연훈산관(延薰山館)으로 돌아와 창문을 마주하고 멍하니 서 있었다. 물러가라는 지의(旨意)가 없었으므로 감히 자리를 뜰 수도 없고, 말을 붙일 수도 없는 푸형과 기윤은 조각상처럼 나란히 한 쪽에 선 채 힐끗힐끗 건륭의 눈치만 살폈다.

"연극에서 미화되어 등장하는 황제들 같았으면 좋을 텐데!"

오랜 침묵 끝에 긴 한숨과 함께 토해낸 건륭의 말은 다소 의외였다.

"상주문(上奏文)이 올라와 있으면 읽어보고 별다른 일이 없으면 퇴조(退朝)하지. 상을 내리고 싶은 사람에게는 마음대로 상을 내리고, 돈을 쓰고 싶을 때는 이 눈치 저 눈치 안 보고 일필휘지하여 결재를 내려버리는 그런 황제 말이네."

이같이 운을 뗀 건륭이 가볍게 실소를 터트리며 말을 이었다.

"물론 연극대로만 한다면 저마다 망국을 일삼는 혼군(昏君)으로 전락되고 말겠지. 성조께서 짐에게 여러 번 하셨던 말씀이네. 한 나라의 일인자이면서도 중대한 결정을 앞두곤 신하들의 의사를 묻지 않을 수 없는 군주의 고뇌가 고스란히 녹아있는 말이었지만 그 당시엔 깊은 뜻을 몰랐네. 지금 돌이켜보니 꿈만 같군."

여전히 시선을 창밖에 둔 채로 허옇게 마른 입술을 적시며 건륭은 잠시동안 말이 없었다. 한참 후에야 두 손으로 원명원 설계도면을 조심스레 말아 푸헝에게 건네며 말했다.

"호부에 전해주면서 짐의 지의를 함께 전하게. 원래 계획에서 재정지원을 반쯤 줄이라고 말일세. 우명당에게 걸렸으니 별 수 없지! 후유! 살아생전에 원명원이 완성되는 걸 보고자 했더니 이렇게 되면 언제가 될는지 기약할 수 없을 것 같군……"

머리를 저으며 쓸쓸한 미소를 짓던 건륭은 뒷말을 잇지 않았다. 건륭의 말을 듣고 뭔가 골똘히 생각하던 푸헝이 조심스레 나섰다.

"신의 우견으론 원명원을 새로 건축할 것 없이 현재의 원명원(圓明園), 창춘원(暢春園), 서원(西苑), 서해자(西海子)를 하나로 묶어 원명원이라 명명하면 규모도 굉장할뿐더러 재정지출을 대폭 줄이면서도 기대이상의 효과를 거둘 수가 있을 것 같사옵니다. 군데군데 서양 경물(景物)들을 앉히고 우리 문물을 적당히 새롭게 단장하여 쌍벽을 이루면 볼거리가 배가 될 것이옵니다. 이것도 몇 년에 걸쳐 해마다 조금씩 추진해나가면 재정부담도 없고 백성들에게 위화감을 조성한다는 여론도 불식시키는 일석이조의 효과를 거둘 것이옵니다."

푸헝의 조심스런 제안에 건륭이 두 눈을 번쩍이며 무릎을 쳤다.

"참으로 훌륭한 발상이네. 푸헝, 자네의 말대로 추진해 보세.

주위의 잡음에 귀를 틀어막고 막무가내로 밀어붙이자면 안 될 것
도 없겠지만 거국적인 공사를 앞두고 여러 신신(信臣)들의 의사
를 무시할 수가 없지. 자네, 나친보다 일곱 살 연하지? 올해 꼭
서른 살, 이립년(而立年)이로군. 역시 젊은 사람의 번뜩이는 사유
가 돋보이는군!"

건륭의 말이 끝나자 기윤이 잽싸게 끼어들었다.

"폐하께오서 '이립(而立)'이라고 하시니 신은 전에 들었던 한
가지 우스운 얘기가 생각나옵니다. 윤계선이 언젠가 남위(南闈)
시험 때 '삼십이립(三十而立)'이라는 제목을 출제했다고 하옵니
다. 그때 어떤 고루한 시골 훈장이 답안지에 '옛사람들은 체질이
얼마나 허약했으면 서른 살을 먹어서야 겨우 일어설 수 있었을까'
라고 적었다 하옵니다. 하도 기가 막힌 윤계선이 그 훈장을 불러
이같이 쓴 연유를 물으니, 훈장은 성인(聖人)의 말에 그릇됨이
있을까봐 그렇게 따져 묻느냐며 오히려 적반하장으로 윤계선을
몰아붙이더라고 하옵니다. 이에 윤계선이 '당신의 말에 따르면 지
천명(知天命)인 쉰 살에는 세상만사 예측이 불가능한 게 없겠고,
이순(耳順)의 나이라는 예순 살에는 귀가 뚫린다는 뜻이니 예순
살 전까지는 모두 귀머거리 신세를 면치 못했겠네……."

기윤의 말이 채 끝나기도 전에 건륭은 벌써 껄껄 웃음을 터뜨리
고 말았다.

"본조(本朝)에 그런 명물이 있다니, 참으로 재미있군! '소림(笑
林)'에 집어넣어도 손색이 없겠는데? 지난번에 누군가 기윤이 당
아(棠兒) 아들의 백일잔치에 가서 써주었다는 시를 흉내내기에,
짐은 그때도 배꼽을 잡았지 뭔가!"

우울하고 불쾌해하던 기색은 가뭇없이 사라지고 모처럼 즐겁게

웃는 건륭을 보며 푸헝이 좋은 분위기를 거들 요량으로 끼어들었다.

"신도 그 얘길 듣고 당아한테 물었더니, 그 당시 기분이 잡쳐지려는 걸 가까스로 참았다고 하였사옵니다. 마누라 칭찬하는 사람은 팔불출이라고 하지만 신의 처자 당아는 눈치 빠르고 약삭빠른 아녀자이옵니다. 당아가 아니고 초로(肖路)의 마누라 같은 얼간이였더라면 제법 볼만했을 것이옵니다!"

이에 건륭이 물었다.

"초로라니? 초로가 누구지?"

"전에 군기처의 잡역(雜役)으로 잠깐 있다가 나중에 납연(納捐, 관직을 돈을 주고 사는 행위)하여 현령이 된 자이옵니다. 류강(劉康)의 살인사건 때 증인으로 나왔던 자이온데, 기억에 없으시옵니까?"

푸헝이 웃으며 말을 이었다.

"현령으로 얼마간 있다가 어쩌다 잘 뒹굴어 하남성(河南省) 정주(鄭洲) 주판(州判)으로 발령났을 때의 일화라고 하옵니다. 새로운 부임지에서 동료들과의 단합차원에서 초로가 집에서 연회를 베풀어 사람들을 초대했나 보옵니다. 음식이 상다리 부러지게 올라오고 초로가 일일이 술을 따르고 막 건배를 하려던 참에 그 마누라가 뽕뽕거리며 줄방귀를 뀌는 바람에 음식을 먹기도 전에 사람들이 기함을 하고 말았다 하옵니다. 고약하기 그지없는 악취까지 풍기며 한참 이어지는데, 웬만한 아녀자들 같았으면 창피스러워서 쥐구멍이라도 찾아 도망갔으련만 이 처자는 엉덩이를 요리조리 치켜들며 사람들을 내쫓으려고 작정을 하는 것 같았다 하옵니다."

차 한 모금을 입안에 넣고 미처 삼키기도 전에 그 말을 들은 건륭은 찻물까지 뿜어내며 웃었다. 기윤 또한 상체를 이리저리 비틀며 웃더니 눈물까지 찔끔대며 다그쳐 물었다.

"그래서요?"

"뻔할 뻔자지 뭐! 나름대로 근엄하게 앉아 있던 사람들이 뿔뿔이 줄행랑을 놓았지. 그렇게 해서 초로는 졸지에 체면이 바닥에 떨어지고 그 마누라는 '방귀쟁이 여편네'라는 딱지가 붙게 된 거지."

푸헝은 기윤의 물음에 짧게 대답하고는 다시 빙그레 웃으며 말을 이었다.

"그런데, 그 방귀가 용을 썼는지 초로는 그 뒤로 관운이 트여 남경 동지(同知)로 승진발령이 났고, 또다시 집에 손님을 초대하게 되었다고 하옵니다. 하지만 이번에는 상사의 부인들만 청했나 보옵니다. 지난번에 마누라 때문에 경을 친 초로가 이번엔 직접 나서서 강남법사(江南法司)의 부인, 남경도대(南京道臺)의 부인 그리고 남경성문령(南京城門領)의 부인들을 정중히 모셨다 하옵니다. 잡역일지라도 군기처에서 함께 일했던 안면이 있어 여인네들이 많이 초대에 응해주었다고 하옵니다. 연회석은 크게 두 개가 마련되었고, 옛 성황묘(城隍廟)에서 최고로 꼽히는 주방장을 불러 나름대로 진수성찬을 차렸다 하옵니다. 여기저기서 들러리들이 다 도착한 뒤에야 주객(主客)들이 하나둘씩 느지막이 나타나기 시작했는데, 먼저 당도한 도대 부인이 두 번째 좌석에 앉고 그 뒤에 성문령 부인이 세 번째 좌석에 앉았다 하옵니다. 남정네들의 관직 등급에 따라 여인네들도 신분이 정해지는지라 주객 셋 가운데 남정네가 가장 고위직에 있는 여인이 수석자리를 차지하게 될 것임은 삼척동자도 다 아는 일이라 사람들이 잠자코 기다리고 있었다 하옵니다. 스무 쌍도 넘는 눈길이 화청(花廳) 입구만 뚫어지게 바라보며 법사(法司) 장추명(張秋明)의 마누라가 들어서기만을 학수고대했다 하옵니다."

그 대목에서 푸헝은 잠시 침을 삼키고 나서 말을 이어나갔다.

"그러던 와중에 누군가 '법사 부인께서 당도하셨다!'며 소리쳐 알리자 모든 여인들이 일제히 자리에서 일어나 환한 미소를 지어 영접할 준비를 했는데, 잠시 후 앞서거니 뒷서거니 하는 한 무리 가인(家人)들에게 둘러싸인 장추명의 마누라가 화청에 모습을 드러냈다 하옵니다. 턱을 살짝 치켜올리고 고오(高傲)한 표정을 지은 채 뭇 여인들의 아부가 담긴 인사말은 듣는 둥 마는 둥 하던 여인은 순간적으로 세 번째 좌석에 앉아있는 성문령 부인을 보는 순간 안색이 확 가버리더라고 하옵니다. 고개를 돌려 자리를 뜨려는 듯 잠시 주춤거리며 두 눈을 모로 날카롭게 세우더니 초로의 '방귀쟁이' 마누라를 힘껏 째려보더라는 것이옵니다. 성문령 부인이 태도가 거만하여 심기가 불편해진 줄로만 안 초로의 마누라가 대뜸 모두가 서 있는 자리에 혼자 앉아있는 성문령 부인을 향해 '법사 부인께서 당도하셨는데, 그리 무례하게 앉아서 맞다뇨? 그 정도 분위기 파악도 못하는 사람이 이런 자리엔 왜 와 가지고 말썽을 일으키오?' 라고 했답니다. 그러자 성문령 부인은 피식 실소만 터트릴 뿐 가타부타 말이 없었다 하옵니다."

그 정도에서 이미 자초지종을 눈치챈 건륭이 웃으며 말했다.

"성문령의 마누라가 팔기(八旗) 소속이었나 보지! 장추명의 마누라는 그 몸종이었고······."

"역시 폐하께오선 투시력이 대단하시옵니다!"

푸헝이 이야기를 계속했다.

"이 성문령 부인은 당아네 가문의 친척 여동생이었사옵니다! 장추명의 처자는 바로 그 집의 포의노(包衣奴) 출신이었다 하니 남정네의 신분은 한 등급 높지만 사실은 남의 노예라는 처지가 얼마나 난감했겠사옵니까. 어찌해야 할지 몰라 잠시 서성거리던 장추명의 처자가 허겁지겁 고명복(誥命服)을 벗어던지고 성문령 부인 앞으로 주춤주춤 걸어가더니 그 발 밑에 쓰러지듯 엎드려 '이년이 주인께 문후를 올리옵니다!'라고 큰절을 올리더라는 것이옵니다. 장내가 술렁거리고 사람들이 얼마나 기겁을 했을지는 짐작이 가고도 남지 않겠사옵니까. 아마 장추명의 마누라가 평소에 인간성이 그리 좋은 편은 못 됐나 보옵니다. 당아의 친척 여동생이 결례를 했다며 엎드려 머리 조아리며 눈물을 쏟는 장추명의 마누라를 거들떠 보지도 않고 한시간이나 무릎 꿇은 그대로 방치해두었다 하옵니다. 그 사건이 있은 후 초로네 부부는 주고도 따귀 맞는 격으로 그런 자리를 만든 저의까지 거론당하며 극심한 불이익을 당했다고 하지 뭡니까. 장추명의 눈 밖에 난 초로는 승진기회를 세 번씩이나 놓쳤고 아직도 전전긍긍하고 있다 하옵니다."

푸헝의 이야기를 들으며 착잡한 표정을 감추지 못하던 건륭이 말했다.

"현실적으로 그런 난리법석도 충분히 있을 법하지. 당아의 여동생이라는 사람도 너무했다는 느낌은 들었지만 현행 법규상 전혀 하자가 없으니 달리 대책이 없군. 개국의 역사가 장구해지면서 그 옛날의 공신귀척(功臣貴戚)들이 가세가 기울어 형편없이 된 경우가 비일비재한 실정이네. 초상집 상여꾼이 되질 않나, 부둣가에서 잡역으로 하루살이를 하질 않나, 가마꾼으로 전락되지 않나…… 그네들 몸에 귀한 피가 흐르고 있다는 사실이 전혀 믿어지지 않을 정도라네. 저보다 근본이 없다고 생각해 왔던 아랫것들이 오히려 더 관운(官運)이 성하여 어느 날 갑자기 고차사마(高車駟馬)에 올라 거리를 휩쓸고 다니니 그 광경을 지켜보는 어느 속인들 편하겠나? 지난번 공부상서(工部尙書) 고우커가 와서 눈물로 하소연을 하더군. 수레에 앉아 정양문(正陽門)을 지나던 중 등짐 가득 밀을 메고 가던 옛 주인집의 둘째 도련님과 맞닥뜨렸나 보더라고. 전에는 도련님이었어도 지금은 한낱 막일꾼에 불과하지 않는 자가 글쎄, 그 많은 사람들 앞에서 '고얀 놈이 어디 주인 앞에서 거들먹거리느냐'며 소리소리 질러 굴욕을 주더라고 하지 않나! 결국 고우커가 대신 밀자루를 메고 그자가 수레에 앉아 갔다지 아마? 조상 대대로 내려온 가법이 엄연하니 그렇다손 쳐도 이런 경우는 너무 했지. 사실 짐은 갈수록 별볼일 없어지는 기인(旗人)들이 신물이 나도록 밉네. 성조 때부터 놀고먹는 데 이골이 난 자들이지만 전통이 있어 미운 놈 떡 하나 더 준다고 조정에서 생계를 보살펴 주었지. 하지만 땅을 내어주면 농사짓기 싫어 팔아먹고, 굶어죽지 말라고 황량(皇糧)을 내어주면 흥청망청 며칠 내에 탕진해버리기가 일쑤였지. 이젠 어디든 빈대 붙는 데만 정신이 팔린 기생충들이 다 됐어!"

건륭의 한숨소리가 유난히 컸다. 푸헝은 건륭의 무거운 한숨이 뜻하는 의미를 미뤄 짐작할 수 있었다. 강희 46년부터 조정에서는 기무정돈(旗務整頓)의 깃발을 내걸었으나 번번이 정쟁(政爭)에 악용되어 불순세력들을 살찌우는 데만 한몫 거들었을 뿐 기무는 갈수록 엉망이 되었고, 호랑이라고 그린 그림이 도리어 개와 흡사한 지경에까지 이르고 말았던 것이다. 건륭의 깊은 성려(聖慮)를 짐작한 푸헝이 위로의 말을 올렸다.

"심려를 거두시옵소서, 폐하! 이미 설익혀 놓은 밥인지라 일시에 획기적인 변혁을 가져올 양책(良策)은 기대하기 어려울 것이옵니다."

"선대의 공로만 우려먹고 거기에 기생하는 무골충(無骨蟲) 같은 만인(滿人)들을 보면 짐은 가증스럽기 그지없네! 그렇다고 확 물갈이를 해버릴 수도 없고……. 짐도 역시 만인이니 이를 어찌하면 좋은가?"

망연자실한 표정을 지으며 건륭은 대책이 없다는 듯 두 손을 펴 보였다. 그리고는 덧붙였다.

"지난번 태후마마께 문후 올리러 가보니 짐의 십육숙(十六叔)인 큰장친왕(老莊親王)과 십사숙이 한발 앞서 와 있었네. 이미 무슨 얘기가 오간 듯 짐을 보자마자 태후부처님께서 기다렸다는 듯이 말씀하셨네. 많은 황족(皇族)들이 차사(差使)가 없어 입에 거미줄치게 생겼다고 말일세. 자네들도 알다시피 태후께선 성정이 동정심이 많고 급하신 편이라 누가 우는소리를 하면 곧장 주먹 쥐고 짐에게 달려오시는 분이라네. 조정의 재정이 여의치 않을 때 당신이 좀더 허리띠를 졸라맬지언정 기인과 황족들의 누추한 꼴은 못 보신다고 하시네. 지난번에도 어찌나 고문을 하시는지 할 수 없이 기인들의 월례를 은자 5전씩 올려주기로 했지 않은가!"

사실상 정무를 논하는 자리가 되어버린 마당에 심각한 표정을 짓고 있는 푸헝을 보며 기윤이 먼저 입을 뗐다.

"태후부처님의 인자하심은 만천하가 주지하는 바이옵니다. 황족들 중에 궁색한 사람이 있으면 도움을 줄 수 있는 선에서 도와주시는 건 마땅한 일이오나 이는 어디까지나 천가(天家)의 가정(家政)일뿐 조정의 국정(國政)과는 별개의 차원에서 논의되어야 한다고 사려되옵니다. 신은 기무에 대해선 문외한이오나 기인들은 돈이 부족해서가 아니라 여태 온실 속에서 모자란 것 없이 살아오며 잘못 길들여진 것 같사옵니다. 이런 사람들에겐 물질적인 도움이 도리어 해가 될 것이옵니다. 생업에 종사하게끔, 그래서 자력갱생하게끔 유도해야 할 것 같사옵니다."

기윤이 말하는 사이에 순간적으로 무슨 생각이 떠오른 듯 푸헝이 아뢰었다.

"그네들에게 일일이 차사를 내어준다는 건 불가능하옵니다. 먹물을 멀리하니 관직에 오를 수도 없고, 신체가 허약해져 어초경독(魚樵耕讀)도 여의치 않은 주제에 상업(商業)은 하찮은 인간들이나 하는 짓이라며 코웃음을 치니 실로 골칫거리가 아닐 수 없사옵니다. 다행히 대소금천(大小金川)에 전사(戰事)가 한창이오니 기인들 중에서 알맹이들을 걸러 차사를 맡겨 보내는 것이 어떨까 하옵니다."

"글쎄……."

건륭이 입술을 빨며 고개를 저으며 말을 이었다.

"밉다고 하면 업어달라고 하는 자들이네. 콧대는 또 얼마나 높고! 누가 저자들을 훈련시켜 사람을 만들 수 있겠나?"

그러자 푸헝이 대답했다.

"그렇긴 하옵니다만 폐하께서만 마음을 굳히시고 든든한 방패막이가 되어주신다면 신에게 방책이 있사옵니다!"

"짐이 방패막이가 되어주는 건 당연지사이지만, 마음을 굳히지 못할 건 또 뭐가 있나!"

방책이 있다는 푸헝의 말에 건륭이 미간의 주름을 활짝 폈다. 부채를 쥔 손을 크게 흔들며 자신에 찬 음성으로 말했다.

"삼번(三藩)의 난(亂)을 평정할 때 성조께서는 유장(儒將) 주배공(周培公)을 투입시켜 차하얼, 니뿌얼 왕자의 반란을 평정했네. 그 당시엔 북경에서 빈둥거리며 시선을 어지럽히던 기인들이 뜻밖에 힘을 썼지. 물론 오늘날 하루가 다르게 부패해 가는 기인들도 성조 때의 기인들이 아니지만 누가 오늘날의 주배공이 되어주겠나?"

이같이 말하며 흥분된 건륭이 돌연 고함치듯 말했다.

"가능하다면 기인들을 단련시킬 전사(戰事)는 얼마든지 있네! 대소금천은 시작일 뿐이네. 짐은 기필코 준거얼과 서장(西藏) 등 주변의 오랑캐들을 복속시켜서 보다 넓고, 보다 평화로운 만리강역(萬里疆域)을 개척해나갈 것이네! 전쟁터에 나가 몸과 마음을 단련시킴으로써 기인들의 백병(百病)을 치유할 수만 있다면 짐은 채찍으로 몰아서라도 내보내겠네!"

"기인들의 사기가 진작하느냐 여부는 곧 나라의 명운에도 커다란 영향을 미치게 될 것이옵니다. 폐하께오서 기인들의 심신을 단련시키기로 성심을 굳히셨다면 신은 한마디 더 진언드리고자 하옵니다. 절대 변심하시어서는 아니 되옵니다! 성심이 여차하여 주춤하신다면 이 길은 애당초 아니 가는 것보다 못하옵니다!"

"짐은 절대 변심하지 않을 거네! 이 일을 추진하는 데 있어 어려움이 많을 건 불을 보듯 뻔하지만 마음 먹고 밀고 나간다면 성사되지 않을 일도 없는 법이네!"

흥분한 건륭의 눈빛이 보석처럼 빛났다. 부채를 던져놓고 자리에서 일어나 방안을 거닐며 건륭이 말을 이었다.

"전쟁터에서 만인(滿人)들의 잃어버린 영광의 세월을 찾아올 수만 있다면 짐은 열조열종(列祖列宗)들과 자손대대에 부끄러움 없는 군주로 남기 위해 전력투구할 것이네! 푸헝, 짐은 자네에게서 짐을 위해 제2의 주배공이 되고자 하는 마음을 엿보았네. 하지만 자네는 더 큰 중임을 맡아야 하니 그 마음은 가상하지만 미련 없이 접게. 대신, 짐에게 이 중임을 선뜻 짊어지고 갈만한 인재를 천거해주도록 하게."

이에 푸헝은 조금의 주저함도 없이 즉각 아뢰었다.

"이시요(李侍堯)에게 맡기는 것이 어떻겠사옵니까? 흑사산(黑查山) 전투를 통해 그의 군무처리 능력은 이미 검증을 받았다고 해도 과언이 아니옵니다. 비록 이번 금천전투에서 좌절을 당했다곤 하오나 대군(大軍)의 원기가 크게 다치지 않은 데는 이시요와 초로의 공로를 무시할 수가 없다고 사려되옵니다."

그러자 건륭이 웃으며 되물었다.

"초로라면 아까 마누라 때문에 곤욕을 치렀다던 그 사람 말인가?"

이에 기윤이 답했다.

"어리숙한 면이 있어 가끔 우스갯감으로 식탁에 오르내리곤 하옵니다만 그것이 도리어 인간적인 괜찮은 자이옵니다. 맡은 바 차사에 빈틈이 없고 자질구레한 것에는 의외로 섬세하여 실수가 적은 호관(好官)이라고 해도 과언이 아니옵니다."

그러나, 건륭은 머리를 저었다.

"이시요와 초로는 한인(漢人)이라 오히려 부작용이 우려되네. 한인이 자기네들을 이리 가라 저리 가라 훈련시킨다고 해 보게! 어디 말발이나 먹히겠나? 판이나 뒤집어엎지 않으면 다행이지."

건륭의 말에 수긍하여 고개를 숙이고 잠시 생각하던 푸헝이 다시 입을 열었다.

"그럼 아계(阿桂)는 어떻겠사옵니까? 전에 섬주(陝州)에서 감옥의 죄수들이 폭동을 일으켰을 때, 고작 스무 명을 데리고 호랑이굴로 들어가 인질을 구출해냈던 용감무쌍한 사나이이옵니다. 경복(慶復)이 대금천에서 죽을 쑬 때 유독 그가 이끄는 3천 노약잔병들만 전원이 생존하여 돌아왔지 않사옵니까? 그 대지대용(大智大勇)은 타의 추종을 불허한다 평가하고 싶사옵니다."

"짐도 적임자로 아계를 꼽고 있었네. 아계를 보내지!"

마침내 결정을 내리고 난 건륭이 홀가분한 표정을 지으며 방안을 이리저리 거닐더니 말했다.

"이시요도 사람은 좋은 사람이지! 짐이 친히 선발한 진사(進士)가 아닌가! 흠이라면 성격이 지나치게 조급하여 목구멍이 성한 데가 없을 것 같네. 하지만 허물이 없는 사람이 어디 있겠나! 재목은 재목이니 일단 감숙성(甘肅省) 포정사(布政使)로 보내보지. 크고 작은 차사가 많아 여러모로 그 자질을 검증하기에 안성맞춤인 곳이니, 좀더 키우고 지켜보세. 전도(錢度)도 마찬가지네. 나중엔 어차피 재무(財務) 쪽을 맡길 테지만 일단 형부(刑部) 법사(法司)로 보내어 근신(勤愼)을 배우게끔 해야겠네."

관원들 개개인을 이토록 깊이 이해하고 관심을 두는 모습에 푸헝과 기윤은 적이 감동을 받았다. 감탄한 기윤이 아뢰었다.

"인재를 적재적소에 부리고, 그 재목에 걸맞는 가르침을 주시는 폐하의 깊은 뜻에 크게 감명을 받았사옵니다."

건륭은 그저 가볍게 웃을 뿐이었다. 약간의 침묵이 흐른 후 건륭이 말했다.

"아직 최종결정이 난 건 아니지만 일단 이렇게 방향을 설정하고 북경에 있는 왕공대신들과 군기대신들에게 발문(發文)하여 다시 한번 논의해본 연후에 그 결과를 짐에게 아뢰도록 하게. 당장은 두 가지 일을 잘 처리해야겠네. 첫째는 몽고의 여러 왕공들을 정성껏 접대하여 가족적인 분위기를 느끼게 해줘야겠네. 동몽고 왕들에게 열정적으로 대하는 건 물론이고 서몽고에서 피난 나온 네 명의 왕들에게는 더욱더 정성을 기울여야겠네. 하루에 한 번씩 연회를 마련해주고, 짐이 친림(親臨)할 것이네. 둘째는 추렵(秋獵)의 의미를 항시 명심하여 뜻깊고 성공적인 화합과 도약의 한마당으로 어우러지는 축제로 이끌어가야겠네. 커얼친 왕이 나다무(몽고지역에서 최고의 운동대회로 꼽는 행사) 대회를 주최한다고 하니 경마며 씨름 등 호한(好漢)을 배출하는 항목이 제법 볼만할 거네. 유심히 지켜보다가 몽고용사 몇 명을 시위(侍衛) 후보로 점찍어두게. 푸헝, 자네는 군기대신(軍機大臣)이자 영시위대신(領侍衛大臣)이니 어련히 알아서 잘하겠나! 짐은 그리 믿네."

건륭이 한마디씩 할 때마다 연신 상체를 숙여 공손히 응답하던 푸헝이 건륭의 말이 끝나자마자 조심스레 물었다.

"전도가 열하 행궁에 도착해 있사옵니다. 지금 패찰을 건네도 괜찮겠사옵니까?"

그러자 건륭이 말했다.

"내일은 연회가 두 번 있을 예정이니 안 되겠고, 모레는 황후를 대동하여 이 일대를 구경시켜주어야 하니 곤란하겠고, 글피는 괜찮으니 그때 뵙기를 청하라고 하게. 자네가 먼저 만나보든가. 기윤, 자넨 지금 비록 군기처의 장경(章京)이라곤 하지만 관위(官位)는 고작 어느 부(部)의 부랑(部郎)에 불과하지 않은가! 황후가 자네를 무척이나 아끼던데, 금명간 자네를 예부시랑(禮部侍郎)으로 승진시키는 은지(恩旨)가 내려질 것이네. 그렇긴 하지만 여전히 군기처에 남겨둘까 하네. 전에 고사기(高士奇)라는 대신이 있었는데, 하루에 무려 일곱 등급이나 승진했었네. 승승장구하다가 말년에 좋은 결말을 맺지 못한 경우인데, 자네도 높이 올라갈수록 마음가짐을 단단히 하고 부하들 앞에서 체통에 맞게 굴어야 한다는 걸 명심하게. 장난기 많고 재미있는 건 좋지만 지나치면 사람이 경박하고 가벼워 보이기 마련이네. 오늘 우명당과 설전을 벌이고 끝마무리를 제대로 하는 걸 보니 대신의 풍모가 잡혀가는 것 같더군. 잘해보게. 사고전서(四庫全書)를 편수하는 일도 만만찮을 테니, 짬이 나는 대로 신경을 써야겠네. 아직 본격적으로 착수하진 않은 것 같은데, 짐이 늘 염두에 두고 있다는 걸 잊지 말게. 지난번 잠깐 언급했던 대로 짐은 박학홍유과(博學鴻儒科)를 치를 예정이니, 그 차사도 자네가 맡아야겠네. 짐의 뜻을 알겠는가?"

"예...... 폐하!"

자신의 진가를 알아주고 힘껏 밀어주려는 건륭의 깊은 의중을 헤아린 기윤은 감격에 목이 메었다. 오장육부가 끓어오르며 뜨거운 눈물이 주체할 수 없을 정도로 흘러나왔다. 가늘게 떨리는 목소리로 기윤이 말했다.

"신은 토끼꼬리 만한 배움으로 능력을 지나치게 자부하여 천자(天子)를 비롯한 모두에게 오만불손하다는 낙인이 찍혀버리고 말았사옵니다. 성군(聖君)을 가까이에서 섬기게 되면서 성학(聖學)의 연박(淵博)함에 경탄을 금치 못했사옵고, 불순한 학술로 거만하게 일관했던 스스로를 깊이 반성하게 되었사옵니다. 오늘의 성훈(聖訓)을 가슴깊이 아로새기어 항시 살얼음 위를 걷는 마음가

짐으로 매사에 조심하겠사옵니다!"
 기윤의 말에 건륭은 크게 소리내어 웃었다.
 "잘못을 알고 진심으로 반성할 수 있는 자네는 양신(良臣)이 되기에 손색이 없네! 하지만 그 성정을 일부러 죽일 필요는 없네. 짐은 자네가 현 상태에서 조금은 안으로 여물었으면 해서 하는 말이지 결코 지나치게 소심하여 주춤주춤하는 겁쟁이가 되라는 말은 아니었네. 짐은 우울하고 답답할 때 자네같이 재롱을 떨어주는 신하가 필요하네."
 말을 마친 건륭은 손사래를 치며 덧붙였다.
 "이제 그만 다들 물러가게. 푸헝, 자넨 몽고의 왕들과 다른 신하들이 상납한 공품 명단을 남겨놓고 가게. 내일 다시 패찰을 건네도록!"
 "예, 폐하!"
 두 사람은 공손히 예를 갖추었다. 푸헝이 소매 속에서 종이 한 장을 꺼내 받쳐 올렸다. 그리고는 몸을 구부정하게 숙인 채 뒷걸음쳐 연훈산관에서 물러났다.
 주위를 물리치고 건륭이 시계를 보니 신시(申時) 말경이었다. 몸을 움직여 뻐근한 근육을 풀며 건륭은 연훈산관을 나섰다. 정전 뒷문으로 나와 조벽(照壁)을 빙 돌아서 가니 불당(佛堂)의 화원(花園)과 이어져 있었다. 가운데에 연못과 가산(假山)이 있고, 그 사이로 졸졸졸 흐르는 시냇물이 띠처럼 낭하며 방사(房舍)들을 감싸며 하얗게 두르고 있었다. 사방의 방사들은 낭하로 이어져 있고, 붉은 난간이 둘러쳐져 있는 건물마다 커다란 통유리가 이색적이었다. 유리 안쪽엔 매미날개처럼 얇은 사장(紗帳)이 걸려있어 신비스러운 분위기를 자아냈다. 건륭의 어가를 따라 온 후궁들이 머물러 있는 곳이었다. 동쪽 별채에는 순비(淳妃) 왕씨(汪氏)가, '정운유심(靜雲幽深)'이라는 편액이 걸려 있는 정전(正殿)은 황후가 기거하는 곳이었다. 열몇 칸 정도 되는 서쪽 별채엔 귀비(貴妃)인 나라씨와 뉴구루씨가 있었다. 이 두 사람은 평소에도 법석대는 걸 좋아하여 북경의 대내에 있을 때는 궁궐 안에서 수많은 조류(鳥類)와 고양이와 개 등을 길렀었다. 그러나 조용히 칩거하는 걸 즐기는 황후와 가까이 있으니 동물을 가까이할 수가 없었다.

그 시각, 황후를 제외한 셋은 뉴구루씨 방에서 지패놀이를 하며 시간을 보내고 있었다. 뭐가 그리 우스운지 깔깔대며 배꼽을 잡던 왕씨가 태감 왕례를 앞세우고 나타난 건륭을 발견하고는 후닥닥 자리에서 일어나 옷매무새를 단정히 하며 황급히 아뢰었다.

"폐하께서 납시었소. 어서 지패를 치우시오!"

경황없이 온돌을 내려서니 나라씨와 뉴구루씨도 황급히 지패를 내던지고 머리에서부터 옷을 쓸어 내리며 다급하게 밖으로 달려 나와 돌계단 앞에서 무릎을 꿇었다. 그리고는 애교가 철철 넘치는 앵성연어(鶯聲燕語)로 문후를 올렸다.

"강녕하시옵니까, 폐하!"

"다들 일어나게!"

건륭이 얼굴 가득 미소를 머금고 머리를 끄덕였다. 그런 다음 부채 끝으로 가리키는 시늉을 하며 물었다.

"보아하니 또 지패로 점괘를 봤던 게로군! 황후에게는 문후를 올렸나? 왕씨, 자네는 주방 일을 책임졌으니 말인데 황후가 오늘 저녁에는 뭘, 어떻게, 제대로 들던가?"

땅에서 일어나자마자 다시 몸을 두 번 낮춰 예를 갖추며 왕씨가 공손히 아뢰었다.

"황후마마께오선 오늘 유난히 즐거워하시며 춘권(春卷) 두 개에 멥쌀죽을 한사발 다 비우셨사옵니다. 노비(奴婢)의 음식솜씨를 치하하시며 반찬도 양껏 드셨다고 하옵니다. 선(膳)을 물리시고는 황자(皇子)들의 글공부 실력을 시험해보겠다고 하시며 황자들을 부르셨사옵니다. 지금 들리는 저 소리는 마마께서 황자들에게 국어를 가르치고 계시는 글 읽는 소리이옵니다!"

그제야 건륭이 잠시 귀를 기울여보니 과연 동난각에서 낭랑하게 글 읽는 소리가 어렴풋이 들려왔다. 흡족한 미소를 지은 채 안으로 발걸음을 떼어놓으며 건륭이 말했다.

"황후는 주자(廚子, 주방장)인 정이(鄭二)가 만든 음식이 입에 맞는다고 하던데, 정이는 어디 한수 배우러 갔나 보네?"

그러자 왕씨가 얌전히 웃어 보이며 낮은 목소리로 말했다.

"폐하께오선 신선(神仙)이나 다름이 없으시옵니다. 정이는 마마께오서 즐겨 드시는 요리를 한 가지 더 배워 오겠노라며 잠깐 나갔사옵니다."

건륭이 머리를 끄덕이며 들어서니 벌써 인기척을 들은 황후가 난각까지 나와 있었다. 삼황자 영기(永瑾), 사황자 영경(永璟)이 온돌 앞에 무릎을 꿇고 있었다. 덩치가 산 같고 앞가슴이 큰 호박과도 같은 유모가 황후의 차남(次男)인 영종(永琮)을 껴안고 득의양양하여 그 옆에 서 있었다. 황후가 더할 나위 없이 애지중지하는 차남 영종을 보살필 때는 황제의 면전일지라도 무릎을 꿇지 않아도 된다는 지의가 있었으니 턱을 쳐들고 의기양양해할 법도 했다.

건륭이 자리에 앉기 바쁘게 내니(睞妮)는 더운 물수건을 받쳐 올렸다. 그리고 조심스레 찻잔을 들어 청옥(靑玉)으로 만들어진 책상 위에 올려놓았다. 가까이에서 유심히 내니를 뜯어보던 건륭이 말했다.

"내낭(睞娘)이라 부를 법도 하네. 두 눈이 크고 맑아 정신이 번쩍 드는 걸? 전족(纏足)을 풀었나? 걷는 데는 문제없고?"

"아뢰옵니다, 폐하!"

몸이 땅에 닿도록 한껏 낮추며 건륭의 칭찬에 얼굴을 붉힌 내낭이 기어 들어가는 목소리로 말했다.

"처음 며칠은 날아갈 듯하여 걸음걸이가 오히려 불편했사옵니다. 하오나 지금은 황후마마의 분부대로 전족을 풀길 참으로 잘했다는 생각이 드옵니다!"

말을 마친 내낭이 장막 뒤로 가더니 빨간 진주같은 대추를 가져다 찻잔 속에 조심스레 떨어뜨렸다. 그리고는 말했다.

"대추는 자양안신(滋養安神)에 좋다고 들었사옵니다. 폐하께오서 밤늦게까지 상주문을 어람하시느라 늘 잠을 놓치시어 숙면을 취하지 못하신다며 황후마마께서 늘 염려하시옵니다. 이걸 좀 드셔보시옵소서……."

건륭이 보기에 내낭의 사과처럼 발그레한 볼은 아직 젖살이 그대로 있는 것같이 귀여웠다. 하는 모양이 대견스럽고 앙증맞은 내낭을 향해 건륭이 웃으며 말했다.

"어린것이 심지가 참으로 곧고 깊구나. 될성부른 나무는 떡잎부터 알아본다더니, 주인을 섬기는 정성이 이토록 갸륵하니 짐은 대단히 흐뭇하구나! 다들 들었겠지? 괜찮은 아이인 것 같네. 철은 들었어도 아직은 어리니 밤을 새우게 하지 말고 잘 보살펴주도록 하게! 애가 영특하여 남다른 애정을 받는다고 시기하고 괴롭혀선

기무정돈(旗務整頓) 159

아니 되겠네!"

그러자 황후 부찰씨가 말했다.

"누가 감히 괴롭히겠사옵니까! 어젯밤엔 밤늦도록 그 작은 손으로 소인의 허리를 주물러주더니 지쳤는지 소인의 품에 엎드린 채 잠들어버리고 말았지 뭡니까? 꼬부리고 쌔근거리는 모습이 꼭 갓난 고양이 같았사옵니다. 업어가도 모를 것처럼 자다가도 조금만 인기척이 들리면 벌떡 일어나 앉곤 하는 영리한 아이이옵니다!"

황후가 흡족해하니 건륭도 대단히 만족스러웠다. 자못 화기애애한 분위기 속에서 입가에 미소가 떠날 줄 모르던 건륭이 그제야 황자들에게로 시선을 돌렸다.

"짐이 요즘 여력이 없어 너희들의 공과(功課)를 직접 챙기지 못하는데, 스승인 장조(張照)가 늙어 너희들이 종학(宗學)으로 옮겨와 글공부를 한다고 들었다. 듣자니 영기는 요즘 들어 청의(青衣, 젊은 여자 역할을 하는 남자 배우)에게 관심을 보이고, 영경이는 동추(銅錘, 경극(京劇)의 배역 중 하나. 발성에 중점을 둠)를 배우고 있다고 들었네. 어쨌든 무엇인가에 매료된다는 건 좋은 일이야! 짐은 너희들만 할 때 하루에 두 시간씩 무예를 익혀 웬만한 시위들도 짐의 상대가 못 됐을 정도로 실력이 대단했었지! 그밖에 책 읽고 글을 쓰는 데만 네 시간 넘게 공을 들였어. 그러니 어디 놀 시간이 있었겠어? 열심히 하거라, 짐이 시위들을 불러 사람들 많은 데서 창피를 주기 전에!"

영기와 영경은 둘 다 나라씨의 소생이었다. 아이들이 고개를 떨구고 훈계를 받자 이를 지켜보던 나라씨의 얼굴이 삽시간에 귀밑까지 붉어졌다. 이에 황후가 급히 나섰다.

"영기, 영경 두 황자가 태감을 따라 제때에 종학에 나오고 배움에도 게을리 하지 않는 것이 참으로 대견스럽사옵니다. 사서(四書)도 제법 잘 외우옵니다. 용생구종(龍生九種)이라고, 종학엔 그 혈통이 의심스러운 아이들도 더러 있사옵니다. 북경으로 돌아가 삼복(三服) 이내의 가까운 종친들의 자제들은 훌륭한 스승을 모셔 육경궁(毓慶宮)에서 따로 글공부를 하게 해주십사 폐하께 주청올리려던 참이었사옵니다."

건륭이 알겠노라고 짧게 대답하고는 덧붙였다.

"국어(國語, 만주어) 공부를 열심히 하는 것 같던데, 영기 네가 먼저 말해보거라. 뿌다, 뿌다가 무슨 뜻인지?"

"아뢰옵니다, 아바마마! 뿌다는 밥[飯]이라는 뜻이옵니다."

"황궁은 국어로 뭐라고 하지?"

"어얼둬라고 하옵니다."

"교활한 사람은?"

"싸커싼이옵니다."

"아낀다는 뜻은?"

"거스라 하옵니다."

"보리[麥]는?"

"……"

"기장[黍]은?"

"……"

"베[布], 베는 국어로 어찌 읽나?"

건륭의 낯빛이 차츰 변해가기 시작했다. 등뒤의 찻잔을 집어드는 사이 급히 고개를 맞대고 속닥대던 두 황자가 건륭의 무서운 눈빛에 흠칫하며 떨어져 앉았다. 겁에 질린 모습으로 영기가 머뭇

기무정돈(旗務整頓) 161

거리며 입을 열었다.
"아…… 아바마마! 베의 독법은 '치[漆]'이옵니다!"
건륭이 싸늘한 표정으로 냉소를 터트렸다.
"세상에 둘도 없는 난형난제(難兄難弟)로군! 스무 개를 물었나, 백 개를 물었나? 그것도 몰라서 숙덕대며 부정을 저질러? 영경이 넌 영기를 가르쳐주는 걸 보니 한 수 위라는 뜻인데, 그럼 이번엔 네가 대답해보거라."
이에 당황한 영경은 이내 울상을 지었다.
"잘못했사옵니다, 아바마마! 용사(容赦)해 주시옵소서."
"진주는?"
"니추허라 하옵니다."
"흑진주는?"
"터우라 하옵니다."
"국어로 '차라'는 뭐지?"
"술주전자이옵니다."
"아러진은?"
"아러진…… 아러진, 뭐지? 아러진……."
영경이 뒤통수를 긁적이며 오만상을 찌푸려 기억을 더듬었다. 연신 '아러진'을 중얼거리던 영경이 그제야 떠오른 듯 두 눈을 반짝이며 소리치듯 자신있게 말했다.
"아! 마하어(瑪哈魚)이옵니다!"
큰일을 치르고 난 듯 씩씩대며 거친 숨을 몰아쉬는 영경을 보며 건륭이 피식 웃었다. 그리고는 다시 물었다.
"어썬, 국어로 어썬이 무슨 뜻이야?"
뜨악한 표정을 지으며 어미인 나라씨를 바라보던 영경이 잠시 망설이더니 자신 없는 표정으로 답했다.
"고기그릇……이옵니다!"
"이것들이 공부를 어디로 한 거야!"
건륭이 갑자기 추상같이 노하며 버럭 고함을 내질렀다. 주먹으로 힘껏 책상을 내리치자 그 바람에 비취반지가 두 조각이 나 저만치 나가떨어지고 말았다.
"이런 엉터리같은 자식들을 봤나! 마하어니 고기그릇이니 입안에 쑤셔넣는 건 잘 알면서 나머지는 어찌 다 틀릴 수가 있단 말이야!"
"아바마마……"
두 아들은 사색이 되어 죽어라 머리를 조아릴 뿐이었다.
"짐이 여태 물었던 단어들 중에서 맞는 건 두 개밖에 없었어. 그래도 공부를 했다고 우길 거야? 썩 물러가! 썩!"
그 떠나갈 듯한 고함소리에 유모의 품에 안겨 곤히 잠들어있던 영종이 선잠에서 깨어나 "으앙!" 하고 울음을 터뜨렸다. 영기와 영경은 소란한 틈을 타 벌써 어디론가 사라지고 없었다.
유모가 다시 영종을 다독거려 재웠다. 그때까지도 화를 참지 못해 연신 부채질을 하고 있는 건륭에게로 조심스레 다가간 황후가 부드럽게 위로의 말을 건넸다.
"그만 고정하시옵소서, 폐하! 화기(火氣)가 성하면 건강을 다칠 염려가 있사옵니다. 아이들이 잘못을 뉘우쳤으니 조금만 더 지켜보시죠. 요즘 국어를 할 줄 아는 만인이 몇이나 되옵니까? 국어 하면 어얼타이온데, 그 세 아들이 대신(大臣)이라는 뜻도 몰라 엊그제 한바탕 난리가 났었나 보옵니다. 두 귀비의 체면도 있고 하니 그만 화를 푸시지요, 폐하……"

황후의 거듭되는 위로에 겨우 분을 가라앉힌 건륭이 깊은 한숨을 토해냈다.

"후유! 짐이 괜히 이러나, 저들의 앞날을 위해 이리 노심초사하는 게 아닌가? 다들 복에 겨워 있군! 짐이 성조의 꽁무니를 좇아다닐 땐 여섯 살밖에 안 됐었네. 누구 닦달하는 이 하나 없어도 사경(四更)이면 어김없이 일어나 국어에 몽고어(蒙古語), 조선어(朝鮮語)에 일본어(日本語)까지 입이 닳도록 외우고 또 외웠지. 어디 그뿐인가, 방언이 심해 외국말이 따로 없는 민남어(閩南語, 복건성 남부지방의 언어), 광동어(廣東語)까지 섭렵하지 않은 구석이 없었어. 그날 분량을 익히지 못하면 아침밥도 안 먹었었지! 그런데, 지금의 황자들은 개싸움, 닭싸움 시키는 데만 정신이 팔려 저 나이가 되도록 아직 가장 기본적인 국어단어도 못 익혔으니 실로 개탄스러운 일이 아닐 수 없네……. 쥐구멍 찾을 거 없네, 뉴구루씨! 앞으로가 더 중요하니, 지금부터라도 애들 관리 좀 잘하게."

건륭이 유모의 품에 안겨 있는 영종을 가리키며 말을 이어나갔다.

"저 아이도 마찬가지로 엄하게 키워야 하네. 전명(前明)처럼 주지육림(酒池肉林)에만 빠져 허우적대는 무지렁이같은 황자들을 우리 대청은 절대 용납할 수가 없네. 영기도 영경이도 자질은 괜찮은 아이들이니 어른들이 좀더 신경을 써야겠네. 옥도 갈고 닦지 않으면 물건이 되지 않는 법이네. 저 아이들이 현왕(賢王)이 되어야 장래에 이 갓난아이들을 잘 보필하지 않겠나! 1년 내에 만어(滿語)를 다 떼고 국어로 책론을 써올리게끔 하게. 그렇지 못할 시에는 패륵(貝勒)자리조차 넘볼 수 없을 거라고 단단히 일러두게!"

황후와 뉴구루씨 앞에서 자신의 두 아들을 사정없이 몰아붙이는 건륭에게 잠깐 고까운 마음이 들었으나 나라씨는 애써 내색하지는 않고 재빨리 공손하게 몸을 낮추며 말했다.
　"폐하의 훈회가 천만 지당하시옵니다. 황자들이 크게 장성하길 소망하시는 폐하의 깊은 뜻을 알겠사옵니다! 소인은 반드시 폐하의 훈회를 명심하여 황자들을 올바른 길로 인도함으로써 장래에 태자마마를 훌륭히 보필하는 태평정국왕(太平定國王)이 될 수 있도록 쾌마가편하겠사옵니다!"
　건륭의 얼굴에 서서히 화색이 돌기 시작하자 때를 놓칠세라 황후가 웃으며 입을 열었다.
　"승덕에 당도하신 후 폐하께오선 아직 황자들을 정식으로 접견하시진 않으셨사옵니다. 크게 야단맞고 돌아간 황자들이 마음을 다치지는 않았을까 소인은 염려스럽사옵니다. 신하들을 대함에 있어선 선제에 비해 훨씬 참을성이 있어 보이는 폐하께오서 정작 당신의 귀한 혈육에겐 지나치게 엄하신 것 같사옵니다. 곤히 잠들어 있는 막내까지 경기(驚氣)들게 하시고······."
　"이것도 조상 대대로 대물림 받은 가법이라네."
　건륭은 어느새 웃음을 머금고 있었다.
　"내리사랑이라고 하더니, 성조께선 손자인 짐은 무릎에 올려놓고 애중히 여기시는 분이셨지만 듣자니 아들인 선제는 한 번도 품어 안으신 적이 없다고 하지 않소. 선제께서도 짐에겐 엄하셨어도 영련(永璉, 큰황자)이나 다른 황손(皇孫)들에겐 끔찍하셨지. 짐도 나중에 황손이 생기면 여간 귀여워하지 않을 것 같소. 아! 좋은 거 보여줄 게 있었는데, 길길이 날뛰느라 깜빡했군!"
　그제야 생각이 난 건륭이 소매 속에서 종이 한 장을 꺼내어 펼쳤다.

 "서양, 동양을 막론하고 여러 나라에서 사절단을 보내어 공납한 물품목록이오. 몽고왕들이 가져온 물건도 있소. 황후가 봐서 남기고 싶은 물건이 있으면 정해두고 나머지는 상으로 내리거나 입고(入庫)시키면 되겠소. 일단 입고시키면 다시 취하기가 번잡스러워지고 괜한 오해를 살 소지도 있으니 먼저 택하라는 거요."

 부찰씨가 종잇장을 건네 받아 훑어보니 좁쌀 같은 글씨가 빽빽이 적혀 있었다.

> 큰 산호구슬 739개, 전신거울 2백 개, 호박(琥珀) 2백 40개, 광폭(廣幅) 비단 150필, 중폭(中幅) 비단 1천 필, 금실로 짠 융단 40장, 조우단(鳥羽緞) 40필, 녹왜단(綠倭緞) 1백필, 꽃무늬 비단 50필, 꽃무늬 흰 천 2천 9백 필, 채색직포(采色織布) 150필, 자명종 15개, 유리등 30개, 촛대 10개, 정향(丁香) 30지게, 빙편(氷片) 3백 20근, 장조림 40항아리, 도금상자 10개, 장미화유(薔薇花油)·단향유(檀香油)·계화유(桂花油) 각각 10항아리씩, 포도주 20통, 상아 10개, 도금된 마총(馬銃) 20자루, 채색허리띠 2백 개, 작은 마총 27자루, 양쪽에 날이 있는 칼 20자루······.

 부찰씨가 빠르게 훑어보니 족히 수천 가지는 넘을 물건들이 그 나라 국왕의 이름자 밑에 나열되어 있었다. 나라씨와 뉴규루씨가 못내 궁금해하며 먼발치에서 황후의 손에 들려 있는 물품목록을 뚫어지게 바라보고 있었다. 황후가 빙그레 웃으며 그 종잇장을 두 사람에게 건네주었다. 그리고는 건륭을 향해 말했다.

 "딱히 욕심나는 물건은 없사옵니다. 폐하께오서 야간에 주장

(奏章)을 많이 읽으시니 소인은 촛대 몇 개에 궁녀들에게 상으로 내릴 비단이나 대여섯 필 있으면 족하겠사옵니다. 왕씨네는 아직 젊어 알록달록 화려한 걸 좋아할 것이오니 많이 골라두는 게 좋겠사옵니다."

귀비 둘과 순비 등 세 명의 빈비들은 눈에 쌍심지를 켜고 허겁지겁 종잇장을 들여다보았다. 황후보다 열배는 더 자세히 훑어보는 것 같았다. 솔직히 병기만 빼곤 욕심나지 않는 게 없었다. 그러나 그다지 물욕이 없는 황후와 비교될 정도로 탐욕스러움을 보일 수는 없었는지라 눈요기만 할뿐 감히 이것저것 챙기지는 못하고 있었다.

어느새 깨어난 영종이 머루 같은 두 눈을 반짝이며 아비 건륭을 바라보고 있었다. 눈길이 마주친 건륭이 순간 자상한 미소를 지으며 유모를 불러 아이를 안고 오게 했다. 그러나 여전히 받아 안지는 않고 그저 손가락으로 볼을 쓸어내리며 물었다.

"아가야, 말문이 터졌어? 아바마마라고 불러봐!"

신기하게도 어린 영종은 눈을 깜빡이며 건륭에게서 오래도록 눈길을 뗄 줄 몰랐다. 혀를 쫑긋 내밀고 건륭을 향해 방긋방긋 웃어 보이던 영종의 조그마한 입에서 드디어 놀라운 한마디가 튀어나왔다.

"아바마마 만세!"

"하, 고것이! 벌써 군신의 예도 갖출 줄 아네! 형들보다 백배는 낫군!"

대견스러움에 어쩔 줄 몰라하는 건륭의 얼굴에는 화색이 만면했다. 싱글벙글하며 실눈을 뜬 채 건륭이 말했다.

"짐이 왜도(倭刀) 하나를 상으로 내리겠다! 유모한테는 무늬없는 비단 1필과 꽃무늬 비단 10필을 하사하겠네! 풍채가 있어 비단 옷을 입으면 유난히 눈에 띌 거네."

유모까지 두둑이 챙기는 건륭을 보며 세 명의 빈비들은 더 이상 눈치볼 새 없이 종잇장을 낚아채듯 밀고 당기며 손가락을 찍어댔다. 백옥 화장대니 금실 비단이니 단향목 대야 받침대니…… 저마다 가격이 만금(萬金)은 넘을 물건들을 선택했다. 그럼에도 성에 차지 않는지 건륭과 황후의 눈치를 힐끗힐끗 살피며 손가락이 오르락내리락 하는 것이었다. 황제의 면전에서 자신들의 얼굴에 죽죽 먹칠을 해대면서도 건륭에게 낙인찍히고 있다는 사실을 전혀 모르는 체통 없는 세 빈비를 보며 황후가 애써 부드러운 표정으로 말했다.

"물건은 아무리 좋아도 신외지물(身外之物)이네. 탐심(貪心)이 너무 성하면 남을 욕되게 하고 자신을 해치게 되니 적당히 하게. 어느 면전인지 그새 잊진 않았겠지?"

차분하게 아랫사람을 타이르고, 그릇된 언행을 제때에 꼬집기는 하되 늘 부드러운 표정인 황후를 흡족하게 바라보며 건륭이 머리를 끄덕였다.

35. 몽고 꼬마

전도(錢度)가 건륭을 배알하는 날짜는 하루, 이틀 밀리다보니 벌써 6일이 흘렀다. 갑갑한 마음에 전도가 안절부절못하고 있을 때 7일째 되던 날 오후, 푸헝의 마름인 왕씨가 역관으로 헐레벌떡 달려와 고했다.

"푸상께서 어르신더러 즉각 패찰을 건네고 연파치상재 앞에서 대령하라 하셨습니다."

전도가 차를 내어오려 하자 왕씨가 시계를 꺼내보며 사양을 했다.

"유시(酉時)까지 가서 보고 올려야 합니다. 저희 집은 가법(家法)이 군대와 마찬가지로 엄하거든요. 시간을 어겼다간 가차없이 멀리 흑룡강(黑龍江)으로 3년 동안 유배를 보내버린단 말이에요."

말을 마친 왕씨는 숨돌릴 새도 없이 말을 타고 흙먼지를 뽀얗게 일구며 달려갔다. 말로만 듣던 푸헝의 가법에 적이 놀라며 전도는 지체할세라 서둘러 조복(朝服)으로 갈아입고 의관을 정제한 다음 수레를 타고 산장으로 향했다. 패찰을 건네고 산장 안으로 들어선 그는 곧 태감의 안내를 받으며 연파치상재로 발걸음을 재우쳤다. 정전과 몇백 보 떨어진 곳에 또 중문(重門)이 하나 있었는데, 그곳은 건청문(乾淸門)의 시위들이 지키고 있었다.

태감이 시위에게 전도의 차사를 말하고는 대문 안의 통로를 가리키며 전도에게 말했다.

"전 여기서 걸음을 멈춰야 합니다. 이 길로 쭉 들어가면 다섯 개 짜리 기둥이 있는 대전(大殿)이 보입니다. 거기가 바로 연파치상재입니다."

전도가 대문 안으로 들어가 정전에 다다르니 대여섯 명의 관원들이 오구수(烏桕樹) 밑에서 차례를 기다리고 있었다. 그 속에서 어싼과 장우공(莊友恭)을 발견한 전도가 다가가서 공수(拱手)를 했다.

"두 분 어른도 오셨소? 폐하께선 안에 계시오?"

장우공과 어싼은 둘 다 말수가 적고 내성적이었다. 장우공은 그래도 과거 준비를 할 때와 말단관리 시절에 전도와 왕래가 잦았던지라 반색을 하며 다가왔지만 어싼은 그저 희미하게 웃을 뿐이었다. 장우공이 먼저 말을 했다.

"폐하께선 저쪽 편전에서 처링 부(部)의 몇몇 왕들에게 연회를 베풀고 자리를 같이 하고 계시오. 그 밖에 황의라마(黃衣喇嘛), 홍의라마(紅衣喇嘛)도 자리하고 있는 걸로 아는데, 푸상이 나오면 연회가 끝났다고 볼 수 있지."

전도가 좌우를 두리번거렸다. 낯선 얼굴들은 아니었지만 딱히 안면은 없는 사람들이었는지라 마음놓고 얘기할 수가 없었다. 그저 장우공과 한마디씩 주거니받거니 시간을 때우며 전도가 말했다.

"폐하께오서 이 네 명의 서몽고 왕들에게 이같이 후한 대접을 해주시리라곤 생각지도 못했소. 일주일동안 여덟 차례씩이나 대연(大宴)을 베푸셨으니 놀랍지 않소? 자고로 어느 신왕(臣王)이 이 같은 특별대접을 받아봤겠소!"

이에 장우공이 맞장구를 쳤다.

"그러게 말이오! 여러 왕들도 감지덕지하여 제정신이 아니라오. 어제는 황금 3백 냥을 내어놓으며 기윤더러 자기네들의 만분감은(萬分感恩)을 담은 금빛 찬란한 성송(聖頌)의 문장을 써달라고 청을 했다지 뭐요. 기윤이 아주 밤을 새어가며 기가 막히게 써줬나 보더라고!"

웃으면서 장우공을 향해 고개를 돌리던 전도의 얼굴에 일순 긴장하는 빛이 감돌았다. 편전의 시위들과 태감들이 우르르 몰려나와 서둘러 돌계단 밑에 줄을 서는 모습이 보였던 것이다.

"폐하께서 내려오시려나 보네!"

연회가 끝났을 거라고 짐작한 전도가 이같이 말하는 사이 벌써 궁전을 나서는 푸헝의 모습이 보였다. 그 뒤로 우명당, 류통훈, 기윤이 우르르 달려나와서 푸헝의 아랫자리에 줄을 섰다. 이어 동주왕관(東珠王冠)을 쓴 네 명의 서몽고 왕들이 허리를 굽혀 뒷걸음쳐 물러나고 있었다. 전도가 웃으며 나직이 말했다.

"술을 적잖이 마셨을 텐데, 저렇게 뒷걸음치다 행여나 계단에서 넘어지는 날엔 어떡하지?"

"이런 자리에서 무슨 술을 그리 마셨을라구!"

몽고 꼬마 171

어싼이 혀로 입술을 축이며 말을 이었다.
"은전(恩典)이니 만큼 체면과 존영(尊榮)을 먹는 자리인데, 모르긴 하지만 우리보다 더 배를 곯았을 거요……."
말을 마치지도 못하고 어싼은 뚝 입을 다물었다. 커얼친 왕이 건륭의 시중을 들며 나오고 있었던 것이다. 네 왕들은 급히 무릎을 꿇어 다시금 사은을 표하며 두 손을 맞잡아 머리 위에 올려 공수하면서 그만 걸음을 멈춰줄 것을 건륭에게 간청했다. 흐드러진 국화꽃같은 웃음을 띄우며 건륭이 말했다.
"며칠동안 여러분들도 고단했을 거네. 하지만 여러분들이 북경으로 가서 태후부처님을 알현하고 싶은 마음이 그토록 간절하다면 짐은 굳이 만류하지는 않겠네. 부처님께선 즐겁게 법석대는 자리를 좋아하시니 가무(歌舞)에 능하고 마두금(馬頭琴)을 잘 타는 풍각쟁이들을 데리고 가서 태후마마께 즐거움을 선사하고 오게. 예물은 마음이 중요하니 무리하지는 말게. 우명당이 안내할 것이네. 자제들을 북경으로 보내어 글공부시키고 싶으면 그것도 윤허할 테니, 어려운 점이 있으면 저 사람에게 말하여 해결토록 하세. 이번 나다무 대회에 같이 할 수 없어 그게 좀 유감이긴 하지만 내년을 기약하세!"
통역관으로부터 건륭의 말을 전해들은 왕들은 다시금 머리를 조아리며 알아듣지도 못할 몽고어를 한수레 쏟아놓고서야 조심스레 물러갔다. 커얼친 왕도 예를 갖추고 물러갔다.
한참동안 그들의 뒷모습을 바라보며 서 있던 건륭이 편전으로 돌아가지 않고 연파치상재를 향해 발걸음을 떼었다. 궁전 입구에 서 있던 신하들이 일제히 무릎을 꿇었다. 뚜벅뚜벅 건륭의 발소리가 멀어져가고 잠시 후 기윤이 나와 큰소리로 지의를 전했다.

"열하도통(熱河都統), 카라친 좌기도통(左旗都統), 카라친 우기도통(右旗道統), 장가구(張家口) 대영장군(大營將軍)과 부장(副將)은 궁전으로 들고 나머지 어싼, 장우공, 전도는 나를 따라 오시오."

전도는 그제야 알 듯 말 듯한 사람들이 전부 무장(武將)들임을 알 수 있었다. 그는 서둘러 발걸음을 옮겨 기윤을 따라 정전의 서쪽 별채로 갔다.

기윤은 세 사람을 나무걸상으로 안내하였다. 하지만 정작 본인은 아래 좌석에 앉았다. 그리고는 말했다.

"이곳은 무장들이 들어간 곳과는 달라서 접대할 차나 간식이 없으니 이해해주오. 이 자리에서 먼저 차사에 대해 간단히 보고를 올리고 좀 있다 폐하를 알현하는 자리에선 육부에서 처리하기 어려웠던 일만 아뢰길 바라오."

세 사람은 서로를 번갈아 보았다. 셋 중에서 관직이 가장 높은 사람은 어싼이었다. 어얼타이의 종질(從姪)인 그는 러민과 대등할 정도로 은음(恩蔭)을 입어 벌써 지부(知府)가 되어 있었다. 게다가 연관(捐官)이 아닌 시험을 치러 당당히 합격한 진사 출신이었고, 하공(河工)의 총책을 맡고 있는지라 실권은 순무(巡撫)보다도 조금 더 높았다. 그런 사람이 군기처의 새내기 장경에게 업무보고를 올리자니 내키지 않는 건 어찌 보면 당연했다. 애써 불편한 심기를 감추며 어싼이 물었다.

"푸상과 연청(延淸, 류통훈의 호)은 들어오지 않고 우리끼리만 하는 거요?"

"그분들은 달리 급한 용무가 있어 이 자리에 참석하실 수 없소." 척하면 삼천리를 꿰뚫어 보는 기윤이 벌써 어싼의 마음을 엿본 눈치였다. 대수롭지 않게 웃으며 기윤이 덧붙였다.

"푸상께선 추렵 준비에 바쁘시고 연청 어른은 올해 추결(秋決, 가을에 실시하는 사형)에 대해 폐하께 주청올리고 있소. 그런 연유로 폐하께서 이 사람더러 여러분의 보고를 들어보라고 하셨소."

어싼이 머리를 끄덕였다. 잠시 침묵하던 그가 무거운 입을 열었다.

"하독아문(河督衙門)이라도 북경에 있지 않고 이쪽에 있으니 오늘 한번 다녀왔소. 안휘성(安徽省)에서 산동성(山東省)으로 이어지는 곳의 운하가 충적된 진흙으로 인해 하상(河床)이 많이 올라와 있었소. 백여 리에 걸친 구간이 정도가 좀 심하여 배가 만근 이상을 적재할 수 없다 하오. 만근이 넘으면 사람을 사서 끌어야 하니 인부 하나에 하루에 공전(工錢) 두 냥씩 내어주더라도 건기(乾期)엔 은자가 십 몇만 냥이 더 필요한 실정이오. 북경의 쌀값이 뛴 것도 바로 이 때문이오. 황하(黃河)와 운하(運河)가 만나는 청강구(淸江口)에도 하상이 해마다 높아져 인력으로 퍼내고 있소. 전에는 근보(靳輔)와 진황(陳潢) 두 선배가 심혈을 기울여 만들어 놓은 몇십만 경(頃)의 학전(涸田, 수년간 물에 잠겨 임자가 없는 비옥한 땅)이 있어 어려울 때마다 조금씩 팔아 한몫 막곤 했었는데, 이제는 그것도 1백만 무(畝) 정도밖에 안 남았소. 1무당 관가(官價)로 은자 다섯 냥씩 받고 판다고 해도 7백만 냥밖에 안 되오. 앞으로 2년을 더 버티려고 해도 2백 40만 냥이 모자라는 실정이오. 그때 가서 말하는 것보다는 미리 말해두는 게 조정에서 일년 계획을 짜는데도 도움이 될 것 같아 어려운 입을 뗐소."

본인이 맡은 바에 있어선 자신감이 충만되어 있는 어싼은 이밖에도 각 지역의 조운(漕運)이 막혀있는 실정을 숨돌릴 새도 없이 반시간 동안이나 상세히 들려주었다. 그리고는 한가지 더 덧붙였다.

"현재 조운의 순항을 보장하는 옹(翁), 전(錢), 반(潘) 세 갈래의 청방(靑幇) 세력이 조정에 잘 협조해주고 있어 예전처럼 식량이 도둑들과 기민(饑民)들에게 강탈당하는 현상은 거의 없소. 그러나 이들 청방들이 조운이 통과하는 각 지역의 부두에 나름대로 사람들을 심어두고 있어 비용이 만만찮게 들어가오. 방금 보고 올린 어려움을 해결하고 청방들의 활동경비까지 챙겨주려면 적어도 해마다 은자 5백만 냥의 지원이 없이는 불가능할 것 같소. 현재의 4백 50만 냥에서 50만 냥만 추가지원이 필요하다는 얘긴데, 폐하의 지의가 없인 호부에서 하공(河工)에 내어줄 리가 만무하다 생각하오."

묵묵히 오래도록 생각에 잠겨 있던 기윤이 답했다.

"호부에서 해마다 4백 50만 냥씩 내려보내는 건 사실이오. 그런데, 해관(海關)에서도 직접 건너가는 돈이 있지 않소. 그리고 땅을 매각한 돈도 있고! 그러니, 현재 수중에 있는 돈이 얼마며 앞으로 얼마나 더 필요한지를 잘 생각해두었다가 폐하께 조목조목 잘 주해 올리기 바라오. 하공에서 해마다 적어도 7백 50만 냥씩은 지출한 걸로 알고 있는데, 지출내역을 상세히 보고 올리는 게 좋겠소. 50만 냥 추가지원 사항에 대해선 내 주머니를 털지 않는 이상 내가 왈가왈부할 바는 아니고, 폐하께서 요즘 하공의 지출이 과다하다고 지적하셨으니 더 필요하다면 그 동안의 내역서를 첨부하는 게 좀 설득력이 있지 않을까 싶어서 그러오. 학전(涸田)을 파는 것도 그렇소. 요즘 내가 경황이 없어 미리 알려주지 못했는데, 1무(畝)당 5냥이면 거저 주는 거나 다름없소. 서리(胥吏)들이 손가락 하나 까딱하지 않고 앉아서 되넘기는 데만 스무 배의 폭리를 취하고 있소. 그렇게 중간다리를 몇 번 더 걸치면 최종가격은 1무당 70냥, 심지어 가장 금싸라기인 땅은 7백 냥까지 간다고 하오. 5냥은 근보, 진황이 정해놓은 가격이고, 현실엔 맞지 않는 가격이지. 이는 누가 봐도 어싼 공(公)의 잘못이 아니니 개중의 폐정(弊政)에 대해 논할 필요는 없겠소. 폐하의 심기를 불편하게 만들 테니까!"

"고맙소, 이리 신경을 써 주시니."

기윤의 관심 어린 조언을 호의로 받아들인 어싼이 감명을 받은 듯 그제야 자리에서 일어나 읍해 보이며 말했다.

"경기(京畿) 지역의 몇몇 지류(支流)가 골치를 썩여 해마다 그쪽에만 박혀있다 보니 하공에도 이런저런 폐정이 많다는 걸 미처 짚어내지 못했소. 정말 우매하기 그지없소."

"우매하다니? 누가 감히 어싼 공더러 우매하다고 하겠소!"

기윤이 연신 두 손을 내흔들었다. 그리고 웃으면서 입을 열었다.

"경기의 그 몇 갈래 지류가 어디 웬만한 골칫거리요? 상류지역의 영향에서 벗어나지 못하다 보니 툭하면 홍수가 기승을 부리고 제방을 쓸어낸 세월이 2백 년을 넘었다고 하지 않소! 전에는 북경성이 해마다 물난리를 겪어 홍수, 전염병과의 전쟁이 심각했는데, 어싼 공과 책오륜(策五倫) 아우가 부임하고부터는 몇 년 동안 말썽꾸러기들이 눈에 띄게 고분고분해졌다고 하시며 폐하께서 누누이 치하하셨는걸!"

말을 마친 기윤은 문어귀로 걸어가 밖을 내다보았다. 접견이 끝나 물러난 장군들이 계단을 내려오고 있었고, 푸헝이 손짓을 하는 게 보였다. 그러자 자리로 돌아온 기윤이 말했다.

"어공(어싼)과 장공(莊公, 장우공) 두 분은 지금 건너가시면 되겠소."

어느새 날이 어두워졌다. 꼬마 태감더러 등불을 밝히라 분부하고 난 기윤은 곧 전도와 마주앉았다.

기윤과 전도는 오랜 지인(知人)이었다. 북위(北闈) 시험을 치르기 전에는 늘 함께 술잔을 기울이며 시도 읊고 문장도 논하곤 했었다. 그러다 시험이 끝나고 둘 다 관직에 오른 후 하나는 북경에 남고, 하나는 외임(外任)으로 나가게 되면서부터는 자주 만날 기회가 없었다. 이번에는 참으로 오랜만의 해후였다. 전도가 보기에 기윤은 전보다 훨씬 기품이 있어 보이고 일거수일투족에 여유가 묻어났다. 한참동안 기윤을 뜯어보던 전도가 웃으며 말했다.

"예전엔 연회석상에서 폐하와 대시(對詩)를 하여 이름을 날리고 후에 황후마마의 병을 치료해주어 동네방네 회자될 때도 가까운 사이여서 그리 대단한 줄을 몰랐는데, 오늘 보니 뱃속에 치국경륜(治國經綸)이 가득 찬 것이 대단히 우러러 보이네. 콧대 높은 어싼의 뻣뻣한 목뼈를 부러뜨렸다는 게 우선 예사 재주가 아니요, 성부(城府)도 갈수록 깊어가는 것 같고. 아무튼 나같은 사람은 더 이상 상대가 안 될 것 같아."

전도의 호들갑에 기윤은 그저 조용히 웃기만 했다. 이미 윤계선으로부터 서한을 받아 전도가 남경에서 저지른 불미스러운 행각에 대해 어느 정도 알고 있는 기윤이었다. 과거의 우정을 생각한다면 몇 마디 따끔한 충고를 해주고 싶었다. 그리고 그것이 벗으로서의 도리일 것 같았다. 그러나 말도 많고 탈도 많던 운남동광(雲南銅鑛)을 정상궤도에 올려놓고 생산을 대량으로 늘려 동전의 유통이 몇 배로 급증하는 개가를 올린 전도는 이미 조야(朝野)에서 명성이 자자한 유능한 관리였다. 벗이기 전에 명리(名吏)인 전도에게 차마 속내를 비출 수 없어 기윤은 입가에 맴돌던 말을 삼켜버렸다.

"내가 뭘! 전도, 자네에 비하면 아직 걸음마 하는 어린애인걸! 운남 동정(銅政)에 관해서는 이미 올려보낸 주장을 읽어 알고 있으니 구태여 논할 필요가 없겠소. 방금 하공의 어쌴과 자리를 같이 하게끔 배치한 것은 나름대로 뜻이 있어서였소. 전도, 자넨 이제 곧 호부 시랑으로 발령나게 됐거든. 하공의 지출현황에 대해서도 알아두면 앞으로 참고가 될 것 같아서 말이오."

순간 전도는 흠칫 놀랐다.

"호부라니? 난 형부로 알고 있었는데?"

"처음엔 형부라고 했지. 발령표(發令票)까지 작성해 놓은 상태에서 폐하께오서 생각을 달리하셨던가 보오. 호부의 번잡한 차사엔 전도같은 재주꾼이 필요하다고 하시며 고쳐서 발령을 내셨소."

기윤이 덧붙였다.

"호부에 만인상서(滿人尙書)와 한인상서(漢人尙書)가 각각 한사람씩 있었는데, 정건훈(丁建勛)은 반 년 전에 병으로 죽고, 희조(熙朝, 강희제) 때의 명장 투리천의 친척아우 되는 투리더는 무장(武將) 출신이라 셈에 둔하니 일에 진척이 없다고 하지 않소. 비록 시랑(侍郞) 신분으로 들어가긴 하나 대부분의 부무(部務)를 혼자서 봐야 될 거요. 일인다역을 할 수 있다는 점도 폐하께오서 자네를 유난히 애중히 여기시는 이유 중의 하나라오."

두 손을 마주쳐 딱 소리나게 박수를 치며 좋아라 싱글벙글하려던 전도는 그러나 홀연 가벼운 느낌을 주어선 안 된다는 생각이 뇌리를 스쳤다. 박수를 치려던 손을 그대로 모아 쥔 전도는 공수해 보이며 겸손한 자세로 진지하게 말했다.

"별볼일 없던 말단이 어느 날 갑자기 폐하의 넘치는 성은에 힘입어 방면사관(方面司官)으로 출세한 것만 해도 내겐 더 이상 바랄 나위 없는 사치였소. 형부로 발령날 것 같다는 얘기가 나왔을 때는 놀던 물이 아닌지라 솔직히 잘해낼 수 있을까 조마조마하고 있던 참이었소. 그런데, 폐하께오서 재삼 권형(權衡) 끝에 호부로 보내 주신다니 난 폐하의 이같은 지우지은(知遇之恩)에 어찌 보답해야 할지 모르겠소! 오로지 자만과 아집과 불손을 내버리고 겸손과 소신과 열정으로 진력하는 것만이 미력이나마 폐하의 성은에 보답하는 길이 아닐까 하오. 나의 이런 심경을 폐하를 알현한 자리에서 미처 표현할 수 없다면 기윤 공(公)이 수고스럽지만 나중에라도 대신 주해 올려줄 수 있겠소?"

기윤이 알고 있던 전도의 성격대로라면 주위를 의식하지 않고 좋아라 박수를 치며 흥분을 해야 정석일 테지만 전도는 의외로 차분하고 겸손했다. 오히려 어쌘이나 장우공보다 처사가 매끄러운 전도를 보며 기윤이 만면에 웃음을 머금었다.

"그거야 분부하나마나 아니겠소? 내가 어련히 알아서 주해 올리지 않을까봐?"

다시 문어귀로 다가가서 밖을 내다보던 기윤이 말했다.

"접견이 거의 끝나갈 것 같소. 우리도 가까이 가서 기다리는 게 낫겠소."

그렇게 두 사람은 함께 편전을 나섰다. 편전 처마를 따라 동쪽으로 걸어나가니 대전 입구가 나왔다. 격선(隔扇, 병풍처럼 접을 수 있는 유리를 끼운 칸막이) 앞에서 둘은 엉거주춤 멈춰 섰다. 짐작대로 안에서 건륭의 말소리가 들려왔다. 접견이 끝나가고 있는 것 같았다.

"돌아가서 각자 차사에 전념하도록! 장우공, 자네에겐 달리 분부할 게 없네. 남위(南闈) 시험이 끝나면 남경학정(南京學政)으로 부임하게. 나중에 따로 은지(恩旨)가 내려질 것이니! 어쌈, 자네에게는 당부할 말이 많았네. 하지만 자네가 알아서 다 아뢰니 짐은 한시름 덜었네. 강희 연간엔 250만 냥이면 충분하던 하공(河工)이 지금은 8백만 냥 가지고도 모자라니 하무(河務)에 뭔가 적폐(積弊)가 많다는 얘기네. 전도와 마찬가지로 살인권을 줄 테니 하공에 기생하는 자들에게는 가차없어야 하네. 왕어양(王魚洋)이란 사람이 쓴〈황종전(況鐘傳)〉을 읽어보게. 마음 속으로 깨닫는 바가 적지 않을 거네. 모르긴 해도 전도 역시 그 책을 읽었을 거네."

안에서 두 사람의 대답소리와 사은을 표하고 머리를 조아리는 작은 부산함이 느껴졌다. 그사이 자신의 이름을 말하며 기윤이 전도를 데리고 궁전 안으로 들어갔다. 그런데, 대례가 끝났지만 건륭은 일어나라는 말이 없었다. 한참 침묵이 흐른 뒤 다시 건륭의 말소리가 들렸다.

"연청, 짐이 돌연 심동(心動)이 있어서 그러니 이 세 명의 죄수들은 일단 올해 추결 명단에서 제외시키게. 짐이 서류를 자세히 검토해봐야겠네."

두 사람은 그제야 휘장이 가리워 잘 보이지 않는 구석에 류통훈이 있었다는 걸 알 수 있었다. 곧이어 류통훈의 굵고 쉰 듯한 목소리가 들려왔다.

"이 세 죄수에 대해선 신도 석연치 않은 점이 있었사옵니다. 하오나 이들을 제외하고 나면 올해 추결에 처해지는 죄수는 2백 11명으로 왕년에 비해 턱없이 적은 숫자이옵니다. 너무 적어도 이상하게 느껴지옵니다."

그러자 건륭이 크게 웃었다.

"사람을 적게 죽일 수 있다는 것은 상서로운 조짐이네. 이상하다니, 그게 무슨 말인가? 자네 오늘 많이 힘들어 보이는데, 나중에 다시 패찰을 건네고 그만 물러가게. 푸헝, 거기 있는가? 두 태감을 시켜 연청을 부축해 나가도록 하게!"

류통훈이 물러가기를 기다린 후에야 비로소 기윤과 전도에게로 고개를 돌린 건륭이 비로소 말을 건넸다.

"일어나게."

감각을 잃을 정도로 얼얼한 무릎을 조심스레 세워 일어선 전도가 조심스레 아뢰었다.

"법가(法駕)가 이곳 승덕성(承德城)에 들어서던 날 가까이에서 용안을 우러러 뵈었사옵니다. 지금은 폐하의 어용(御容)이 그때보다 다소 수척해 보이시어 가슴이 아프옵니다……. 멀리 운남동광(雲南銅鑛)에 몸담고 있으면서도 시시각각 폐하의 용안을 그려보지 않은 적이 없었사옵니다. 멀리 있어 매사에 주청(奏請)을 올리지 못하고 스스로 처리하다보니 자칫 우매한 결단에 폐하의 대사를 그르치지는 않을까 전전긍긍하고 있사옵니다. 밤마다 벽에 비친 그림자와 벗하며 외로이 백촉(白燭)을 밝히고 있노라면 주군(主君)에 대한 사념(思念)이 북받쳐 눈물을 주체할 수가 없었사옵니다. 오늘 이렇게 주군을 면대하오니 이 기꺼운 환희를 어찌 형언해야 할지 모르겠사옵니다."

이같이 말하며 전도는 손등으로 눈물을 닦아냈다.

"사내가 눈물이 그리 헤퍼서야 되겠나?"

건륭이 밉지 않게 나무라며 웃음을 지어 보였다.

"짐도 밖에 나가 고생하는 경들을 가끔씩 떠올린다네. 경력이 아직 부족하다 싶어 자넬 육부로 발령내는 건 망설였었네. 다수에게 수긍이 가지 않는 인사(人事)는 물의를 빚기 십상이거든. 그런데, 마침 형부 시랑 자리가 빈 데 이어 호부에서도 인원이 부족하다고 하기에 자네를 영순위에 놓았지. 동정(銅政)을 본때 있게 바로잡은 공신인 건 사실이지만 사람을 너무 많이 죽였네. 물론 읍참마속(泣斬馬謖)의 심정이었을 테지만 알게 모르게 백성들의 원성도 많이 쌓였을 테지. 자네가 오래 머무를 데가 못 된단 얘기네."

자신과 같은 말단 새우의 앞날에도 앞뒤를 재고 좌우를 살펴가며 중히 여기는 정성이 그대로 묻어나는 건륭의 말에 전도는 가슴이 찡해졌다. 순식간에 다시금 두 눈 가득 뜨거운 눈물이 차 올랐다. 가득 차 일렁이던 눈물이 천언만어(天言萬語)를 대신하여 조아리는 고갯짓에 뚝뚝 손등 위에 떨어졌다.

그 모습을 지켜보던 건륭이 피식 실소를 터트렸다.

"오늘은 대체 무슨 날이기에 다들 이리 울보가 됐지?"

"신은 감격과 자괴감을 금할 수 없사옵니다."

전도가 눈물을 닦으며 말을 이었다.

"폐하의 성은이 이리도 높고 크시거늘 신은 보답은커녕 용서받지 못할 착오를 범하고 말았사옵니다. 조정의 명관(命官)으로서의 체통에 먹칠을 하는 졸렬한 행각을 저질렀사오니 생각할수록 창피하고 자신이 원망스러워 어디론가 사라져버리고 싶은 심정이옵니다."

용기를 내어 이같이 운을 뗀 전도는 곧 자신이 남경에서 늙은 기생의 석류치마에 감겨 해롱대며 차사에 태만했던 사실을 대충 여과하여 실토했다.

"그러지 않아도 벌써 밀주문(密奏文)이 올라왔네."

건륭이 화난 기색은 없이 한숨을 내쉬었다.

"착오를 범한 것보다 그 잘못을 통렬히 뉘우치고 치부를 솔직히 드러낼 수 있다는 게 결코 쉬운 일이 아니네. 경의 솔직한 고백에 짐은 그저 놀라울 따름이네. 여색에 탐하는 것은 인간의 성정이라 성인(聖人)도 예외는 아니라고 했네. 〈자견남자(子見南子)〉라는 책에 보면 공자(孔子)가 미색을 앞에 두고 고민한 흔적이 역력하네. 그도 만인(萬人)이 칭송하여 우러르는 성인이기에 앞서 오곡잡량(五穀雜糧)을 먹는 칠정육욕(七情六欲)의 인간임에야! 자네가 미리 고백을 해왔으니 짐은 더 이상 추궁하지는 않겠네. 모르긴 하지만 풍류에 미쳐 다니다 보면 풍류 빚도 꽤나 졌을 테지? 아니면 어인 연으로 궁상을 떨며 이 사람 저 사람에게 찾아가 비굴하게 손을 내밀었겠나? 짐은 그 빚을 갚아줄 수 없네. 푸헝에게 가서 도와달라고 정중하게 청을 드려보게. 이럴 때 벗들의 진정(眞情)도 알아볼 겸!"

때마침 밖에서 들어오며 건륭의 말을 들은 푸헝이 웃으며 말했다.

"성덕이 깊으신 폐하의 말씀이 계셨으니 내가 이번만은 도와주겠소. 하지만 다시는 이런 일이 없어야겠소. 어제 폐하께서 잠깐 언급하시기에 내가 그랬소. 짚신도 짝이 있다더니 전도의 그 조롱박 얼굴에 빠지는 여자가 궁금하다고 말이오. 한편으론 동정사(銅政司)를 주무르던 사람이 화대(花代)가 없어 돈을 꾸러 다녔다는 사실은 감동적이었소. 이제 나라살림을 도맡아하는 호부로 발령이 났으니 돈을 돌처럼 여기던 마음가짐 그대로 잘해보기 바라오.

그렇지 않고 그 비상한 머리를 엉뚱하게 돌렸다간 내게 총알을 맞을 줄 아오!"

　푸헝의 농담 섞인 진담에 사람들은 모두 웃었다. 그 뒤에도 건륭의 간곡한 당부는 오랫동안 이어졌다. 황감하고 창피한 마음에 전도는 내내 고개를 들지 못하고 있었다. 세 사람이 문후를 올리고 물러날 때는 달빛 밝은 뜰에 바람에 그네 탄 나뭇잎이 살랑이는 밤이었다. 종일토록 앉아있던 건륭은 건장한 체격과는 무관하게 사지가 뻐근하고 나른했다. 승여(乘輿)를 부르지 않고 궁전을 나선 건륭은 연훈산관으로 통하는 꽃길을 산책하듯 거닐었다. 시위들이 황급히 멀리서 뒤따랐다.

　때는 팔월도 다 지나가는 가을의 문턱이었다. 이곳 피서산장에는 벌써 하늘이 높아지고 품안으로 파고드는 바람 끝이 제법 차가웠다. 검푸른 하늘에 교교한 달빛이 풀과 나무로 우거진 한적한 꽃길에 한줌의 은가루를 뿌려주고 있었다. 사삼(沙蔘, 더덕), 길경(桔梗, 도라지), 산약(山藥), 백합(百合) 등등을 심은 약초밭에서, 백양나무 사이사이에 흐드러지게 피어있는 들국화에서 폐부를 씻어내는 형언할 수 없는 향기가 발산되어 종일 정무에 짓눌려 있던 건륭의 피곤을 가시게 해주었다. 열하 쪽에서 불어온 밤안개를 머금은 촉촉한 바람이 더운 얼굴에 스치는 느낌이 상쾌했다.

　이와 같은 호젓한 달밤에 꽃길을 홀로 거니는 마음엔 항상 상념이 부유하기 마련이었다. 건륭은 문득 나친을 떠올렸다. 지금은 사천성(四川省) 성도(成都)에서 행오(行伍)를 정돈하고 군사들을 훈련시키고 있을 터였다. 올 가을, 겨울에는 공격이 이뤄질 가망이 없었다. 그곳은 가을에는 모기 등 각종 벌레와 학질(瘧疾)이 창궐하여 행군에 어려움을 겪을 것이었다. 남경에서 보내주기로 한 군향은 군중에 도착했을까?

"윤계선은 할 수 있어! 실수 없이 잘 해낼 거야!"

건륭은 하마터면 이같이 소리내어 외칠 뻔했다. 멋쩍은 듯 고개를 들어 달을 바라보며 건륭은 피식 쓴웃음을 짓고 말았다. 그러나 한가닥 웃음은 곧 연기처럼 흩어졌다. 그는 다시 이치(吏治)를 떠올렸던 것이다.

섬서성(陝西省) 포정사(布政使)인 상관청(上官淸)이 이임(離任)하여 호광(湖廣)으로 가는 길에 수만 백성들이 역도(驛道)로 몰려나와 그가 타고 간 말 발자국의 흔적을 찾아 삽으로 깊이 파내쳤다고 했다. 이 사실은 만천하를 떠들썩하게 진동시킨 일대사건이었다. 얼마나 신물이 났으면, 얼마나 뼈에 사무치게 미웠으면 그랬을까?

뒤를 캐보고 형부로 불러 조사를 해도 류통훈조차도 아무런 탐오횡령의 흔적을 찾아내지 못했다. 대체 어찌된 일일까? 관가에서 은밀히 통용되고 있는 갖가지 수작을 아는 대로 위로 훑고 아래로 훑어도 딱히 이거다 싶은 가능성이 떠오르지 않았다. 백성들이 집단으로 궐기해도 확실한 증거없이 사람을 죽일 수는 없었다. 관리의 소매 속이 깨끗하지 못하면 백성들이 궐기하게 되어있고, 위에서 못 살게 굴면 밑에서 폭발하는 건 당연지사였다.

그 순간 산동(山東)에서 직접 목격했던 기민(饑民)들의 폭동이 떠올랐다. 그 당시엔 그리 무서운 줄 몰랐지만 생각할수록 그 살벌했던 광경이 공포스러워 몇 번씩이나 악몽을 꾸고 소스라쳐 깰 정도였다.

산동의 폭동에서 이리저리 생각의 가지가 뻗어나가니 불현듯 역영(易瑛)의 모습이 떠올랐다. 그토록 젊고 고운 여인이 과연 조정에 대적하여 모반을 일삼는 '일지화(一枝花)'란 말인가? 그 당시 일지화일지도 모른다는 일말의 의혹을 품었다면 어찌 산동으로 도주하게끔 방치했을까? 그 여인이 일지화가 틀림없다면 다 잡은 고기를 놓친 아쉬움을 어찌할까…….

"멈추시옵소서, 폐하! 그 앞에 연못이 있사옵니다!"

종종걸음으로 부지런히 쫓아온 시위 수륜이 엉겁결에 건륭의 팔을 잡으며 쇳소리를 질렀다. 화들짝 놀라며 깊은 사색에서 헤어난 건륭이 살펴보니 과연 바로 앞에 시커먼 연못이 있었다. 열하의 온천을 끌어다 만든 것 같았다. 모락모락 열기가 올라와 달빛 어린 은은한 수면에 김처럼 서렸다. 속으로 놀란 가슴을 쓸어내리며 건륭이 대수롭지 않은 듯 웃으며 말했다.

"짐이 여기 풍덩 빠졌더라면 수륜, 자네는 오늘이 제삿날이었을지도 모르지. 지금 보니 꽤나 운치가 있어 보이는 연못이네."

말을 마친 건륭은 즉석에서 시를 지어 읊었다.

　　갈대에 바람이 묻어오니 푸르른 연못은 고기비늘 같은데,
　　물안개에 달빛이 내리니 요지(瑤池)의 연무(煙霧)인 듯한 착각이 드네.

한 손을 등뒤에 대고 다른 한 손으로 연못을 어루만지듯 쓸어가며 건륭이 멋스레 두 구절을 읊자 수륜이 검붉은 얼굴에 하얀 이빨만 한 줄 드러낸 채 어린애처럼 웃음을 머금었다.

"듣기에 너무 멋져 보이옵니다, 폐하! 정말 멋진 시였사옵니다!"

그는 강희제 때의 시위(侍衛)였던 수륜라씨의 아들인 작은 수

문이었다. 전쟁터에선 화살을 몸으로 막을 정도로 용감무쌍한 용사이지만 누군가의 비위를 맞추어 간담을 녹이는 언변은 없었다. 늘 없는 듯 조용하면서도 항상 묵묵히 제자리를 지켜주는 우직하고 늠름한 수륜을 건륭은 속으로 무척 소중히 여겨오는 터였다. 언변이 없어 어린애처럼 발을 동동 구르며 좋다는 말만 연발하는 수륜을 보며 건륭이 웃으며 말했다.

"그렇다면 기억해두었다가 내일 기윤에게 들려줘 보게. 출처는 얘기하지 말고. 어떻게 평가하는지 보게."

건륭이 더 할말이 남아있는 듯 다시 입을 열려고 할 때 갑자기 멀리 저 앞에서 쫓고 쫓기는 추격전이 벌어진 듯 태감들의 고함소리가 한밤의 고요를 박살내고 있었다. 어렴풋한 달빛을 빌어 보니 누군가 이쪽으로 달려오고 있는 것 같았다.

"자객(刺客)이옵니다!"

수륜이 대뜸 경계하여 이같이 외치며 건륭을 호위하여 풀밭이 있어 널따란 연못 동쪽으로 달려갔다. 먼발치에서 뒤따르던 시위들이 삽시간에 우르르 몰려와 건륭을 빙 둘러싸고 철통같은 장벽을 쳤다. 비수 같은 눈빛으로 주위를 예의 주시하던 수륜이 어두컴컴한 관목림(灌木林)을 향해 외쳤다.

"저 안에 들어갔어! 독 안에 든 쥐야. 때려!"

시위들이 대답과 함께 쏜살같이 달려가 덮쳤다.

처음엔 '자객'이라는 말에 놀라 가슴이 콩닥거리던 건륭은 달리 위험한 기척이 없자 웃음을 터트렸다.

"보아하니 별일도 아닌 것 같은데, 자네의 고함소리에 더 놀랐지 않았는가! 설마 이런 곳에 자객이……."

그러나 말을 채 끝맺기도 전에 건륭은 입이 크게 벌어지고 말았다. 시위들이 허공에 반쯤 들려 산토끼처럼 버둥대는 키 작은 한 사람을 주먹으로 을러메고 발로 엉덩이를 걷어차며 끌고 오고 있었던 것이다. 시위들이 물샐틈없이 빙 둘러선 한가운데 보릿자루처럼 후줄근하게 내동댕이쳐진 사람은 나이가 열댓 살 가량 되어 보이는 어린애였다. 달빛을 빌어서 유심히 뜯어보니 다 해어진 솜옷을 입고 새끼로 허리를 질끈 동여맨 꼬마 몽고인이었다. 얼굴은 타박상을 입어 붉으락푸르락했고, 마구 뒤엉켜진 머리카락은 진흙이 들러붙었는지 한데 엉켜 쭈뼛쭈뼛 산지사방으로 뻗어 있었다. 선한 눈매가 어울리지 않게 매섭게 쏘아보는 아이에게 한 걸음 다가간 건륭이 몽고어로 물었다.

"몽고사람이지? 어느 기(旗) 소속이냐?"

"……."

"이름을 말해줄 수 없을까?"

"……."

"품안이 불룩한데, 뭐가 들었어?"

"……."

대답을 거부하는 아이를 보며 안색이 굳어진 건륭이 명했다.

"뒤져!"

"예!"

시위 카발이 응답과 함께 횡하니 다가가 다짜고짜 사내아이의 몽고포(蒙古袍)를 쫘악 찢어버렸다. 꾀죄죄한 누런 보자기가 굴러 나왔다. 카발이 펼쳐 보이는 순간 건륭의 두 눈이 휘둥그래졌다. 그 속엔 말린 쇠고기를 비롯하여 절인 돈육, 절인 양고기, 절인 사슴고기…… 등등 온통 고기며 빵 부스러기로 그득했다. 적이 의아해하며 보자기와 땟물이 줄줄 흐르는 아이를 번갈아 보던 건

릉이 어처구니없다는 듯이 웃으며 말했다.
"이걸 다 훔쳐낸 거야? 배가 고파서?"
몽고 꼬마는 여전히 대답이 없었다.
"에잇, 벙어리잖아!"
카발이 아이의 엉덩이를 걷어차며 실망한 표정을 지었다. 맥없이 나가떨어진 아이는 밤이슬이 차가운 풀밭에 누운 그대로 멍하니 달만 쳐다볼 뿐 일어날 생각을 하지 않고 있었다.
"내가 맞춰보지!"
건륭이 목소리를 부드럽게 하여 몽고어로 물었다.
"넌 누구네 집의 종이었구나. 이런 걸 훔쳐 주인에게 쫓겨났고……. 몽고인들은 못 먹어도 도둑질은 안 하는데……."
"전 도둑이 아니에요!"
그때였다. 건륭의 말이 끝나기도 전에 아이는 발악하듯 고함을 지르며 벌떡 일어나 앉으려고 했다. 비록 순식간에 시위들에 의해 짓눌려지긴 했지만 아이는 알아듣지도 못할 몽고어로 입에 거품까지 물고 떠들어댔다. 건륭의 말에 반항하는 것 같았다. 이에 노한 카발이 으르렁거렸다.
"이 거지같은 새끼가 어느 면전이라고 까불어? 뒈지지 못해서! 이 분은 너희들의 왕보다 백배 존귀하신 버거다칸이셔! 제대로 대답하지 못해? 죽여버릴 거야!"
'버거다칸'이라는 네 글자만 알아들은 아이가 갑자기 "으앙!" 하고 울음을 터뜨렸다. 목청이 찢어져라 목을 놓아 울며 건륭을 바라보는 눈길에 처연함이 그득했다.
"손을 풀어주게."
건륭이 시위들에게 명했다. 그리고는 친히 허리를 굽혀 아이의 손을 잡아 일으켜 앉혔다. 얼굴이 투실투실하고 머리가 커 둥글둥글 굴러다닐 것 같은 귀여운 뚱보였다. 발가락에 때가 잔뜩 끼어 돼지의 그것 같은 두 다리를 뻗어 건륭과 마주한 아이는 몽고인 특유의 질박함이 그대로 느껴지는 순한 양 같은 두 눈을 깜박이며 건륭을 바라보고 있었다.

카발의 손에 자그마한 비수가 들린 걸 보고 몽고꼬마가 지녔던 걸로 안 건륭이 카발의 손에서 비수를 넘겨받아 아이에게 건네주었다. 그리고는 다른 시위에게 명했다.

"자네, 장화를 벗어서 이 아이에게 신기도록 하게!"

아이는 주는 대로 받아 차고 받아 신었다. 뭔가 짐작이 가는 듯 머리를 끄덕이던 건륭이 한숨을 쉬며 시위들에게 말했다.

"몽고 노예 맞네! 짐의 기억이 틀림없다면 이 아이 이름이 빠터얼일 거네. 이 아이의 조부(祖父)도 팔기영(八旗營)의 장군이었지. 무예시합 도중에 실수로 큰 커얼친 왕의 생질을 말에서 떨어뜨려 죽이는 바람에 평민으로 전락되었다네. 엎친 데 덮친다고 좌기(左旗) 기주(旗主)가 친왕에게 공납하려는 진귀한 물건을 깨뜨리는 바람에 완전히 노예로 내몰리고 말았지. 이는 몇십 년 전에 있었던 일이네. 짐작컨대, 이 아이의 조모가 위독하여 임종을 앞두고 고기가 먹고 싶다고 했나 보지. 그래서 효심이 지극한 꼬마 빠터얼이 목숨을 걸고 고기를 찾아 나섰을 테고……."

감개에 젖어 추억을 더듬으며 이같이 말하던 건륭이 다시 명령을 내렸다.

"아이를 풀어주게. 태감 왕인한테 데리고 가서 먹을만한 걸 여러 가지 챙겨 보내도록 하게! 옷도 깨끗한 것으로 갈아 입히고!"

빠터얼을 보내기에 앞서 건륭은 유창한 몽고어로 아이에게 말했다.

"가서 조모의 병 수발을 잘 들거라. 내가 너희 왕에게 말해 노예적(奴隸籍)에서 놓여나게 해줄 테니. 체격이 좋아 보이는데, 무예를 잘 연마해뒀다가 나중에 짐을 위해 뛰어주렴. 짐의 신변엔 몽고호한(蒙古好漢)들이 많아!"

건륭의 말에 연신 고개를 주억거리며 듣던 빠터얼이 폭 고꾸라지듯 건륭의 발치에 엎드리고 울먹거리며 몇 마디를 하고는 일어나 시위를 따라갔다.

"자식, 예의도 없이! 머리도 조아리지 않고 그냥 가버리네!"

수룬이 혼잣말처럼 중얼거렸다. 그러자 건륭이 말했다.

"저 나이에 저 정도면 예의를 갖추었다고 봐야지. 예(禮)라는 것은 외양에 나타나고 그 마음속에서 엿볼 수 있는 법이네. 짐은 저 아이가 욕심나네. 마지막에 하고 간 말이 무슨 뜻인지 자네들은 못 알아들었지? 자기가 천리만리 그 어디에서 방목을 하든지 짐이 손짓만 하면 무작정 달려오겠노라고 맹세하고 갔네!"

건륭의 말에 시위들은 누구나 할 것 없이 말없이 고개를 푹 떨구었다.

나다무대회는 초원에서 가장 성대한 집회였다. 전에는 해마다 홍성(紅城, 몽고의 수도. 울란바토르)에서 치르곤 했었다. 올해는 건륭이 대회에 친림하게 되었으니 커얼친 대초원으로선 무한한 영광이 아닐 수 없었다. 커얼친 왕은 특명을 내려 대회장소를 카라친 왕부(王府)에서 서쪽으로 80리, 추렵장인 목란(木蘭)과 인접해 있는 후두구(猴頭溝) 근처로 옮기게끔 했다.

그곳에서 서쪽으로 가면 천리에 걸친 사냥터가 지척이었고, 북으로는 끝없는 대초원이 펼쳐져 있었다. 남쪽으로는 연산(燕山)의 여맥(餘脈)이 완만하게 이어져 있었고, 산등성이를 뱀처럼 꼬불꼬불 감아서 역도(驛道)가 멀리멀리 뻗어나갔다. 두 줄기의 몽고강(蒙古江)이 그 사이를 차분히 흘러 수려한 풍광을 만들었다.

위치 또한 역대로 왕부에서 전용 사냥터로 쓰는 금원(禁苑)이었다. 초원에서는 왕의 명령이면 곧 성지(聖旨)였다. 쾌마편으로 각 기영(旗營)과 각 부락의 유목민들에게 소식을 전하니 순식간에 사면팔방에서 사람들이 몰려들었다.

승덕에서 목란까지, 다시 후두골까지는 4백 리나 떨어져 있었다. 건륭과 모든 호종(扈從), 대신, 시위들은 쾌마를 타고 하루를 달려 목란에 도착했다. 하룻밤을 묵고 다시 후두골에 도착했을 때는 이튿날 진시(辰時) 무렵이었다. 미리 도착해 있는 커얼친 왕은 동몽고의 차하얼 왕, 북몽고의 온두얼 칸 등 여러 왕들과 함께 30리 밖까지 영접나와 있었다. 청연(請筵), 헌주(獻酒) 등의 환영행사는 대례를 올리는 배대(拜臺)의 쇠가죽으로 만든 천막 안에서 거행되었고, 대회에 친림한 황제를 맞는 수없이 많은 환영 절차는 일일이 세술(細述)할 수도 없었다.

이튿날은 나다무대회가 열리는 날이었다. 깊게 숙면을 취하고 눈을 뜬 건륭은 창 밖이 훤히 밝아있자 벌떡 일어나 당직 태감인 왕례를 나무랐다.

"자네들 갈수록 정성이 부실해지는 것 같네! 진작에 깨웠어야지, 해가 세 발이나 떠 있지 않은가."

그러자 왕례가 급히 아뢰었다.

"이곳은 날이 일찍 밝는다고 하옵니다. 소인도 시계가 잘못됐는 줄 알고 여럿이서 맞춰본 결과 이제 겨우 일각(一角)이 모자란 인시(寅時)이옵니다."

이같이 말하며 왕례는 서둘러 건륭이 의복을 입는 것을 시중들었다. 이날 건륭은 두 겹으로 된 자줏빛 비단 장포(長袍)에 짓푸른 각사면(刻絲棉)으로 만든 금룡마괘자(金龍馬褂子)를 받쳐 입었다. 그리고 조심스레 서조(瑞兆)를 기원하는 피견(披肩, 등에 두르는 일종의 복식)을 둘렀다. 허리에는 금띠를 매고 목엔 송석조주(松石朝珠)를 걸었다. 끝으로 백조털로 만든 관모(冠帽)를 가볍게 얹는 것으로 건륭의 의관은 마무리되었다.

태감 왕례의 얼굴에 종기 비슷한 게 몇 개 나 있는 걸 본 건륭이 웃으며 말했다.

"자넨 거울도 안 보나, 꼴이 그게 뭔가?"

그러자 왕례가 장난기가 다분한 웃음을 지으며 대답했다.

"이곳은 흠잡을 데 없이 다 좋은데, 모기가 너무 우악스러워 괴롭사옵니다! 어젯밤엔 태감들이 모기를 잡느라 북새통을 이루다보니 잠을 못 잤사옵니다. 기윤 공도 왼쪽 뺨에 하나 물려 벌겋게 부었사옵니다!"

태감의 말이 떨어지기 바쁘게 푸헝과 기윤이 들어섰다. 건륭이 면례하라는 손시늉을 해 보였다.

"여기 모기들은 낯을 가리나 보네? 반반한 얼굴은 부담스러우니 안가고 부담 없는 기윤 자네나 여기 이 쥐가 파먹은 호박한테만 달려드는 걸 보니!"

건륭의 농담에 기윤이 웃으며 말했다.

"폐하의 존안(尊顔)에만 들러붙지 않는다면 신은 더덕바위가 되어도 괜찮사옵니다."

그러자 푸헝이 나섰다.

"신이 악종기가 보내준 훈향(熏香)을 좀 챙겨 왔사옵니다. 올 때는 그것도 짐이 되는 것 같더니, 당분간 요긴하게 쓰일 것 같아 다행이옵니다."

잠시 말을 멈추었던 푸헝이 다시 입을 열었다.

"몇몇 몽고 왕들이 날이 밝기 전부터 어가(御駕)를 대기하고 있사옵니다. 아침수라를 드시고 슬슬 움직이실 때가 된 것 같사옵니다."

건륭이 말없이 머리를 끄덕였다. 아침수라에 포도주 한 잔을 곁들인 건륭은 잠시 거울 앞에서 옷매무새를 비춰보았다. 그리고는 흡족한 표정으로 그리 길지 않은 턱수염을 쓸어 내리며 말했다.

"가지!"

푸헝이 급히 한 발 앞서 밖으로 나와 큰소리로 외쳤다.

"어가(御駕) 출동이시다!"

천막 밖에선 때를 같이하여 고악소리가 진동을 했다. 요란한 고악소리에 맞춰 호각소리가 긴 꼬리를 끌며 저 멀리로 울려퍼지는 가운데 "어가 출동하신다! 초원의 용맹한 독수리들아, 우리의 버거다칸을 영접할 준비를 하라!"는 함성이 한 입 건너 두 입 멀리 멀리 전해갔다.

고악소리를 들으며 천천히 천막 밖으로 걸어나온 건륭은 잠시 주춤했다. 얼굴을 알아볼 수 있을 정도로 가까운 곳에 완전무장한 몽고무사들이 수천 명도 넘게 엄숙하게 진영을 이루고 있었던 것이다. 그 앞엔 몽고 왕들이 일제히 무릎을 꿇어 이제 막 천막 밖으로 나선 건륭을 향해 머리를 조아리고 있었다. 다소 의외라는 듯이 얼떨떨한 표정을 짓던 건륭이 곧 위엄을 회복하여 몽고 왕들과 무사들을 향해 화답의 손짓을 보냈다.

수룬이 옥으로 된 말안장에 금 디딤판을 한 청총마(靑驄馬)를 끌고 왔다. 태감 왕례가 엎드려 디딤돌이 되었고, 건륭은 그 등을 밟고 천천히 말 위에 올라탔다. 그리고는 흐뭇한 미소를 지으며 옆에 있던 기윤에게 명령했다.

"가서 몽고 왕들에게 지의를 전하게. 빈틈없는 환대에 짐은 대단히 만족스럽다고 말일세."

"예, 폐하!"

기윤이 빠른 걸음으로 달려가다시피 하여 지의를 전달했다. 이어 하늘이 박살나고 땅이 갈가리 찢길 정도로 요란한 대포소리가 세 번 울렸다. 80면(面)의 용두(龍頭) 깃발이 웃통을 드러낸 3백 20명의 몽고무사들에 의해 번쩍 치켜올려져 황제의 검열차에 올려졌다.

검열차는 여덟 필의 준마(駿馬)가 이끌었다. 고악소리는 지칠 줄 몰랐고, 거센 초원의 바람에 힘차게 팔랑이며 위용을 떨치는 용두 깃발을 앞세우고 의장행렬은 서서히 서쪽 대회장을 향해 출발했다. 커얼친 왕이 건륭의 왼쪽에, 푸헝과 기윤이 등뒤에서 호위했다. 여섯 명의 내외 몽고왕들은 그 뒤를 바짝 따라갔다.

그리 멀지 않은 나다무대회장에는 금방 도착했다. 멀고 가까운 곳에서 달려와 끝없는 초원을 빙 둘러 장벽을 친 수만 명의 유목민들이 멀리 용기(龍旗)를 발견하고는 일제히 무릎을 꿇어 떠나갈 듯한 함성으로 건륭을 영접했다.

"건륭황제 만세, 만세, 만만세!"

아침에 포도주까지 한 잔 곁들인 데다 흥분한 건륭의 얼굴은 찬바람에 터서 토실토실한 감자처럼 된 유목민들의 얼굴처럼 붉어져 있었다. 두 팔을 한껏 벌려 아래위로 가볍게 박자를 맞추듯 흔들며 건륭이 큰소리로 외쳤다.
"여러분들은 이 광대무변(廣大無邊)한 초원의 영웅(英雄)이다! 짐은 여러분들의 환대에 심심한 사의를 표한다!"
만세를 외치는 함성이 넘실대는 파도같이 그칠 줄 몰랐다. 푸헝의 눈짓을 받은 태감 왕인이 정신을 번쩍 차리더니 "파! 파! 파!" 연이어 채찍을 세 번 휘둘렀다. 미리 언질을 받은 유목민들은 채찍소리가 들리자 곧 물을 뿌린 듯 조용해졌다. 월대(月臺) 앞에 이르자 건륭은 다시 왕례의 등을 하마석 삼아 말에서 내렸다.
월대 위에 차례로 진열되어 있는 각양각색의 차양 화개(華蓋)를 본 건륭이 커얼친 왕을 향해 웃으며 말했다.
"참으로 빈틈없이 주도면밀하게 준비가 잘 됐소. 구경거리가 될 만한 게 있으면 다 털어놔 보게. 짐은 오늘 대단히 기분이 좋네."
"폐하께 선보일 항목은 경마(競馬), 투마(套馬, 마구를 던져 말을 정복시킴), 사격, 씨름, 투수(鬪獸), 가무(歌舞)…… 등등이 있사옵니다."
커얼친 왕이 가보(家寶)를 세듯 자신감에 차 열심히 손가락을 꼽았다.
"하오나 잠깐만 안좌(安坐)해 주시옵소서, 폐하! 먼저 용기(龍旗)를 향한 제기(祭旗) 의식이 있겠사옵니다."
"오, 제기 의식도 준비했나? 소나 양 중 어느 걸 잡기로 했나?"
"평소의 제기식 때는 소나 양을 잡지만 나다무대회 때는 죄수 하나를 제물로 삼을까 하옵니다."
표정 하나 변하지 않고 대수롭지 않게 말하는 커얼친 왕의 모습에 건륭은 등골이 서늘해졌다. 그와 동시에 죄수 하나가 달리 항명하는 몸짓도 없이 순순히 끌려나오고 있었다. 그 뒤엔 회자수(劊子手)가 따라오고 있었다. 죄수가 어쩐지 눈에 익어 눈을 씻고 유심히 지켜보던 시위 카발이 갑자기 어좌(御座)로 다가왔다. 그는 놀란 기색이 역력한 얼굴로 건륭에게 귀엣말로 아뢰었다.

"폐하! 카얼친 왕이 제물로 삼는다는 저 죄수는 바로 몽고 꼬마 빠터얼이옵니다!"

36. 야수(野獸)의 쟁투(爭鬪)

건륭의 눈꺼풀이 경련을 일으켰다. 빠터얼이라니? 그 아이가 대체 무슨 죄를 지었기에? 그야말로 충격적인 일이었다. 좀더 가까이 끌려온 죄수를 확인해보니 틀림없는 빠터얼이었다. 태감들의 복장인 남색 두루마기를 입은 모습 그대로 짐짝처럼 끌려와 내동댕이쳐진 아이는 고개를 쳐들어 하늘을 바라보는 모습이 모든 걸 하늘에 맡긴다는 초연함, 그 자체였다. 충격이 가시고 잠시 생각에 잠겨있던 건륭은 미소를 지으며 몸을 옆으로 돌려 몽고어로 커얼친 왕에게 물었다.

"자네가 부리는 종인가?"
"그렇사옵니다, 폐하!"
"해마다 나다무대회 때는 사람을 제물로 삼는 것이 관례인가?"
"예, 그러하옵니다!"
커얼친 왕은 건륭의 속내를 알 길이 없는지라 거의 건성으로 대답하고 있었다.

 같은 시각, 장내엔 각 기(旗)에서 선출하여 내보낸 백여 필의 준마(駿馬)들이 가슴에 붉은 띠를 비스듬히 걸친 채 투지가 넘치는 기사(騎士)들에게 끌려 씩씩하게 입장하고 있었다. 남녀노소 할 것 없이 그 자리에서 방방 뛰며 열광적인 환호를 보내는 통에 장내는 떠나갈 듯한 함성의 도가니에 빠졌다.

 커얼친 왕도 마상호걸(馬上豪傑)일 것 같았다. 환호가 물결칠 때마다 엉덩이를 들썩거리며 한 필, 한 필 눈앞을 스치는 준마들에게 박수갈채를 보내며 그는 극도로 흥분했다. 옆자리에 있는 건륭의 존재를 잠시 망각한 듯 그는 유목민들과 더불어 열광적인 반응을 보였다. 말들의 행진이 중간쯤 이어질 때 솜처럼 하얀 몸에 잿빛 갈기를 멋스레 휘날리며 말 한 필이 등장했다. 순간 "와!" 함성이 터져 나왔고, 흥분한 커얼친 왕이 갑자기 건륭의 팔을 덥석 잡았다. 그리고는 손가락으로 백마를 가리키며 떠들어댔다.

 "와, 멋지다! 저기 좀 봐, 세상에! 저게 두 살이나 됐을까……."
 뭔가 이상한 느낌이 들어 자신이 잡고 있는 손을 팔이며 목으로 가져가며 훑어가던 커얼친 왕이 어느 순간 화들짝 놀라 기겁을 했다. 그와 동시에 그는 건륭의 발치에 털썩 무릎을 꿇었다. 그리고는 죽어라 머리를 조아리며 황공하여 어찌할 바를 몰랐다.

 "폐하, 죽을죄를 지었사옵니다, 너무 흥분하다보니 그만……."
 "죽을죄까지 운운할 건 없네. 그럴 수도 있지, 자넨 몽고 영웅이니까!"
 건륭이 웃으며 말했다. 그리고는 물었다.
 "죄수가 많아봤자 열댓 살밖에 안 되어 보이네?"
 이에 커얼친 왕이 대수롭지 않다는 듯이 답했다.

야수(野獸)의 쟁투(爭鬪) 199

"잘 모르겠사옵니다. 하오나 제가 봐도 그 정도밖엔 안 되어 보이옵니다. 폐하께오서 궁금하시면 소인의 부하를 불러 아뢰도록 하겠사옵니다."

건륭은 의자등받이에 깊숙이 몸을 기대었다. 햇볕이 부담스러운 듯 미간을 좁히며 눈을 내리깔았다.

"즐거운 대화합의 자리에서 사람을 죽인다는 것이 어쩐지 어울리지 않을 것 같네. 자네들이야 적응이 되어 눈 하나 깜짝하지 않고 옆에서 밥상이라도 받겠지만! 물론 어디까지나 자네의 가무(家務)에 속하는 것이니 짐이 뭐라고 할 수는 없네. 다만 짐이 한 가지 청이 있는데, 들어줄 수 있겠나?"

커얼친 왕이 상체를 깊숙이 숙이며 대답했다.

"버거다칸께선 만물지주(萬物之主)이시옵니다. 마치 저 하늘의 태양처럼 광명하고 신성한 존재이옵니다! 버거다칸, 신은 영원히 버거다칸의 지의를 어기는 일이 없을 것이옵니다!"

건륭이 충성스런 그의 어깨를 두드리며 부드러운 어조로 말했다.

"앉게, 앉아서 짐의 얘기를 들어보게. 황후가 몇 년 동안 질병에 시달려 오다가 올해 천만다행으로 양의(良醫)를 만나 병이 완쾌되었네. 황후의 소원이 사형을 앞두고 있는 누구 한 사람의 목숨을 구해주는 것이라기에 짐이 쾌히 들어주었네. 그 당시 짐도 같은 소망을 발원했었네. 사실 이 아름다운 초원에 피비린내를 풍긴다는 것이 끔찍스럽고, 짐의 소망도 이룰 겸 저 아이를 죽이지 말았으면 하네. 짐이 정교하고 앙증맞기 이를 데 없는 호박(琥珀) 하나를 상으로 내릴테니, 저 아이의 목숨과 바꾸는 게 어떻겠나?"

"역시 버거다칸께오선 인자하신 분이옵니다. 버거다칸의 홍회

(胸懷)는 이 무변(無邊)한 초원보다 더 넓고 크옵니다!"
 북경과 가까이에 있어 천자를 알현하러 입궐하는 횟수가 다른 왕들에 비해 빈번한 편인 커얼친 왕은 눈치가 빨랐고 계산에 능했다. 두말없이 왕부의 마름을 불러 몇 마디 귀엣말을 했다.
 마름이 건륭의 앞으로 공손히 다가오더니 엎드려 절했다. 그리고는 몽고인 특유의 씩씩한 자세로 성큼성큼 걸어 대회장 한가운데로 나오더니 큰소리로 선포했다.
 "지존무상한 건륭대황제(乾隆大皇帝)의 지의를 높이 받들어 죄노(罪奴) 빠터얼을 특별 사면한다!"
 대회장은 삽시간에 만민의 환호로 들끓었다. 그 자리에서 덩실덩실 춤을 추는 이들이 있는가 하면 모자며 채찍을 높이 던지고 빙글빙글 돌며 좋아했다. 성주(聖主)의 영명함을 소리높이 외치는 환호성이 그칠 줄 모르고 이어지는 가운데 한 줄로 선 가녀(歌女)들 몽고포(蒙古袍)를 곱게 차려입고 고악에 맞춰 노래를 부르기 시작했다.

 천상(天上)의 운작(雲雀)은 왜 노래부를까?
 지상(地上)의 뭇꽃들은 왜 피어날까?
 저 독수리는 왜 저리 높이 날까?
 아! 모든 생명은 우리의 영명한 버거다칸이 계시기에 살아있는 것!
 버거다칸은 초원의 영원한 태양이어라…….

 드높은 찬가에 취한 듯 건륭은 눈을 지그시 감고 고개를 끄덕이며 박자를 맞추었다. 그사이 커얼친 왕부의 마름은 죽음의 위기를 넘긴 빠터얼을 건륭의 옆자리로 데려다주었다. 꿀물같이 달콤한

찬가(讚歌)가 끝나고 그제야 눈을 뜬 건륭은 월대 가까이에 서 있는 빠터얼을 발견하고는 환한 미소를 지었다.

"또 만났군."

"또 만났사옵니다, 폐하!"

그새 제법 늠름해진 빠터얼이 말을 이었다.

"저들이 까닭없이 소인을……."

그 순간 건륭이 손사래를 쳐 빠터얼의 입을 막았다.

"이유를 불문하고 사면시켜주었으니 자넨 이제 자유인이네. 어디든 가고 싶은 곳으로 가게."

그러자 빠터얼이 말했다.

"소인은 이제 버거다칸의 노예이옵니다. 이놈은 영원히 버거다칸을 가까이에서 섬길 것이옵니다!"

건륭이 그윽한 눈빛으로 빠터얼을 오래도록 응시했다.

"자네 조모는 어쩌고?"

건륭이 짧고 가벼운 한숨을 내쉬며 물었다.

"가셨사옵니다. 영원히 이승을 떠나셨사옵니다. 버거다칸께오서 하사하신 음식을 드시고 웃으며 천국으로 날아가셨사옵니다……."

입을 비죽이며 애써 눈물을 참으며 울먹이는 빠터얼을 보며 역시 눈시울이 붉어진 건륭이 푸헝에게 지시했다.

"잠시 자네가 데리고 있게. 아직 어리니 너무 구속하지 말고."

그사이 장내에서는 벌써 투마(套馬) 경기가 시작되었다. "개방!" 하고 외치는 소리와 함께 임시로 말을 가둬두었던 마구간의 문들이 일제히 열렸다. 천여 필의 망아지들이 냅다 뛰쳐나왔다. 검정, 빨강, 노랑, 백색, 밤색, 청색의 고삐 없는 말들이 뭉게뭉게

구름처럼 엎치락뒤치락 파도처럼 파죽지세로 월대 앞의 공터로 달려왔다. 닥치는 대로 집어 삼킬 것만 같은 긴긴 포효에 빙 둘러서서 구경하던 사람들이 다급히 뒷걸음치느라 아우성이었다.

드디어 저마다 동그란 고삐를 거머쥔 말을 탄 기사들이 등장했다. 마음에 드는 망아지를 쫓아 힘껏 달리는 훈련된 기사들의 날렵한 몸체가 반쯤 허공에 떠 있는 것 같았다. 크게 놀라 필사적으로 도망가는 망아지와 이를 정복하려는 쫓고 쫓기는 추격전이 아슬아슬하여 손에 땀을 쥐게 했다. 술 한 방울 입에 대지 않았음에도 커얼친 왕은 얼굴이 벌겋게 상기되어 있었다. 콧구멍을 벌름거리며 청마(靑馬)를 탄 기사를 한순간도 놓칠세라 바짝 쫓아가며 지켜보던 커얼친 왕이 갑자기 벌떡 일어나 손나발을 하고는 소리쳤다.

"뒤바거! 고 검정이를 걸어라! 바짝 쫓아라! 더! 더!! 반드시 그 놈을 잡아 와야 해!"

커얼친 왕의 말을 들은 뒤바거가 알았노라고 손짓을 해 보이며 고삐를 낚아챘다. 말이 히히힝! 요란한 괴성을 지르며 네 발을 매의 발톱처럼 치켜들고는 단숨에 공중으로 날아올랐다. 놀란 사람들이 아우성을 지르며 뒷걸음쳤다. 그와 동시에 뒤바거가 탄 말은 족히 2백 보는 넘을 거리를 날아가 월대의 반대편에 가서 땅을 디뎠다. 천마들이 일제히 용을 쓰며 길길이 날뛰었고 풀과 먼지가 뽀얗게 뒤엉킨 허공은 천군만마가 뒤엉켜 싸우는 전쟁터를 방불케 했다.

망원경을 들어 인마(人馬)가 한 덩어리가 되어 우짖으며 부딪히는 현장을 지켜보며 건륭은 커얼친 왕이 땅을 치며 응원하는 청마를 따라 시선을 돌렸다. 때로는 미간을 좁히고, 때로는 미소를 지으며 망원경의 각도를 이리저리 맞추던 건륭이 홀연 피식 웃으며 망원경을 커얼친 왕에게 건네주며 말했다.

"자네의 용사가 기대를 저버리지 않았네. 귀여운 검정 망아지를 옭아맸네. 이걸로 보게!"

"황감하옵니다, 폐하! 황감하옵니다!"

커얼친이 연신 상체를 숙여 고마움을 표하며 기다렸다는 듯이 망원경을 받아들었다. 한쪽 눈을 감고 방향을 조절해가며 들여다보던 커얼친 왕의 입이 길게 찢어졌다.

"폐하, 청마를 탄 저 기사(騎士)는 소인이 가장 아끼는 일등 영웅 퉈바거이옵니다. 역시!"

그사이 퉈바거는 벌써 투마(套馬)에 성공한 흑마(黑馬)를 끌어 이쪽으로 다가오고 있었다. 황제와 자신들의 왕 앞에서 일등 영웅다운 묘기를 보여주고 싶었던 퉈바거는 자신이 타고 있던 청마에서 올가미에 걸린 흑마로 날아가 옮겨 타려고 시도했다. 그러나 그때마다 흑마가 고집스레 몸을 뒤틀면서 피하는 바람에 번번이 실패하고 말았다.

수많은 사람들의 숨죽인 시선이 자신에게 집중되어 있다는 걸 아는 퉈바거가 순순히 물러날 리 없었다. 뭐라 중얼거리며 욕설을 퍼붓는 것 같았다. 잠시 말을 방치하여 두는 듯 올가미를 느슨히 풀던 퉈바거가 순간적으로 고삐를 확 낚아챘다. 방심하고 한결 고분고분해져 따라오던 흑마가 뒤에서 힘껏 떠밀리듯 비틀거렸다. 그새를 놓칠세라 퉈바거는 날렵하게 몸을 날려 훌쩍 흑마에 올라탔다.

"와와!"

장내는 떠나갈 듯한 박수갈채로 뒤덮였다.

그러나 퇴바거가 득의양양한 미소를 짓기도 전에 흑마는 째지는 듯한 괴성을 지르며 대가리를 비틀고 엉덩이를 번쩍번쩍 치켜올리며 광기를 부리기 시작했다. 갈기를 빳빳이 세워 무서운 기세로 뒷걸음치는가 싶더니 갑자기 뭔가를 들이받아 박살낼 기세로 질주했다. 그렇게 두어 번 반복하자 퇴바거 역시 허공에서 위태롭게 두어 번 그네를 타는 듯한 몸짓을 하더니 그만 맥없이 툭 땅으로 떨어지고 말았다.

쿵!

엉덩방아를 찧고 대자로 쓰러져버린 퇴바거는 잠시 죽은 듯 그대로 있었다. 그제야 흑마는 광기를 거두고 킁킁거리며 누워있는 퇴바거에게로 다가오더니 약올리듯 들여다보며 꼬리를 살랑살랑 흔들어댔다. 일등 영웅의 얼굴에 먹칠한 장본인을 매섭게 노려보며 다시 벌떡 일어나 흑마와의 일전을 벌이려는 퇴바거를 향해 건륭이 말했다.

"저리 똑똑하고 날렵한 놈을 여기까지 끌어온 것만 해도 대단하네. 과연 몽고 호한의 기질이 돋보였네! 부상도 당한 것 같은데, 그만하지."

이같이 말하며 건륭은 이번에는 커얼친 왕을 향해 고개를 돌렸다.

"원숭이도 나무에서 떨어지는 수가 있다는데, 무리하지 않게 잘 위로해주게."

그러자 커얼친 왕이 웃으며 몇 마디 위안의 말을 해주고는 왕부 호위들더러 부축해 가게끔 했다. 절룩거리며 저만치 멀어져 가는 퇴바거의 뒷모습을 보며 건륭이 말했다.

"몸통이 검고 네 발이 하얀 버선을 신은 것 같은 저놈은 이름도 독특하여 천리설지탄(千里雪地炭)이라고 하는데, 중원에서 유명한 말이지. 웬만한 사람은 길들일 엄두도 못 낸다네. 말도 궁합이 맞는 기사가 따로 있다고 들었네!"

건륭이 말뜻을 알아차린 커얼친 왕이 고개를 까딱거리며 월대를 향해 꼬리를 흔드는 흑마를 가리켰다.

"누가 버거다 칸의 면전에서 이 열마(烈馬)를 길들여볼 텐가?"

"저요!"

커얼친 왕의 말이 떨어지기도 전에 가슴을 쭈욱 내밀고 성큼 나선 앳된 목소리는 다름 아닌 빠터얼이었다. 사람들이 미처 눈길을 돌리기도 전에 빠터얼은 벌써 흑마의 갈기를 움켜잡고 올라타고 있었다.

전혀 무방비상태에서 다시금 갈기를 잡힌 말이 잠시 주춤하더니 곧 길길이 미쳐 날뛰기 시작했다. 그 자리에서 뱅글뱅글 돌며 뒷발질하고 엉덩이를 무섭게 방아찧는 바람에 빠터얼은 고삐도 놓친 채 공중에 붕 떠버리고 말았다. 그리고는 빠터얼이 미처 말 위에 내려앉기도 전에 말은 곤두박질하듯 엉덩이를 허공으로 치켜올려 빠터얼을 사정없이 받아버렸다. 땅에 내팽개쳐져 성난 발길에 짓밟히는 건 아닐까 싶어 사람들이 손에 땀을 쥐고 있을 때 어린 빠터얼은 어느새 퉁기듯 일어나 물위로 솟구치는 잉어의 몸짓처럼 날렵하게 다시 말등에 올라타는 것이었다.

극도로 신경질적이 된 말이 발악을 하며 빠터얼을 떨쳐내려고 진저리를 쳤다. 그러나 빠터얼은 이를 악물고 억세게 움켜잡은 갈기를 더 이상 놓치지 않았다. 말등에 찰거머리처럼 착 들러붙어 몸을 밀착시키며 빠터얼은 자신의 얼굴을 말의 볼에 비볐다. 말이 정복당하지 않으려고 안간힘을 쓸수록 빠터얼이 움켜잡은 고삐도 악착스레 조여들었다.

　잠시 후, 기진맥진했는지 아니면 말도 나름대로 전술을 꾀하는지 광기가 조금은 수그러든 것 같았다. 빠터얼은 갈기를 쓸어주고 몸통을 어루만져주었다. 그러자, 놀랍게도 흑마는 턱을 내밀고 고개를 치켜든 채 가만히 있었다. 빠터얼의 손길을 느끼는 것 같았다. 그러자 빠터얼이 이번엔 좀더 과감하게 그 목을 껴안았다. 히히히힝! 즐거운 비명 같은 소리를 내지르며 말은 빠터얼을 태우고 날렵한 네 다리로 바람을 가르며 초원을 달렸다. 건륭과 몽고의 왕들, 그리고 시위들은 빠터얼이 이미 흑마와 하나가 되었음을 느낄 수가 있었다. 땀을 쥔 손이 풀리고 안도의 한숨이 여기저기서 터져 나왔다.

　말은 파죽지세로 질주하여 정복자에게 쾌감을 안겨주더니 가랑이가 쓰린 어린 빠터얼을 위해주듯 속도를 줄였다. 누렇게 변해가는 풀들과 이름 모를 야생화들이 알록달록하게 끝없이 펼쳐진 초원에는 소, 양, 말떼들이 점점이 흩어져 한가로이 노닐고 있었다. 월대도 까마득히 멀어지고 사람들도 간간이 하나둘씩 보일 뿐이었다.

　너무 멀리 왔다는 생각에 빠터얼은 다시 말을 돌렸다. 어느새 말과 하나가 되어 월대를 향해 달려오는 빠터얼을 향해 사람들은 폭풍과 같은 환호를 보냈다. 고삐를 잡아끌지 않아도 말은 졸래졸래 빠터얼을 따라다녔다. 흑마를 건륭의 면전으로 데려와 큰절을 올리며 빠터얼이 말했다.

　"버거다칸, 이 말은 하루에 천리를 달릴 수 있는 건마(健馬)이옵니다. 이제 얘는 버거다칸을 위해 열심히 뛸 것이옵니다!"

　"자네가 이런 재주꾼인 줄은 미처 몰랐네!"

건륭이 얼굴 가득 웃음을 머금은 채 덧붙였다.
"마술(馬術)에 능하니 짐의 마동(馬僮)이 되어주게!"
대단히 흡족해하며 이같이 말하던 건륭이 망원경을 신비스러워하며 이리저리 뜯어보는 커얼친 왕에게 말했다.
"마음에 들면 가지게. 짐이 상으로 내릴 테니!"
이게 웬 횡재냐 싶어 커얼친 왕은 자리에서 일어나 연신 머리를 조아려 감사의 뜻을 표했다.

이튿날 오전에 건륭은 수행원들을 데리고 목란(木蘭)의 어영(御營)으로 돌아왔다. 2만여 명의 녹영대군(綠營大軍)들이 벌써 푸헝의 호령에 맞춰 사방 백리의 사냥터를 포위했다. 추렵장(秋獵場)에는 이번 사냥을 위해 특별히 멀리서 보내온 호랑이, 표범, 사자, 늑대, 토끼, 사슴, 멧돼지…… 등등 그 수를 헤아릴 수 없이 많은 야생동물들이 갇혀 있었다.
만에 하나 야수가 어영을 습격할지도 모를 불상사에 대비하여 푸헝은 몇 날 며칠 밤잠을 설쳐가며 안전대책을 세웠다. 어영 정전(正殿) 주위에 몇 걸음마다 하나씩 초소를 세워 동향을 면밀히 살피는 한편 고북구(古北口) 진영(鎭營)에서 화총대(火銃隊)를 불러 50대의 화총을 근위(近衛)에 투입시켰다. 푸헝은 이 정도면 건륭이 만족하리라 믿어 의심치 않았다.
그러나, 사냥터로 들어선 건륭은 둘러보면 볼수록 안색이 굳어져갔다. 정전에 들어왔을 때는 온 얼굴에 화난 기색이 역력했다. 안전사고에 대비하여 추호의 방심도 허락하지 않는다는 나름대로의 기치를 내걸고 살피고 또 살펴 여기까지 왔건만 대체 어디가 잘못됐는지 알 길이 없는 푸헝과 기윤은 상주문에만 시선을 두고 있는 건륭을 훔쳐보며 초조하여 어찌할 바를 몰라했다. 입이 바짝 바짝 타 들어가 목구멍에서 단내가 났지만 그렇다고 물어볼 수도 없었다.

그렇게 반시간도 넘게 살인적인 침묵이 흘렀다. 그제야 건륭은 손에 들었던 상주문을 내려놓으며 차갑게 내뱉었다.

"푸헝, 자네가 말해보게! 우린 이곳에 무얼하러 왔지?"

"추렵을 나온 것으로 알고 있사옵니다."

푸헝이 마른침을 꿀꺽 삼키며 건륭이 묻는 의도를 점쳤다.

"밖에 녹영병들을 쫘악 깔아놓았사옵니다. 이는 어젯밤에 아뢴 바가 있사옵니다. 폐하께오서 둘러보신 결과 준비가 미흡한 점이라도 있으시다면……."

"준비가 너무 철저해서 문제지!"

건륭이 들었던 붓을 다시 내려놓으며 말을 이었다.

"이같이 울타리처럼 병력을 배치해놓으면 어떤 야수가 칼 맞으려고 기어 나오겠나?"

그제야 둘은 건륭의 심기가 불편한 이유를 알 것 같았다. 안도의 한숨을 몰래 내쉬며 푸헝이 아뢰었다.

"신이 어가(御駕)를 호위하여 승덕으로 내려오기 전에 장정옥, 어얼타이 두 군기대신으로부터 거듭되는 당부를 받았사옵니다. 다른 차사는 제쳐두고라도 첫째도 안전, 둘째도 안전! 폐하의 안전을 거듭 강조하셨사옵니다. 이 정전은 사면이 궁장(宮牆)도 없이 휑하니 뚫려 있사옵니다. 만에 하나 맹수가 습격해오면 신들이 가루가 되어 먼지처럼 날리는 건 작은 일이옵고, 폐하의 신변이 어찌 되겠사옵니까?"

이에 건륭이 말했다.

"아직도 말귀를 못 알아듣는군! 우리는 맹수들과 싸워 이기려고 왔지 안전만을 염두에 두고 맹수들끼리의 쟁투를 구경하러 온 게 아니란 말일세. 다칠까봐 그리 전전긍긍할거면 자넨 북경으로 돌아가게!"

건륭이 다시 언성을 높이자 기윤이 조심스레 입을 열었다.

"망극하옵니다, 폐하! 대단한 불경이오나 신은 폐하의 그 말씀엔 공감할 수가 없사옵니다. 안전이 보장되지 않고 어찌 무모한 사냥에 나서겠사옵니까? 폐하께오선 일전에 추렵은 연병(練兵)의 다른 형식이지 결코 오락이 아니라고 만천하에 명조(明詔)를 내리셨사옵니다. 연병시에도 적들의 기습을 방어해야 함이 마땅하지 않겠사옵니까?"

"군소리 말고 어서 병사들을 전부 철수시키게!"

건륭이 짜증을 내며 기윤의 말을 가위질했다.

"말로 자네들을 이길 사람이 있겠나? 세상사는 모두가 '도리(道理)'로 따져 몇 근 몇 냥 정확히 가를 수 있는 게 아니네. 어영 주변의 1리 반경 안에 당직시위들과 화총 열 자루만 남기게."

'도리'를 운운하지 못하게 하는 건륭은 막무가내였다. 푸헝은 어쩔 수 없이 수룬을 불러 지의를 전했다. 그리고는 빠터얼을 불러 그리 유창하지 않은 몽고어로 더듬거리며 명했다.

"차사를 맡겨줄 테니 한눈 팔지 말고 폐하의 뒤를 바짝 쫓아가! 말 두 필을 끌고 다니다가 만에 하나 위험한 사태에 봉착하면…… 폐하를 호위하여 피신하는 거야, 알았지?"

빠터얼이 자신있는 표정으로 머리를 끄덕였다.

이 사람, 저 사람 불러 지시를 하고 난 푸헝이 서둘러 정전으로 들어서자마자 건륭의 말소리가 들려왔다.

"역사책을 편찬한다는 것은 후세에게 오늘을 제대로 알리기 위함이 아니겠나? 어떤 서적들은 내용을 삭제할 건 과감히 삭제하고 보충할 건 보충해야겠네. 남겨둘 가치가 있는 서적은 잘 보관하고 아니면 자리만 차지하고 있지 않게 없애버리게! 짐은 자네가 서적이라면 작품의 우열에 무관하게 취사,여과 과정도 없이 무작정 〈사고전서(四庫全書)〉에 편입시킬까 염려되어서 그러네. 취사가 없는 편집은 역사를 제대로 기록하는 서적이 아니고 잡동사니에 불과하네. 명심하게,〈사고전서〉에 편입되는 서적은 반드시 엄격한 검열을 거친 정품(精品)이어야 세속(世俗)에 경종을 울리고 인심을 바로 세우는 데 기여할 것이라는 걸. 이것저것 아무렇게나 짜집기를 하는 건 시골서당의 훈장도 얼마든지 해낼 수 있네. 그렇다면 굳이 기윤 자네를 불러 닭 잡는 데 청룡도를 쓸 필요가 있겠나?"

건륭은 야심적으로 추진하는 〈사고전서〉의 편찬작업에 대해 기윤에게 가르침을 주고 있었다. 비록 자신의 차사와는 무관하였지만 푸헝은 행례 후 한 쪽에 물러나 관심있게 귀를 기울였다.

기윤이 말했다.

"폐하의 훈회를 명심하겠사옵니다. 사실 역조역대(歷朝歷代)들에서 전해져 내려온 사적(史籍)들은 참으로 많사옵니다. 하오나 대부분이 자기 조대(朝代)의 실정에 입각하여 백성들을 교화하기 위한 수단이었기에 지금의 시각에서 보면 곡필(曲筆)도 대단히 많은 게 사실이옵니다."

"그렇지!"

건륭이 부채 끝에 달린 백옥(白玉)으로 만든 장식물을 만지작거리며 덧붙였다.

"도서를 수집하라는 지의를 내렸으니 북경으로 돌아가자마자 착수하게. 그리고 하나 명심할 것은, 우리 만주족(滿洲族)은 여진족(女眞族)의 후예로서 '숙신(肅愼)' 애신각라(愛新覺羅)라고도 하지. 여기서 '각라(覺羅)'는 한어(漢語)로 풀이하면 '금(金)'자에 해당되겠네. 전대(前代)의 사서(史書)들에는 우리의 조상들을 비방하는 내용들이 많은데, 이번에 전부 바로잡도록. 더 거슬러 올라가면 우리 만주족의 선조를 개 견(犬) 부수를 넣어 만든 당치도 않은 글자로 모독한 부분이 있는데, 그것도 가능하면 고쳐버리게."

"그건……."

기윤이 잠시 망설였다. 역대 사서들에서 이민족을 '이적(夷狄)'이라고 표현한 구절은 수천 년에 걸쳐 수도 없이 많아 소털에 비유해도 무방할 것이다. 그 모든 걸 전부 '고쳐버린다'는 것은 어마어마한 일이 아닐 수 없었다. 또한 이를 고쳐버리라고 하명한다는 것은 건륭 또한 역사를 자기 입맛에 맞게 가공하려는 역대 제왕들의 한계를 벗어나지 못했다고 기윤은 생각했다. 성격대로라면 한바탕 설전을 벌여서라도 건륭을 설득해보고 싶었으나 그건 불가능할 것 같았다. 혀로 입술을 축이며 한참 망설이던 기윤이 난색을 표했다.

"폐하, 이 일은 입이 쩍 벌어질 정도로 큰 작업이옵니다. 신은 죽는 날까지 전력을 다 해도 완성할 자신이 없사옵니다!"

이에 건륭이 웃으며 말했다.

"우공(愚公)은 산을 옮겼네. 누구는 또 쇠방망이를 갈아 바늘을 만들었다고 하네. 걱정하지 말게! 북경으로 돌아가자마자 박학홍유과(博學鴻儒科)를 준비하여 학문이 뛰어난 홍유(鴻儒)를 선발해내면 자네가 휘하로 데려가 부리고 싶은 대로 부려먹게. 흔쾌히 돈줄이 되어줄 푸헝도 있겠다. 짐이 어제서문(御製序文)을 써주는데 천고제일서(千古第一書)를 만들어내지 못할 까닭이 있겠나!"

건륭은 의기양양하여 얼굴에 홍광을 번뜩이며 강한 집념과 자신감을 피력했다. 구석자리까지 떠밀린 기윤은 연신 마른침을 꿀꺽꿀꺽 삼킬 뿐 감히 토를 달지는 못했다. 바싹바싹 타 들어가는 기윤의 속내를 아는지 모르는지 푸헝마저도 흥분을 주체하지 못했다.

"천년의 세월을 아우르는 거대한 작업에 신도 한몫 끼워주신다니 실로 북받치는 감회를 어찌해야 할지 모르겠사옵니다. 원님덕에 나팔부는 형국이 될지라도 신은 무한한 영광이 아닐 수 없사옵니다!"

건륭이 웃으며 관모(冠帽)를 벗어들었다. 한치도 흐트러짐 없이 올올이 빗어 내린 머리를 가만히 쓸어보던 건륭이 손가락을 꼽으며 말했다.

"일단 무력으로 대소금천(大小金川)은 물론 청해(青海), 서장(西藏)까지 정복하여 서역(西域)의 새로운 강토를 개척해야 하네! 그에 못지 않게 문치(文治)도 병행하여 박학홍유과를 실시하고, 〈사고전서〉를 편찬하고, 석가(釋迦)와 공자(孔子)를 모시어 효릉(孝陵)를 참배하는 등 역사를 새롭게 쓰는 새 시대를 열어갈 거네. 짐은 반드시 문무(文武) 쌍두마차를 잘 이끌어갈 것이네!"

건륭이 불타는 눈으로 주먹을 틀어쥐며 웅심(雄心)을 토로하고 있을 때 갑자기 밖이 소란스러워졌다. 우왕좌왕하는 어지러운 발소리와 함께 수륜의 다급한 고함소리가 들려왔다.

"그놈의 눈은 가죽이 모자라 찢어놨어? 수레 안에 있는 분은 류통훈 어른이시잖아! 카발, 어서 애들 데리고 나가지 못하고 뭘 해!"

"예! 그런데, 와…… 저게 아주 집채네, 집채!"

상황이 다급한 건 분명했지만 대체 무슨 말인지 알 수가 없어 잠시 멍하니 서 있을 때 사색이 된 태감 왕례가 문턱에 걸려 벌벌 떨면서 기어 들어왔다. 흠칫 놀라는 건륭에게 다가가 혼비백산하여 손짓발짓 해가며 더듬더듬 아뢰었다.

"폐…… 폐하! 이렇게 크고 살찐 놈이…… 3백 근도 넘을 놈이…… 사람처럼 걸어오고 있사옵니다……."

불안하고 다급한 마음에 건륭이 버럭 고함을 질렀다.

"대체 뭐가 어쨌다는 거야?"

벽력같은 고함소리에 찬물을 뒤집어쓴 듯 그제야 제정신을 차린 왕례가 대답했다.

"……불곰……… 불곰 한 마리가 술을 저장해둔 움막 안으로 들어갔사옵니다……."

순간 벌떡 자리에서 일어난 푸헝이 벽에 걸린 패도(佩刀)를 찾느라 급급한 건륭을 향해 단호하게 말했다.

"폐하, 신의 일이옵니다. 성려(聖慮)를 끼쳐드리지 않게 처리하고 오겠사옵니다! 효남(孝嵐, 기윤의 호), 폐하께서 흥분하시어 밖으로 나가시지 못하게 잘 지키고 있으시게, 내가 나가 볼 테니!"

문짝이 떨어져나가도록 힘껏 밀어젖히고 뛰쳐나간 푸헝은 다짜고짜 문 앞을 지키고 서 있던 시위의 손에서 요도(腰刀)를 낚아채듯 빼앗아 들고 달려갔다. 몇 발짝 떼고 보니 과연 정전 서남쪽 나무 울타리 앞에 체구가 굉장한 늙은 수컷 곰이 우뚝 버티고 서 있는 게 보였다. 산 한 모퉁이가 뚝 떨어져 굴러온 것 같았다. 벌써 술 창고로 들어갔다 나온 곰은 발톱을 세우고 버티고 서 있으면서 한 쪽 발에 술항아리 하나를 걸고 있었다. 카발과 두 명의 시위가 접근을 시도했으나 가까이 가기도 전에 벌써 곰이 대충 휘두른 발길에 쓸려 셋이 한꺼번에 저만치 나가떨어지고 말았다. 정전 모퉁이에서 수룬이 고함치며 지휘했다.

"……자네 다섯은 연청 어른의 수레를 지켜드려야 하니 이쪽으로 오지마! 저기 저 열 명은 이쪽 돌난간으로 와! 여기서 찔러 죽여야겠어! 저게 술을 처먹었어! 정전 안에 쳐들어가지 못하도록 잘 지켜!"

그사이 류통훈은 이미 수레에서 내려섰다. 요도를 꼬나들고 달려오던 푸헝은 그 순간에도 농담을 했다.

"연청, 수레 안에 가만히 앉아 있지, 왜 내렸소! 우리가 저놈 하나 당해내지 못할까봐? 어서 정전 안으로 들어가 있으시오!"

그러나 여유 만만한 표정으로 웃으며 말하는 푸헝과는 달리 류통훈의 낯빛은 무섭게 굳어 있었다. 푸헝이 없는 손을 거칠게 뿌리치며 류통훈이 말했다.

"지금 이 마당에 웃음이 나오시오? 어찌 이런 일이 있을 수가 있소! 나한테 한방 먹고 싶소?"

푸헝이 류통훈을 안으로 끌고 가라는 손짓을 했다. 순식간에 시위들이 달려들어 막무가내로 류통훈을 떠밀고 있을 때 "쾅!" 하는 문소리와 함께 건륭이 뛰쳐나왔다. 등뒤엔 신색(身色)이 난감한 기윤이 따라나오고 있었다. 그와 동시에 후전(後殿) 쪽에서 맨발바람에 옷을 대충 걸친 빠터얼이 달려나왔다. 밤에는 당직을 서야 했기에 낮잠을 청하려던 와중에 때아닌 소동이 벌어져 허둥

지둥 달려나온 것이었다.

　불곰은 이제 이미 시위들이 모두 집합하여 층층첩첩 둘러싸고 있어 건륭의 안전은 전혀 문제가 되지 않았다. 시위들은 화총에 탄약을 넣어서 손에 들고 늙은 곰을 향해 조준하고 있었다. 건륭이 곰 가죽을 원할지도 모르니 이들은 부득이한 경우가 아니곤 총을 쏠 수가 없었다. 수많은 사람들을 잔뜩 긴장시켜놓고 곰은 입안에서 뭔가를 질겅질겅 씹고 있었다. 이빨 사이에 끼인 듯 입을 우물거려 찌꺼기를 뱉어내는 모양이 제법 여유만만했다.

　그러나 곰은 뒤늦게 화총 열 자루가 자신을 조준하고 있고, 삼면이 사람들로 빽빽이 둘러싸인 데다 나머지 한 면마저 나무난간에 막혀있다는 사실을 깨달은 듯했다. 커다란 대가리를 이리저리 돌리며 탈출을 궁리하는 듯하던 곰이 갑자기 술항아리를 들어 굵기가 고작 어른의 팔뚝 정도밖에 안되는 나무난간을 힘껏 내리치는 것이었다. 설마 했던 난간이 맥없이 툭 부러지자, 곰은 육중한 몸체를 날렵하게 움직이며 순식간에 저만치 도망을 가버리고 말았다.

　"쫓아!"

　건륭이 크게 고함을 질렀다.

　"웅담(熊膽)과 웅피(熊皮) 둘 다 챙겨야 해!"

　"예, 폐하!"

　시위들이 대답과 함께 우르르 쫓아갔다. 주위의 간곡한 만류도 뿌리친 채 장검을 들고 시위들의 뒤를 따라 달려가는 건륭을 보며 착잡한 표정을 짓던 류통훈이 황급히 뒤따라갔다. 나이가 나이니만큼 젊은 시위들을 따라가기엔 무리였던 류통훈은 뒤에 오는 기윤과 함께 거친 숨을 몰아쉬며 천천히 따라갔다.

곰의 꽁무니를 정신없이 쫓아간 일행 앞에 깊은 골짜기가 나타났다. 푸헝이 걸음을 멈추라고 명했다.

"여기가 옹구욕(瓮口峪)이라는 골짜기인데, 저놈은 이제 오도 가도 못하게 됐어. 폐하께서 웅담과 웅피를 원하시니 총과 활은 사용해선 안 되겠지? 주먹질을 하든 발길질을 하든 산 채로 잡아야 하는데, 무슨 뾰족한 수가 없소?"

"웅담을 취하는 것도 그리 쉬운 일이 아닙니다."

카발이 숨이 턱에 차 고통스레 인상을 찌푸리며 말했다.

"먼저 곰을 한껏 약올려서 담낭(膽囊)이 최대한 커지게 만든 뒤, 재빨리 배를 갈라 꺼내야 하거든요. 늦거나 빨라도 좋은 웅담은 얻기 힘듭니다."

그 말에 사람들은 더욱 난감해졌다. 사람이 우르르 덮쳐들면 곰을 약올리기는커녕 놀라 도망가게 할 우려가 있었다. 약을 올리려면 한 사람만 필요했다. 맨손으로 곰과 격투를 벌여 웅피까지 손상없이 보장한다는 것은 결코 호락호락한 일이 아니었다. 푸헝이 말했다.

"폐하께서 웅담을 원하시는 건 황후마마의 신열(身熱)을 물리치기 위함일거요. 둘 중 하나를 택하라면 웅담이 더 중요하지 않겠소? 저기 폐하께서 오시네. 몇 사람은 여기 골짜기 입구를 지키고 서 있고 나머지는 덮쳐, 최악의 경우엔 때려죽여도 어쩔 수 없어. 놓치는 것보단 낫잖아, 어서 움직여!"

시위들이 골짜기를 향해 달려갔다. 아직 스무 살도 되나마나한 나이 어린 두 시위가 공을 세울 욕심에 앞서 달리고 있었다. 골짜기의 모퉁이를 막 꺾어들자 곰은 거기에 쭈그리고 앉아 있었다. 처음과는 달리 금방이라도 집어삼킬 듯한 시뻘건 두 눈에선 불꽃이 뚝뚝 떨어지고 찢어질 듯 크게 벌린 아가리에는 고기 찌꺼기가 낀 송곳같은 이빨이 섬뜩했다. 혀를 날름대며 와락 달려들 태세를 취하는 바람에 기겁한 두 시위가 칼을 내던지고 뒷걸음쳐 도망나오며 쇳소리를 질러댔다.
 "푸상, 이건 방금 전의 그 곰이 아닙니다······."
 "게 섰거라!"
 건륭이 무섭게 일갈했다.
 "못난 것들 같으니라고! 화령(花翎)을 벗어놓고 썩 물러가!"
 놀란 가슴이 진정되기도 전에 이어진 건륭의 호령에 두 어린 시위는 그만 목석처럼 굳어지고 말았다. 그러나 이미 끔찍한 상황은 벌어지고 말았다. 나름대로 크게 놀란 곰이 미친 듯이 건륭을 향해 덤벼들었던 것이다!
 머리 위에서 난데없이 폭탄이 떨어진다 한들 이보다 더 아찔하랴! 푸헝이 눈을 질끈 감고 기절하여 뒤로 넘어가는 순간 "야합!" 하는 떠나갈 듯한 기합소리와 함께 빠터얼이 저만치에서 몸을 솟구쳐 가로로 찌르듯 날아가며 네 발을 쭉 뻗은 늙은 곰의 갈비뼈를 힘껏 걷어찼다. 얼떨결에 일격을 당한 곰은 사람이 보행하듯 앞다리를 빳빳하게 치켜올리며 다시 빠터얼에게로 덤벼들었다. 그 위기일발의 순간에도 빠터얼은 날렵하고 침착하기만 했다. 집채처럼 덮치는 육중한 곰의 배를 손으로 쓸 듯 스치며 빠터얼은 용케도 온몸을 던지는 곰을 피해갔다.
 그런데, 어느 순간 잔뜩 약이 올라 더더욱 날뛰며 덤벼들어야 할 늙은 곰은 웬일인지 눈꺼풀을 스르르 내리깔며 비틀거렸다. 뾰족한 턱을 치켜올리고 고통스런 신음을 토하던 곰이 갑자기 비 맞은 흙더미가 무너지듯 쿵하고 넘어졌다. 네 발로 죽어라 땅을 후벼파며 헉헉 마지막 숨을 몰아쉬는 곰을 보며 건륭을 비롯한 모두가 믿어지지 않는다는 표정을 지었다. 이어서 빠터얼을 보니 득의양양하여 웃고 있는 그의 손에는 건륭이 하사한 왜도(倭刀)가 들려 있었다. 대견하기 이를 데 없었다. 그러나 건륭은 기쁜 표정을 드러내지는 않고 화령을 빼앗겨 울상이 되어 있는 두 시위를 불렀다.

"이름이 뭔가?"

"진소조(陳紹祖)와 거릉이옵니다, 폐하……"

건륭이 웃으며 말했다.

"짐이 맞춰보겠네, 거릉은 희조(熙朝) 때의 장군 파해(巴海)의 손자이고, 진소조는 음…… 선제 때의 명리(名吏) 진세관(陳世倌)의 손자일 테지."

두 어린 시위가 깜짝 놀라며 연신 머리를 조아리며 그렇노라고 대답했다.

"신들이 못나서 조상의 얼굴에 먹칠을 하고 조상의 이름을 더럽히고 말았사옵니다."

건륭은 울먹이는 두 시위를 위로해주었다.

"일어나게! 너무 자책할 필요는 없네, 대단한 장군들도 자네들 같은 올챙이 시절이 있었으니. 짐이 알기로 흑룡강장군(黑龍江將軍)인 장옥상(張玉祥)도 시위 시절에 같은 이유로 성조(聖祖)께 화령을 박탈당한 적이 있네. 나중에 더욱 분발하여 되찾아오긴 했지만. 이번 일을 교훈 삼아 거듭나길 바라네."

두 시위가 천번만번 머리를 조아리고 물러가자 그새 카발이 피가 뚝뚝 떨어지는 웅담을 꺼내들고 왔다. 건륭이 웅담과 빠터얼을 번갈아 보며 흡족한 미소를 지어 보였다. 그리고는 기운이 종이에 정갈하게 포장하여 받쳐 올린 웅담을 빠터얼의 말안장 주머니에 밀어 넣었다.

"오늘 한바탕 난리를 겪었어도 짐으로선 수확이 이만저만 아니네. 늙은 곰 한 마리가 짐으로 하여금 많은 것을 느끼게 해주었거든!"

건륭이 웃으며 푸헝에게 물었다.

"어떠한가! 짐의 말대로 중군 호위들을 다 물리쳤으니 위험천만했어도 나름대로 의미가 있는 하루를 보낸 게 아닌가? 짐과 기윤은 말을 타고 갈 테니 자네는 걸어오게! 벌이라고 하기에는 너무 가벼운가? 하하!"

이같이 말하며 건륭은 고삐를 넘겨달라는 뜻으로 빠터얼에게 손을 내밀었다. 그러자 빠터얼이 도리질을 했다.

"폐하! 이 말은 아직 얼마간 더 길들인 후에야 폐하께서 직접 타실 수 있사옵니다. 오늘은 전에 타시던 청마가 더 안전할 것 같사옵니다!"

건륭을 시중든 시일이 얼마 되지 않고 말도 잘 통하지 않았지만 건륭의 신분이 초원의 왕들과는 비교가 안 될 정도로 고귀하다는 걸 이제 느끼기 시작하는 빠터얼이었다. 빙그레 웃으며 건륭이 청마에 올라타려고 하자 빠터얼은 어느새 그 발 밑에 동그마니 엎드렸다. 그런 빠터얼을 내려다보며 건륭은 잠시 망설이는 듯하더니 그 작은 등을 딛고 말 위에 올라탔다. 그리고는 웃으며 말했다.

"등뼈가 부러지면 어쩌려고 그러나. 짐은 여태 태감의 등만 밟아오다 다른 등을 밟으니 색다르긴 하다만! 정말 용감한 꼬마야. 짐은 자네를 3등시위(三等侍衛)로 임명하겠네!"

빠터얼은 무슨 말인지 몰라 두 눈만 깜박거리며 서 있었다. 그러자 카발이 그의 뒤통수를 살짝 건드리며 말했다.
"자식, 일보등천(一步登天)한 줄도 모르고!"
사람들이 웃으며 호의를 보이자 그제야 대충 영문을 알아차린 빠터얼은 그동안 유심히 보아두었던 대로 무릎을 꿇어 머리를 조아렸다.
"자, 가세!"
건륭이 웃으며 채찍을 날렸다. 동시에 말은 쏜살같이 내달리기 시작했다.
그 뒤를 따라가는 기윤은 아직 마술이 서툰지라 잔뜩 긴장하고 있었다. 얼마 못 가자 이미 그의 등골에는 땀이 흥건했다. 그에 비해 말 다루는 솜씨가 뛰어난 건륭이 조금 속도를 늦춰 기윤과 나란히 가며 물었다.
"효남, 말을 탄 기분이 어떤가?"
"너무 빨라서 정신이 없사옵니다!"
"그럴수록 긴장을 풀어야 하네, 허리도 쭉 펴고."
"예, 폐하……."
"그래도 천천히 달리는 게 좋을 듯하옵니다, 폐하."
"기마의 백미는 파죽지세로 달리는 것에 있다네. 느린 걸 원하면 노새를 타고 말지."
건륭이 덧붙였다.
"신마(神馬)에 엎드려 날 듯이 달리니 천지의 거대함에 속진(俗塵)의 만물이 보이질 않네! 이것이 진정한 기사들이 구두선(口頭禪)처럼 하는 말이지!"
건륭의 말을 음미하며 조금씩 바람 불듯 번개 치듯 하는 속도에 적응이 된 기윤은 난생 처음 느끼는 '속도'의 묘미에 가슴이 터질 듯 흥분됐다. 막힌 데 없이 질주하고 있던 중 건륭이 채찍을 들어 왼편을 가리키며 말했다.

"어, 황양(黃羊) 무리들을 좀 보게. 우리가 오니 숲속으로 도망가는데!"

기윤이 아직은 속도의 마력에 빠져 경황이 없었다. 건륭은 어느새 말안장에 달린 주머니에서 화살과 활을 꺼내 들었다. 왼손은 태산을 받치듯 오른손은 아기를 안 듯 자세를 취했다. 황양 한 마리를 명중하여 시위를 당기니 쌩! 바람을 가르며 날아간 화살은 어린 황양의 엉덩이에 날아가 콕 꽂혀버렸다. 어린 황양은 땅에 털썩 주저앉더니 다시 일어나 "음매, 음매!" 애처롭게 울며 어미 양의 꽁무니를 쫓아갔다. 내친 김에 건륭은 황양들이 숨어드는 숲속으로 쫓아가려고 했다. 당황한 기윤이 말에 채찍을 가해 바싹 뒤쫓아가며 말렸다.

"폐하, 그건…… 아니 되옵니다. 숲속에 들어가시는 건 위험하옵니다. 맹수가 숨어 있을지도 모르옵니다!"

울상이 된 기윤을 건륭이 밉지 않게 내뱉었다.

"겁쟁이 같으니라고!"

그렇게 한마디 던지고 난 건륭은 달리는 말에 더욱 힘껏 채찍을 안겼다.

기윤이 급히 따라가 보니 그리 크지 않은 숲속엔 온통 잡초와 웅덩이 투성이였고, 몇 갈래의 꼬불꼬불한 시냇물이 숲을 가로지르며 흘러가고 있었다. 워낙 말 다루는 솜씨가 서투른 기윤은 장애물을 날렵하게 잘도 통과하는 건륭을 쫓아갈 수가 없었다. 숨이 턱에 차 겨우 낭떠러지인 암벽 밑에 다다르니 한동안 시야에서 사라져 크게 당황했던 건륭이 보였다. 멀지 않은 곳에 황양 두 마리가 눈에 띄었다.

"폐하! 저기 두 마리가 있사옵니다!"

기윤이 마치 신대륙이라도 발견한 듯 크게 소리쳤다. 대뜸 채찍을 날려 황양을 쫓아가며 말안장 주머니에서 화살을 꺼내려던 건륭이 그만 말 위에서 굴러 떨어져 물이 반쯤 고여 있는 웅덩이에 빠지고 말았다!

초풍할 듯 놀란 기윤이 혼비백산하여 달려왔다. 달리 다친 곳은 없어 스스로 일어선 건륭은 흙물에 뒹굴었는지라 그 이상 낭패일 수가 없었다. 가슴이 벌렁벌렁 안도의 숨을 내쉬면서도 황제는 온통 흙탕물 투성이인데, 자신만 멀쩡하게 나타난다면 황제의 체통에 손상이 갈지도 모른다는 생각을 한 기윤이 뭔가 결심을 한 듯 이를 악물었다. 그리고는 "아이고!" 하는 비명을 지르며 말에서 굴러 떨어졌다. 엉덩이뼈에 금이 간 듯 아팠지만 몸에 흙이 묻지 않은 것이 아쉬웠다. 내친 김에 기윤은 데굴데굴 굴러 언덕 밑의 개울물에 풍덩 굴러 떨어졌다. 심각한 듯 상황을 꾸며 비명을 지르며 두 손으로 진흙을 움켜쥐고는 얼굴이며 몸에 마구 발라댔다. 그리고는 엉금엉금 기어서 언덕 위로 올라왔다. 신하 앞에서 체면을 구겨 기분이 언짢아 있던 건륭은 그러나 얼굴에 오리발을 그리고 절룩대며 나타나는 기윤을 보는 순간 홍소(哄笑)를 금치 못했다.

그날 저녁, 기윤은 지의를 받고 다시 연훈산관으로 왔다. 건륭은 류통훈, 우명당을 접견하고 있었다. 궁전 안으로 들어서니 건륭의 말소리가 들려왔다.

"경들의 금석양언(金石良言)을 받아들여 내일부터는 안전에 신경 쓰도록 하겠네. 조서(詔書) 몇 부 작성하고자 기윤을 불렀으니 경들은 내일 먼저 북경으로 돌아가게. 기윤이 작성한 조서를 가지고 가서 장정옥더러 노란 함에 넣어 긴급편으로 나친, 윤계선과 악종기에게 발송하라고 하게. ……연청, 자넨 북경에서 며칠 쉬었다가 남경으로 출발하게. 떠나기 전에 짐에게 상주문을 올리는 걸 잊지 말고, 도착하면 무사하다는 소식을 전해주게. 됐네, 이제 그만 다들 물러가게!"

말을 마친 건륭은 친히 두 사람을 궁전 밖까지 배웅했다. 드물고 특별한 배려가 아닐 수 없었다. 두 대신을 바래주고 다시 궁전 안으로 들어온 건륭은 마치 장난꾸러기 어린애처럼 혀를 내밀어 광대짓을 해 보였다. 그리고 웃으며 말했다.

"드디어 두 늙다리 잔소리꾼을 등 떠밀어 보냈어! 황제를 말에서 떨어지게 만들었다고 자네까지 물고 늘어지려는 걸 겨우 어르고 달래 보냈지 뭔가!"

37. 종학(宗學)

　북경으로 돌아온 류통훈은 다음날 아침 일찍 어얼타이와 장정옥, 이 두 만한(滿漢) 수석군기대신을 알현하기로 했다. 먼저 수레를 타고 어얼타이의 집으로 향했다. 이미 병이 고황(膏肓)에 든 어얼타이는 침대에 누운 그대로 건륭이 하사한 산삼(山蔘)을 받아들고는 그저 하염없이 눈물을 흘렸다. 그는 베개머리에서 힘없이 머리를 조아렸다.
　"늙고 병들어 아무짝에도 쓸모 없는데, 폐하의 은총은 변함이 없으시니 이를 어찌 보답할지……. 연청 공, 대신 주청을 올려주오. 나의 두 아들을 금천(金川)에 있는 나친의 휘하로 보내어 미력이나마 보태도록 윤허해 주십사 주청을 올려주면 고맙겠소. 그리고 연청 공, 사람들은 나와 형신(衡臣, 장정옥)이 몇십 년 동안 머리 맞대고 함께 일해 온 기간이 사실상 동상이몽(同床異夢)의 연속이었다고 수군대는 걸로 알고 있소. 문생(門生)들끼리 서로

개가 닭 쳐다보듯 하며 지내는 것도 또 다른 결당(結黨)의 형태가 아닌가 우려하는 목소리도 들렸소. 오늘 당장 다시 못 올 길을 갈지도 모르는 내가 거짓이야 말하겠소? 나와 형신은 성격상 아귀가 맞지 않는 구석이 많아 정견(政見)이 상이했던 건 사실이오. 하지만 그 때문에 둘이 문 닫아걸고 왕래하지 않은 건 아니오. 선제(先帝)께오선 대신들이 각자 모름지기 덕을 쌓고 본연의 임무에 충실할 것을 강조하시면서 뒷문으로 사적인 왕래를 하는 것은 소인배들이나 하는 비열한 짓이라고 꼬집으셨소. 그래서 왕래하지 않았는데…… 문생들이 워낙 많다 보니 자기네들끼리 우리 두 사람 사이를 넘겨짚고 서로 미워하고 경계하는 지경에 이르렀나 보오……."

어얼타이는 했던 말을 거듭하고 잔소리처럼 반복하며 거의 한 시간 동안 자신과 장정옥의 관계를 두고 류통훈을 붙들어 매어두었다. 수십 년 동안의 크고 작은 사건들, 그 전후인과(前後因果)를 검불처럼 헤집어 놓으니 류통훈은 조금 더 있다가는 머리가 터질 것만 같았다. 어얼타이가 물을 마시는 틈을 타 자리에서 일어난 류통훈이 위로의 말을 했다.

"밖에서 나도는 소문에 너무 민감하게 반응할 거 없습니다. 몸부터 추스르십시오. 그러면 출처가 불분명한 헛소문을 걸러낼 수 있는 마음의 여유가 생길 겁니다! 전 병부에 가봐야 하니 그만 일어나야겠습니다……."

류통훈은 곧 읍(揖)을 하고는 물러갔다. 어얼타이도 만류하진 않았다. 그러나 병부로 간다던 류통훈은 수레를 돌려 서화문에 있는 장정옥의 집으로 향했다. 그는 장정옥의 문생인 데다 건륭의 성총을 한 몸에 받는 중신인지라 문지기는 따로 통보할 것도 없이 직접 그를 서화원에 있는 서재로 안내했다.

"어, 자네 돌아왔네?"

온돌에 누워있던 장정옥은 반쯤 일어나 류통훈의 인사를 받았다. 그리고는 애써 일어나 앉아 건륭이 하사한 산삼을 정중히 받아 마름에게 넘겨주었다. 먼저 어얼타이의 처소를 찾았었다는 류통훈의 말에 장정옥이 희미한 웃음을 지었다.

"마음이 좁아 애들처럼 잘 토라지는 사람이지. 먼저 들르길 잘 했네. 음…… 잘했어……."

그 역시 어얼타이와의 사이에 있은 몇십 년에 걸쳐 이어진 불협화음을 들려주었다. 그러나 기억력이며 말주변은 어얼타이에 비해 월등하게 뛰어났다. 연갱요(年羹堯)에서부터 서부 용병(西部用兵), 운남(雲南)의 개토귀류(改土歸流)에서 다시 상, 하첨대(上下瞻對)의 교훈을 두루 아울러 정사, 군무, 재정, 인사상의 잘잘못을 정확히 짚어내고 재발방지대책을 촉구했다. 공손한 자세로 귀 씻고 들으며 류통훈은 시종 한마디도 끼어 들지 않았다.

장정옥은 진시(辰時)에서 정오까지 동서고금을 논했고, 류통훈과 점심을 같이 했다. 밥상을 물리고 나서도 그의 담흥은 지칠 줄 몰랐다. 듣는 사람이 아쉽다 싶을 때 말문을 닫는 적당한 선을 지키지 못하긴 장정옥 역시 마찬가지였다. 했던 말이 거듭되니 류통훈도 허리를 펴고 엉덩이를 들었다 놓으며 자세를 고쳐 앉는 빈도가 잦아질 수밖에 없었다. 그러던 중 마침내 장정옥이 마무리가 예상되는 한숨을 내뱉었다.

"파도는 항상 뒤에서 밀려와 덮치는 법이네. 우리 세대는 다가고 이젠 자네들이 폐하를 위해 진력할 때가 온 것 같네. 벼슬은 다만 현역일 때만 의미가 있는 것이네. 마치 해가 뜨면 동네방네에서 모여들어 판을 벌였다가 해가 어둑어둑해지면 짐 싸들고 들어가기에 급급한 장터처럼. 몇 년 전 자네가 처음 나의 문하로 들어올 때만 해도 내가 어디 이리 비굴할 정도로 사람을 붙들어 놓고 장편대론을 펴던가? 요즘은 그야말로 사람이 그립네……."

스르르 눈을 감고 추억을 더듬는 듯한 눈가에 희뿌연 눈물이 맺혔다. 한참 후에야 그는 비로소 입을 열었다.

"할 일이 태산같을 텐데, 그만 가보게, 연청!"

한편으론 문지방이 한산하여 말년이 쓸쓸한 스승이 가엾기도 했지만 마침내 놓여나는 홀가분함이 대사면을 받은 느낌이었다. 작별인사를 고하고 도망치듯 나와 수레에 앉은 류통훈은 문안인사차 들렀다가 두 집에서 거의 하루종일 머물러 있었다는 것이 속이 상했다. 달리는 교부(轎夫)에게 재촉을 해가며 집에 당도했을 때는 가인(家人)들이 대문에 등롱을 내걸고 있었다. 가인이라고 해봤자 고작 몇 명이었다. 이제나저제나 기다림에 지쳐 있던 환갑 넘긴 늙은 마름이 기척을 듣고 달려나와 아뢰었다.

"사람들이 많이 와서 기다리다 갔사옵니다. 지금은 오할자, 황천패 두 어른과 그분들이 데려온 제자들이 저녁밥까지 여기서 드시면서 기다리고 있는 중이옵니다. 밖에서 드시는 음식이 부실할까봐 소인이 우육탕(牛肉湯)을 따로 끓여 놓으라고 주방에 지시해 놓았사옵니다. 한 그릇 드시고 올라가시죠……."

뭐라고 중얼거리는 마름을 뒤로하고 큰 걸음으로 계단을 올라서며 류통훈이 웃으며 말했다.

"알았네 알았어! 그러면 한 사발 올려보내든가."

한편 위에서 류통훈의 말소리를 들은 오할자, 황천패와 그 제자들은 벌써 문밖으로 맞으러 나오고 있었다. 류통훈이 미처 인사를 나누기도 전에 문지기가 또 몇 사람을 데리고 뜰로 들어섰다. 불빛을 빌어보니 아계와 돈민, 돈성, 고항이었다. 이같이 안팎으로 손님이 몰릴 때는 먼저 밖에 있는 손님을 접견하는 게 류통훈 나름대로의 원칙이었다. 급히 다시 계단을 내려서며 오할자에게 양해를 구했다.

"저네들은 잠깐이면 되니까 먼저 내려가 보고 올게. 곧 올 테니 기다리던 김에 미안하지만 조금만 더 기다려주오."

부랴부랴 계단을 내려와 고항 등을 동쪽 서재로 안내하여 자리에 앉으니 마름이 우육탕을 한 그릇 들고 왔다. 김이 폴폴 나는 뜨거운 국물을 받아들고 류통훈이 웃으며 말했다.

"체신머리 없다고 욕하지 마오, 난 아직 저녁 전이거든! 고항 형은 산해관 쪽에서 오는 길인 것 같고, 아계는 북경에 도착한 지 며칠이나 됐소?"

국물을 후후 불면서 마시며 류통훈이 물었다.

"난 덕주(德州)에서 오는 길이고, 이 둘은 산해관(山海關)에서 왔지."

고항이 말했다.

"덕주 쪽의 운하가 막혀 식량선박과 소금선박들이 뒤엉켜 돌아가는 바람에 분쟁이 생겨 그걸 처리하느라 내려갔었소. 오할자도 함께 다녀왔소."

이같이 말하며 고항은 특유의 장난기 어린 웃음을 지으며 허리춤에 달려 있던 주머니를 풀어놓았다.

"덕주 마가(馬家)에서 만든 월병(月餅)인데 맛이 천하일품이라오. 길에서 요기하느라 몇 개 샀는데, 연청 어른은 먹을 복도 많은가 보오."

고항이 이같이 말하며 종이포장을 헤쳐 류통훈 앞으로 밀어놓았다. 크기가 동전 만한 작은 월병은 아니나다를까 색깔도 노르끄레한 것이 무척 먹음직스러워 보였다. 손가락으로 집어 입안에 던져 넣고 맛있게 씹어 넘기며 류통훈이 웃으며 말했다.

"맛이 참 특이하고 좋은데! 내가 월병을 좋아하는 건 또 어찌 알고!"

고항이 득의양양한 표정으로 웃어 보이자 그제야 말할 기회를 얻은 아계가 입을 열었다.

"난 어제 막 북경에 돌아왔소. 승덕에 어가를 알현하러 갔더니 별로 요긴한 업무가 없기에 특별히 들렀소."

한참 의례적인 담소가 오간 뒤 고항이 찾아온 이유를 속으로 점치며 류통훈이 말했다.

"식량선박이든 소금선박이든 간에 조운(漕運)에서 말썽을 빚는다는 것은 식량과 소금을 기다리는 경기(京畿) 지역에 주는 피해가 만만찮소. 염려 붙들어매시오, 포정사 어른! 두 번 다시 그런 일이 생기면 내가 오할자에게 곤장을 안기는 한이 있더라도 의도적으로 사건을 은폐하진 않을 것이오."

"그게 아니라……."

고항이 웃으며 말을 이어나갔다.

"오할자가 왜 그리 무례하오. 청방(靑幇) 한 무리를 이끌고 덕주 염무국(鹽務局)으로 쳐들어가더니 한시간이 넘게 소동을 피워대는 게 아니겠소? 겁에 질린 염무국 관리가 소피보러 간다며 뒷문으로 도망가버린 걸 내가 겨우 찾아내어 좋은 말로 양해를 구하고 협조를 부탁하고 왔지 뭐요. 내가 누구 흉을 보려고 온 게 아니라 사실이 그렇다는 얘기요. 설령 이 사람의 잘못이 있더라도 잘

봐주었으면 하오."

그러자 류통훈이 웃으며 말했다.

"그대는 자신이 국구(國舅)라는 걸 잊었소? 내가 아무리 세상에 무서운 것 없이 칼을 휘둘러댄다고는 하지만 포룡도(包龍圖)에 비할 수야 있겠소? 귀비마마를 안중에 두지 않을 수 없지 않겠소?"

"우리 누이 말이오?"

고항이 킁! 콧소리를 내며 말했다.

"명색이 귀비이지 폐하의 면전에선 끽소리도 못하는 걸! 황자를 생산하지 못했으니 당연히 기가 한풀 꺾일 수밖에! 따라서 국구도 국구 나름이라니까!"

그러자 아계가 웃으며 말했다.

"내가 보기엔 골치 아픈 공무(公務)는 저 멀리 밀어젖혀 두고 풍류는 원없이 즐기는 것 같던데, 그래도 불만이 있나 보죠?"

이에 고항이 웃으며 반격을 가했다.

"두 눈으로 똑똑히 보지 못한 이상 허튼소리 하지 마시오. 어떤 놈이 씹어댔는지 모르지만 풍류는 무슨! 둘이 눈이 맞아 잠깐 좋아하다 헤어진 적은 있어도. 그래도 난 여태 국고에 손을 댄 적은 한 번도 없소. 요즘엔 탐관(貪官)이 줄어들었다고 관보마다 대서특필하는데 귀신도 안 믿소. 시간이 있으면 동네 전장(錢莊)을 들여다보오. 금, 은이 산더미처럼 쌓여 있소! 왜 그런 줄 아오? 벼슬아치들이 어마어마한 액수의 은표를 한 장 달랑 들고 와 밤중에 금이나 은으로 바꿔가기 때문이라오. 이제는 뇌물을 상납해도 표나게 보따리 싸들고 다니는 사람이 없지 않소. 뇌물이 이처럼 음성적으로 건네지니 누군들 알겠소. 아계, 한 수 가르쳐 줄게.

자네도…… 날은 춥지 않지만 외투 안주머니에 은표 한 장 넣어 윤계선의 집으로 가는 거요. 이야기 도중에 뒷간가는 척하고 외투를 '깜빡한 채' 나와 버리면 다음 인사(人事) 땐 틀림없이 껑충 뛰어오르는 거지!"

아계가 그건 아니라는 듯이 연신 두 손을 흔들었다. 그리고 웃으며 말했다.

"사람을 어찌 보고 그런 말을 하는 거요? 난 그런 사람이 아니오, 계선이도 그렇지 않고! 자네야말로 속에 진주나 보석을 넣어 공들여 만든 마가네 월병을 푸상께 갖다바치지 그러오. 상서(尙書)나 구경(九卿) 자리는 떼어 논 당상일 텐데!"

그러자 고항이 아계가 그랬듯이 급히 두 손을 내저었다.

"그건 늑대를 방안에 끌어들이는 것과 다를 바가 없는데, 누가 그런 미친 짓을 하겠소! 나도 푸헝도 그런 사람이 아니오……."

"아계, 듣자니 자네 호를 '가목(佳木)'으로 고쳤다며?"

류통훈이 아계를 향해 씽긋 웃어 보였다. 그리고는 정색하며 물었다.

"나친 공(公)이 사천(四川)으로 간 지 한참 됐는데, 그곳 형세는 어떤지 모르겠소? 장광사도 여전하고?"

이는 모든 이들의 관심사항이었다. 사람들은 즉각 입을 다물고 귀를 쫑긋 세워 아계의 대답을 기다렸다.

서부전선의 상황은 아수라장이 따로 없었다. 둘 다 사천에 있는 건 사실이었다. 하지만 나친은 성도(成都)에 있었고, 장광사는 '병'을 핑계로 중경(重慶)에 머물러 있었다. 남로군과 중로군은 사천 남부의 귀주성(貴州城)에 틀어박힌 채 군향만 축내고 있는 형국이었다. 그럼에도 막료를 시켜 이 사람, 저 사람 떠벌리는 얼토당토않은 말을 '필승지도(必勝之道)'라며 나친에게 서찰을 보내어 도리어 전략에 혼선을 빚게 했다. 성도에서 있었던 3차 군사회의는 한바탕의 몸싸움으로 끝나버리고 말았다.

나친은 자신의 위망(威望)으론 부하들의 기강을 바로잡고 군기를 쇄신할 자신이 없었지만 장광사에게 아쉬운 소리를 하긴 싫었다. 장광사에게 군중으로 돌아와 '요양'하라는 뜻을 피력한 편지를 보내는 동시에 나친은 자신이 건륭에게 올렸던 전략전술에 관한 주장과 이를 높이 평가한 건륭의 주비를 부장(副將) 이상의 부하들에게 발송했다. 그리고는 장광사에게로 가는 인편에 전했다. 만약 함께 손잡고 군사를 이끌어가길 끝까지 거부한다면 자신은 주청을 올려 철수하겠노라고 으름장을 놓았다.

그제야 장광사는 어쩔 수 없이 코가 꿰어진 채 군중(軍中)으로 돌아왔다. 지휘관들끼리 합심하지 못하고 병사들의 군기가 산만하여 군령이 날로 무력해지고 있었다. 사태의 심각성을 감지한 각 지역의 관찰도(觀察道), 감찰어사(監察御史)에서부터 사천성 안찰사(按察使)까지 저마다 붓을 들어 북경 도찰원(都察院)으로 고소장을 올렸다. 빗발치는 고소장들은 푸헝에게로 전달되어 산처럼 쌓였으나 나친은 군기대신을 겸하고 있고, 직위가 푸헝보다 높은지라 푸헝은 감히 뜯어볼 엄두를 내지 못하고 그대로 나친에게 전해주었다.

그러나, 자나깨나 군심(軍心)을 안정시키는 데만 신경이 곤두서있던 나친은 분연하게 일어선 이들의 목소리를 무시해버리고 말았다. 가지가지의 군심안정책은 효과가 미진했고, 날로 제 멋대로인 각 군의 발호와 전횡은 악화일로로 치달았다.

청병(淸兵)이 한 접시 모래가 되어 사방으로 흩어져 있을 때

사뤄번은 갈수록 안정을 찾아갔다. 소금천(小金川)을 수복한 데이어 운남, 귀주에서 식량을 사들여 언제 닥칠지 모를 전쟁에 대비했다. 찻잎과 식염(食鹽)도 충분히 비축해두었다. 패배한 청병들에게서 화총(火銃) 스무 자루까지 사들이고, 어느 흙탕물에 빠진채 방치되어 있던 청병의 대포 두 문도 수리해 놓았다. 쌍방은 한동안 교전은 없었지만 사기는 엄연한 대조를 이루었고, 형세는 이미 불 보듯 뻔했다……. 그러나 이는 군사기밀인지라 건륭과 푸헝 외엔 그 누구에게도 말할 수 없었다.

오랫동안 깊은 생각에 잠겨있던 아계가 그제야 류통훈의 물음에 입을 열었다.

"지금 장광사 군문은 모든 걸 나친 중당의 지시에 따르고 전군은 일사불란하게 움직이고 있는 걸로 알고 있소. 그러나 서부내륙은 겨울엔 도저히 행군이 불가능하오. 남쪽 내금산(夾金山)은 6월부터 눈발이 날려 10월엔 산을 봉해버리니 군량을 남로군과 중로군에 운반한다는 것이 하늘의 별따기요. 그래서 폐하께오선 좀더 기다렸다가 내년 여름에 공격을 개시하게끔 윤허하셨다고 들었소. 그밖에 승패에 대해선 진인사대천명(盡人事待天命)이라 나도 감히 단언할 수 없소."

말을 마치고 잠시 생각하던 아계가 엉거주춤 일어설 태세를 취하며 말했다.

"위에 또 연청 공을 기다리는 손님이 있는 것 같은데, 오늘은 이만하고 다음을 기약하는 게 좋겠소!"

사람들은 저마다 자리에서 일어났다. 류통훈도 만류하지 않았다. 문 앞 처마 밑까지 바래주고 공수하여 작별을 고한 류통훈은 곧 오할자 등이 기다리고 있는 이층으로 올라갔다.

한편 밖에 나와 말 위에 올라탄 고항은 등롱 불빛을 빌어 시계를 들여다보았다.

"날이 일찍 어두워지네. 한여름 같았으면 아직 해가 중천에 있을 텐데……. 난 또 가볼 데가 있어서 여기에서 그만 헤어져야겠소. 살펴가고, 내일 또 보지!"

말을 마친 고항은 벌써 저만치 어스름 속으로 사라졌다. 남아있던 세 사람 중 아계가 말했다.

"우린 다같이 높이 올라가자는 뜻에서 전문(前門, 지명)에 있는 고승주가(高昇酒家)로 가서 한잔 꺾을까? 전도, 장우공, 러민 등도 북경에 있었으면 좋았을 텐데."

그러자, 돈성이 냉소를 터트렸다.

"그것들이 없어서 우리가 술 못 마시겠소? 우리 인생에 무슨 그리 도움되는 것들이라고. 그러지 말고 설근이네 집이 여기서 멀지 않은데 고기, 술이나 좀 받아 가지고 그리로 가지!"

돈성의 제안에 둘은 좋아라 흔쾌히 응했다.

한편 류통훈의 집을 나선 고항은 말을 달려 곧추 푸헝의 부저(府邸)로 향했다. 점심때 집을 나서며 하인더러 늦은 인사지만 푸헝에게 줄 추석선물을 챙기게 하여 들고 나왔던 것이다. 여러 가지 물건 외에 고려인삼도 한 근 넣었다. 북경에 주둔하고 있는 조선사신(朝鮮使臣) 김성주(金成柱)가 보내준 진귀한 선물이었다. 그밖에 악준(岳濬)이 푸헝에게 보내는 편지까지 수중에 들어있으니, 이 정도면 당아(棠兒)를 보러 오는 길이 충분히 당당했다.

고항에게 있어 당아는 그립고도 무서운 존재였다. 볼 때마다 침을 질질 흘려도 언제 따스한 눈길 한 번 주지 않는 당아는 가시 돋친 장미였다. 살짝 비틀면 육즙이 배어나올 것만 같은 풍만하고 탄력 있는 몸매며, 나이를 거꾸로 먹는 것 같은 화사한 용색(容色)이 고항으로 하여금 그녀가 막중한 권력을 행사하는 재상의 마누라이고 황후의 올케라는 사실도 깜빡깜빡 잊은 채 냉가슴을 앓게 했던 것이다……. 흘겨보는 눈동자도, 무시하는 코웃음도 마냥 매력적으로만 보이는 고항이었다. 한 번만 품어봤으면 원도 한도 없을 것 같았다. 지방으로 출타하지 않고 북경에 있을 때면 고항은 무슨 핑계를 대어서라도 며칠에 한 번씩은 푸헝네 집을 방문하곤 했다. 생선 비린내조차 맡지 못하는 고양이라고 자탄하면서도 무작정 그쪽으로 달려가는 마음은 붙들어맬 자신이 없었다.

오는 길 내내 당아를 생각하며 고항은 어느새 푸헝의 부저 앞에 당도했다. 마름 왕씨가 푸헝을 따라 승덕(承德)으로 가면서 남자들을 거의 데리고 가다시피 해서인지 푸헝네 이문(二門)에는 남자 그림자도 보이지 않았다. 고항은 자주 보는 얼굴인지라 벌써 누군가 들어가 알렸는지 잠시 후 늙은 마름 왕씨가 달려나왔다.

"우리 재상 어르신께 드리는 편지를 전하러 오셨다니 마님께서 안으로 모시라고 합니다."

고항이 좋으면서도 불안한 마음으로 조심스레 안뜰로 들어갔다. 창문에 비쳐진 당아의 그림자를 게걸스레 뜯어보던 고항이 창가로 다가가 말했다.

"형수님, 안에 계세요?"

안에서 응답하기도 전에 황급히 주렴을 걷어 젖히고 들어가니 몇몇 나이든 아낙들이 온돌마루 옆에 줄지어 선 채로 당아가 수놓는 모습을 지켜보고 있었다. 오며가며 이것저것 찔러 넣어준 덕분에 유난히 공손한 한 무리의 몸종들이 방석이 깔린 의자를 가져온다, 차를 내온다, 더운 물수건을 건넨다 하며 반가이 맞았다.

"고 어른은 갈수록 신수가 훤해지시네. 콧수염도 어쩌면 저렇게 멋있게 길렀을까!"

당아가 고항이 탁자 위에 내려놓은 편지와 보자기를 힐끗 쳐다보고는 수를 놓는 손은 멈추지도 않은 채 피식 웃으며 지시했다.

"채훼야, 편지를 잘 보관하거라. 그런데 웬 보자기?"

고항이 제대로 눈길 한 번 마주치려 하지 않는 당아에게로 보자기째 들고 갔다. 그리고는 시선을 끌어보려는 듯 흔들었다.

"최상급의 고려인삼입니다. 형과 형수님께서 몸보신을 하시라고 특별히 조선 사절단에 부탁하여 가져왔다는 거 아닙니까! 작은 것은 20비엽(批葉, 1비엽은 일년의 삼령(參齡)을 뜻함), 큰 것은 70비엽 짜리라고 합니다. 대단하죠? 형수님, 저 좀 보시죠, 갈수록 잘 생겨 보이지 않습니까?"

고항이 턱을 바싹 들이밀며 곰살맞게 배시시 웃었다.

"오늘은 제가 봐도 그럴싸해 보입니다. 형수님을 뵈러오자니 가슴이 설레어 밤잠은 설쳤어도 신바람이 나서 얼굴이 보들보들해진 게 아닌가 합니다. 여기 한 번만 만져보세요, 아기의 볼 같지 않아요?"

장난기가 다분한 고항 특유의 유들유들한 언동에 방안에 있던 여인과 몸종들이 입을 감싸쥐고 키득거렸다.

"그-래! 정말 반질반질하군!"

당아가 사람들 앞에서 무안을 줄 요량으로 가까이에 와 있는 뺨을 확 꼬집어 비틀었다.

"아야아야…… 아!"

고항이 비명을 지르며 시뻘건 볼을 감싸쥐고 뒷걸음쳤다. 쾌감 어린 눈으로 곱게 흘기며 당아가 비꼬았다.

"남자라는 동물은 특히 겉만 보고는 모른다니까. 밖에 나가면 기침소리 크게 내며 근엄하기만 할 우리 고 어른께서 남의 아녀자한테 볼 가렵다고 내밀어 낭패보는 위인인 줄 누군들 상상이나 할까? 비단옷만 입으면 뭘 해, 속엔 오물이 꽉 있는걸! 으이구! 남정네들이란 알다가도 모를 족속들이야!"

그럼에도 난감해하는 기색이 별로 없는 고항을 보며 당아가 여인들더러 그만 물러들 가라고 분부했다. 그리고는 정색하며 말했다.

"악준의 마누라는 잘 있는 것 같았소? 보고 싶은데! 지난번에도 인편에 정성이 깃든 자수품을 보냈던데, 나도 뭘 좀 선물해야지 하고 생각은 했었다가 깜빡했지 뭐요."

그러자 고항이 웃으며 답했다.

"형수님, 오늘 일찍 자리에 드셔야겠는데요! 수면이 부족하신가, 언행이 좀 과격하셔서요. 제가 남의 마누라 잘 있는지 어떻게 알아요. 관아에서 만나 편지를 부탁받았지 그 집 안방에 들어가 본 건 아니잖아요."

이에 당아가 말했다.

"그거야 모르지. 요즘은 뒷문으로 들어가 검은 거래를 하는 게 유행이니. 특히 고 어른 같은 사람은 그곳이 어디냐에 따라 개구멍엔들 안 들어가겠소?"

톡 쏘며 비아냥대는 당아는 고항이 보기에 그래도 황홀했다. 유리알 같은 두 눈에 하얀 이가 눈이 부셨다. 여전히 비스듬히 다리를 모으고 앉아 틈을 주지 않는 당아를 넋 놓고 바라보는 고항의 눈동자가 풀렸고 헤헤 벌린 입에서 침이 흘렀다.

"형수님은 갈수록 뭇사내들의 혼을 빼놓게 미색이 뛰어납니다.

우리 마누라가 형수님의 반만 되어도 전 매일 품어주고 물고 빨아 세수시켜줄 텐데!"
 당아는 그 칭찬이 싫진 않은 듯 까르르 웃음을 터트렸다.
 "미색은 무슨. 내일 모레 꼬부랑 할머니가 될 텐데!"
 고개를 살포시 숙이고 귀밑머리를 넘기며 모처럼 눈웃음이 찰랑이는 그 모습을 보며 유혹의 몸짓이라 여긴 고항이 참지 못하고 일어났다. 눈치를 힐끔힐끔 보며 당아 가까이에 있는 촛불 앞으로 가 멋쩍게 촛대를 매만지고 조금씩 다가선 고항이 당아가 팔을 올려 놓고 있는 탁자를 쓸어 내리며 쯧쯧 혀를 찼다.
 "주인을 닮아 요것도 참 앙증맞네요, 볼수록 만져보고 싶은 마음이 드니······. 며칠 뒤 열하로 떠나는데 형님한테 편지 안 보내요? 형님하고 너무 오래 떨어져 있어서 그런가 가까이에서 보니 이마에 오돌도돌 뭐가 났네요······."
 "너무 늦었소! 볼일 다 봤으면 그만 가보오."
 갈수록 손발 둘 데를 모르는 고항을 더 이상 방치해둘 수 없다는 듯이 당아가 발딱 일어났다.
 "애가 잠들었는지 모르겠네, 요즘 통 잠을 안 자고 보채더니······."
 혼잣말처럼 중얼거리며 당아는 살펴가라는 말 한 마디 없이 안방으로 들어가 버렸다. 다 잡은 고기를 놓친 아쉬움이랄까, 뺨따귀 얻어맞은 굴욕이랄까 아무튼 고항은 실망과 원망 섞인 눈빛으로 아직도 흔들리는 안방의 문발을 힘껏 노려보고는 터벅터벅 발걸음도 무겁게 푸헝네 집을 나섰다.
 그 시각 서원(西宛) 밖 남촌(南村) 조설근(曹雪芹)의 집에서는 홍촉(紅燭)이 대낮같이 밝은 가운데 술잔 부딪치는 소리가 심심찮게 들려왔다. 사람들이 왁자지껄하게 웃고 떠들며 분위기는 농익어 가고 있었다. 성총(聖寵)이 나날이 깊어가니 냄새를 기막히게 맡는 아첨꾼들이 찾아와 구역질나는 사탕발림소리를 해대는 통에 북경에 머무는 하루하루가 고역이었던 아계(阿桂)로선 좋아하고 보고 싶었던 사람들과 고기 한 근 푹 삶아 안주하여 권커니 작커니 마시는 술자리가 더 이상 편할 수가 없었다. 사람들이 궁금해하는 서남 지역의 경물(景物)과 풍속(風俗)에 대해 들려주고 난 아계가 한숨을 내쉬었다.

"싸움만 안 한다면 경관이 그만이고 여러 가지 보물도 많은 곳인데! 설근, 자네가 가봤으면 매일 시 쓰는 재미에 안 나올려고 할거요!"

그러자 류소림(劉嘯林)이 답했다.

"지난번에 북경에 왔다는 소문은 들었는데, 우릴 찾아주지 않으니 아계도 높이 올라가 별 한줌 따더니 별 수 없구나, 라고 서운한 생각이 잠깐 들었었소. 그런데 오늘 보니 역시 우리의 벗이요!"

이에 아계가 웃으며 말했다.

"먹느냐 먹히느냐, 베느냐 베이느냐 하는 관직이 높아지는 것엔 솔직히 아무 생각도 안 나오. 칼 빼들고 쫓아다니다 보면 사람머리가 전부 호박같이 보이기가 일쑤이고. 그리고 내가 무슨 별을 땄다고 그러오. 한 치 앞도 가늠할 수 없는 험지(險地)에서 나뒹구는 신세인데! 난 솔직히 그대들과 같이 나누는 땅콩 한 접시에 술 한 잔이 늘 그리운 사람이오."

말을 마친 아계는 한숨과 함께 술잔을 비웠다.

"방금 얘기 중에 사뢰번의 마누라가 싸움판에 뛰어들어선 용맹하기가 남자 뺨친다 했는데!"

류소림이 웃으며 입을 열었다

"조설근 형도 엊그제 〈홍루몽(紅樓夢)〉에 여장군 임사낭(林四娘)을 등장시켰지 뭐요! 남자 주인공 가보옥(賈寶玉)이 달밤에 난간에 기대어 피 토하는 아픔으로 두 팔 뻗어 의롭게 죽어간 미모의 여장군을 찬송(贊頌)하는데, 정말 처연하고 비통하기 이를 데 없었소! 내가 한번 읊어볼게 들어보오!"

방안은 삽시간에 물 뿌린 듯 조용해졌고, 엄숙한 류소림의 낮은 목소리만 가득했다.

......
피비린내 나는 미친 바람에 밀 허리 꺾이고,
깃발 스러진 군막은 휑하니 비어 있구나.
청산은 적적하고 물은 차가운데,
항왕(恒王)이 전사하여 산천은 저리도 오열하는가.
차가운 빗물에 백골이 씻긴 피 잡초를 물들이고,
달빛 시린 모래밭에 시체가 서럽구나.
분연히 일어난 충의로운 규각(閨閣)의 딸,
항왕의 원수를 갚으러 달려가니 목숨은 이미 초개요,
수놓은 말안장에 피맺힌 눈물 한 방울,
철갑은 소리 없이 차가운 밤만 깊어가노라.
승패는 가늠할 수 없는 미지수,
생사의 한판 승부로 전왕(前王)의 싸늘한 영혼을 달래주리라.
......
문무는 조강(朝綱)의 근본이라 했거늘,
심규(深閨)의 홍분(紅粉)이 분기(奮起)할 때 그 많던 영웅들은 다 어디 숨었나!
 영원한 여장군 우리의 임사낭을 내 목청껏 노래하니,
 이 가득한 비애를 어찌 할까……

류소림의 눈물 맺힌 처연한 음창에 사람들은 저마다 숙연해지고 말았다. 그 모습을 보고 조설근이 웃으며 말했다.
 "아직 이름을 지어주지 못했소. 몇 개 생각했다가 마음에 들지 않아 버리고 말았소. 누가 화룡점정의 이름 하나 지어보오."
 "그냥 〈홍분장군사(紅粉將軍詞)〉가 좋겠는데!"
 아계가 깊은 생각 없이 말했다.
 "너무 싱거워, 안 돼!"
 류소림이 연신 머리를 저었다. 그리고는 고개를 숙인 채 한참 궁리 끝에 말했다.
 "〈능파신녀(凌波神女)〉가 어떨까?"
 "여장군을 칭송하는데 어떤 기백이 느껴지지 않잖소!"
 그러나 돈민은 흡족한 표정이 아니었다.
 조설근이 머리를 긁적이며 고민하고 있는 사람들을 향해 말했다.
 "워낙 신비스럽고 독특한 인물이니, 시명(詩名)도 그에 걸맞아야지."
 그러자 돈성이 손사래를 쳤다.
 "판 벌인 사람이 수습하도록 하고 우린 술이나 마시자고! 난 관심이 없어!"
 비어 있는 술 주전자를 머리 위로 치켜올려 흔들어 보이며 돈성이 안방을 향해 소리쳤다.

"형수님, 여기 말오줌 조금만 더 데워주세요!"

"예……, 잠깐만요!"

맑은 목소리와 함께 웃으며 달려나온 방경(芳卿)이 술 주전자에 황주(黃酒)를 따르며 말했다.

"작은 건 젖 달라 보채고 큰놈은 이야기해 달라고 조르니 통 정신이 없네요! 너무 많이 드시는 거 아니에요? 술이 아까워서 그런 게 아니라 지난번처럼 여기저기 쓰러져 내가 곤욕을 치를까 봐 그래요."

서로 허물로 삼을 사이가 아닌지라 곱게 눈을 흘겨가며 말하는 방경을 보며 돈성이 미소를 지었다.

"형수님은 애 둘 낳더니 더 풍만해지시고 고와 보이네요. 임자가 있더라도 내가 존경하는 설근이 형만 아니었다면 어떻게 해봤을 텐데!"

술 냄새를 풍기며 평소에 안 하던 농담도 곧잘 하는 돈성이었다.

"갈수록 버르장머리가 없네, 하늘같은 형수님한테! 말오줌도 많이 마시니 못 쓰겠군!"

방경이 맞받아쳤다.

"괴담(怪談)이라는 뜻인 귀화(鬼話)와 음(중국어로!)이 같은…… 궤획(詭嬅)은 어떨까!"

돈성과 방경의 우스갯소리에는 전혀 무관심한 채 골똘히 생각에 잠겨 있던 조설근이 갑자기 무릎을 쳤다.

"바로 그거야,〈궤획장군사(詭嬅將軍詞)!"

하필이면 귀화(鬼話)와 동음으로 시명(詩名)을 지을 건 뭐람? 사람들이 어안이 벙벙한 눈치였다. 그러자 조설근이 손가락에 술을 찍어 음식상 위에 '詭嬅' 두 글자를 써 보이며 설명을 덧붙였다.

"이 단어는 송옥(宋玉)의 〈낙신부(洛神賦)〉에서 처음 선보인 단어인데, 여자가 정숙하고 단아함을 뜻하지. 여기에 '장군'이라는 두 글자를 보태면 임사낭의 고결한 미를 제대로 표현할 수 있을 것 같소. 요즘 들어선 이 단어를 거의 사용하지 않고 있소. 읽을 줄 아는 사람도 몇 안 되고. 그러니 창피해할 것도 없소."

정곡을 찔린 사람들은 서로 마주보며 헤식은 웃음을 흘렸다. 그러던 중 돈민이 입을 열었다.

"요즘 기윤(紀昀)이 도서를 수집하느라 정신이 없다는데, 등잔 밑이 어둡다고 〈홍루몽〉을 곁에 두고 우린 뭘 하는 거요! 추천해 보자구요. 편입되면 〈사고전서(四庫全書)〉의 격이 달라질 텐데."

"아니, 아니!"

술을 따라주고 있던 조설근이 정색을 하여 거절했다.

"난 평범한 백성이오. 내 소설 속의 인물들도 나 같은 일반인들이 사소한 일에 울고 웃고 목숨을 거는 잔잔한 일상을 그렸을 뿐이오. 한가한 우리끼리의 심심풀이란 말이오. 군국대사(軍國大事)나 조정(朝廷)의 대정(大政)에 대해선 단 한 마디의 언급도 없소. 기윤이 〈사고전서〉를 편찬한다는 지의(旨意)는 벌써 종학(宗學)에 내려져 알고 있소. 경(經), 사(史), 자(子), 집(集)과 정론(政論), 문론(文論)에 관한 서적들만 입선(入選)할 수 있다고 하였소. 내가 알기로 기윤은 〈요재지이(聊齋志異)〉나 〈홍루몽(紅樓夢)〉 같은 야사(野史)에 근거한 염정소설(艷情小說) 따위는 별로 좋아하지 않소. 출처가 분명하고 사실이 엄연한 기록서들만 찾는 사람들이오. 그들이 나와 경향이 다르다고 하여 나쁘다고 할 순 없지 않소. 겉보기에 우스갯소리 잘하고 쉽게 다가설 수 있을 것 같이 편해 보이지만 실은 성부(城府)가 대단히 깊고 세상사에 달

관한 경륜대신(經綸大臣)이요. 전대(前代)의 고사기(高士奇)와는 다른 사람이지. 골방에 틀어박혀 야사 따위나 긁적거리는 나는 그런 어마어마한 귀인들과 대책없이 얽히고 싶진 않소."

"맞는 말이오!"

돈성이 끄윽! 술트림을 하며 말을 이어나갔다.

"그 사람은 미꾸라지는 저리 가라 할 정도요. 데면데면 속없어 보이는 것도 자신의 약은 속내를 교묘하게 위장하기 위한 술책이라고! 요즘 사람들은 갈수록 똑똑해져서 그 속내를 점칠 수가 없다니까. 폐하의 성명하심은 성조(聖祖)에 비견할 만큼 출중하신데, 신하들은 하나같이 참기름 독에 빠졌다 나온 것처럼 간사하기 이를 데 없으니!"

그러자 아계가 입을 열었다.

"다 그리 형편없는 건 아니오. 손가감, 사이직, 범시첩, 우명당, 윤계선 등등 몇몇은 관성(官聲)이 괜찮은 사람들이오."

"그래, 손가감과 사이직은 그나마 희조(熙朝) 때 대신들의 유풍(遺風)을 이어받은 것 같소."

욱하고 치미는 술기운에 돈성이 급히 차를 한 모금 마셨다. 그리고 말했다.

"제 털을 뽑아 제 구멍에 밀어 넣는 고물딱지 우명당과 범시첩에, 윤계선은 헛발질이나 해대고⋯⋯ 대체 국사(國事)에 무슨 보탬이 되는지 원! 시험관들의 고루한 작태에 신물이 난 나머지 북궐(北闕)에 글을 올리고 크게 웃으며 소매 휘젓고 고사장을 뛰쳐나가버린 희조 때의 당뢰성(唐賚成) 같은 인물은 어째 눈 씻고 찾아봐도 없는지⋯⋯. 윽! 고항 같은 기생 오라버니가 승승장구하니 말 다 했지! 치마 두른 여자만 보면 침을 질질 흘리면서 정신을 못 차리잖소. 덕주(德州)의 염세사(鹽稅司)에 어디서 비계덩어리 하나 가져다 앉혀 놓고는 그 마누라랑 놀아났다고 하지 않소? 결국 청방(靑幇)과 염세사가 싸움이 붙으니까 애꿎은 청방만 곤장을 먹이고! 류통훈은 또 어떻고…… 윽! 칼이 명줄을 위협해도 눈 하나 깜짝 안 할 것 같지만 지금쯤은 고향을 비난하는 오할자의 입을 틀어막느라 진땀을 빼고 있을 거요, 겁쟁이! 그리고……."

술이 거나하게 취한 돈성은 이 사람 저 사람 거리낌없이 끄집어내어 도마 위에 올렸다. 아무리 술기운이라고는 하지만 위태로운 난도질이었다. 푸헝과 당아에게까지 오물을 토할까 두려워진 조설근이 다급히 방경에게 술국을 끓여오게 했다. 그리고는 횡설수설하는 돈성의 입을 틀어막았다…….

그로부터 하루 뒤, 아계는 건륭을 알현하기 위해 승덕으로 출발했다. 조설근은 종학(宗學)에 교습회의(敎習會議)가 있어 멀리 배웅하지 못했다. 아침 일찍 일어나 대충 한술 뜨는 둥 마는 둥 하고 조설근은 서둘러 떠날 채비를 했다. 여덟 살, 두 살 된 두 아들이 못 가게 옷자락을 잡고 목을 껴안은 채 칭얼거렸다. 갖은 감언이설로 지키지도 못할 약속을 하고 조설근은 떠밀 듯 아이들을 방경에게 맡기고는 부랴부랴 집을 나섰다.

우익(右翼) 종학은 집에서 그리 멀지 않았다. 서직문에서 동쪽으로 몇백 미터쯤 가서 다시 남으로 꺾어들면 좁다란 종학 골목이 나왔다. 밖에서 보면 그다지 크지도 않고 허름해 보였다. 오래된 기왓장 사이에 누렇게 마른 풀들이 몇 개 남지 않은 노인의 머리카락 같았다.

그러나 대문을 열고 들어가 보면 모양은 판이했다. 1진(一進),

2진(二進), 3진(三進) 안으로 겹겹이 세 개나 되는 문을 통과해야 했고, 널따란 정원도 세 개나 달려 있었다. 중심축이 되는 가장 큰 정당(正堂)이 '학례당(學禮堂)'이었는데, 육부의 대청보다 더 널찍했다. 양측에 길게 늘어선 별채들도 겉보기와는 다르게 호화스럽고 멋졌다. 난간과 기둥은 주홍색 단청이 단아했고, 내랑(內廊)은 청마루 일색이었다. 방마다 매미날개 같은 빗장을 차분히 드리운 통유리 창문이 대단한 부와 권력을 상징하고 있었다. 이곳이 바로 적파(嫡派)의 황자, 황손들이 글공부하는 장소였다.

여기서 서쪽으로 몇 발짝 옮겨보면 자그마한 뜰 하나가 더 있었다. 밖에서 보던 그대로 허름하여 갖가지 잡동사니가 방치돼 있는 창고일 것 같은 그곳이 실은 먼 종친(宗親)과 대신(大臣)의 자제들이 글공부하는 곳이었다. 서쪽으로 조금 더 가면 커다란 화원이 있었다. 이들 왕자, 왕손들을 시중드는 가인과 종복들, 교군꾼들이 쉬면서 대기하는 곳이었다. 동남쪽 모퉁이에는 좁다란 정문과는 비교가 안 되는 큰 대문 하나가 또 있었다. 동시에 서너 대의 수레가 자유롭게 통과할 수 있는 크기였다. 수레와 가마를 탄 경우엔 좁은 정문이 아닌 이 대문으로 통과하게 되어 있었다.

조설근이 이문(二門)을 들어설 때 안에서는 한바탕 아수라장이 벌어지고 있었다. 새 조롱과 채찍을 가인에게 던져주고 아이들이 정신없이 서당 안으로 뛰어들어 가버린 자리에는 뜰에 가득 닭털로 만든 제기를 비롯하여 땅따먹기를 하는 유리구슬, 알록달록한 딱지며 흙장난하던 진흙덩어리가 정신 사납게 널려 있었다. 몇몇 내무부에서 나와 시중드는 이들이 엎드려 먼지 묻은 유리알이며 제기, 딱지 따위를 옷자락에 닦아 챙겨 넣으며 빗자루로 마당을 쓸기 시작했다.

서법을 가르치는 교습(敎習) 갈효신(葛效信)이 종이 한 뭉치를 옆구리에 낀 채 코를 막으며 먼지를 피해서 가는 모습을 본 조설근이 물었다.

"오늘 교습회의가 있기로 예정돼 있지 않소? 학생들은 수업을 안 하는 걸로 알고 있었는데……."

그러자 갈효신이 대답했다.

"회의는 무슨! 요즘 종학의 풍기가 문란하여 분위기를 쇄신하라는 폐하의 지의가 계셨다 하오. 학문은 뒷전인 채 호붕구우(狐朋狗友)와 어울려 시간을 죽이러 오는 황자, 황손들이 비일비재하고 심지어는 한 달에 스무 냥씩 나오는 월례를 받기 위해 등떠밀려 오는 종친자제들이 있다고 폐하께오서 꼬집으셨나 보오. 그래서 지의를 받은 기윤 어른이 감사차 내려온다고 하지 않소. 임시방편일지라도 감사의 눈을 피해갈 방책을 강구하자는 윗대가리의 뜻이겠지."

조설근이 실소를 금치 못했다. 고개를 들어 희뿌연 하늘을 쳐다보며 말했다.

"또 흐렸네. 집에 갈 때는 또 물에 빠진 새앙쥐 꼴을 면치 못하겠군."

혼잣말처럼 중얼거리며 조설근은 서쪽 별채 남쪽에 있는 제2서당으로 들어갔다.

종학은 사서오경(四書五經)만 가르치는 민간의 서당과는 달리 경(經), 사(史), 자(子), 집(集) 네 개의 주과(主課) 외에도 금(琴), 기(棋), 서(書), 화(畵) 네 개의 부과(副課)가 더 있었다. 각종 악기를 다루는 학생들은 따로 연주실이 있었고, 나머지 일곱 개 과목은 다 함께 공부하게끔 되어 있었다. 조설근은 서화(書畵)

의 교습을 맡고 있었다. 학생들은 매인 데 없이 자유롭고 해박하여 만상(萬象)을 아우르는 조설근의 수업을 즐겨들었다. 달리 엄하게 다스리지 않아도 저절로 고분고분해지는 서화 시간이었다. 조설근이 들어서니 이미 화선지를 책상 위에 곱게 펴놓고 조용히 기다리던 학생들이 일제히 외쳤다.

"스승님께 문후 올립니다!"
"앉으세요!"

언제나 그렇듯이 조설근은 허리를 약간 숙여 답례했다. 벽에는 어김없이 하얀 화선지가 걸려 있었다. 조설근은 말없이 빙그레 웃으며 붓을 들었다. 학생들이 갈아놓은 먹을 살짝 찍어 다시 벼루 언저리에 여분의 먹을 눌러 털어 낸 조설근이 화선지를 향해 돌아섰다. 붓을 힘껏 눌러 점을 찍는가 싶더니 어느새 상체까지 흔들어가며 신나게 운필(運筆)을 해 보였다. 시커먼 점이 돌로 변하고 순식간에 화선지에는 꽃 넝쿨이 얼기설기 기어오른 와석(臥石)이 곧 굴러 내릴 것처럼 위태롭게 걸려 있었다. 붓을 내려놓고 미소를 지으며 조설근이 물었다.

"이게 뭘로 보입니까?"
"돌, 그리고 넝쿨!"
"돌과 금은화(金銀花)!"
"돌과 쑥!"

깊은 생각 없이 툭툭 던지는 학생들의 대답에 조설근이 웃으며 답했다.

"이는 사의화(寫意畵)입니다. 넝쿨을 보았다고 하여 꼭 넝쿨에만 집착할 필요가 없습니다. 마음이 가는 곳에 그림이 보이게 돼 있습니다. 자세히 보십시오. 넝쿨줄기가 진한 갈색이고, 잎이 검푸른 색입니다. 담청색 촉수(觸鬚)에 돌 발치에 숨은 듯 기대어 있는 꽃망울은 자주색입니다. 먹을 아무렇게나 찍어주면 새까만 먹물에서 다섯 색깔이 나올 수가 없습니다. 물과 먹을 비율을 정확히 맞추고, 손목의 힘을 적절히 조절해가면서 필봉에 공력을 쏟아야 합니다. 어떤 사람이 묵국(墨菊)을 그린다고 그렸는데, 결국 검은 종이에 그린 국화꽃을 가위로 오려낸 것 같은 흑국(黑菊)이 되어 버리는데 그건 그 사람이 자연에서 영감을 얻지 못하고 오로지 '그리기 위한 그림'을 그렸기 때문입니다……. 돌을 우습게 보는 건 오산입니다. 세상엔 영석(靈石), 완석(頑石) 등등 수많은 돌이 굴러다니지만 모양이 완전히 똑같은 두 개의 돌을 찾을 수는 없습니다. 같은 삼생석(三生石), 같은 불석(佛石)을 그리더라도 사람들이 쉬이 발견할 수 없는 이면의 경지를 발굴해 낼 수 있어야 합니다!"

조설근이 이같이 말하며 다시 집어든 붓으로 태산석(泰山石), 황산석(黃山石), 아미석(蛾眉石)과 여러 가지 넝쿨들을 그려 학생들더러 비교하게끔 했다. 장난기가 다분한 학생들의 눈빛이 진지하고 초롱초롱했다. 이때 뒤쪽으로 끝자리에 앉은 꼬마가 큰소리로 물었다.

"스승님, 혹시 〈홍루몽〉이라는 책을 읽어보셨습니까? 거기에 여화보천석(女媧補天石)이라고 나오는데, 아버지께서 그러시는데 이 돌은 아무도 그려낼 수 없다고 하셨습니다. 어떻게 생긴 돌인지 스승님께서 그려주실 수 있어요?"

꼬마의 말에 학생들이 일제히 박수를 보내며 떠들어댔다.

"그려주세요, 스승님!"

"일곱째 영경(永瓊)마마시네요!"

조설근이 미소를 지으며 대견스러운 음성으로 물었다.
"그래, 〈홍루몽〉을 읽어보셨습니까?"

영경은 유각군왕(愉恪郡王)인 윤우(允禑)의 손자로서, 이미 차기장군(車騎將軍)의 작위를 세습받은 상태였다. 큰 행사를 제외하곤 거의 두문불출하여 친왕들 중에서 가장 점잖다는 평을 받는 유각군왕의 손자가 〈홍루몽〉을 알고 있다는 사실에 조설근은 마음의 위로를 느끼면서도 일변 불안해졌다. 다시 웃음을 지어 보이며 조설근이 말했다.

"저도 그 책은 못 읽어봤는데, 이걸 어쩌죠? 궁금증을 풀어주었어야 하는데······."

그러자 어린 영경이 말했다.

"지금 〈석두기(石頭記, 홍루몽의 옛이름)〉 한 권 없는 집이 어디 있어요? 사대부의 집에 그 책이 없으면 한 등급 폄직된다는 사실을 스승님께선 모르시나요?"

꼬마 영경의 집요한 선동에 아이들이 지칠 줄 모르고 떠들어댔다.

"그러지 마시고 그려주세요. 일부러 없다고 말씀하신 거죠, 다 알아요!"

아이들의 불같은 성화에 조설근이 잠시 난감해하고 있을 때 옆방에서도 한바탕 소란이 일었다. 책상이며 의자가 마구 날아다니고 유리창이 박살나는 소리가 들려왔다. 몇몇 아이들이 울며불며 쥐어박고 욕설을 퍼붓는 광경이 창문 너머로 어렴풋이 보였다. 삽시간에 뜰에는 영문을 모르는 사람들이 몰려들었고, 명례당 쪽에서 벽력같은 고함소리와 함께 종학의 부총관(副總管)인 류우청(劉羽淸)이 뛰쳐나왔다. 뻘건 대추코를 매만지며 문제의 서당을 향해 고래고래 소리질렀다.

"갈효신, 어찌 된 거야? 어르신들이 왜 저리 흥분하셔?"

벌써 각 서당에서는 스승의 단속이 뭔 줄 모르는 '어르신'들이 와자지껄하며 뛰쳐나왔다. 모처럼 큰 볼거리가 생겼는지라 좋아라 마당으로 몰려나오는 아이들은 손나발을 해서 고함을 질러댔다.

"붙었다. 여기 한판 붙었어! 어서 나와 구경해!"

뒤늦게 텅 빈 서당에서 나온 조설근은 그제야 옆방에서도〈홍루몽〉때문에 난리가 났다는 걸 알 수 있었다.

문제의 발단은 이친왕(怡親王)의 세손(世孫)인 영랑(永琅) 때문이었다. 집에서 왕부(王府)의〈석두기〉등사본을 훔쳐낸 영랑은 수업시간에 책상 밑에 책을 펴들고 몰래 읽고 있었다. 순군왕(恂郡王) 윤제의 둘째아들 홍춘(弘春)이 빌려달라고 애걸하니 마음 약한 영랑은 순순히 내어주게 되었다. 홍춘이 받아들기 바쁘게 패자(貝子)인 홍경(弘暻)이 빼앗으려고 했으나 의친왕(懿親王)의 세손인 영성(永城)이 억지로 낚아채어 가고 말았던 것이다. 영성은 비록 평범한 조부와 부친을 두었으나 사실은 당금 천자(天子)인 건륭황제의 넷째아들이었다. 의친왕이 슬하가 허전하여 그리로 보냈던 것이다. 홍경과 홍춘은 옹정황제에 의해 폐위당하고 몰락한 종친의 자손들인지라 감히 천자의 골육과 대적할 수가 없었다. 주먹이 울고 가슴에 불이 일었지만 홍경, 홍춘 두 '숙부'는 어린 조카에게 순순히 책을 내어줄 수밖에 없었다.

사건은 그렇게 조용히 끝나는 듯했다. 그러나 사단은 끝내 일어나고야 말았다. 책을 돌려 받을 때 영랑은 두 쪽이 없어졌다며 따졌다. 혐의는 홍경, 홍춘, 영성 세 사람이 받아야 마땅하지만 영랑은 애매한 두 '숙부'들만 닦아세웠다. 홧김에 홍경은 스승 갈효신이 돌아서서 글자를 쓰는 틈에 신발 한 짝을 벗어 영랑에게 던져버렸다. 그러나 제대로 명중하지 못한 탓에 신발은 영성의 책상 위에 떨어지면서 영성의 찻잔을 박살내고 말았다. 평소부터 자신에게 불손하다고 은근히 미워하던 영랑에게로 다가간 영성은 다짜고짜 그가 두 '숙부'를 시켜 자신을 욕되게 했다며 머리채를 잡아당겼던 것이다…….

사건의 자초지종을 듣고 난 류우청이 어느 편을 들어야 할지 몰라 망설였다. 당사자인 네 '어르신' 모두 만만찮아 미운 털이 박히면 골치아플 터였다. 잘잘못을 가르고 사건을 무마할 자신이 없는 류우청이 갈효신을 향해 성질을 냈다.

"학생은 스승을 본받는 법이야! 평소에 어찌 처신했기에 '어르신'들이 이런 경우를 본받았겠는가? 어떻게 책임질 거야?"

갈효신은 고개를 떨구고 아무런 대꾸도, 항변도 하지 않았다. 측은한 마음에 조설근이 다가갔다.

"아무리 화가 나셨다고 해도 말씀은 가려 하셔야죠. 이 일이 갈 교습(敎習, 선생님의 별칭)과 무슨 상관이 있습니까? 설마 갈 교습이 종용하기라도 했다는 말씀입니까? 아무리 연배가 어리고 지체 높으신 '어르신'들이라고 하지만 종학에 공부하러 온 이상은 스승의 가르침과 지엄한 훈육을 따라야 하는 학생입니다. 훈계도 가르침입니다. 아니면 종학이 왜 필요하겠습니까?"

"뭐가 그리 잘 났다고 나불대는 거야? 당신도 마찬가지야!"

갈효신은 장친왕(莊親王) 윤록(允祿)의 문하인지라 적당한 선에서 그칠 수밖에 없었던 류우청이 기다렸다는 듯이 조설근에게로 화살을 돌렸다.

"이제 보니 장본인은 바로 당신이었구만! 스승이란 자가 이리 본때 없으니 학생들이 뭘 배우겠어? 돈민 형제가 뒤를 봐준다고 해도 두려울 게 없어. 허수아비 같은 것들을 믿고 까불려면 내일부터 아예 나오지마!"

분노를 참는 조설근의 얼굴에 심한 경련이 일었다. 창백해진 얼굴을 들어 먹구름이 몰려오는 하늘을 쳐다보던 조설근이 이를 갈며 씹어서 내뱉듯 말했다.

"그래, 크게 깨닫게 해줘서 눈물나게 고맙소. 여기서 당신 같은 족속들과 코를 맞대고 있느니, 집에 가서 속 편히 연이나 만들어 내다 파는 게 백번 낫겠소!"

말을 마친 조설근은 옷자락을 날리며 횡하니 떠나가버렸다. 꼿꼿한 뒷모습이 대나무를 닮은 조설근이었다.

38. 사고전서(四庫全書)

　　건륭(乾隆)은 열하(熱河)에서 겨울까지 지내기로 했고, 기윤(紀昀)은 〈사고전서(四庫全書)〉의 편수작업에 착수하라는 지의를 받고 10월에 북경으로 돌아왔다. 북경에 당도하기 바쁘게 그는 즉각 예부(禮部), 한림원(翰林院), 도찰원(都察院), 국자감(國子監)의 전체 각료대신들과 각 사(司)의 당관(堂官)들을 소집하여 연 며칠동안 이어지는 긴 회의를 했다. '계고우문(稽古右文)'의 성의(聖意)를 설명했고, 만천하의 서적들을 수집하는 대책을 강구하게 했고, 각 부(部)에서는 일상적인 업무를 보는 데 꼭 필요한 최소한의 인력만을 제외하곤 전부 문연각(文淵閣)으로 와 도서를 검열하게 했다. 그밖에도 봉천(奉天) 고궁(古宮), 원명원(圓明園) 관사(管事), 내무부(內務府), 문소각(文溯閣), 문원각(文源閣)과 피서산장(避暑山莊)의 문진각(文津閣) 등지에 있는 도서들을 전부 문연각으로 옮겨 엄격한 심사를 거쳐 〈사고전서〉에 편입시키기로 했다. 회의에는 관원들 외에도 백여 명의 퇴직 문신(文臣)들, 경사(京師)와 직예(直隸) 일대의 명류(名流)들, 그리고 한림원의 모든 서길사(庶吉士)와 편수(編修)들까지 '성사(盛事)'에 참여했다.

기윤은 불철주야 동분서주하면서도 지칠 줄을 몰랐다. 낮에는 회의를 소집하여 사람들의 의견을 수렴하고 밤에는 군기처 장경(章京)들의 방에서 날을 새워가며 각 장마다의 건의사항과 작업의 진척에 대한 상주문을 작성했다. 같은 내용을 세 번 베껴서 하나는 건륭에게 상주(上奏)하고, 한 부는 관보(官報)에 싣고, 다른 한 부는 등본처(謄本處)에 보냈다. 18개 행성(行省)의 총독, 순무, 제독, 장군들에게 등발(謄發)하기 위함이었다. 하루에 겨우 한두 시간 정도만 새우잠을 자면서 배가 고프면 시위들의 방으로 건너가 차 한 잔에 떡 한 조각씩 먹고 끼니를 때우며 일에 전념했다.

이에 질세라 멀리 승덕 피서산장에 머물고 있는 건륭도 기윤의 주장(奏章)을 받아보는 즉시 매일 주비(朱批)를 달아서 보냈다. 주비성유(朱批聖諭)는 야간에 써서 8백리 긴급으로 발송하여 오전 중에 기윤이 받아보게끔 했다. 그밖에도 매일 인삼 한 뿌리씩을 보내왔고, 태의원(太醫院)에 명하여 세 명의 어의(御醫)가 번갈아 가며 기윤의 건강을 지켜주게끔 했다.

자신을 향한 성심(聖心)을 읽은 기윤은 다람쥐 쳇바퀴 돌 듯 바쁘게 몰아치면서도 힘드는 줄을 몰랐다. 신바람이 나지 않을 수 없었다. 측간에 가도 종종걸음이요, 지인을 만나도 손 한 번 저어 보이면 그만이었다. 그렇게 한 달을 눈코 뜰 새 없이 보내고 나니 일은 척척 진척이 되어 모든 사전준비가 빈틈이 없어 보였다.

기윤은 또다시 깨알같은 만언주장(萬言奏章)을 올렸다. 이제 〈사고전서〉 편수작업은 조야(朝野) 최고의 관심거리가 되었다.

"고생을 두려워하지 않고 끝까지 밀고 나가는 걸 보면 참 대단한 일꾼이네!"

기윤의 만언주장을 받아본 건륭이 찬사를 금치 못했다. 그날저녁 귀비 뉴구루씨의 처소에 머물고 있던 건륭이 등불 밑에서 토씨 하나 틀릴세라 세세히 읽어보고는 손바닥으로 상주문을 가만히 쓸어 내리며 말했다.

"길을 가면서 깜빡깜빡 조는 것으로 부족한 수면을 보충한다는 사람이 자기가 직접 만언상주문을 써서 올린 걸 보게. 필체도 얼마나 좋은가! 충정, 충정 하는데 신하의 충정이 별건가……"

포도 한 접시를 담아 내어와 숟가락 끝으로 포도씨를 골라내며 뉴구루씨가 말했다.

"폐하께오서 손수 선발하신 인재이옵니다. 여부가 있겠사옵니까! 하오나 어떤 이는 기윤 그 사람을 세상에 둘도 없는 골초에 남을 농락하는 걸 낙으로 아는 족속으로 치부해버리는 것으로 알고 있사옵니다. 지난번에 또 누군가는 그를 먹고 마시는 데는 오금을 못 쓰는 상머슴이라고 했사옵니다. 요즘은 사람을 봐도 본체만체하며 거만하기 이를 데 없다고 하오니, 폐하께서 접견하시면 따로 훈육을 하셔야 할 줄로……"

처음엔 포도 한 알을 입안에 넣고 빙그레 웃으며 듣고 있던 건륭이 갑자기 웃음을 거둬들였다.

"신하를 다스리는 일은 짐이 알아서 하는 일이네. 아녀자가 어찌 이리 겁 없이 아무 말이나 세 치 혀끝에 올리는 건가? 기윤이 한 달 동안 일궈낸 것은 다른 누구라면 1년이 걸려도 장담할 수 없는 일이네. 뭐, 먹는 데 오금 못 쓰는 상머슴? 그건 뭘 몰라도 한참 모르는 자들이나 지껄이는 소리야! 똑똑한 주인들은 부리는 머슴들을 얼마나 든든히 먹여 내보내는지 아는가? 산동성(山東省)의 제일 큰 지주(地主)인 오 부자는 일꾼을 들일 때 첫째 관문이 호떡관(關)이라고 하네. 적어도 밀가루 두 근 분량의 호떡을 먹어치우지 못하면 자격 미달이라 이거네!"

비록 질언노색(疾言怒色)은 아니었지만 따끔한 훈계에 뉴구루씨는 삽시간에 얼굴이 귓불까지 붉어지고 말았다. 급히 몸을 낮춰 공손한 자세를 취하며 뉴구루씨가 입을 열었다.

"못난 아녀자의 몽당 빗자루같은 짧은 소견이었사옵니다. 부디 소인의 불경을 하해와 같은 아량으로 용서해 주시옵소서. 평소에 언제 한 번 폐하의 면전에서 정무에 관한 한 털끝만치도 혀끝에 올려본 적이 없사옵니다. 오늘은 잠깐 뭐가 씌었나 보옵니다. 아니면 다음에 기윤 공이 입궐할 때 소인이 몸을 낮춰 정중히 사과하면 아니 되겠사옵니까, 폐하?"

건륭이 홧김에 털고 일어나 가버릴세라 울상이 되어 어쩔 줄 몰라 하는 뉴구루씨를 보며 건륭이 마침내 피식 웃음을 지어 보였다.

"자네가 상전이고, 그 사람은 아랫것이네. 또 자네는 만인(滿人)이고 그는 한인(漢人)이네. 아녀자가 등뒤에서 몇 마디 흉을 보았기로서니 그리 쩔쩔매고 사죄할 것까진 없지 않겠나? 짐은 후궁과 태감들이 정무의 정자도 입에 올리는 걸 용납할 수 없네. 기윤을 들먹였다는 자체에 짐이 열을 올린 게 아니라는 걸 알아야 하네. 먹을 좀 갈아놓게."

그제야 안도의 숨을 죽이며 뉴구루씨는 두 손으로 벼루를 받쳐

들고 왔다. 고개를 떨구고 반쯤 돌아앉아 먹을 가는 겁먹은 그 모습을 보며 건륭이 웃으며 말을 걸었다.

"하기야 먹기만 잘하고 일은 못하는 축들도 있지. 산동성 수재 때 가 보니 비계덩어리 다섯 접시 비우는 자가 뭉그적거리며 돌 하나 제대로 못 들어 나르더군, 허허."

긴장을 풀어주려는 건륭의 억지스런 웃음에 뉴구루씨가 그제야 배시시 웃었다. 곱게 간 먹을 조심스레 서안 위에 올려놓고 무릎꿇어 등불을 밝혔다. 따스하고 온화한 불빛이 다가앉은 건륭의 얼굴을 평온하게 비추었다. 건륭은 기윤의 상주문을 당겨 뒷면의 빈자리에 주비를 달기 시작했다.

자고로 문인들은 책을 써서 입설(立說)함에 있어 자신의 의지와 사유가 작용하여 사실과 괴리가 있는 주장을 하거나 사물의 본질을 제대로 간파하지 못한 어설픈 학설을 고집하는 경우가 비일비재하네. 서적은 다량으로 수집했으나 문인 개개인의 편견과 서로간의 상충하는 글 때문에 취사선택에 어려움이 많으리라 생각되네. 문인상경(文人相輕)이라고, 문인들끼리는 서로를 폄하하고 경시하는 것이 고질이니 너무 앞뒤로 조심스러워 할 건 없지 않은가? 짐은 매사에 정대광명할 걸 주창하네. 만천하에 서적을 수집하게끔 하명해 놓고 책의 내용을 문제삼아 소장한 이의 죄를 추궁하고 욕되게 하는 일은 있을 수 없음을 분명히 밝혀두네. 이와 같은 짐이 뜻을 분명히 하여 소장인들의 우려를 덜어줌에도 불구하고 서적을 수집하는 지방관들에게 협조하지 않는 자들은 발각되는 즉시 엄벌에 처할 것이네! 이 주비를 등사(謄寫)하여 장정옥과 어얼타이에게도 발송하고 만천하에 명조(明詔)를 내리도록 하게.

붓을 내려 놓고 다시 한 번 읽어보고 난 건륭이 만족한 표정으로 웃으며 말했다.

"자네가 갈아서 올린 먹이 향도 좋을 뿐더러 수묵(水墨)의 비례도 제대로 맞춘 것 같네. 글씨가 한결 돋보이는군! 기윤이 달필을 과시했는데, 짐이 그에 뒤져선 아니 되지 않겠는가!"

정겨운 눈매로 여전히 수줍어하는 뉴구루씨를 일별하며 잠시 생각하던 건륭이 다시금 붓을 들었다. 그리고는 다른 종이 한 장을 당겨 붓을 날렸다.

모든 준비가 완료되었다니, 이제 좀 쉬어가도 좋을 듯 싶네. 적어도 사흘 동안은 휴식을 취하도록 하게. 문닫아 걸고 어떤 일에도 상관하지 말고 푹 쉬게. 피로가 누적되면 심장질환에 이어 수면장애가 올 수 있으니 각별히 조심하도록 하게. 당귀(當歸)를 보낼 테니 닭 한 마리 넣고 푹 고아 아침마다 복용하도록 하게. 다음에 만날 때 여전히 씩씩하고 늠름한 모습을 보여주길 바라면서 등불이 지쳐가는 으슥한 이 밤에…… 장춘거사(長春居士)로부터.

붓을 내려놓은 건륭은 안주머니에서 네모난 작은 옥새(玉璽)를 꺼내어 힘껏 눌러 찍어 태감에게 건네주었다.

"푸헝더러 읽어보게 하고 즉각 기윤에게 발송하도록 하게!"

정확히 이튿날 오전 진시(辰時)쯤, 명조는 기윤에게 전해졌다. 말미에 첨부되어온 군주의 인간적인 배려와 관심에 기윤은 콧마루가 찡해지며 두 눈에 눈물이 맺혔다. 이제 조금 피곤이 몰려오나 싶었으나 잠은 삽시간에 산산이 부서져 날아가 버리고 말았다. 지의에 따라 상서방(上書房), 등본처(謄本處)의 관원들을 독촉하여 명조를 등사하여 전국의 각 성들마다 발송하게끔 지시하고 난 그는 거품처럼 벅차 오르는 감격을 주체할 수 없었다.

별처럼 빛나는 두 눈을 깜빡이며 책상 앞에 앉아있노라니 양강(兩江), 절강(浙江), 복건(福建) 등지에 민간도서들이 가장 많다는 소문을 들었던 기억이 났다. 기윤은 서둘러 윤계선에게 보낼 편지를 썼다. 건륭의 명조와 함께 부치고 나니 배가 출출해졌다. 말린 돼지고기 한 접시를 가져다 질겅질겅 씹어먹은 다음 농차(濃茶) 한 모금을 입가심으로 마시고는 그대로 자리에 드러누워버렸다. 이윽고 군기처 장경방(章京房)은 우레같이 코고는 소리로 떠나갈 듯했다.

그로부터 5일 후, 명조(明詔)가 든 노란 함은 남경(南京)의 윤계선에게로 도착했다. 그 자리에서 노란 함을 향해 대례를 올리고 난 윤계선은 서둘러 명조를 꺼내어 읽어보았다. 사람을 보내 순무 범시첩과 포정사 돌지를 불러오게 하고는 기윤의 편지를 뜯어보았다.

군주의 강녕무사함을 알리는 걸로 서두를 뗀 편지는 한마디 인사말과 함께 곧바로 본론으로 들어갔다.

이번 편수 작업은 거국적인 호대(浩大)한 대사(大事)이니 만큼 우공(愚公)이 산을 옮기는 의지를 필요로 하오. 양강(兩江)을 비롯하여 절강, 복건 일대는 자고로 인문(人文)이 발전한 곳이니 만큼 가가호호 도서(圖書)가 부지기수라고 들었소. 민간에 고이 숨어있는 진귀한 서적들을 발굴하는 데, 원장(元長, 윤계선의 호) 공(公)의 협조가 필요하오. 그대의 양광(兩廣)으로의 발령도 이 때문에 유보될 것이라는 폐하의 지의가 계셨소. 성심이 이러하니 절대 이 차사를 소홀히 해선 아니 되겠소. 도서를 수집하되 설득과 교육을 병행하여 빌려보는 쪽으로 하는 것이 바람직하겠소. 혹시 필화(筆禍)와 유사한 재화(災禍)를 두려워하여 선뜻 응하지 않을지도 모르니 강요는 하지 않는 게 좋겠소. 그럴수록 선언(善言)으로 유도하고 성의(聖意)로 감화시켜 거국적인 대사에 모두가 흔쾌히 동참하는 분위기를 이끌어내기 바라오. 진귀한 서적에 한해서 구입할 수 있으면 구입하고 그렇지 않으면 인신차용증(印信借用證)을 발급하여 빌려본 후 돌려주도록 하오. 구태여 긴 말 하지 않아도 차사에 잘 임하리라 믿소.

읽고 나서 접힌 그대로 다시 편지를 접고 있노라니 장추명(張秋明)이 가랑이에 바람을 일구며 성큼 들어섰다. 대단히 숙련된 동작으로 윤계선을 향해 절을 하고 길게 읍하여 예를 갖추는 그 얼굴은 창백하다 못해 파리해 보였다. 얼굴이 목석처럼 굳어진 채로 장추명이 말했다.

"이대론 도저히 일을 할 수가 없습니다. 제대(制臺, 총독의 다른 호칭)께서 공정하게 잘잘못을 가려주셔야 하겠습니다!"

"어허, 일을 할 수가 없다니?"

윤계선이 긴 소매를 접고 조심스레 두 손에 조서를 받쳐 노란 함에 고이 넣었다. 다시 기윤의 편지를 접어 소매 속에 밀어 넣으며 장추명에게는 눈길 한 번 주지 않고 말을 이었다.

"그게 날 찾아온 이유가 되는가? 요즘 들어 난 자네가 유별나게 질긴 고약같이 느껴지네. 한번 붙이면 어지간한 곤욕을 치르지 않고는 떼어버릴 수 없는 냄새 또한 고약한 그런 고약 말이네."

그러자 장추명이 냉소하며 대꾸했다.

"일각에서 제대를 강남왕(江南王)이라 하더니, 그 말이 틀리진 않은 것 같습니다? 아무리 상명하복(上命下服)이라고는 하지만 제대 어른이 이 사람에게 이리 뻣뻣하게 구시니 아랫것들이 이 사람의 말을 개가 방귀 뀌는 소리쯤으로 치부해버리는 거 아닙니까? 내일모레면 떠나가실 분이 구태여 부하들에게 나쁜 인상을 심어주고 가실 것까진 없지 않습니까? '일지화(一枝花)' 사건은 우리 법사아문의 소관입니다. 그런데, 다들 안찰사인 직속상관을 무시하고 직접 제대 어른께 업무보고를 하니 이 사람은 뭐 꿔다놓은 보리자루입니까?"

매일이다시피 찾아와 사단을 일으키는 진드기 부하를 한참 노려보던 윤계선이 갑자기 크게 웃었다. 그리고는 따지듯 물었다.

"이제 와서 '일지화' 운운하는 게 우습지 않소? 처음부터 이 사건은 자네한테 맡겼지. 하지만 여태 부하들에게 체면이 설만큼 해놓은 일이 뭔가? 시간이 없어 길게 말하진 않겠소! 앞뒤를 분간하지 못하고 앉을 데 설 데를 모르는 당신 같은 사람하고는 길게 할말도 없지만 잊지 말아야 할 게 있소. 당신은 아직 조사를 받고 있는 몸이오. 분수껏 처신하고 상하의 예는 깍듯이 갖추는 게 좋겠소. 내일부터는 친병들이 의문(儀門) 밖에서 당신의 출입을 제한할 거요. 나, 정말 창피해서 죽겠소! 어찌 당신 같은 사람을 법사아문으로 들였는지 후회막급이오!"

지난번 여러 사람 앞에서 창피를 당한 이후로 장추명은 정신이 온전치 못한 사람처럼 사흘이 멀다하고 달려와 윤계선의 정신을 쏙 빼놓았다. 얼마 전에는 회의 중에 쳐들어와 어쩔 수 없이 의사(議事)를 중단한 적도 있었다. 속이 부글부글 끓어올라왔지만 윤계선은 번번이 얼르고 달래서 돌려보냈었다. 이번에도 그는 심한 욕설 한 마디 내뱉지 않았지만 인내가 한계령(限界嶺)을 넘고 있음을 알 수 있었다. 장추명이 뱁새눈을 치뜨고 윤계선을 노려보며 말했다.

"무슨 말이 그렇습니까? 형신 어른도 감히 내게 이런 말은 못합니다!"

"감히? 그래, 형신은 감히 말을 못하겠지만 난 했어! 순무(巡撫), 번사(藩司)들을 불러 회의를 소집해야 하니 어서 나가 주게!"

"못 간다면? 사대부에게 이리 굴욕을 줘도 되는 거요? 난 차사를 그만둬야겠소!"

"그런 졸렬한 행각이 더 이상 나한텐 안 먹히지. 내가 보기엔 실심(失心)하여 정신이 이상해진 것 같은데, 낭중(郞中, 의원)을 불러보는 게 좋겠구만!"

윤계선이 냉소하며 일어서더니 찻잔을 들어 한 모금 마셨다. 그리고는 성큼성큼 문으로 다가갔다. 잠시 발걸음을 멈추어 고개도 돌리지 않은 채 윤계선이 아역들에게 명했다.

"난 서화청(西花廳)에 가서 일하고 있을 테니, 장 어른이 물러간다고 하면 잘 배웅하고 죽치고 있고 싶다면 찻물을 자주 갈아주도록! 온전치 않은 사람이니 홀대했다간 큰 코 다칠 줄 알아!"

아역들이 저마다 알겠노라고 대답하며 몰래 키득거렸다.

"온전치 못하긴 누가? 너야말로 미쳤어!"

장추명이 길길이 뛰며 윤계선에게로 덮쳐들었다. 그러나 곧 친병들의 우악스런 손에 잡혀 의자에 눌러 앉혀지고 말았다.

바로 그때, 범시첩과 돌지가 의문(儀門)으로 들어서고 있었다. 등뒤에는 이제 막 북경에서 내려온 류통훈과 황천패의 모습도 보였다. 돌지가 읍하고 나서 앞장서서 류통훈을 월동문으로 안내하던 중 귓전이 어지러운 소리에 모두가 이쪽으로 고개를 돌렸다.

서화청으로 가는 계단을 올라가던 윤계선이 되돌아와 반색하여 일행을 영접했다.

"뭐든지 제 뜻대로 주물러야 하는데, 그게 안 되니 정신이 나가 버려 백약(百藥)이 무효한 자라오. 신경쓸 거 없소! 풍상의 서찰을 받은 지도 며칠 안 됐는데, 벌써 당도하다니!"

백약이 무효하다고 비난하는 걸 봐서 장추명이 틀림없다고 생각한 류통훈이 화청으로 따라 들어가 자리에 앉아 찻잔을 받아들고 나서 말했다.

"승덕에서 폐하께 접견을 하는 자리에서 저자에 대한 것이 잠깐 언급이 됐었소. 상사를 우습게 아는 자들은 밑바닥에서 더 헤매봐야 윗사람의 마음을 안다고 하시며 폐하께선 저자를 구품(九品) 현승(縣丞)으로 강등시켜 광주(廣州)로 내려보내실 의사를 밝히셨소!"

황천패(黃天覇)가 여전히 손을 모으고 서 있자 윤계선이 자리를 가리키며 말했다.

"천하에 그 이름도 유명한 황천패가 우리집에 와서 이리 체면을 차리다니! 그러지 말고 어서 자리에 앉으시오!"

그제야 황천패는 조심스레 의자에 엉덩이를 붙였다.

"기윤이 이번에 대단한 일에 착수했소. 파죽지세로 일을 차고 나가는데, 실로 예사 인물이 아니더군!"

차만 마시면 땀을 흘리는 범시첩이 모자를 벗고 이마의 땀을 닦으며 입을 열었다.

"그런데, 걱정이오. 만천하의 도서들이 전부 북경으로 몰린다고

사고전서(四庫全書) 265

생각해보오. 자금성이 꽉 차고도 넘치지 않겠소? 그 서적들을 빼고 보태고 교정하고 편집하여 백과(百科)를 아우르는 보고(寶庫)로 만든다는 얘기인데, 그리 되면 〈사고전서〉가 대체 몸집이 얼마나 커야겠소?"

이에 류통훈이 말했다.

"그건 공(公)이 성유(聖諭)를 잘 읽어보지 않은 까닭이오. 서적이란 서적은 청홍조백(靑紅皁白)을 막론하고 무조건 수집하는 게 아니라 진판(珍版)만 엄선하여 수집한다는 얘기지. 아니면 자금성이 아니라 북경성 전체가 책으로 뒤덮여도 모자라겠지."

부채 끝으로 손바닥을 톡톡 건드리며 생각에 잠겨있던 윤계선이 빙긋 웃어 보였다. 그리고는 다시 말을 이어나갔다.

"책의 덩치가 만만치 않을 거요. 내가 대충 따져보니 교정과 편집에 3백 명, 등록(謄錄)에 적어도 4천 명이 장장 20년은 걸려야 완성할 것 같았소! 〈영락대전(永樂大典)〉이니 〈고금도서집성(古今圖書集成)〉은 이에 비하면 요거야 요것!"

윤계선이 새끼손가락을 까닥거려 보였다. 그리고는 말꼬리를 돌렸다.

"그건 그렇고, 우리의 본론에나 들어가지. 천패, 이곳 순포청(巡捕廳)의 강정일(江丁一)을 만나보았소?"

책 한 권 만드는 데 그 많은 인력이 투입된다는 얘기에 딱 벌어진 입을 다물지 못하고 있던 황천패가 느닷없이 급회전을 하는 젊은 총독의 물음에 얼떨떨한 표정을 지어 보이더니 말했다.

"하관(下官)은 벌써 강 대장님을 만나 뵈었습니다. '일지화'는 지금 연자기(燕子磯), 옛 고궁, 호거관(虎踞關)과 현무호(玄武湖)에 네 개의 향당(香堂)을 소유하고 있는 걸로 밝혀졌습니다.

신도는 약 3천 3백 명 정도 되고, 영곡사(靈谷寺)에 총당(總堂)이 있다고 합니다. 전국적으로 14개 향당에 총 1만 4천 명의 신도를 관리하는 것으로 알려졌습니다. 적정(敵情)은 대충 이러합니다."

"'일지화'는 어디 처박혀 있는 거지?"

황천패의 말을 들으며 사색에 잠겨 있던 류통훈이 물었다.

"각 소굴마다 우리 사람을 심어두었지?"

이에 황천패가 답했다.

"총당과 남경에 있는 향당들에는 밀탐(密探)을 두었습니다. 현이나 향리에 있는 향당에도 밀탐이 더러 있습니다. 연입운(燕入雲)이 열심히 뛰어주고 있습니다. '일지화'가 금릉(金陵)에서 샜다는 추측이 거의 사실로 밝혀지자 그는 대단히 실망하면서 '일지화'를 못 잡으면 죽어버리겠다고까지 했습니다. 그러나 가재는 게 편이라고, 아직은 방심할 수 없어 두 태보(太保)를 붙여놓고 있습니다. 주소조(朱紹祖)와 양부운(梁富雲)은 틀림없는 애들입니다."

강정일에게서 몇 번 보고를 받아 돌아가는 상황에 대해선 어느 정도 알고 있는 돌지가 말했다.

"연입운처럼 완전히 믿어버리기에 부담스러운 자는 아예 태보자리 하나 내어주지 그래! 공명(功名)의 끈으로 묶어버리면 다시 '일지화'의 유혹에 넘어가기가 그리 쉽지 않거든."

그러자 황천패가 나섰다.

"강호(江湖)의 방식은 그렇지 않습니다. 십삼태보(十三太保)일 때가 그럴싸하지 십사태보가 되어버리면 별볼일 없어집니다. 연입운도 어쩔 수 없이 우리에게 넘어온 경우입니다. 공명으로 유혹하는 것보다는 복수심을 유발시켜 호인중(胡印中)을 없애버리게 하는 것이 더 실리가 있다고 봅니다. 그리고 공명에는 얼마나 뜻을 두고있는지 불러서 한번 물어보는 게 어떻겠습니까, 연청 어른!"

그러자 류통훈이 대답했다.

"나중에! 하는 걸 봐서!"

칼같이 자르는 데는 류통훈을 따를 사람이 없었다. 황천패가 실망할세라 윤계선이 덧붙였다.

"아니면 먼저 천총(千總) 자리 하나 내줘서 부려보든가!"

잠시 생각에 잠겨 있던 류통훈이 입을 열었다.

"방금 천패가 얘기했듯이 강남에서의 비적(匪賊)들의 움직임은 이미 백일하에 드러났다고 해도 과언이 아니오. 손쓸 때가 되지 않았나 싶소. 다만 점선조직들이 많아서 한꺼번에 갈아엎으려면 순포청에만 의존해서는 곤란하오. 내 생각엔 강남에 주둔하고 있는 녹영병(綠營兵)에 도움을 청하는 것이 어떨까 싶소."

"그럴 필요까진 없을 것 같소."

윤계선이 호두 모양의 쇳덩이 두 개를 손바닥에 올려놓고 돌리며 잠시 침묵하더니 말을 이었다.

"'일지화'의 1만 신도를 전부 비적으로 취급할 순 없소. 신이 내린 약이네 하고 잡곡 가루에 주사(朱砂)를 섞어 내어주고 온갖 사술(邪術)로 유혹해낸 가난하고 힘없는 백성들이오. 자칫 벼룩 잡으려다 초가삼간 태우는 격이 될 수 있소. 비밀이 누설될 소지가 있으니 회의는 가급적 삼가고 날짜를 잡아 주둔군에 계엄을 부탁하여 강남성에 있는 네 소굴을 먼저 덮치는 게 좋겠소. 대가리들과 신도들 중의 극성분자들만을 붙잡아 당근과 채찍을 병행하여 취조수위를 높이면 뭐라도 걸릴 거요."

윤계선이 그 동안 생각해 두었던 대로 주둔군을 백배로 활용하는 방안과 그물을 어디에 어떻게 쳐야 할지를 상세히 설명하고 지시했다. 그리고는 한마디 덧붙였다.

"연청, 자네의 편지를 받고 나서부터 생각이 많았소. 우리 말에 '밤이 길면 꿈이 많은 법'이라고, 이런 일은 속전속결을 해야 할 것 같았소. 그렇다고 대부대를 동원시켜 요란스레 긴장 분위기를 조성해서도 안 되오. 태평스런 나날에 익숙해진 사람들이 일시에 계엄령을 내리고 대규모의 군사들이 총을 들고 나선다면 얼마나 놀라겠소. 아니 그렇소, 연청?"

류통훈은 감탄한 시선으로 젊은 기백과 만년설의 기품이 동시에 느껴지는 총독 윤계선을 바라보았다. 막 중년에 접어든 젊은 나이에 개부건아(開府建衙)의 총독이 되었고, 방면대원(方面大員) 십 몇 년에 2대에 걸친 변함없는 성총을 받아온 윤계선이었다. 곧 함박미소를 지으며 류통훈이 답했다.

"계선 공의 입장에서 많이 생각하지 못했던 것 같소. 진심으로 양해를 구하오. 천패, 계선 공을 본보기로 삼아 지금이라도 늦지 않으니 책을 집어들게. 전에 도둑들의 간담을 서늘케 하는 이위(李衛)라는 총독이 있었는데, 늘 무학(無學)의 아쉬움을 토로했었네. 원장(元長, 윤계선의 호)의 크나큰 학문은 경력과 독서에서 비롯된 것이니 감탄하지 않을 수 없소!"

그러자 윤계선이 말했다.

"누구나 닥치면 다 하게 되어 있소. 강남은 조정의 식량창고이자 금고이며, 인문(人文)의 요람이오. 태평스러움이 생명이라고 봐야지. 천패, 직접 총대 메는 일은 자네한테 믿고 맡기겠소. 나랑 연청 공은 총독아문에서 지휘하며 자네의 첩보만을 기다리겠소.

이번 차사만 제대로 완수하면 우리 둘이 자네에게 부장(副將) 자리 하나 따주는 건 그리 어렵지 않을 거네!"

"거룩하신 가르침과 애정에 여러모로 부족한 이 사람은 어찌 보답해야 할지 모르겠습니다. 두 분의 훈회를 영원히 잊지 않겠습니다!"

황천패의 감격과 탄복은 이내 격동으로 달아올랐다.

"일개 무식한 강호인(江湖人)이 두 분 대인(大人)의 이같은 은혜를 한 몸에 받으니, 하관은 뼈를 빻아 강물에 뿌린다고 해도 미처 다 못 갚을 것입니다! 다만 우리가 움직이노라면 꼬리가 아홉 개 달린 여우같은 역영(易瑛)이 벌써 냄새를 맡고 멀리멀리 도망갔을까봐 심히 우려가 됩니다!"

"그건 걱정하지 말게."

가늘게 좁힌 두 눈에 승냥이의 그것을 방불케 하는 푸른 빛을 번쩍이며 류통훈이 껄껄 웃었다.

"승덕에서 이미 폐하께 주청을 올렸네. 폐하께오선 '대국을 안정시키고 강남의 우환을 뽑아버리는 것이 무엇보다 중요하네. 절을 없애버리면 중은 길바닥을 떠돌겠지! 풀숲을 쳐서 놀란 뱀을 유인해내는 술책이 꼭 필요할 때가 있네! 짐은 여태 흙탕물을 일으켜 조정과 숨바꼭질을 해온 '일지화'가 대체 어떤 요물인지 똑똑히 보고싶으니 가급적이면 생포하도록 하게!'라고 말씀하셨네. 우리의 등뒤엔 태산같은 폐하의 믿음이 계시네."

건륭의 말을 옮기는 대목에서 몇 사람은 벌써 자리에서 일어났다. 윤계선이 단호하게 덧붙였다.

"우린 반드시 범인 색출에 진력하여 폐하의 성은에 보답해야 하겠소!"

류통훈이 웃으며 화답했다.

"이제 합심하는 일만 남았으니 이만 가봐야겠소. 나랑 천패가 돌아가서 세부적인 사항을 좀더 검토해본 후에 와서 원장의 영전(令箭)을 모셔가도록 하겠소."

말을 마친 류통훈은 곧 윤계선을 향해 작별의 인사를 고하고는 밖으로 나왔다. 장추명이 아직 공문결재처 안에서 서성이는 걸 본 류통훈이 손짓으로 친병을 불러 지시했다.

"가서 장추명에게 전하게. 원장 공은 남경총독에 유임될 것이니 앞으로 진이 빠지도록 싸울 날이 많다고. 더 이상 공무를 방해하지 말고 돌아가라고 하게. 정 분을 삭이지 못하겠으면 역관으로 날 찾아와도 좋다고 이르게."

윤계선은 몇 날 며칠 함정에 갇힌 배고픈 야수처럼 시뻘건 두 눈으로 자신을 노려보는 장추명에겐 눈길 한 번 주지 않았다. 똥파리를 삼킨 듯 일그러진 표정으로 장추명을 힐끗 쓸어보며 자리에 앉은 돌지가 말했다.

"저런 자들을 우리 몽고에서는 쇠심줄이라고 하오. 부락에서는 저 같은 인간말종이 생기면 노인네들끼리 상의하여 칼질로 탕을 만들어 독수리에게 푸짐하게 인심이나 쓴다고 하오. 폐하께오서 광주의 현승으로 보낸다고 하셨다니 당장 쫓아내지 뭐가 아쉬워 저 꼴을 또 보겠소!"

"참는 것도 재주라오. 기왕 여기까지 참아온 김에 정식 발령이 날 때까지 조금만 더 기다려 보지."

윤계선이 두 사람더러 앉으라는 손짓을 했다. 그러자 범시첩이 입을 열었다.

"연청 어른한테 달려가 귀찮게 굴어서 우리 금릉 관리의 얼굴에 먹칠을 하는 건 아닌지 모르겠소."

그러자, 윤계선이 말했다.

"그 사람은 나처럼 말로 하는 게 아니라 무조건 칼놀음이오. 그 칼에 얼마나 많이 죽었는데, 감히 그 속으로 뛰어들까? 됐소, 그 얘긴 집어치우고 우리 서적을 수집하는 데 대해 지혜를 모아보도록 합시다!"

범시첩이 긴 한숨을 내쉬었다. 총독(總督)과 순무(巡撫)는 상명하복의 종속관계가 아니었다. 총독은 군정(軍政) 담당이고, 순무는 민정(民政) 담당으로 구분되어 있었다. 그러니 도서를 수집하는 건 당연히 순무의 차사였다. 잠시 생각하고 난 범시첩이 말했다.

"난 능력이 원장의 1만 분의 1도 쫓아갈 수 없는 사람이니 텅 빈 창자를 훑어봐야 나올 것도 없고, 원장 공의 지시에 따르는 게 속이 편할 것 같소. 도서를 수집한다는 건 만천하가 주지하는 바이지만 아직 팔을 걷어붙인 곳은 없는 것 같소. 도서수집은 소장하고 있는 주인이 싸들고 와야 하는지 관부에서 집집마다 찾아다녀야 하는지, 빌려올 때 반환증은 누가 만들고 어떤 식으로 어떻게 반환해야 하는지, 또 사람들이 보증금을 요구하거나 판매할 의사가 있을 때는 자금을 어디서 충당해야 할는지 등등 아직 하나도 정해진 규정이 없지 않소. 도서의 선별 기준도 애매모호하고! 아무튼 쉬울 것 같지만 대단히 복잡하고 골치 아플 것 같소!"

"나도 공감하오."

돌지가 말을 이었다.

"나 같은 경우에는 곧 이임할 텐데 위의 허락 없이는 재정지원을 마음대로 해줄 수도 없고, 해주었다가 제 때 회수하지 못하는 날엔 엉뚱한 바가지를 뒤집어쓰기 십상일 것 같소. 어떤 책은 값이 어마어마하거든. 난 만금(萬金)도 넘는 가격에 거래되는 송판(宋版) 서적도 본 적이 있소. 내 생각 같아서는 좀 처지더라도 다른 성에서 시범을 보이는걸 봐가며 시작하는 게 좋을 것 같은데……."

"알았소!"

윤계선이 시계를 들여다보았다. 곧 웃음을 거두며 홀가분한 한숨을 내쉬었다.

"'빌린다'는 건 원래 어려운 법이오. 빌리는 입장에서나 빌려주는 입장이나 모두가 받아들일 수 있는 조건이 필요하니까. 아무래도 좀더 기다려 보는 게 좋겠소. 그러나 기다리는 것도 학문이 필요하지. 바보가 호떡 기다리듯이 다 탈 때까지 멍청히 들여다보고만 있을 건지, 아니면 어떻게 기다릴 건지 잘 생각해봐야겠소. 많은 얘기를 나눴지만 내가 보기에 결국엔 전문적인 부서를 따로 만드는 게 정석이오. 강남, 절강 두 성에 각각 '징차서국(徵借書局)'이라는 기관을 설치하고, 그 소속 현들마다 지국(支局)을 만들어 전담인력을 배치하는 게 어떨까 싶소. 그네들더러 천천히 준비해가면서 이웃 성들의 움직임을 참고해 두었다가 조정에서 무슨 지의가 내려지면 발빠르게 선수를 치면 될 것 같은데!"

기다린다는 명분이 무색할 만큼 윤계선은 벌써 느긋하게 앞질러갈 수 있는 묘안을 내놓은 것이다. 조정에서 각 성(省)에 독촉을 해오면 성에서는 서국(書局)에 임무를 하달하면 될 것이다. 잘하면 총독, 순무, 번대가 얼굴에 광채가 날 건 당연지사이고, 설령 조정에서 하달한 목표를 달성하지 못하더라도 밑에서 책임을 떠안는 건 불 보듯 뻔한 일이었다. 범시첩은 머리 속에 팽배하던 번뇌가 일시에 사라지는 홀가분함을 느꼈다.

"정말 두 손 두 발 다 들었소, 원장! 똑같이 머리 하나씩만 이고 사는데, 어찌 이리도 다를까!"

그러자 돌지가 껄껄 웃으며 말을 받았다.

"그러게 말이오. 난 돌쇠가 호떡 굽듯 까맣게 탈 때까지 기다리려고 했었는데! 농담이고, 내가 보기엔 '징차(徵借)'라는 말은 어딘가 강요하는 듯한 인상을 주는 것 같소. 무난하게 '채방유서총국(采訪遺書總局)'이 더 낫지 않을까."

"그래, 그게 더 듣기에 좋소!"

윤계선이 즉각 찬성의 뜻을 보내며 자리에서 일어났다. 손에는 여전히 철호도(鐵胡桃)를 굴리며 천천히 거닐었다. 고개를 갸웃거리는 모습이 깊은 사색에 빠져 있는 것 같았다. 건륭이 수 차례 조서를 내려 강조한 '계고우문(稽古右文)'은 문치(文治)의 주축이었다. 조정과 황제의 야심작에 굵직한 한 획을 그을 수만 있다면 문인으로서 그만한 공덕도 다시는 없을 것이다. 그러나 말이 쉬워 '채방(采訪)'이지 필화(筆禍)의 두려움을 아는 사람들이 순순히 책을 내놓을 리가 없었다!

오랜 세월이 흐른 장정룡(莊廷龍)의 문자옥(文字獄), 신속히 진화되어 거의 잊혀져 가는 주방단(朱方旦)의 사설(邪說)은 제쳐두고라도 대명세(戴名世)의 〈남산집(南山集)〉은 20년이 넘은 뒤에야 느닷없는 황제의 지의에 의해 도마 위에 올려지면서 3백여 명의 문인들이 청천벽력 같은 재화를 입었다. 옹정조(雍正朝)에 와서도 당파간의 정쟁에 악용되거나 장단 맞춘 왕경기(汪景祺), 육생남(陸生楠)의 역서(逆書) 사건, 전명세(錢名世)의 연갱요(年羹堯) 옹호사건에 이어 사사정(査嗣庭)의 필화와 여유량

(呂留良), 증정(曾靜), 장희(張熙)의 역서 사건이 꼬리를 물고 터져 나와 가뜩이나 술렁이는 정국에 기름을 퍼부었다. 옹정황제가 친히 붓을 들어 장장 10만 자(字)에 달하는 〈대의각미록(大義覺迷錄)〉을 써서 전국의 학궁(學宮)들에 내려보내어 정국을 진정시키고 필화 당사자는 물론이고 수백 명에 달하는 연루자들을 공개처형을 했었다. 겨우 살아남은 전명세는 비록 육체적인 죽음은 면했지만 옹정에 의해 '명교죄인(名敎罪人)'이라는 편액을 하사 받은 정신적인 죽음을 당하고 말았다.

천심(天心)은 불측(不測)이어서 언제 어떻게 돌변할지 모르는 법이었다. 필화의 피비린내가 진동했던 나날이 어제 같은데, 백성들이 누가 감히 건륭에게 도서를 '빌려' 줄 수 있을까? 이 같은 우려 외에도 윤계선에겐 일층 더 깊은 걱정이 있었다. 그 자신도 해내(海內)에 그 이름을 떨친 문인이고 강남의 풍아수령(風雅首領)이었으니, 장서루(藏書樓)에 값나가는 진귀한 송판(宋版) 밀서(密書)들이 적지 않게 소장되어 있었다. 어떤 책을 내놓아야 하는지, 어느 선까지 기윤에게 협조해야 하는지 감을 잡을 수가 없었다.

오래도록 깊은 사색에 잠겨 있던 윤계선이 긴 숨을 들이마시며 천천히 입을 열었다.

"서국(書局)이 서는 대로 우리 대원(大員)들의 장서부터 심사에 걸리지 않을지 잘 살펴봐야겠소. 문운(文運)은 국가의 명운과 직결되어 있소. 성세(盛世)의 풍모를 반영하는 잣대이기도 하지. 절대 강남 관원들의 치부를 드러내는 일이 없어야겠고, 문인들의 명줄을 저당 잡히는 불행이 재연되어서는 안 되겠소."

범시첩과 돌지는 윤계선이 장시간 동안 대체 무슨 생각을 했는지 정확히 가늠할 수는 없었지만 그 어조와 굳은 표정에서 그리 낙관할 수만은 없는 미래를 엿볼 수 있었다. 적어도 문인들에게 있어 조정은 약속을 지키지 않는 거짓말쟁이였다. 순진한 글쟁이들을 유혹하여 문망(文網)에 걸려들게 했고, 가차없이 목을 치는 장면을 범시첩은 윤계선보다 더 많이 보아왔다.

한편 역관으로 돌아온 류통훈은 자신이 데려온 수행원들과 황천패의 십삼태보들을 소집하여 총독아문에서 의논한 내용을 들려주고 전략을 세우도록 했다. 황천패더러 회의를 주관하게끔 하고 자신은 당일 북경에서 보내온 정기(廷奇) 문서와 관보(官報)를 들고 한 쪽으로 물러났다.

먼저 관보를 펴드니, 손가감(孫嘉淦)과 사이직(史貽直)이 병세가 위독하여 이미 건륭에게 유언상주문(遺言上奏文)을 올렸고 건륭은 열하에 있던 수행 어의를 북경으로 급파하여 진맥을 하게 하는 동시에 은조(恩詔)를 내려 위로를 해주었다는 내용이 한눈에 들어왔다.

그밖에 기윤이 각 성의 도서수집 현황을 보고하고, 호부(戶部)에서 필요한 경비를 각 성에 지원하게끔 윤허해 주십사 주청 올린 내용도 있었다. 러민이 운남(雲南) 동정사(銅政司)로 부임하자마자 각 동광(銅鑛)의 채광량은 전년대비 1할은 증가했으며, 10만 근의 동(銅)을 남경으로 보내어 돈을 주조하라는 지의도 있었다. 또한 강서(江西) 철광국(鐵礦局)더러 30만 근의 철(鐵)을 남경(南京) 번사(藩司)로 운송하여 병부(兵部)에서 20문의 홍의대포(紅衣大炮)를 주조하는 데 기여하라는 지의도 있었다……

관보를 훑어보고 다시 푸헝이 전해온 정기 문서를 펴들었다.

이때 황천패 등은 습격일정을 놓고 설전이 벌어져 소란스러웠다. 류통훈이 고개를 드니 황천패가 급히 쉬쉬하며 주의를 주었다.
"너무 떠들어서 죄송합니다. 다른 방으로 옮기겠습니다."
"아니, 그럴 거 없네. 그래도 여기가 더 조용하지."
류통훈이 개의치 말라는 손짓을 하며 덧붙였다.
"내가 한마디만 끼어 들겠네. 이번 달 26, 27일 이틀 중에 하루를 택하게. 반드시 기밀에 붙여야 하네. 누가 감히 기밀을 누설시켰다간 의도적이든 그렇지 않든 난 절대 용서치 않을 것이야. 그 일족은 필히 나 류아무개의 손에 멸문지화를 입게 될 것임을 단단히 일러두는 바이네!"

이같이 못을 박고 다시 고개를 돌려 류통훈은 화칠(火漆)을 한 겉봉을 뜯어냈다. 그것은 뜻밖에도 나친의 서찰이었다. 공격은 내년 봄에 개시하기로 했고, 먼저 월동(越冬)에 필요한 옷가지와 이불, 담요, 두꺼운 천막, 그리고 땔감이며 건채(乾菜) 등등을 보내달라고 했다.

한참 읽어 내려가던 중 그제야 뒷면에 있는 주비(朱批)를 발견한 류통훈이 급히 자세를 고쳐 앉았다. 서둘러 읽어보니 내용은 이러했다.

나친이 드디어 모든 공격준비를 끝냈다고 하네. 여태 시간이 걸리긴 했어도 준비가 철저하여 나쁠 건 없지 않은가. 금천(金川)에서 똑같은 패배를 당하는 건 절대 용납하지 못하네. 다른 사람도 아닌 나친이 짐에게 두 번 다시 굴욕과 수치를 주는 일을 하겠는가? 이 주비는 윤계선에게도 전해주도록 하게. 전선에서 필요한 물품구입은 윤계선이 맡고, 비용은 러민이 지불하며, 류통훈은 군기처의 신분으로 두 사람을 독촉하여 신속히 처리해주도록 하게. 이 밖에 악종기는 이미 천섬총독(川陝總督, 사천성과 섬서성을 관할하는 총독)의 신분으로 송번(松潘)으로 옮겨갔으며, 나친의 지휘를 받게 될 것임을 알려두는 바이네.

그 밑에 깨알같이 쓴 글씨가 있어 급히 돋보기를 끼고 보니 벅찬 희열에 가슴이 터질 것만 같았다.

    황후가 경(卿)을 지극히 애중히 여겨 담비가죽 외투를 상으로 내리니, 잘 받아서 입도록 하게. 대신 꼬마황자가 민간의 백납의(百納衣)를 필요로 한다 하니, 황후마마를 위해 유심히 물색해 두도록 하게.

어느 해인가 원소절(原宵節)을 앞두고 황후 부찰씨가 특별히 어두두부탕(魚頭豆腐湯)을 상으로 내렸던 광경을 떠올리며 류통훈은 가슴이 뭉클해지고 눈물이 쏟아졌다. 누가 볼세라 애써 눈을 깜빡거려 눈물을 집어넣고 손등으로 닦아내며 류통훈은 사은상주문(謝恩上奏文)을 어찌 써야 할지 생각했다. 속으로 초안을 작성하고 있노라니 역승(驛丞)이 호롱불을 앞세우고 들어왔다.
  류통훈은 물론이고 의논을 하고 있던 사람들은 뚝 입을 다물어버리고 말았다. 들고 온 주전자 모양의 기름통을 기울여가며 등잔불마다 기름을 보태던 역승이 말했다.
  "법사아문의 장추명 어른이 류 어른께서 불러서 왔다며 오래 전부터 기다리고 있습니다. 신색이 좀 이상해 보이기도 했습니다……."
  그 소리에 버럭 화를 내려던 류통훈이 이내 진정을 취했다.

"서쪽 모퉁이 방으로 들이게!"

역승이 대답과 함께 물러가자 류통훈이 누가 엿들을세라 목소리를 낮췄다.

"방금 의논했던 대로 움직이도록!"

짤막하게 명하고 서둘러 밖으로 나온 류통훈은 곧바로 서쪽 모퉁이 방으로 향했다. 결코 반갑지는 않았지만 최소한의 예의를 갖추지 않을 수는 없었다. 딱딱하게 굳은 얼굴로 차를 내어오라 지시하고 난 류통훈이 단도직입적으로 물었다.

"이 늦은 시각에 어쩐 일이오?"

가까이에서 유심히 뜯어본 장추명은 조금 튀어나온 광대뼈가 불그레했고, 눈빛이 술에 취한 사람처럼 초점 없이 흔들렸다. 몸도 흔들흔들했고 다리도 풀린 것 같았다.

"술을 마셨소?"

류통훈이 물었다.

"아니, 아니…… 그런 건 아니오!"

장추명이 경기(驚氣)를 일으키듯 눈을 희번덕거리며 두 손을 마구 저어댔다.

"난 여태 입술에 술을 묻혀본 적이 없소. 누구처럼 술 마시고 해롱대는 일은 죽어도 못하지! 윤계선이야말로 술독에 빠져 나오지도 못 할 주정뱅이지. 그리고 범시첩과 돌지도 마찬가지요. 술독에 콱 처넣어야 하는데!"

무작정 거품부터 물고 흥분하는 장추명이었다. 류통훈이 그만하라는 듯 짜증스레 손사래를 치며 물었다.

"원장이 술을 마셔 신경질이 나서 나한테 하소연하려고 찾아왔소?"

"그럼! 아니, 아니! 그건 아니오!"

장추명이 간사하게 눈을 굴리며 말을 이었다.

"연청 어른이 날 부르지 않았소? '일지화' 생포작전에 지혜를 모으자는 뜻에서!"

"내가 언제 그런 소릴 했다고 그러오?"

류통훈이 대뜸 경계하며 버럭 고함을 질렀다.

"아이, 장부일언중천금(丈夫一言重千金)이라는데, 왜 이러오? 천하의 연청 어른이!"

장추명이 겁 없이 류통훈의 코를 삿대질하며 괴성을 지르며 미친 듯이 웃어댔다. 긴 소매를 펄럭여 허우적대며 웃어대는 그 소리는 한밤중의 부엉이 소리를 닮은 것 같았다. 류통훈은 순간 온몸에 소름이 쫘악 돋았다. 그럴수록 장추명은 컹컹 개짖는 기침까지 해가며 웃어댔다. 그리고는 손가락질을 하며 일갈했다.

"내가 법사아문의 장추명이오. 날 모르겠소? 하하! 기억력이 부실한 건 폐하를 닮았군……."

썩은 달걀처럼 풀려 있는 눈동자하며 입가에 허연 거품을 물고 아무 말이나 지껄여대는 것이 분명히 성한 사람은 아니었다. 윤계선이 말했듯이 실심풍(失心瘋, 정신병)에 걸린 것이 분명했다. 구역질이 났지만 류통훈은 일말의 연민을 동시에 느꼈다.

"좋게 말할 때 돌아가 줬으면 하오. 가서 낭중을 불러 보는 게 좋겠소. 당분간 차사는 적게 생각하고 마음을 편하게 먹어야 하오."

"말도 안 되는 소리!"

장추명이 혀 꼬인 말투로 지껄여댔다.

"난 조정의 봉록을 먹는 사람이오. 어찌 차사를 생각하지 않을 수 있고, 관장(官場)의 시시비비에 신경을 끌 수가 있겠소? 윤계선…… 흥! 다른 사람들은 무서워할지 모르지만 난 쥐뿔만큼도 두렵지 않아! 내 눈을 비켜갈 순 없지. 강남에 은자(銀子)가 차고 넘치는데, 제까짓 게 깨끗하면 얼마나 깨끗하겠소? 내가 이럴 때를 대비하여 조목조목 책자에 그 죄행을 적어 두었다는 거 아니오! 연청 어른, 내가 그 책자를 보여줄게. 우리……."

장추명이 창밖에 고개를 내밀어 주위를 두리번거리고는 말했다.

"우리 공동으로 탄핵문을 올려 그 자식을 매장시키도록 합시다! 그 자리에 연청 어른이 앉고…… 내가 있잖소, 내가! 잘 보필해줄 테니 우리 함께 용주(龍主)의 충실한 신하로 명성을 날려봅시다!"

방금 전까지 일말의 동정이나마 느꼈던 류통훈은 뻥 뚫린 그 졸렬한 속내에 그만 구역질이 나고 말았다. 미치광이와 마주하여 금싸라기 같은 시간을 탕진할 이유가 없었다. 어르고 달래고 협박하여 겨우 문 밖으로 밀어내며 류통훈이 한마디 했다.

"그래, 잘해 보시오! 안 그래도 푸헝(재상인 푸헝을 일컬음)이 자네에게 군기대신(軍機大臣) 자리를 내어주겠다고 했소! 그러니 집에 장서(藏書)가 있으면 아끼지 말고 다 내어놓도록 하오. 군기대신이 솔선수범을 해야지!"

귀기울여 엿듣고 있던 황천패 등이 입을 감싸쥐고 키득거렸다.

"그런 일이 있었단 말이오? 그게 과연 사실이오? 푸상이 내게 군기대신 자리를 내어주겠다고 했단 말이지?"

대문 밖까지 등 떠밀려 나온 장추명이 안도의 한숨을 내쉬는 류통훈을 향해 광대짓까지 해 보이며 방방 뛰어 저만치 달려갔다.

사고전서(四庫全書)

"군기대신이면 바로 재상(宰相)이야! 난 이제 장정옥(張廷玉)과 어깨를 나란히 하게 됐어! ……내 평생에 이런 날도 있구나! 암…… 있고 말고! 하하하하……."

펄럭이는 촛불처럼 후줄근한 옷자락을 바람에 날리며 어둠 속으로 멀어져 가는 장추명을 보며 류통훈은 터져 나오는 욕설을 도로 삼키며 방안으로 들어갔다.

39. 작전실패

 순간 장추명(張秋明)은 정신착란 증세를 보이며 길가에서 공공연히 떠들어대기 시작했다.
 "조정에서 '일지화(一枝花)' 생포작전에 돌입했다!"
 그 바람에 겨우 짜놓은 작전이 수포로 돌아갈 위기에 놓일 줄은 아무도 몰랐다. 그는 처음부터 류통훈 일행의 작전을 문틈으로 몰래 엿들었던 것이다. 엉뚱한 곳에서 기밀이 새는 바람에 다급해진 류통훈은 가까운 곳에서부터 행동을 개시하여 즉각 여러 곳의 향당(香堂)을 일제히 포위하라는 명령을 내리는 동시에 더 이상의 낭패를 방지하기 위해 즉시 장추명을 총독아문에 감금시키라는 명령을 내렸다. 또한 황천패더러 연입운을 데리고 법사아문으로 가서 '일지화' 일당의 인상착의를 그림으로 그려서 각 지방에 발송하게끔 했다. 윤계선 또한 성(城)의 4대문(四大門)을 걸어 닫고 오가는 행인들에 대한 철저한 검문을 당부했다. 억울한 열

명을 붙잡을지언정 한 명의 범인도 놓쳐선 안 된다는 윤계선의 지시에 경내는 비상이 걸렸다. 책임을 실감한 류통훈이 윤계선을 찾아가 그와 상의하여 스스로 자핵주장(自劾奏章)을 올리기로 했다. 장추명에 대한 탄핵주장을 쓰는 윤계선이나 자기 스스로 뺨을 때리는 류통훈도 대사를 앞두고 엉뚱한 데서 바람이 새버린 기분이 그저 불쾌하기만 했다.

법사아문에서 몇몇 단청고수(丹靑高手)들을 불러 일지화 일당의 해포도(海捕圖)를 만들고 황천패와 연입운이 아문을 나설 때는 벌써 어둑어둑 어둠이 내리기 시작했다. 언제부터 몰려왔는지 두텁게 깔린 먹장구름 사이로 빗방울이 간간이 떨어지고 있었다. 하루종일 심드렁해있는 연입운을 보며 황천패가 말했다.

"성문도 봉했고 비상경계령도 내려졌으니 이미 주사위는 던져졌다고 봐야지. 죽이 되든 밥이 되든 기다려보는 수밖에 없는데, 우리 어디 가서 술이라도 한잔 할까?"

그러자 연입운이 여전히 시큰둥한 표정으로 멀지 않은 곳을 가리키며 말했다.

"그러든가! 저 앞에 내가 자주 들르는 기가주점(紀家酒店)이 있는데, 손바닥만해도 주인의 인심은 넉넉하오. 조용하고 괜찮소."

연입운을 따라 주점으로 들어가 보니 과연 탁자 네 개가 빽빽이 놓인 장소는 비좁았다. 콩기름 등잔이었지만 사면의 벽을 하얀 종이로 도배하여 실내는 대단히 밝았다. 밥을 먹는 이들, 술 마시며 한담을 늘어놓고 있는 이들이 대여섯 명밖에 없었다. 사환이 연입운을 보자마자 밤중에 땅바닥에 떨어진 원보(元寶)를 주운 사람처럼 싱글벙글하며 반겨 맞았다.

"그새 뜸하셨네요, 연 어른! 한참 안 보이시니까 저희 주인마님께서는 왜 안 오시나, 뭐가 서운하셨나 하며 기다리셨어요……."

연입운이 별로 감동받는 기색도 없이 무뚝뚝하게 머리를 끄덕였다. 그리고는 구석의 탁자에 앉아 분부했다.

"전과 똑같이 하되 특별한 요리 하나를 더 추가해서 올리면 되겠어."

사환이 굽실거리며 대답하고 물러가더니 금방 생선조림, 닭찜, 버섯무침과 붉은 고추 야채볶음, 그리고 향신료를 넣어 볶은 땅콩을 추가하여 쟁반에 받쳐 내어왔다.

"이봐, 친구!"

따끈한 황주(黃酒)가 서너 잔 들어가자 황천패가 빙그레 웃으며 말했다.

"무슨 고민 있소? 왜 하루종일 초상난 사람처럼 그리 죽을상을 하고있는지 모르겠소? 내가 형제처럼 대하는 아우인데, 태보(太保)들이 감히 무례한 행동을 했을 리도 없고. 우리편으로 넘어오자마자 천총(千總) 자리를 얻었고, 연청 어른과 원장 공도 별나게 잘해주는 건 없어도 인간적으로 대해주지 않소. 혹시 아직도 역영(易瑛)의 품을 못 잊어서 그러오?"

그러면서 슬쩍 눈치를 살핀 황천패는 말을 이어나갔다.

"내가 보기엔 그 이유밖엔 없는 것 같은데, 과연 그렇다면 지금부터라도 생각을 고쳐먹어야 하오. 설령 그가 역적이 아닐지라도 진심으로 자네를 좋아하는 건 아니지 않소. 그 여자는 자나깨나 호인중(胡印中)밖에 없는 사람이오! 치사하게 남의 여자를 낚아챈 그 몹쓸 놈을 찾아 없애버려야 하오. 벌써 마흔을 넘긴 여자요, 사술(邪術)로 용모를 일시적으로 유지할지는 모르지만 이미 한물

갔다고! 꼬부랑 할미가 되어버리는 건 시간문제야! 천망(天網)에 걸리는 날엔 자네와 나는 엄두도 못 낼 거야! 설령 푸상, 연청 공, 원장 공이 일제히 탄원서를 올린다고 해도 그 여자는 목숨을 건지긴 힘들 것이오. 마음을 둘 데다 두어야지, 역영에게 매달린다는 것은 언제 무너져 매몰될지 모르는 위태로운 모래성에 기대는 것과 마찬가지요!"

연입운은 말없이 술만 마셨다. 황천패가 위로의 말을 하는 동안 혼자 부어서 혼자 마시며 몇 잔을 연거푸 냉수 마시듯 하고 난 연입운이 푹 고개를 떨구었다. 한참 후에야 땅이 꺼져라 길게 탄식을 토해내며 고개를 드는 그 얼굴에 눈물이 어른거렸다.

"한다 하는 문벌(門閥) 가문에서 태어났고, 나름대로 무예실력도 자부하는 사람이오. 내가 십 수 년 동안 역영의 뒤를 따라다니고 싶어 다녔겠소? 공명이나 부귀 따윈 생각조차 해보지 않았소. 어떻게든 그녀의 마음속에 둥지를 틀고 싶었을 뿐이오. 그게 사치였단 말이오? 기껏 꼬리쳐놓고는 호인중 그자가 오니 매몰차게 나를 외면하고 그 품에 안길 수 있는 거요? 돌쇠, 망종 같은 놈이 뭐가 좋다고……."

그러자 황천패가 웃으며 말을 받았다.

"역시 내 추측이 딱 들어맞았군! 나도 그 여자를 봤는데, 개미 같은 허리에 항아리 엉덩이, 전족(纏足)하지 않은 큰 발에…… 어디 볼 게 있어? 내일 내가 비교도 안 되게 고운 여자 하나 구해줄 테니, 얼굴 좀 펴!"

그러자 연입운은 눈물을 닦고 한숨을 내쉬었다.

"꼭 그것 때문만은 아니오. 이래봬도 아무개 하면 오호사해(五湖四海)에 모르는 사람이 없는 사내인데, 어쩌다 그물에 걸려 주인을 배신하게 되었는지 모르겠소! 관병(官兵)의 앞잡이가 되어 옛 주인을 토벌하러 나서게 되었으니, 난 이제 무슨 면목으로 살아가겠소. 의리가 없으면 고깃덩어리나 다름없는 게 강호의 사내들이오. 난 불충(不忠), 불의(不義), 불인(不仁)의 딱지가 붙어 강호의 몰매를 맞아 죽게 될 거요. 벗을 팔아 사적인 영달을 구한 셈인데, 누가 날 받아주겠소······. 내 인생은 이제 종을 친 것 같소······."

추위에 떨 듯 몸을 웅크린 채 목소리마저 떨렸다. 입김으로 송장 같은 창백한 손을 불어가며 비바람에 꺼질 듯 이어지는 주점 앞의 등불을 공포와 절망이 어린 눈빛으로 바라보고 있었다. 늦가을의 비바람 속에 내걸려 진저리치는 한줌 빛이 황천패에게도 형언할 수 없는 불안을 안겨주었다.

"그런 마음이 있다면 왜 여태 역영을 찾아가지 않았지?"

갑자기 옆자리에서 누군가가 말했다.

깜짝 놀란 두 사람이 소리나는 쪽을 향해 홱 고개를 틀었다. 자리에 앉은 그대로 두 사람을 향해 돌아앉은 그는 놀랍게도 두 겹으로 된 회색 비단 두루마기에 누리끼리한 가죽 조끼를 껴 입어 남장(男裝)을 하고 있는 뇌검(雷劍)이었다. 멸시와 조소가 어린 눈빛으로 두 남자를 노려보는 그녀의 등뒤에서 우락부락한 거구의 사내들이 숲처럼 일어났다. 그와 동시에 주방 쪽에서도 도롱이를 입은 십여 명이 뛰쳐나왔다.

두 사람은 삽시간에 구석으로 내몰렸고, 금방이라도 불처럼 타오를 것만 같은 수십 쌍의 표독한 눈길이 화살처럼 꽂혔다. 느닷없는 광경에 경악을 금치 못하며 뒷걸음치던 연입운이 겨우 진정하여 애써 웃음을 지어 보이며 말했다.

"어…… 뇌검이구나. 오래간만이야……. 그런데, ……교주(敎主)는? 호, 호형도…… 있네?"

"칼 내놔!"

뇌검이 목소리를 내리깔며 명령했다. 두 사내가 덮쳐들어 요도(腰刀)를 빼앗아버리자 뇌검이 싸늘하게 내뱉았다.

"네놈들을 찾아 하루종일 헤맸어! 그런데 결국엔 제 발로 걸려들었구만. 황천패, 영패(令牌)를 이리 내! 연입운, 넌 그래도 아직 양심은 조금 남아있는 것 같으니 우리를 성 밖까지만 안내해주면 되돌려 보내주겠다!"

황천패의 검붉은 얼굴에 경련이 일었다. 빗자루 같은 짙은 눈썹을 날카롭게 세워 잠시 생각하던 황천패가 냉소를 터트렸다.

"영패를 이런 데까지 갖고 다니는 미친놈이 어디 있냐? 이 돌대가리 계집애야!"

"아무튼 우릴 성 밖으로 데리고 나가줘야 해."

"영패가 없으면 우리도 나갈 수 없어. 비바람을 불러올 수 있고, 운무(雲霧)를 타고 넘는다는 너희들도 영패가 필요하냐?"

싸워본 경험이 풍부한 황천패는 위기 앞에서도 의연하고 느긋해 보였다. 속으로는 포위망을 뚫고 나갈 방책을 강구하면서 그는 전혀 두려운 기색 없이 황천패가 말했다.

"너희들의 교주를 좀 보자. 내가 할말이 있다."

황천패는 거들떠보지도 않고 연입운만을 노려보며 뇌검이 답했다.

"말해! 언제 행동을 개시하기로 되어 있으며, 관병은 얼마나 출동하는지? 우리 교주는 어디 있어?"

연입운은 눈을 감은 채 묵묵부답이었다. 그런 행동은 탈출방법을 모색하는 때문이라고 생각한 황천패가 대신 말했다.

"너희 교주가 어디 있는지는 왜 우리한테 물어?"

황천패의 말이 끝나기도 전에 호인중의 솥뚜껑 같은 손바닥이 찰싹 소리를 일으키며 황천패의 왼뺨을 스치고 지나갔다.

"주둥이 닥치지 못해? 이 상놈 섬기는 종놈 같으니라고!"

호인중의 거친 욕설과 행동에도 불구하고 황천패는 놀랍게도 껄껄 웃으며 말했다.

"아무리 날고 긴다고 해도 너희들의 손에 잡힌 이상 무슨 할말이 있겠나? 하지만 너희들이 날 난도질하여 독수리 먹이로 던져준다고 해도 난 너희 역적들보다는 백배 더 고귀하다고 생각한다!"

호인중과 황천패는 제쳐둔 채 뇌검은 연입운만 닦달했다.

"교주는 지금 남경에 있어? 어느 향당에 있어? 말 안 해? 칼침을 맞고 뒈지고 싶은 게로구나!"

황천패가 몰래 연입운의 발끝을 밟았다.

"그래, 알려주마······."

연입운이 소름끼치는 웃음을 지어 보이며 두 손을 탁자 밑으로 내렸다. 손바닥으로 탁자를 받쳐 몰래 힘을 주니 탁자는 마치 잠에서 깨어난 사자처럼 용을 쓰며 저만치 높이 퉁겨 올랐다. 그와 동시에 황천패는 소매 속에서 석회가루 두 봉지와 여섯 개의 암기(暗器)를 꺼내 내던졌다. 순간 불이 꺼지며 방안은 암흑천지가 되어버리고 말았다. 사방에 흩날리는 석회가루에 사람들은 연신 기침을 하며 갈팡질팡했다.

"뇌검, 암기를 조심해!"

어둠 속에서 호인중이 고함을 지르며 칼을 뽑아들고 황천패에게로 달려들었다. 그러나 황천패는 어느덧 커다란 도자기 항아리

뒤에 숨어버렸고, 항아리에 부딪힌 쇳소리가 고막을 찢어버릴 듯한 마찰음을 냈다. 비좁은 가게 안에서 한바탕 쫓고 쫓기는 추격전이 벌어지고 있는 가운데 고통스런 신음소리가 들려왔다.

"암기에 맞았어!"

"이 피를 어떡해? 아…… 아……."

그러자 뇌검이 고함을 질렀다.

"한 칼에 죽지 않으니까 참아! 어서 불을 밝혀, 저것들이 천장에 올라가 붙었어!"

뇌검이 천장에서 나는 인기척을 감지하고는 대충 목표를 겨냥하여 암기를 내던졌다.

"악!"

호인중은 분명히 연입운의 짤막한 비명을 들었다. 막 장검을 들어 휘두르려고 할 때 지붕의 기와가 와장창 박살이 나는 듯한 소리가 들려왔다. 호인중이 미처 어찌된 영문인지 알아차리기도 전에 연입운은 벌써 지붕을 뚫고 날아가버린 뒤였다. 이어 어디에 붙어있는지 모를 황천패가 이를 갈며 암기를 던져댔다. 대체 얼마나 많은 암기를 소지하고 있는지 가늠할 수 없이 쏟아지는 암기 공세에 뇌검 일행이 몸을 사리느라 정신을 못 차리고 있을 때 지붕 위에서 연입운의 고함소리가 들려왔다.

"기가주점에 '일지화' 일당이 떴다! 이놈들을 잡아라!"

마치 이 때를 기다렸다는 듯 삽시간에 멀고 가까운 곳에서 개 짖는 소리가 터져 나오고, 징소리가 요란하게 울리듯 사람들이 여기저기서 몰려나와 떠들어댔다. 골목골목 순시를 돌고 있던 병졸들이 호롱불을 치켜들고 달려오고 있었다. 말발굽소리와 욕설, 아우성이 가을비가 추적추적 내리는 남경성(南京城)의 밤을 공포와 불안의 도가니에 빠져들게 했다. 말발굽소리가 가까워지자 다급해진 뇌검이 여태 황천패와 검투(劍鬪)를 벌이고 있는 호인중의 팔을 낚아채듯 잡아끌고 어둠 속으로 도망을 쳤다.

황천패와 연입운이 곧 추격에 나섰다. 하지만 길거리에 사람들이 워낙 많아 횃불과 등촉을 치켜들고 찾아다녔으나 뇌검 일행은 그림자도 잡히지 않았다. 그사이 관군이 대여섯 명을 붙잡아 왔다. 황천패가 명령했다.

"전부 총독아문으로 압송해! 연입운, 우리 제자들이 다 모였소. 어서 애들을 풀어 석두성(石頭城) 쪽으로 쫓아가 보시오!"

한편 그 시각 뇌검은 호인중을 끌고 관병들의 포위망을 피해 미궁 같은 골목길을 헤집고 다니고 있었다. 제비처럼, 때론 미꾸라지처럼 요리조리 관군들의 추적을 잘도 피해갔다. 그러나 그들은 석두성 방향이 아닌 연자기(燕子磯) 일대로 도주로를 택했다.

빗방울은 작아졌으나 바람은 아직 기세가 그대로였다. 끝없이 이어지는 우중충한 숲길로 정신없이 달리다보니 가을 증수기(增水期)에 든 양자강(揚子江)의 포효가 가깝게 들려오고 삼킬 듯한 파도가 시커먼 아가리를 쫘악 벌린 채 으르렁대고 있었다. 헐레벌떡거리며 잠시 멈추어 주위를 살펴보니 어렴풋이 배들이 정박해 있는 부두가 보였다. 비바람에 명멸하는 불빛이 희미했다. 비바람 소리, 파도소리와 소스라치는 낙엽의 신음소리 외엔 세상에 아무 것도 없어 보였다.

"이제 어떡하지?"

작고 마른 몸을 잔뜩 웅크린 채 바들바들 떨고 있는 뇌검에게 자신의 옷을 벗어 감싸주며 호인중이 미안해하며 말했다.

"뇌검아, 날 원망하지마. 역영이 저놈들한테 잡혀 있는 줄 알고 구해주려고 나섰던 거야. 뭐라도 해줘야만 우리도 남은 여생을 마음 편히 살 수 있지 않을까 해서 말이야. 네 말을 들었더라면 이런 낭패는 면했을 텐데! 다행히 저들이 붙잡아 가봤자 우리 내부 비밀을 알 수 있는 사람은 하나도 없을 테니, 그들 구출대책은 천천히 강구해보자꾸나⋯⋯."

뇌검은 말이 없었다. 아직 추위에 떨고 있는 줄 알고 굵은 나무를 바람막이 삼아 기대앉아 호인중은 뇌검을 꼬옥 껴안았다.

"우리가 어떡하다 이렇게 쫓기는 신세가 됐지? 꼭 여왕벌을 잃은 벌떼들 같아. 후유! 한때는 꿈도 야무졌지만 이젠 원도 한도 없다. 강호영웅이 자존심이 꺾이면 시체밖에 더 되겠니? 우리 둘이 어딘가 인적 없는 곳으로 훨훨 떠나버릴까? 난 농사짓고 넌 길쌈을 매면서 새끼 낳아 기르고⋯⋯ 그렇게 사는 것도 나쁘진 않을 것 같아⋯⋯."

여전히 말없이 호인중의 품을 파고드는 뇌검의 숨소리가 가냘프게 느껴지고 호인중의 차가운 볼에 닿은 이마가 뜨거웠다. 순간 불길한 예감에 화들짝 놀라며 호인중이 황급히 뇌검의 몸을 흔들었다.

"뇌검아, 뇌검아, 왜 이러는 거야! 열이 심한데!"

반쯤 혼미해진 듯 호인중의 품안에 쓰러진 뇌검이 그제야 창백한 웃음을 띠우며 말했다.

"오라버니, 우리 그렇게 해요. 그 말을 참 오랫동안 기다렸어요⋯⋯ 나 어깨에 황가 놈의 암기를 맞았어요. 피가 많이 흘렸나봐요⋯⋯ 여기 이러고 있을 때가 아니에요. 기어서라도 떠나야 해요⋯⋯."

호인중이 그제야 뇌검의 겨드랑이에 손을 넣어 보았다. 과연 끈적끈적한 것이 뭉클 느껴졌다. 경황없이 자신의 옷자락을 찢어 옷 입은 그대로 환부를 동여매 주고는 들쳐업었다.
"먼저 약방을 찾아 낭중에게 보여봐야겠어. 가자!"
"약방은 둘째치고 어디 숨을 곳을 찾아야 하는데……."
뇌검이 숨이 넘어갈 듯 신음을 내뱉었다.
"보허…… 보허도사(步虛道士)를 찾아가……."
이에 호인중이 말했다.
"그래, 아직은 늙은 기생의 정체가 탄로나지 않았을 거야. 그쪽으로 가보자!"
하지만 뇌검은 힘없이 고개를 흔들었다.
"보허도사는 우리편은 아니에요. 그렇다고 조정의 편도 아니에요……. 늙은 기생은 돈을 너무 좋아하니 믿을 수가 없어요. 그리고 난, 더 이상 역영을 따르고 싶지 않아요……."
호인중은 아무런 대답도 없었다. 그는 축 늘어진 뇌검을 업고 높낮이가 일정치 않은 숲길을 비틀거리며 걸어갔다.

건륭이 류통훈과 윤계선의 상주문을 받았을 때는 벌써 음력 10월 2일이었다. 승덕(承德)에는 첫눈이 내리고 있었다. 회오리바람이 불어닥치는 일망무애(一望無涯)한 초원에 솜털 같은 눈이 흩날렸다. 공중에서 빙글빙글할 거릴 뿐 내려앉는 눈이 없어도 땅은 어느새 하얀 이불을 뒤집어쓰고 있었다. 추렵(秋獵)이 끝나고 몽고의 왕들도 떠나간 뒤였다. 북경에서 전해오는 주장(奏章)은 날씨와 수확을 보고하는 내용 외에 대부분이 문안상주문이었다. 나름대로 바쁜 나날을 보내고 있었지만 건륭은 연훈산관(延熏山館)에만 머물고 있었다.

통유리창 너머로 광활하게 펼쳐지는 백설의 무대를 구경하며 김이 폴폴 나는 농차(濃茶) 한 잔을 홀짝이고 있는 건륭은 기분이 퍽 좋아 보였다. 푸헝이 황후의 시중을 들며 눈을 밟으며 정원을 들어서는 모습을 본 건륭이 태감에게 명했다.

"왕인(王仁), 황후마마께 주렴을 걷어 드릴 준비를 하거라!"

고개를 돌려보니 유모가 두터운 솜이불로 꽁꽁 여민 꼬마황자 영종(永琮)을 안고 서 있었다. 건륭이 손바닥으로 온돌을 두드리며 반가워했다.

"온돌이 후끈후끈하니 외투를 벗겨 여기서 놀게 하게. 사과를 줘서 자기 손으로 깎아 먹는 법을 가르쳐주게."

"폐하!"

유모가 영종을 조심스레 내려놓고는 자못 진지한 표정으로 아뢰었다.

"지난번에도 손을 베었사옵니다. 그건 위험하옵니다. 아직 폐하께오서 지의를 내려 의중을 분명히 하시진 않으셨지만 소인은 진작에 태자마마로 섬기고 있는 황자이시옵니다!"

그러자 건륭은 빙그레 웃었다.

"물론 당연한 태자감이지! 그러니 짐이 더욱 공을 들이는 게 아니겠는가? 붓을 들 수도 있고, 칼을 들 수도 있는 태자가 되어야지!"

그사이 안으로 들어와 온돌에 비스듬히 걸터앉은 황후가 푸헝에게 말했다.

"폐하께선 오늘 대단히 즐거워하시는 것 같지 않나?"

건륭이 종이 자르는 데 사용하는 칼을 영종에게 주며 말했다.

"군향(軍餉)이 충족하고 병사들의 사기가 충천하여 서부전사에 길조가 보이고, 전무후무한 〈사고전서〉 편수작업에도 착수했겠다…… 짐이 기분 나쁠 이유가 없지 않은가? 강남(江南)의 만도(晩稻, 늦게 심는 벼)도 대풍작을 거두었다고 하네! 윤계선(尹繼善)이 종전에 북경으로 보낸 것보다 1백만 석을 더 보내어 경사(京師)의 백성들에게 미주(米酒)를 돌리겠다고 하네. 그래서 짐이 술을 빚는 건 좋은데, 저장할 주지(酒池, 연못처럼 술을 저장할 수 있게 만들었음)까지 만들다보면 사람들이 짐을 호화사치의 전형으로 비난하면 어떡하느냐고 농담을 했었다네. 결국 그 1백만 석은 아계(阿桂)의 연병(練兵)에 보태주기로 했네. 유난히 추운 고북구(古北口)에서 양털담요가 얼마나 필요하겠나! 쌀을 팔아 양털담요를 사서 보내는 것보다 더 뜻깊은 일이 있겠나?"

그러자 푸헝이 말했다.

"하늘이 내려주신 수확의 기쁨을 더불어 누리고자 한 윤계선의 호의는 진실된 것이옵니다. 황자마마의 정확한 치수를 몰라 백납의(百衲衣)를 만드는 천을 보내왔사옵니다. 알록달록한 여러 가지 천을 한데 붙인 무늬가 대단히 재미있어 보였사옵니다. 나중에 치수를 재어 당아더러 만들어 올리라고 하겠사옵니다."

푸헝의 말이 끝나자 유모가 끼어 들었다.

"밖의 물건을 들일 때는 각별히 유의하셔야 하옵니다. 특히 직물(織物)은 직접 몸에 닿는 것이기 때문에 대단히 조심스러울 수밖에 없사옵니다. 소인의 먼 친척 손자가 백납의를 잘못 입어 천연두(天然痘)에 걸렸다고 하옵니다. 백납의를 만들더라도 다른 사람이 먼저 입어 보지 않고선 소인은 황자마마께 입힐 수가 없사옵니다!"

유모의 말을 듣고 난 건륭이 입을 열었다.

"역시 유모가 생각이 깊네. 그렇게 하게. 다른 애에게 입혀본 뒤에 깨끗이 세탁하여 끓는 물에 삶아 강한 햇볕에 말린 연후에 들여보내도록 하게."

이같이 말하며 황자에게로 시선을 돌리던 건륭이 웃으며 다시 말을 이어나갔다.

"손을 베인다고 걱정이 태산같더니, 혼자서 잘만 깎았는걸! 자네들 누가 황자처럼 얇고 길게 깎을 수 있나? 황자, 이것도 능력이니라. 유모를 따라 나가보거라!"

유모가 황자를 안고 물러가기를 기다린 후 건륭은 그제야 푸헝을 향해 고개를 돌리며 물었다.

"윤계선과 류통훈이 올린 상주문을 읽어보았나?"

정무에 관한 얘기가 나오자 황후도 옷섶을 여미고 예를 갖추고는 소리 없이 물러갔다.

"읽어보았사옵니다, 폐하!"

푸헝이 공손히 아뢰었다.

"장추명 그자가 돌연 그리 미쳐버릴 줄은 몰랐사옵니다. 그자가 동네방네 떠벌리고 다녔으니 '일지화'가 아직 경내에 있을 리가 없사옵니다. 이 일은 철저한 기밀을 보장하지 못한 윤계선과 류통훈에게 일차적인 책임이 있사옵니다. 둘은 실직죄(失職罪)를 면할 수 없을 것이옵니다. 장추명은 미쳤으니 직무를 해제시키는 것으로 끝내버리면 되겠사옵니다."

그러자 건륭이 말했다.

"아무리 정신이 온전치 못하다곤 하지만 그래도 짐은 용서할 수가 없네! 선제 때 백씨(白氏) 성을 가진 첨사(詹事)가 있었는데, 정신착란을 일으켜 날마다 사경(四更) 때면 어김없이 오문(午

門)으로 가 큰절을 하고 키에 흰쌀을 담아 논두렁에 가 앉아 있다가 해질녘에야 돌아오곤 했다네. 사람들이 수군거리며 물으니, 황제에게 바칠 일등황량(一等皇糧)을 심어야 하는데, 황제가 아직 오지 않아 기다리고 있다고 했다는군. 미쳐도 이처럼 곱게 미치면 누가 뭐라고 하나? 류통훈과 윤계선에 대해선…… 강등처벌을 생각해보세."

잠시 생각에 잠겨 있던 건륭이 돌연 피식 웃음을 터트렸다.

"장우공(張友恭)은 전에 장원급제하고 너무 좋아 정신착란이 오더니, 이건 관운이 뜻대로 안 따라주니 실의에 빠져 그리 됐다는 게 아닌가? 공명이 과연 그리 목숨을 내걸 정도로 중요한가?"

이에 푸헝이 답했다.

"입덕(立德), 입언(立言), 입공(入功), 이 세 가지는 어떤 시대가 도래하든지 영원할 것이옵니다. 그중 입덕과 입언은 쉽지도 않을 뿐더러 실리를 챙길 수 없으니 사람들이 그리 목을 매는 경우가 드물다고 보이옵니다. 하오나 입공은 밑바닥에서 허우적대다가도 관운이 트여 하루아침에 용문(龍門)에 날아들면 일문구족(一門九族)의 역사를 새로 쓰게 되오니 어찌 목을 매지 않을 수가 있겠사옵니까? 아등바등 겨우 포정사(布政使) 자리까지 올라왔는데, 윤계선이 그 옷을 벗겨버리려 하니 워낙 성정이 혼탁한 장추명으로선 미치는 수밖에 없었던 것 같사옵니다. 파관(罷官)을 당하고 대들보에 목을 매는 것과 이치는 똑같다고 생각하옵니다."

'입언(立言)'이라는 말이 나오자 즉각 〈사고전서〉 편수작업을 떠올린 건륭이 심각한 표정을 지었다.

"지방에서 기윤(紀昀)에게 도서목록을 작성하여 올렸다고 하네. 그중 쓸만한 서적은 몇백 권에 불과하다고 하니 통 이해가

가지 않네. 그 정도 가지곤 어렵도 없지 않은가? 억지로 빼앗는 것도 아니고, 내놓으라고 으름장을 놓는 것도 아니거늘 군부(君父)가 신하들에게 책 좀 빌려보자고 하는데 보증금을 운운하질 않나, 장인 제삿날 미루듯 질질 끌질 않나…… 어쩌자고 이러는 건가? 짐이 조서를 내려 문인들끼리 서로 추천하라고 지의를 내릴 때까지 기다리겠다는 건가?"

그 말에 푸헝은 속이 뜨끔해졌다. 이렇게 강압적으로 하면 장서(藏書)를 가지고 있는 사람들이 저마다 발 편히 뻗고 잠을 못 자게 될 뿐 아니라 허위보고로 인한 모함과 훼방으로 전혀 예상치 못한 혼란을 초래할 소지가 컸던 것이다. 관원들 중에는 장서를 애호하는 문인들이 많았다. 평소의 반목과 갈등을 부채질하여 관가의 암투를 부추기고 결국엔 조정의 정국을 난파선 국면으로 몰아가지 말란 법도 없었다. 생각만 해도 눈앞이 아찔해졌다. 푸헝이 애써 웃으며 말했다.

"폐하, 지금은 영명하신 군주의 홍복에 힘입어 가가호호 안거낙업(安居樂業)하는 태평성세이옵니다. 아직은 편수작업에 대한 이해가 부족하여 눈치를 보고 있는 것 같사옵니다. 설득과 교화의 빈도가 늘어감에 따라 적극적으로 호응해 올 우리 신하들이옵니다. 성의(聖意)는 추천을 권장하오나 그것이 적발하는 수준에 이르면 정국이 혼란스러워질 것이옵니다."

그러자 어느새 먹구름이 활짝 걷힌 얼굴에 미소를 띠우며 건륭이 말했다.

"짐이 홧김에 했던 말이니, 못 들은 걸로 하게."

푸헝이 그제야 안도하며 어린애처럼 웃었다.

"군자(君子)에겐 희언(戲言)이 없다고 하였기에 신은 적이 두려웠사옵니다!"

푸헝이 이같이 말하고 있을 때 태감 복의(卜義)가 들어와 아뢰었다.

"아계가 뵙기를 청하였사옵니다!"

"들이라."

눈치껏 푸헝이 그만 일어나려고 하자 눌러 앉히는 손짓을 하며 건륭은 말했다.

"나친이 올린 상주문을 아계더러 읽어보라고 보냈었네. 특별히 고북구에서 달려온 걸 보면 틀림없이 다른 건의사항이 있을 거네. 자네도 들어보게."

그사이 아계가 들어와 삼궤구고(三跪九叩)의 대례를 올리고 있었다. 머리며 몸에 온통 눈을 뒤집어쓴 아계의 뒷덜미로 설수(雪水)가 방울방울 떨어져 목안으로 굴러 들어가는 걸 본 건륭이 말했다.

"더운 물수건을 하나 내어다 주어라. 눈길에 말을 타고 달려왔을 텐데, 입성이 너무 부실해 보이네. 감기들지 않게 조심하지 그러나!"

이때 태감 왕례가 꿩고기에 표고버섯을 넣어 끓인 탕을 자그마한 냄비에 받쳐 내어왔다. 아직 보글보글 끓어넘치고 있었다. 건륭이 마침 잘 됐다는 듯 아계를 가리키며 말했다.

"순비(淳妃) 왕씨(汪氏)의 솜씨라네. 아계, 자네한테 상으로 내릴 테니 따끈할 때 먹도록 하게!"

아계가 급히 머리를 조아려 사은을 표하고는 숟가락을 들었다. 크게 한술을 떠 입안에 넣으니 입안에 불이 나지 않을 수 없었다.

"담백한 게 맛이 있사옵니다!"

입천장이 다 데어서 아팠지만 눈을 질끈 감고 겨우 넘기며 고통스런 표정을 감추고 이같이 말하는 아계를 보며 건륭과 푸헝은 그만 웃음을 터트리고 말았다.
"천천히 먹게. 누가 숟가락 들고 달려들지도 않는데, 뭘 그리 서두르나!"
건륭이 자상하게 웃으며 이같이 말하고는 류통훈의 상주문을 뽑아들었다. 다시 한번 읽어보고는 뒷면의 여백에 주비(朱批)를 달기 시작했다.

경과 윤계선의 주장을 모두 읽어보았네. 자고로 '완인(完人)'은 없다는 말이 실감나네. 차사를 그르쳤으니 벌을 내려 교훈을 주지 않을 수는 없네. 두 등급씩 강등하여 문서에 남게 될 것이네. 사욕(私慾)을 만족시키지 못해 정신착란을 일으켜 군사기밀을 흘렸다는 장추명도 가증스럽기 그지없네. 그런데, 놀라운 것은 윤계선의 안목이 어찌 그리 부실하여 전에는 몇 번씩이고 장추명을 감싸주고 받쳐주었는지 실로 궁금하네. 채방유서총국(采訪遺書總局)을 세운다는 발상은 아주 좋네. 아직 성과는 미미하지만 계획대로 추진하면 잘 될 거라고 믿네.

여기까지 써 내려간 건륭은 잠깐 생각하더니 한마디 덧붙였다.

백납의 용으로 쓸 직물은 잘 받았네. 황후가 감명을 받았네!

그사이 허겁지겁 냄비째 들이마시고 난 아계가 땀범벅이 되어 다시 고개를 숙이며 사은을 표했다. 그러자 붓을 내려놓고 웃으며 건륭이 말했다.
"먹는 것도 저리 복스럽게 먹어야 하네, 허허! 몇백 리 눈길을 달려온 것은 나친의 주장(奏章)에 이의가 있어서인가? 거기 앉게!"
"성명하시옵니다, 폐하!"
걸상에 비스듬히 걸터앉아 주머니에서 종이 한 장을 꺼내어 펼쳐 보이며 아계가 심각한 표정을 지었다.
"신은 대금천, 소금천을 직접 가보았사옵니다. 뿐만 아니라 복지(復地)에 깊이 잠입하여 고군분전(孤軍奮戰)했던 경험도 있사오니 그곳 사정은 어느 정도 알고 있사옵니다. 나친 중당이 양고(糧庫)를 하랑구(下琅口)에 만들려고 하는데, 이는 누구의 뜻인지는 모르겠사오나 그자를 죽여버려야 마땅하옵니다!"
건륭이 일어나라는 손짓을 했다. 그러자 벌떡 일어난 아계는 종잇장을 온돌 가까이에 있는 탁자에 펴놓고 어디가 쇄경사(刷經寺) 대본영(大本營)이고, 어디서부터 소금천 공격을 개시할 것이며, 사뤄번의 작전 수법까지 상세히 설명했다. 그리고는 덧붙였다.
"소금천에서 양고(糧庫)를 마련한다면 하랑구까지는 하루가 채 안 걸리는 거리이옵니다. 하오나 하랑구에서 대본영까지는 숨돌릴 새 없이 행군하여도 하루가 넘게 걸리옵니다. 양고를 대본영과는 멀고 적들과 가까운 곳에 둔다는 것은 어불성설이옵니다."
"그렇네?"
"이대로 된다면 양고 서쪽에 주둔군이 너무 적사옵니다. 보십시오, 여기가 괄이애(刮耳崖)이옵고, 한로(旱路)는 괄이애 서북쪽으로 뻗어있사옵니다. 복잡하고 험악한 지형에 익어 행동이 빠르고, 작전이 치밀한 사뤄번의 부대이옵니다. 군막 하나 정도의 주둔군으로 양고를 지켜낼 수 있겠사옵니까? 나 중당은 실사를 거치기나 하고 그곳에 양고를 둔다는 것인지 의심스럽사옵니다!"

"그렇군!"

"군량(軍糧) 없이 싸워 이긴다는 건 당치도 않사옵니다!"

턱을 괸 채 아계가 그려온 그림을 한참 들여다보던 건륭이 온돌에서 내려섰다. 다시 손가락으로 종잇장에 그려져 있는 몇몇 곳을 짚어보던 건륭이 방안을 천천히 거닐며 말했다.

"1천 냥 황금이 무색할 값진 일침이네! 푸헝, 이리 와 보게. 군사 경험이 없는 짐이 봐도 이상하네. 그런데, 수십 년 동안 군중(軍中)의 밥을 먹었다는 장광사(張廣泗)가 이 허점을 발견하지 못했다니, 말이나 되는가?"

그에 푸헝이 공감을 표했다.

"혹시 너무 다습한 지역이라 식량이 썩는 걸 막기 위해 그곳에 양고를 두려고 했던 건 아닐까 하옵니다!"

그러자 건륭이 버럭 화를 냈다.

"썩어도 자기 수중에서 썩어야지, 사뤄번의 뱃속에서 썩게 할 수는 없지! 하나같이 왜들 이러지?"

"그 때문만은 아닌 것 같사옵니다."

아계가 입을 열었다.

"하랑구에서 대본영까지는 마차가 오갈 수 있는 길이 있사옵고, 흑엽하(黑葉河)라고 하는 배가 다닐 수 있는 강도 있사옵니다. 장상(將相, 장군과 재상) 두 사람은 육로와 수로가 뚫려 있다는 이유로 하랑구를 택했던 것 같사옵니다. 하오나 하랑구는 군량이 있는 사천성(四川省)의 성도(成都)까지는 하랑구에서 대본영까지 가는 것보다 더 멀리 떨어져 있사옵니다. 양고를 하랑구에 두면

거리가 배로 더 늘어나는 격이옵니다. 양고를 하랑구 아닌 이곳에 둔다면……"

아계가 진두채(盡頭寨)가 있는 지점을 가리키며 말을 이었다.

"이곳은 편벽하고 도로마저 협소하여 등짐으로 나르거나 말 등에 조금씩 얹어 실어 나르는 수밖에 없사옵니다. 교통이 불편한 만큼 적들의 습격에서 안전한 지대이옵니다. 하랑구에서 양고를 지키는 병력이면 군량미 운반에 투입시키는 것이 훨씬 안전하고 효과적이지 않을까 사려되옵니다……"

지혜가 번뜩이고 계산이 확실한 아계를 바라보는 건륭의 눈빛이 반짝거렸다. 아직은 젊은 나이임에도 이마엔 내 천(川)자가 깊었다. 손등은 거북의 등처럼 갈라져 있었다. 고북구에서 병사들을 훈련시키느라 얼마나 고심했고 분발했는지는 두 말이 필요없었다. 야위고 패이고 터지고 후줄근한 그 모습을 안쓰럽게 바라보던 건륭이 푸헝에게 물었다.

"아계가 지금 부장(副將)급인가?"

그때까지 아계의 말을 곱씹어보고 있던 푸헝이 급히 대답했다.

"아직은 참장(參將)이옵니다. 이부, 병부에서 부장급으로 승격시킬 것을 논의했사오나 아쉽게도 아직은 자격이 미달이라 하여 부장으로 승진되지 못하고 있사옵니다."

"자격? 뭘 보고 자격을 논하는가? 나이가 많으면 자격이 있다는 얘긴가? 고공사(考功司)더러 〈설문해자(說文解字)〉를 잘 뒤적여보라고 하게! 장광사는 자격 타령을 하다 보니 번번이 두들겨 맞는 패장(敗將)으로 전락하지 않았는가! 당장 아계를 장군으로 승격시키도록 하게!"

"예, 폐하!"

푸헝이 급히 대답하고는 멍한 표정으로 있는 아계에게 말했다.

"어서 사은을 표하지 않고 뭘 하오? 이는 특지간임(特旨簡任)인지라 더 이상 이부와 병부의 심사는 거치지 않아도 된다는 얘기요. 경하드리오."

아계는 몰락한 기인(旗人)의 후예였다. 성정이 호탕하고 거침이 없어서 전쟁터에서 종횡무진하며 몇 번씩이나 죽을 고비를 넘긴 그는 전혀 예기치 않은 성은에 정신이 혼미해질 정도로 흥분했지만 애써 마음을 다잡았다. 침착하게 엎드려 머리를 조아리며 아계가 말했다.

"성은이 망극하옵나이다. 폐하의 기대에 부응하고자 진력하겠사옵니다."

대단히 흡족한 미소를 지은 채 아계를 지그시 바라보던 건륭이 이번에는 푸헝을 향해 말했다.

"고북구의 연병 상황과 대, 소금천의 용병을 비롯한 군사 관련 소식을 서찰의 형식으로 장정옥과 어얼타이에게 상세히 알려주도록 하게. 그리고 어얼타이의 병세를 물어 태의원에 일러 좀더 정성을 기울이라고 하게. 나친에게는 짐은 은조(恩詔)만 내릴 테니, 자넨 편지를 써서 양고를 화급히 옮기라고 하게. 도서를 수집하는 데 있어서는 절대 강압적이어선 아니 된다고 기윤에게 이르게. 그리고 윤계선과 류통훈에게도 위로의 말을 해주도록. 처벌은 처벌이고 정은 정이니까! 편지만 써도 밤을 새워야 할지도 모르니 그만 물러가도록 하게."

이같이 말하며 건륭은 곧 손사래를 치며 궁전을 나섰다. 푸헝과 아계는 그때까지도 무릎을 꿇고 있었다. 처마 밑에서 설경(雪景)에 환호를 지르다시피 하는 건륭의 목소리를 들으며 막 일어나려고 할 때 건륭이 되돌아왔다.

　의복을 갈아입고 오리털 외투를 걸치고 유화(油靴)까지 신고 난 건륭이 두 신하를 향해 웃으며 말했다.

　"경들은 바쁘겠지만 짐은 한참 놀다와야겠네. 이런 설경을 자주 볼 수 있는 게 아니거든. 이 눈이 제법 내리는데…… 푸헝, 자네는 먼저 명발조유(明發詔諭)를 작성하여 발송하도록 하게. 직예총독, 직예순무, 순천부윤 등 관원들더러 폭설에 민간의 피해가 없나 향리로 내려가 보라고 이르게. 동사(凍死)하고 아사(餓死)하는 백성들이 한 명이라도 생긴다면 그 막중한 책임을 피해갈 수 없으리라고 단단히 일러두게."

　말을 마친 건륭은 곧 발을 걷고 밖으로 나갔다.

　푸헝과 아계 역시 뒤이어 궁전을 나섰다. 뽀얀 눈보라를 일으키며 불어닥치는 찬바람은 헉헉 숨이 막히게 했다. 처마 밑에 달린 동마(銅馬)에도 눈이 소복이 쌓여 평소의 딸랑딸랑하는 맑은소리가 아닌 호두가 토기 항아리에 떨어지는 소리가 났다. 먼 산은 설무(雪霧)에 신비스러워 보였고, 벽처럼 둘러쳐진 송림(松林)과 낮은 울타리 같은 동청수(冬靑樹)는 두터운 흰옷사이에 빠끔히 파란 살을 내보이고 있었다. 마치 거대한 백옥병풍이 광야를 두르고 있는 것 같았다.

　번쩍 정신이 든 두 사람이 입김을 가득가득 내뿜으며 담소를 즐기고 있을 때 도롱이를 입은 장우공이 노새를 타고 나타났다.

　"어이, 장원! 이런 날에 만나니 기분이 새로운데? 열하(熱河)엔 언제 도착했소?"

　푸헝이 손짓을 하며 반색했다.

　"푸상이시군, 아계도 있고!"

장우공이 급히 노새에서 내리며 말을 이었다.

"어제저녁에 도착했습니다. 조금만 늦어 오늘쯤 도착했더라면 눈길에 미끄러지며 달리는 느낌이 얼마나 좋았을까 하고 아쉬워하고 있던 중입니다!"

이같이 말하고 난 장우공이 이번엔 아계를 향해 말했다.

"옆에는 자네의 수행 친병들이겠네? 눈사람인 줄 알았잖소! 연병(練兵)엔 자네를 따를 사람이 없지. 이대로라면 부장(副將)으로 승진하는 건 시간문제일 것 같은데?"

그러자 푸헝이 실소를 금치 못했다.

"부장이라니? 아계는 벌써 명실공히 장군이 되어 있는데! 직급은 나랑 같아졌단 말이오."

그 말을 들은 친병들이 일제히 환호를 보내며 박수갈채를 보내자 쑥스러운 듯 아계가 말했다.

"장형, 푸상, 난 그만 가봐야겠소. 금명간 다시 만나도록 하오!"

나는 듯이 말에 올라 십여 명의 친병들의 호위를 받으며 눈발 속으로 달려가는 아계의 뒷모습을 보며 장우공은 어쩐지 씁쓸한 마음에 설경을 즐길 여유를 잃어버리고 말았다. 공명에 집착하여 여태 공을 쌓아왔지만 별로 마음에 두지 않았던 아계가 일약 건아장군(建牙將軍)이 될 때까지 자신은 한낱 말단인 낭중(郎中, 관직명)에서 헤매고 있으니, 천양지차의 간격이 실감이 났던 것이다. 대뜸 망연자실해지는 장우공의 안색을 살피며 푸헝이 조심스레 어깨를 다독이며 위로했다.

"아계와 자네는 가는 길이 다른 사람들이지 않소. 아계가 자네처럼 문신(文臣)의 길을 걸었다면 어찌 장원의 실력에 비할 수가 있겠소? 부러워할 것도 없고, 속상해할 것도 없소. 자기 앞길만 잘 살펴 나아가면 되는 거요! 이번에 북경에서 전도(錢度) 등을 만났소? 조설근(曹雪芹)이 또 종학(宗學)을 뛰쳐나왔다는데, 어찌된 일이지?"

"전도는 몇 번 만났으나 나중엔 서로가 바빠서 올 때 얼굴도 못 봤습니다."

장우공은 여전히 우울한 기색이 역력했으나 애서 대수롭지 않은 척했다.

"오기 전에 돈성(敦誠) 어른을 만났습니다. 조설근은 장가만(張家灣)으로 이사를 갔다고 들었습니다. 북경에 있을 때와는 비교할 수 없을 정도로 환경이 열악하지만 마음만은 여느 때보다 편하다고 합니다……. 푸상, 조설근은 그래도 차사(差使, 직책)가 있어야 합니다. 어떻게 좀 도와주시죠."

눈길에 오랫동안 서 있어서 발이 시린 푸헝이 그 자리에서 두어 번 뜀박질을 하고는 한숨을 내쉬었다.

"내년 봄에 북경에 들어가서 봐야지, 여기서 뭘 어떻게 하겠소. 요즘 어떤 놈이 흙탕물을 일으키고 다니는지〈홍루몽〉을 음서(淫書)니 뭐니 하며 비난한다고 들었소. 나 같은 위치에선 자칫 불필요한 오해를 살 소지가 크니, 자네가 설근에게 서신을 보내어 당분간 집필을 멈추라고 하는 게 좋겠소. 오늘은 할 일이 많아 이만 가봐야 하니 둘 다 한가할 때 황주나 마시며 못다 한 얘기를 하는 게 어떻겠소?"

푸헝을 배알하여 함께 설경을 즐기려고 찾아왔던 장우공은 '할 일이 많다'는 말에 이래저래 속이 상했다. 그러나 아무렇지도 않은 척 애서 웃으며 답했다.

"그러죠. 그럼 한가한 이 사람은 설경을 보러 갑니다."

서둘러 처소로 돌아온 푸헝은 잠깐 몸을 녹이고는 편지를 쓰기 시작했다. 먼저 당아에게 보내는 편지에는 이렇게 시작했다.

경사(京師)에 천연두가 번지고 있다고 하니, 당신과 강아(康兒, 복강안)의 건강이 무척 염려되는구려. 가인(家人)들의 외출을 삼가게 하고 두문사객(杜門謝客)하길 바라오…….

40. 천연두

　북경의 겨울은 시작부터 엄동이었다. 첫눈이 내리기 바쁘게 얼어붙은 대지는 정오 나절에 잠깐 풀리는 듯하다가 밤이 되면 더욱 꽁꽁 얼어붙었다. 눈이 녹아 빙판길이 된 울퉁불퉁한 길에는 사람의 발자국과 가축들의 흔적이 어지럽게 찍혀 있었다. 설수(雪水)가 얼어붙기 전에 바퀴 자국으로 인해 깊게 패인 길은 여간 걷기 힘든 게 아니었다.
　장가만으로 가서 조설근을 보고 오라는 돈민(敦敏), 돈성(敦誠) 형제의 독촉편지를 두 번씩이나 받았어도 전도(錢度)는 아직 움직이지 않고 있었다. 험한 먼길을 떠나기가 두려웠고, 이미 부원대신(部院大臣)의 반열에 오른 그로선 발원지가 내정(內廷)일지도 모른다는 〈홍루몽(紅樓夢)〉의 음서(淫書) 소문에 민감해하지 않을 수가 없었던 것이다.
　사실 그는 그보다는 자신의 아들을 낳아 기르고 있는 늙은 기생의 소식이 갑절 궁금했다. 북경에는 천연두가 번지고 있는데, 강남은 괜찮은지? 기생어멈이 역영(易瑛)과 도대체 어떻게 얽혀 있는 사이인지? 어서 방법을 강구하여 아이를 빼앗아오고 여인을 멀리 차버리는 게 상책일 것 같았다. 이런저런 걱정에 사로잡혀 일이 제대로 손에 잡히지 않았다.

음력 10월 7일에야 그는 비로소 형부 옥사(獄司)의 당관(堂官)인 황씨로부터 지난번 향당(香堂)을 습격하여 붙잡은 '일지화' 일당들의 명단을 받아보았다. 향당의 당주(堂主)들과 집법장로(執法長老), 호교위타(護敎韋陀), 금강제자(金剛弟子) 등등 총 1천 40명이었다.

하지만 류통훈, 윤계선의 지시에 따라 과격한 극진분자들 2백 46명을 제외하곤 전부 보석(保釋)으로 풀어주었다. 그 1천 40명 중에 늙은 기생이 없다는 사실을 확인하고서야 전도는 비로소 땅이 꺼지도록 안도의 한숨을 내쉬었다.

뭔가 이상한 낌새를 눈치챈 황 당관이 농을 걸어왔다.

"설마 역영, 뇌검 무리와 말못할 사연이 있는 건 아니겠지? 걱정 붙들어 매시오, 월척은 못 낚았으니. 성총이 드높은 류통훈과 윤계선이 이 때문에 처벌을 받았다고 하오! 하지만 이번에 '일지화'가 치명타를 입은 건 사실이오. 둥지가 뒤집혀졌으니 알이 무사하겠소? 연청이 호락호락 당하고만 있을 사람이 아니니, 뭐 누고 뒤 안 닦은 느낌이 들면 알아서 고백하는 게 나을 텐데?"

그러자 전도가 웃으며 말했다.

"까불지마! 난 바빠서 가봐야 하니까 또 보자고!"

말을 마친 전도는 곧 아문으로 돌아왔다. 푸헝네 집의 마름 왕씨가 뒤따라 들어오는 걸 본 전도가 깜짝 놀라며 물었다.

"자네, 푸상을 따라 승덕으로 가지 않았나? 푸상께서 돌아오셨나?"

"아닙니다. 푸상은 아직 승덕에 계십니다."

가법(家法)이 곧 군법(軍法)인 푸헝네 집에서 수년간 시중들어오며 일거수일투족의 끊고 맺음이 분명하고 격식에 능한 왕씨가 편지 한 통을 정중하게 바쳤다.

"푸상께서 전 어른께 전하라는 서찰입니다. 수령하신 증명을 떼어주십시오. 전 저희 도련님께서 건강이 안 좋으셔서 푸상께서 몽고 낭중을 불러 지어오신 약을 가지고 있습니다. 따로 영수증을 만들 필요 없이 여기에 서명하여주시면 되겠습니다. 예, 그럼 소인은 이만 물러가겠습니다!"

왕씨가 돌아서서 나가려고 하자 전도가 붙잡았다.

"완전히 군서(軍書)를 전하는 격이네. 차 한 잔도 안 마시고 그냥 갈 거요? 강아 도련님이 천연두를 앓는다고 들었네. 내일 중으로 내가 문안인사차 들를 거라고 마님께 아뢰게."

그러자 왕씨가 말했다.

"며칠 후에 방문하시는 것이 좋을 것 같습니다. 집에 두신(痘神)을 청하여 제를 지내기에 저같이 밖에 있는 가인들도 집에 들어갈 수가 없습니다!"

말을 마친 왕씨는 곧 물러갔다.

전도는 그제야 서둘러 편지의 겉봉을 뜯었다. 성안(聖安)을 알리는 말과 함께 20만 석의 사료를 몽고 지역으로 보내주라는 내용이었다. 이밖에 기윤이 독촉할 때까지 기다리지 말고 먼저 찾아가 도서를 수집하는데 필요한 경비를 확인하여 폐하께 어람을 청하라고 했고, 각 지역의 총독과 순무들이 박학홍유과(博學鴻儒科)

에 응시할 석유(碩儒)들을 선발하고 있으니 시험준비에 차질이 없도록 하라는 지시내용도 있었다. 석 장이 넘는 편지엔 대부분이 이런 명령조였다. 말미에 푸헝은 덧붙였다.

조설근을 찾아보았는지 모르겠소. 날도 추운데 먹고사는 데 지장은 없는지 가보고, 내 이름으로 은자를 좀 주고 오게.

그제야 돈민, 돈성 형제의 부탁이 떠오른 전도는 불안해지기 시작했다. 부랴부랴 차비를 하라 이르고는 바람처럼 서직문에 있는 기윤의 집으로 날아가니 역시 정중한 문전박대였다. 이유는 푸헝네와 마찬가지로 아이가 천연두를 앓는다는 것이었다. 어안이 벙벙해진 전도가 내뱉었다.
"올해는 무슨 천연두가 집집마다 다 걸려서 이리 난리지? 난 긴히 상의드릴 일이 있어서 기윤 공을 만나야 하는데!"
"저희 어르신은 지금 안에 안 계십니다."
문지기가 좌우를 살펴보고는 목소리를 낮춰 말했다.
"어르신더러 천단(天壇)으로 가서 태자마마를 위해 기복(祈福)하는 제(祭)를 지내라는 밀지(密旨)가 계셨습니다. 칠황자(영종)께서도 천연두를 앓고 계신다고 합니다!"
"그게 정녕 사실이란 말인가?"
"물론 사실이죠!"
가인이 비밀을 털어놓듯 덧붙였다.
"폐하께오서 어제부터 철조(輟朝, 정무를 보지 않음)에 들어가셨다고 합니다. 자녕궁의 태후부처님께서도 두신낭낭묘(痘神娘娘廟)로 향배올리러 가셨고, 폐하께오선 강서 용호산(龍虎山)과 북경 대불사(大佛寺)에서 동시에 제를 지내라 하명하셨다 합니다. 만천하의 온역(瘟疫)을 제거해 주십사 하는 명목을 들긴 했지만 실은 일곱째마마를 위해서라고요! 황후마마께서 태후부처님께 주청을 올려 죄질이 경미한 죄인들을 모두 석방시키라는 의지(懿旨)가 내려졌다는 걸 모르십니까? 이번에 무더기로 잡힌 '일지화' 일당에 대한 심문도 뒤로 미루기로 했답니다. 오시면서 북경성의 가가호호의 문 앞에 붉은 천 위에 쓴 부적과 돼지꼬리, 가재를 내건 걸 못 보셨습니까? 두신낭낭묘에는 첫날부터 불전함이 꽉 차고 향을 하도 많이 태워 잿더미에 묻혀 향정(香鼎)이 보이지도 않을 지경이었다 합니다! 이번엔 동장철벽(銅墻鐵壁)도 막아낼 수 없고 황자, 서민 상관없이 무차별적으로 당하는 대재앙인 것 같습니다!"

말이 많은 문지기는 한바탕 떠들어대고는 하늘을 향해 합장하여 염불까지 했다.

"아미타불, 관세음보살! 어서 빨리 재난에서 허덕이는 중생들을 구제해 주시옵소서. 대자대비 관세음보살!"

그사이 전도는 간다온다 소리도 없이 자리를 뜨고 말았다.

푸헝까지 독촉을 하니 조설근을 찾아가지 않을 수가 없었다. 전도는 관교(官轎)에 앉아 아문(衙門)이 아닌 집으로 향했다. 스무 냥 가량 되는 은자를 집어넣고 남경에서 가져온 비단도 한 필 넣었다. 종인(從人)도 부르지 않은 채 스스로 옷을 갈아입고는 "어둡기 전에 돌아온다"고 하고는 집을 나섰다.

노새를 타고 북쪽인 장가만(張家灣)으로 향하던 전도는 옥황묘 동쪽에 있는 두신낭낭묘를 지나게 되었다. 노새에 앉아서 멀리 바라보니 인산인해를 이룬 향객들이 길가에 끝이 보이지 않을 정도로 늘어서 있었다. 염불하는 소리에 간간이 울음소리가 섞여 있었다.
두 손을 이마에 대고 한참 바라보던 전도가 깊은 한숨을 토하며 길을 재촉하려 할 때 돌연 그 많은 사람들 틈에서 비틀거리며 걸어나오는 여인이 눈에 익었다.
"방경(芳卿) 형수님!"
유심히 쳐다보던 전도가 소리쳐 부르며 급히 노새에서 내렸다.
"어머! 전 어른이 여길 어떻게……!"
이런 곳에서 누가 자신을 불러줄 줄은 미처 몰랐는지라 무안해하며 방경이 말했다.
"승덕에 계신다고 들었는데, 언제 돌아오셨어요?"
이같이 말하며 방경은 몸을 낮춰 예를 갖추었다. 전도는 그제야 방경의 낯빛이 파리하고 눈 밑이 시커멓게 죽어있는 걸 발견했다. 며칠동안 잠을 못 이룬 것 같기도 하고 금방 울고 난 것 같기도 했다. 전도가 물었다.
"설근 형은 집에 있소? 아이들은 별 탈없이 잘 자라고? 마침 잘 만났소. 난 지금 형수님네 집으로 가고 있는 중이오!"
그러면서 전도가 손짓으로 수레 하나를 부르고는 덧붙였다.
"지난번보다 더 야위어 보이는데, 그 먼길을 걸어서 온 거요? 아무리 궁색해도 그렇지, 수레 대절할 돈도 없어 타박타박 먼길을 걸어다니오? 수레에 올라타시오. 난 노새를 타고 갈 테니, 같이 가십시다."
"워낙 하루살이인 데다 이젠 애들 아비가 차사도 없으니……."
방경이 창피한 듯 고개를 떨구었다. 전도가 보기에 그 체력으로 먼길을 간다는 것은 애당초 무리였다. 발끝으로 땅을 후비며 서 있던 방경이 말을 이었다.

"새로 이사간 장가만에 조씨 가문의 조상묘가 있어요. 어설프긴 하지만 조상전을 찾아 뵙고 이웃들을 찾아 인사치례를 하다보니…… 빚까지 졌네요. 전에는 없다, 없다 해도 지금 같진 않았는데……."

"그래, 여기까지는 무슨 일로 나왔소? 돈을 빌리러 온 거요?"

"어제 왔어요…… 애들이 둘 다 천연두를 앓고 있어요. 열이 심하고 애들이 무척 괴로워하네요. 그래서…… 두신(痘神)께 발원하고자 낭낭묘를 찾게 되었어요……."

또 그놈의 천연두가 말썽이군! 전도는 한숨을 내쉬었다.

"그래도 그렇지 천하의 조설근이 귀신놀음을 믿어 허약한 아녀자를 먼길에 내보내다니!"

그러자 방경이 말했다.

"그이는 몰라요. 제가 돈을 빌려서 약을 사오겠다며 나왔거든요……."

"알았소!"

전도가 방경의 말을 막았다.

"어서 길을 재촉하오!"

그렇게 해서 한 사람은 수레 안에, 한 사람은 노새 위에 탄 채로 북경 통주(通州)에 있는 장가만으로 향했다. 기껏해야 4, 50리 길로 생각했으나 통주를 지나 방경에게 물으니 아직 20여 리를 더 가야 한다고 했다. 이대로라면 날이 어둡기 전에 도착하기 어려울 터였다. 할 수 없어서 전도는 수레 대신 말 한 필을 빌려서 자신은 말에 옮겨 타고 방경을 노새에 태운 다음 길을 재우쳐서야 겨우 유시(酉時) 경에 장가만에 당도할 수 있었다.

"저쪽입니다, 전 어른."

방경이 마을 북쪽 모퉁이를 가리키면서 종종걸음으로 달려갔다. 전도도 뒤따라갔다. 꽁꽁 얼어붙어서 거울 같은 자그마한 돌다리를 건너가니 자작나무 숲속에 금방이라도 쓰러질 듯한 허름한 세 칸 흙집이 배를 깔고 엎드려 있었다. 대문은 굳게 닫혀 있었고, 찌그러진 처마 밑에 시커먼 창문이 동굴처럼 열려 있었다. 이엉을 손보지 않은 듯 지붕 위에는 누렇게 마른 앙상한 풀들이 찬바람에 덜덜 떨고 있어 스산함을 더했다. 시골집이면서도 닭이 홰를 치는 소리, 개가 짖는 소리조차 들리지 않는 죽은 듯한 정적이 감돌았다.

문득, 뭐라 형언할 수 없는 불안한 예감이 전도의 뇌리를 번개처럼 스쳤다. 방경을 보니 그녀 역시 불안한 기색이 역력했다.

"애들아! 엄마가 왔어!"

방경이 괴성에 가까운 소리를 지르며 달려들어갔다. 간발의 차이로 전도가 뒤따라 들어가 보니 방경은 벌써 기둥을 잡고 스르르 땅에 주저앉아 실성한 사람처럼 멍하니 앉아 있었다! 전도 역시 눈이 휘둥그래지고 말았다.

눈앞의 참경은 차마 눈뜨고 볼 수가 없었다! 밖에서 본 세 칸 방은 바람막이도 없이 뻥 뚫려 있었고, 연기에 그을린 시커먼 천장에는 거미줄이 얼기설기 다 해진 그물 같았다. 절인 음식을 저장해둔 것 같은 항아리 위에 먹다 남은 밥이 한 주먹 들러붙은 밥그릇이 보였고, 반찬인 듯한 삶은 검정콩 한 사발이 놓여 있었다. 항아리에서는 시큼한 냄새와 함께 곰팡이 냄새가 진동했다.

침대라고 해봤자 널판자 두 개를 깔아놓은 위에 벽에 기댄 조설근이 실성한 사람처럼 멍하니 앉아만 있었다. 얼굴 가득 수염이

덮여 원숭이 같았고, 머리는 봉두난발이 따로 없었다. 목석처럼 굳어져있는 그 옆에 크고 작은 두 아이가 얼굴에 흰 종이를 덮은 채 꼿꼿이 누워있었다…….

화롯불은 벌써 꺼진 듯 스산하고, 화기라곤 혼미한 등잔불 두 개가 전부였다. 어떤 행색이 남루한 여인이 침대 옆의 걸상에 앉아 종이돈을 접고 있었다.

"설근, 설근 형!"

전도가 마치 꿈속에서 으슥한 빈 절에 들어서 누군가를 부르듯이 간절하게 불렀다.

"나, 전도요, 전도! 전 노형(老衡, 전도의 호)이란 말이오! 세상에…… 대체…… 이게 무슨 꼴이오! 어쩌다 이리 됐소?"

울음 섞인 목소리로 이같이 고함을 치면서 맥없이 주저앉아 있는 방경을 끌고 침대로 온 전도가 종이돈을 접고있는 여인에게 말했다.

"도움을 주려고 오신 분 같은데, 정말 고맙소. 어떻게…… 더운물을 좀 끓였으면 좋겠는데…… 너무 추워 산사람조차도……."

미처 말을 끝맺기도 전에 전도는 다시금 깜짝 놀라고 말았다. 더덕더덕 기운 적삼을 입은 행색이 남루한 여인은 바로 러민과 혼약 얘기까지 있었다 헤어진 옥이였던 것이다!

북경에 가까이 있을 때는 러민을 보러 문지방이 닳도록 드나들었던 장가네 정육점이었다. 러민과 헤어진 뒤 한때는 전도가 마음을 두고 있었던 옥이였다……. 서로의 안부를 모르고 산 세월이 겨우 몇 년밖에 되지 않았건만 각자의 삶은 이다지도 현저한 차이를 보이고 있었던 것이다!

이 순간 이 정경을 눈앞에 두고 한때 좋아했던 사람을 다시 만나니 전도는 혼란스럽기만 할뿐 어찌해야 할지 갈피를 잡을 수 없었다.

"오라버니, 이렇게 넋 놓고 앉아만 있는다고 가버린 아이들이 살아나는 건 아니잖아요."

옥이가 일어서서 조설근을 위로했다.

"모든 것이 전생에 정해진 인연이고 운명이라고 생각하세요. 간 사람은 갔지만 남아있는 사람은 살아가야 하지 않겠어요? 장가만에서만 이번에 천연두로 스무 명이 넘게 죽었어요. 하늘의 뜻이 그러하다니 무슨 수로 말리겠어요? ······집에 가서 더운물 좀 끓여 올게요······."

이같이 말하며 옥이는 온기 하나 없는 시선으로 방경과 전도를 힐끗 일별하고는 밖으로 나갔다.

흑흑 고개를 다리 사이에 파묻고 어깨를 들썩이던 방경이 급기야 이미 싸늘하게 식어버린 아이들에게로 덮치며 목놓아 오열하기 시작했다.

"애들아······ 불쌍해서 어떡하냐, 내 새끼······ 너희들이 무슨 죄가 있다고, 죄가 있으면 이 어미, 아비가 못난 죄지······ 흑흑흑흑······ 아이고, 가여운 것들······ 이 추운데 어디서 헤매고 있느냐······ 어미 한번만 보고나 가지······."

목석 같던 조설근도 그제야 새끼 잃은 짐승의 절규를 방불케 하는 울음을 터트렸다. 꺼억꺼억 숨넘어가는 그 처절한 모습에 전도도 손수건을 적셔가며 훌쩍훌쩍 울었다.

그사이 끓인 물이 담긴 주전자를 들고 옥이가 들어섰다. 따로 볼일이 있어 그날 돌아가야만 했던 전도가 눈물을 말끔히 닦아냈다. 그리고는 준비해온 은자를 꺼내놓고 따뜻한 위로의 말을 건네고는 서둘러 자리에서 일어났다. 조설근도 만류할 형편이 못 되는지라 잡아두려고 하지는 않았다. 문밖으로 배웅을 나온 조설근의 손을 굳게 잡아주고 전도는 노새를 끌고 길을 나섰다.

한편 푸헝은 마름 왕씨가 보내온 당아(棠兒)의 편지를 받고서야 자신의 아들 강아 역시 천연두에 걸렸었으나 다행히 열이 심하지 않고, 의원의 치료를 받고 이젠 나날이 호전되어 가고 있다는 사실을 알 수 있었다. 푸헝은 안도의 한숨을 크게 내쉬었다. 그러나 다른 한편으로는 아직 천연두를 밖으로 배출하지 못하여 사선을 헤매고 있다는 칠황자 영종 때문에 마음이 초조하고 불안했다.

누이 부찰씨는 이팔청춘의 나이에 건륭과 성혼하여 단정하고 현숙한 국모의 자질을 인정받아 건륭의 총애는 물론, 육궁(六宮)과 빈비(嬪妃)들의 한결같은 존경과 흠모를 한 몸에 받아왔다. 그러나 자식운은 장담할 수 없었다. 먼저 생산하였던 이황자 영련(永璉)이 아홉 살에 영문을 알 수 없는 병으로 일찌감치 황천으로 가버린 아픔을 겪었던 황후였다. 이제 두 살밖에 안 된 일곱째 영종이 천연두를 앓아 정신이 혼미해지고 있으니 겨우 아물어가던 황후의 상자(喪子)의 상처가 덧날세라 주변에서도 대단히 초조한 나날을 보내고 있었다. 은사(恩赦)에, 발원(發願)에, 시혜(施惠)에, 철조(輟朝)까지 하며 공덕을 쌓고자 갖은 노력을 다하였다. 그런 한편 천하의 명의들을 다 불러들였으나 병세는 이렇다 할 차도를 보이지 않고 있었다.

사정이 이러하니 외삼촌으로서, 아우로서 푸헝의 속은 속이 아닐 것은 당연지사였다. 심서(心緒)가 불령(不寧)하니 자칫 말실수라도 할세라 푸헝은 승덕에서 대신들을 접견하는 일을 삼가고 있었다. 다만 하루에도 몇 통씩 편지를 보내어 북경에 있는 육부구경(六部九卿)들에게 지시사항을 전달했다.

그 날은 장정옥으로부터 황제의 문후를 여쭙는 주장이 도착했다. 건륭을 알현해야 하나, 말아야 하나를 두고 한참을 고민하던 푸헝이 자리를 털고 일어났다. 연훈산관으로 뵙기를 청하러 가던 중 막 연우루(煙雨樓)를 지나니 태감 복제(卜悌)가 사색이 되어 정신없이 달려오며 헉헉 흰 김을 뿜으며 아뢰었다.

"푸상! 폐하께서 황후마마의 처소에 들어 계십니다. 지금 들라고 십니다!"

"혹시 일곱째가?"

푸헝의 가슴이 덜컹 내려앉았다. 감히 사연을 묻지도 못한 채 빠른 걸음으로 걸어가니 연훈산관 의문(儀門)을 지나면서 불당의 서전(西殿)에서 울음소리가 들려오기 시작했다. 푸헝은 가슴이 오그라드는 것 같았다. 얼어붙은 노면을 잘못 디뎌 비틀거리며 푸헝은 하마터면 뒤통수를 깰 뻔했다.

경황없이 울음소리가 새어나오는 불당 안으로 달려들어가니 일곱째 영종은 벌써 넋이 나간 유모의 품에 안긴 채 미동도 하지 않고 있었다. 커다랗게 뜬 두 눈에 동공은 이미 풀려 있었다. 사색이 된 어의(御醫)들이 궁전 입구에서 덜덜 떨며 무릎을 꿇고 있었다.

얼굴에 한 점 혈색도 없이 반쯤 침대에 기대어 있는 부찰씨는 조각처럼 굳어 있었다. 울지도 않았고, 눈물이 마른 흔적도 없었다. 어딘가에 시선을 박은 채 넋을 잃고 앉아만 있었다. 대신 뉴구루씨와 나라씨가 목을 놓아 오열하며 손수건을 적시고 있었다. 코를 벌름거리며 애써 감정을 억제하고 있던 건륭의 두 눈에도 눈물이 일렁거렸다.
 어떻게든 수습을 해야 했다. 땅이 꺼지게 한숨을 토해내며 푸헝이 지시했다.
 "아기씨를 안고 내려가 침상에 뉘이게. 폐하와 황후마마의 만금지체(萬金之體)를 다치셔선 아니 되니 그만 울음을 그치도록 하시오. 어의들도 물러가게……."
 나라씨와 뉴구루씨, 왕씨가 오열을 거두고 건륭과 황후를 향해 예를 갖추고는 물러갔다. 궁전을 나서자마자 나라씨는 뉴구루씨를 힐끗 훔쳐보았다. 그 찰나, 두 쌍의 눈이 허공에서 부딪치며 묘한 여운을 남겼다. 둘은 마치 보아서는 안 될 것을 본 것처럼 황급히 눈길을 피했다.
 "마마!"
 푸헝은 그제야 황후 부찰씨에게 예를 올리고는 나지막이 불렀다. 부찰씨는 눈꺼풀이 맥없이 움직이는 것 같았으나 몸은 아무런 반응이 없었다. 용기를 내어 목소리를 조금 높여 다시 불렀다.
 "누님! 자식을 잃은 상심이야 오죽하겠습니까만 이대로 주저앉으시면 아니 되옵니다. 누님은 영종 황자의 어미이시자 천하중생들의 국모시옵니다. 누님께서 비감에서 헤어나시지 못하시오면 폐하께오선 또 얼마나 상심이 크시겠사옵니까? 폐하를 위해서라도 일어나셔야 하옵니다…… 아우인 저도 마음이 갈기갈기 찢어지는 것 같사옵니다……."
 푸헝은 목이 메어 더는 말을 잇지 못했다.
 마침내 커다란 눈물방울이 부찰씨의 생기 없는 눈에서 후두둑 떨어졌다. 말없이 눈물만 쏟고 있던 황후가 마침내 짤막한 신음소리와 함께 창백한 입술을 떼었다.

천연두 321

"아우…… 눈물을 거두게. 폐하를 위해서라도 굳세게 일어날 테니!"

푸헝이 송곳에 가슴이 찔리는 비통함을 가까스로 참으며 위로의 말을 했다. 장정옥이 문후를 여쭈었다는 둥 자질구레한 일은 감히 입밖에 내지도 못한 채 물러났다.

건륭이 따라나와 그를 연훈산관 서재로 데리고 갔다. 한참 위로를 주고받고 난 뒤 건륭이 물었다.

"자네의 복강안(福康安)이도 천연두를 앓는다고 들었는데, 지금은 어떠한가?"

건륭의 비통한 심정을 헤아리고도 남음이 있는 푸헝이 감히 완쾌되어간다는 말은 아뢰지 못하고 거짓말을 하고 말았다.

"그 아이도 낙관할 정도는 못 된다고 하옵니다! 내인(內人)이 두신낭낭묘에서 살다시피 하오니 그저 명운에 맡기는 수밖에 없을 것 같사옵니다."

"직예총독의 보고서에 따르면 이번 전염병으로 직예에서만 10만 명이 죽어나갔다고 하네."

신색(身色)이 어두운 건륭이 한숨을 내뱉었다.

"짐의 사랑하는 영종이도 비켜가지 않았으니…… 후유! 다른 아들들과 격이 다른 아이였지. 태자(太子)로 점지하고 있었으니 말일세. 그래도 산사람을 위로해야 하니 늦게나마 작위(爵位)를 내려 친왕(親王)으로 봉해야겠네. 이 일은 자네가 직접 나서지 말게. 짐이 기윤과 장정옥에게 지의를 내려 그네들더러 합의하에 시호(謚號)를 정하고 친왕으로 봉하는 예를 갖추도록 할 것이네. 자네는 알고만 있게."

"예, 폐하! 칠황자께서 구천에서 이를 아신다면 고이고이 평안히 잠들 것이옵니다……."

건륭은 다시 한번 탄식을 내뱉었다.

"그런 형식적인 말은 그만두게! 황후를 조금이나마 위로해주기 위함이네."

잠시 멈추었다가 뭔가 말하려던 건륭은 다시 입을 다물어버렸다. 누군가가 앙심을 품고 천연두를 전염시켰다고 건륭은 생각했다. 순치(順治) 연간에 누군가가 천연두를 앓는 환자의 옷가지를 궁중으로 들여와 강보(襁褓)에 있는 강희를 해코지하려고 시도했던 사건이 있었다. 이번에 경기 지역을 중심으로 급속히 번져나간 천연두를 막고자 궁중에서는 신중에 신중을 기했건만 결국엔 커다란 재앙이 태자를 덮쳤던 것이다. 왕씨와 뉴구루씨는 슬하에 자식이 없으니 일단 혐의에서 제외되었다. 나라씨가 수상쩍긴 하지만 그 아들 영기(永璂) 역시 똑같은 이유로 사경을 헤매고 있긴 마찬가지 아닌가……. 잠깐동안 몇 사람을 떠올리던 건륭은 절레절레 고개를 저었다.

"짐은 벌써 열흘도 넘게 정무를 보지 않았네. 내일부터 다시 일상으로 돌아가야겠네. 정무에 마음을 두면 심경이 차차 좋아지겠지! 자네는 짐이 가장 믿는 신하이자 황친이네. 차사 외에도 자주 황후를 찾아 위로의 말을 해주도록 하게."

"명심하겠사옵니다. 심려를 놓으시옵소서, 폐하!"

"……그리 알고 물러가게!"

"예, 폐하!"

푸헝이 물러가자 건륭은 천천히 부찰씨가 있는 방으로 돌아갔다. 내낭(睞娘)이 한술씩 떠 넣어주는 미음을 반 그릇 가량 비우고 난 부찰씨가 건륭이 들어서자 숟가락을 밀어내며 가늘게 떨리는 목소리로 말했다.

"됐다. 일어나 앉게 부축해주렴."

건륭이 급히 다가가 두 손으로 부찰씨의 어깨를 감싸안아 도로 뉘이며 말했다.

"그대로 누워 있으시오. 이 마당에 무슨 격식을 갖추려고 그러오? 편히 누워 우리 얘기나 나누세."

"……"

"……"

한참동안 두 사람은 눈물 머금은 두 눈으로 서로를 바라만 볼뿐 아무 말도 없었다.

"황후!"

건륭이 창 밖의 하얀 겨울하늘을 바라보며 태고에서 전해오는 것 같은 먼 목소리로 입을 열었다.

"며칠 전 류통훈과 윤계선의 자핵상주문에 어비를 달며 자고로 완인(完人)이 없다던 말이 실감난다고 했었소. 천하를 수중에 움켜쥔 군주에게도 뜻대로 안 되는 유감은 있다는 걸 절실히 느꼈소!"

다소 마음이 진정된 듯한 황후가 관심을 보였다.

"류통훈과 윤계선이 어인 연으로 자핵안까지 올리게 되었사옵니까? 어떤 처벌을 내리기로 하셨사옵니까?"

"적당히 강등(降等) 처벌을 내렸소. 황후가 염려할 정도는 아니오."

건륭은 이같이 대답하고는 덧붙였다.

"인구가 갈수록 많이 늘어 성조(聖祖) 때의 두 배를 넘어섰소. 조정의 세수(稅收)도 열 배는 늘었소. 가가호호 배불리 먹고 사는 소강(小康) 수준에 이른 건 아니지만 당(唐)나라 전성기 이래의 보기 드문 풍요를 누리고 있는 건 사실이오. 〈사고전서〉의 편수작업에 돌입했고, 박학홍유과 준비에 박차를 가하고 있으며, 강도와 도둑떼들이 크게 줄어들고 있소. 이것만 가지고도 성조와 비견할 수 있다고 생각하오. 문치(文治)도 이대로 가면 몇 년 후엔 더 좋아질 거요. 가닥은 이미 잡혀졌소."

황후의 손등을 가볍게 어루만지며 건륭이 짧은 한숨과 함께 말을 이었다.

"물론 유감스러운 일이 없는 건 아니오. 빈익빈 부익부 현상이 우려스럽고, 번영의 이면에 잠재한 빈곤의 그림자가 짙어가는 게 큰일이오. 용병(用兵)이 번번이 좌초하여 대국의 형상이 구겨진 것도 속이 상하고, 황후가……."

순간 황후는 깜짝 놀라워했다.

"소인을 가리키는 말이옵니까?"

"그렇소!"

건륭이 황후의 손을 내려놓고 천천히 머리를 끄덕거렸다.

"미리 염두에 두고 있어야 할 게 있소. 황후가 아직은 젊으니 황자를 생산할 기회는 얼마든지 있소. 하지만 다시 황자가 태어나더라도 태자로 세울 순 없고 적자(嫡子) 출신의 왕으로 만족해야 할 것이오……. 영종을 짐이 태자가 아닌 친왕으로 추봉(追封)한 이유가 뭔 줄 아오? 짐은 이번에 크게 깨달은 바가 있소. 우리 대청(大淸)은 태조, 태종 때부터 여태 적자가 대통을 이은 경우가 없었소. 짐이 영종을 원자(元子)로 점찍은 것이 천의를 어겼던 것 같소. 그런 측면에서 영련과 영종을 잃은 건 짐의 책임도 없지 않아 있소. 다시는 이런 불행이 우리 두 사람을 괴롭히지 않길 바라오!"

건륭이 말하는 동안 내내 눈을 내리깔고 있던 황후가 입을 열었다.

"소인을 향한 폐하의 진심에 소인은 그저 감격할 따름이옵니다. 하오나 소인은 더 이상 황자를 생산하고 싶은 마음은 없사옵니다. 앞으로 얼마나 더 살아있을는지는 모르겠사오나 폐하께오서 오봉루(五鳳樓)에서 열병(閱兵)하시고, 홍기첩보(紅旗捷報)를 접하시는 그날까지는 악착같이 살아있고 싶사옵니다. 지난번 윤계선이 남경(南京)을 그림처럼 묘사한 주장을 읽고 마음을 빼앗기고 말았사옵니다. 언제 한번 폐하를 모시고 남경 구경을 하고 싶사옵니다!"

"아직 젊디젊은 사람이 무슨 그런 말을 하오!"

건륭이 나무라듯 말했다.

류소림(劉嘯林)이 강녕(江寧)에서 북경으로 달려왔을 때는 한해도 거의 다 지나가는 세모(歲暮)였다. 북방사람들은 설을 유난히 중요시하여 음력 12월 23일 조신(竈神, 부뚜막의 신)을 보내는 것으로부터 시작하여 빈부(貧富)를 떠나 집집마다 종규(鐘馗)의 그림을 붙이고, 연고(年糕)라 불리는 명절 떡을 만든다, 제육(祭肉)을 삶는다, 방청소를 한다, 동청수(冬靑樹) 가지를 잘라 내건다 하며 분주하게 설쳤다.

설을 코앞에 두고 이것저것 연화(年貨, 설 음식)를 사들고 장가만 조설근의 집을 찾은 류소림은 그제야 조설근이 천연두로 두 아이를 잃었다는 사실을 알게 되었다. 조설근은 식음을 전폐한 채 한달 동안 침상 신세를 지고 있었다. 신열이 있는 데다 각혈

증세까지 보인다고 했다.

 그 말을 들은 류소림은 마음이 아팠다. 여관을 찾아 하룻밤 묵고는 이튿날 옥이와 함께 시장으로 나가 향촉(香燭)이며 불상, 갖은 과일이며 고기, 땔감을 장만하여 왔다. 북경의 집에서 기다리다 못한 가인(家人)들이 수레를 보내어 독촉을 하자 류소림은 그제야 어쩔 수가 없어서 조설근과 작별을 고했다.

 "설근!"

 밖에 가인들을 세워둔 채 조설근에게로 가까이 다가가 앉으며 류소림이 말했다.

 "오늘은 그믐날이오. 가인들의 독촉이 성화같으니 가봐야겠소. 워낙 큰 학문가이니 구태여 내가 잔소리를 안 해도 어찌해야 할지 현명한 판단을 할거라고 믿소. 사람은 평생을 살아오면서 워낙 굴곡이 많은 삶을 살게 되어 있지 않소? 내가 보기에 설근이 그대는 지금 인생의 밑바닥에 와 있는 것 같소. 이제부터는 올라가는 일밖에 안 남았으니 용기를 내시오. 어제 처음 봤을 땐 무서울 정도로 안색이 안 좋더니 지금은 훨씬 밝아 보이오. 원소절(原宵節, 정월 보름)이 지나면 벗들이 많이 찾아올 거요."

 눈이 움푹 들어가 보이는 조설근이 앙상하게 말라 피골이 상접한 팔을 이불 밖으로 내밀었다. 류소림이 손을 잡아주니 조설근은 게슴츠레한 눈빛으로 쳐다보며 힘겹게 입을 열었다.

 "내 걱정은 마시오. 이렇게 와 주시니…… 뭐라고 말할 수 없이 기쁘오. 여긴 집사람과 옥이가 있으니 심려 마시고 가족들과 즐거운 명절을 보내기 바라오……. 날도 춥고 길도 먼데, 벗들더러…… 오지 말라고 전해주오. 내년 봄까지 이 목숨 끊어지지 않고 살아있으면 내가 성(城)으로 들어갈 거요. 우리의 도화시사(桃花詩社)

가 문을 닫아선 안되지……."

"알았소! 그리 전할 테니 부디 내년 봄까지 건강을 회복해주길 바라오."

간곡한 당부의 말을 남긴 류소림은 곧 작별을 고했다.

"우리가 가진 건 없어도 좋은 벗들은 꽤 있는 것 같아요."

눈이 펄펄 날리는 길에서 서서히 멀어져 가는 수레를 오래도록 응시하던 방경은 길게 한숨을 내쉬었다.

〈3부 제⑦권에서 계속〉